泠泠牧歌

何其梅 著

中国文联出版社
http://www.clapnet.cn

图书在版编目（CIP）数据

泠泠牧歌 / 何其梅著. -- 北京：中国文联出版社，2016.1

ISBN 978 - 7 - 5190 - 1132 - 1

Ⅰ. ①泠… Ⅱ. ①何… Ⅲ. ①散文集—中国—当代 Ⅳ. ①I267

中国版本图书馆 CIP 数据核字（2016）第 027464 号

泠泠牧歌

作　　者：何其梅

出 版 人：朱　庆

终 审 人：奚耀华　　复 审 人：蒋爱民

责任编辑：胡　笋　　责任校对：傅泉泽

封面设计：中联华文　　责任印制：陈　晨

出版发行：中国文联出版社

地　　址：北京市朝阳区农展馆南里 10 号，100125

电　　话：010 - 65389148（咨询）65067803（发行）65389150（邮购）

传　　真：010 - 65933115（总编室），010 - 65033859（发行部）

网　　址：http：//www. clapnet. cn

E - mail：clap@ clapnet. cn　　hus@ clapnet. cn

印　　刷：北京天正元印务有限公司

装　　订：北京天正元印务有限公司

法律顾问：北京市天驰洪范律师事务所徐波律师

本书如有破损、缺页、装订错误，请与本社联系调换

开　　本：710 × 1000　　1/16

字　　数：261 千字　　印　　张：16

版　　次：2016 年 4 月第 1 版　　印　　次：2016 年 4 月第 1 次印刷

书　　号：ISBN 978 - 7 - 5190 - 1132 - 1

定　　价：48.00 元

序

写作的旷野自可任所驰骋，然而可登上文学圣殿者能几人欤？

我一直怀着无比的崇敬在仰望着纪伯伦、泰戈尔等大文豪的伟岸身影，希冀他们的灵感终能开启我那原本暗昧的心智而漫步文坛。

“文不幻不文，文不极不幻。”至今仍不知何以为“幻”何以为“极”，凡读《文心雕龙》，每每兴叹：愚者我辈，万不可贸然动笔——学浅无以为文。

然而，自古江山感游子，一颗不安的心魂总为大自然所召唤，抑是莫名地被某种理性思维鼓荡起一种乡愁者不可抑制的冲动，总是要跃跃欲试而毅然踏上创作之路——“意得则舒怀以命笔”。

所文，一如平淡牧歌，无曲无调，无起无落，只可自吟自听，难为他人赏。

也许，纸成尘书为土，也无人问津也——“轻薄为文哂未休”。可是会否恰有闲雅之人愿垂青而一览？却不知凡者智者，但愿非逸士高人，不然，纵令我汗颜无地，苦哉！

湖泊山川皆幽静之所，洪荒万年，昊天罔极，谓之大寂寞可也。而游者之心与自然相谐并融于自然，感悟生命的意义，进而思索人生，此自我之心境同样孤独而寂寞。此寂寞，即自然之歌，亦人生之歌。寂寞如歌！

而我，多么企望有心灵的共鸣者。

作者

目　录
CONTENTS

独向黎明

或从上海抑由北京，去纽约——纽瓦克已经走了几个来回，不是横越太平洋便是过白令海峡，此一回却别开生面径自奔北极而去。

西元2006年4月20日下午4时，UA88航班波音777飞机从首都机场腾起，越大兴安岭、黑龙江进入西伯利亚，向北经斯塔诺夫山脉、上扬斯克山脉并勒拿河，复转东北穿切尔斯基山脉，从印迪吉尔卡河河口入北冰洋，过北极点而来到加拿大之埃尔斯米尔岛，继而巴芬岛、哈德逊湾，再从蒙特里尔而至终点纽瓦克自由国际机场。航程10980公里，飞行13小时。

永远难忘身处北极黎明而令人飘然出尘、心目空明的美丽瞬间。

5小时后飞机来到东10时区上空，该已子夜时分，天色却始终微明而没有完全暗下来。斯时北极，此边是落日，那方乃初阳，亦夕晖亦晨曦，浑不知傍晚也清晨也。

转眼间一轮红日冉冉而浮，始暗红继橙红再金红，立时如火球燃烧，大也盛也圆也盈也，焕乎美乎灿乎烂乎。极目虚旷，上下无界，天地浑然，空无所瞩。“下峥嵘而无地兮，上寥廓而无天。”无限博大的宇宙几乎成了一种抽象，不可端倪，难于描绘。

俄顷，太阳已移来舷窗，似一团水银荧荧闪烁，不可目对。闪耀在我眼前的正是那轮最炽盛最纯净的太阳，乃是太阳之童蒙，这燃着永恒之火的巨大星球正是从这里射向冥冥太空以第一缕灿烂的阳光。而现时，我与它竟是咫尺之近，仿佛一伸手便可捉摸到它。我从没有像现在这样亲近太阳感受太阳，尽管它的强光让

我不得不忽闪着双眼，却始终都在以一种崇仰、敬畏的目光虔虔地瞩望着它。在它的光芒万丈里，我的心搏动不已，我的灵魂因惊诧而战栗，我的生命与它的光芒永远地融合了。外与天际，四望如一，空兮濛兮，寂兮寥兮，恍兮惚兮，万象澄澈中愈显苍旻之高邈神秘，心底里恰是弥漫起无边的渺茫，终于慌乱了一双无所不视又无所可视的眼睛。

如此游目骋怀，茫然多时，才俯首而瞧见了翼下的北冰洋，竟是铺琼砌玉，淼淼无涯。这茫茫冰雪世界，千年万年，始终如如不动、寂寂无声，孤孤独处、萧然绝尘，在这广袤无人的世界里默默地展现它特有的恢宏与壮丽，即便那至为绚烂的北极光也只是悄然地梦幻般地闪耀在渺渺夜空，顾影自怜。无可探知它的无限与神秘，却感受到它之震慑心魄的冷寂与冷艳。人们总是无法走近它，飨宴它之美丽。

极短的时间里我竟是经历了微明的夜晚、熹微的清晨乃至艳阳高照的白昼，原来此时之我处，既东半球亦西半球，既夜也亦昼也，既北也亦南也——一直北去何时却忽地变成向南了？刚送走了是日的傍晚，转瞬间却又迎来了被称作同一天的黎明。神矣奇矣，至矣绝矣，乾坤已经倒转，时光已然倒流，我已来至极地之巅，我已到了天界的边缘，我已超越时空而不属于任何一个地域任何一个时间，我已是另一概念另一意义上的我。身在人世外，无连无羁，空灵无依，可谓梵我一如，再无起心动念，也没有了悠悠我思，甚而忘了岁月时光，惟是眼空四海，优游物外，全身心陶醉在大千世界之奇伟绚烂里。此时，已经不允许也不可能再浮现所谓的情愫、理性，一切理性的分析与阐释在此时都成为多余，都将显得苍白无力；一切思维、作为都显得那么无凭、虚妄、滑稽、可笑，只有静听宇宙旋转、颤动时的天籁之音，只能让令你惊骇的宇宙之大美奇美整个儿地俘获你，将你之形体吞没，把你的灵魂烧化，让你消融在冥冥的“无”中。

人们早已进入梦乡，惟有痴人若我，瘦影茕独，投眸苍穹，成为瑰丽宇宙的惟一观光者。

此一瞬，似乎凝固了，经历战栗的灵魂却在飞翔，飞向永恒——永恒的自由。超乎生死之外的无限，才是永恒。

这独向黎明、神游天外的片刻，已让我洗心濯魄。我已升天。我已重生。

如梦而醒来至哈德逊湾，忽想起金圣叹所云：“几万万年皆如水逝、云卷、风驰、电掣，无不尽去，而至于今年今月而暂有我。此暂有之我，又未尝不水逝、云卷、风驰、电掣而疾去也。”一切皆可变化倏忽而疾去，宇宙却永恒，永恒的宇宙永远瑰丽。人者——“暂有”而将“疾去”之“我”，当拥抱新生，迎接死亡，向永恒宇宙展示一份生命的美丽。

彼时，无人晤语。而今日，一腔感怀却人间毫无可言者，惟有魂飞九霄，诉诸想象中的天帝。

最是春色初浮

冥冥中像是听见了春之脚步声。

这般悄悄姗姗!

何时,风却从东方吹来,湿湿润润,柔柔和和。诗云:温风如酒。

风也微微,雨也霏霏。那雨,同样地飘飘洒洒,轻轻绵绵,直将一颗心淋得酥软。而那沙沙雨声,却成了妙不可言的音符令人陶然。

生发于大地的潮气已经漫过窗棂泻进屋来,却是闻到了那股伴有草香的泥土味儿,空气如滤过一般。

陈叶已化作泥土,草地上泛起了“遥看近却无”的濛濛绿色。

灰暗的落叶林已然绿色浮泛,傲然寒冬的常青树更是新芽萌动勃勃生机。

纤细的柳枝爆出了谷粒似的芽苞。

群山正被晨霭唤醒。

溪涧里的水已更为清澈盈满,岸畔率先吐萼的野花绽放着春的笑意。

一株竹子喀嚓一声甩掉了满身冰凌,抖擞出一团青翠。

转瞬,墙角寂寞的腊梅已是黄花点点暗香浮动。

“梅破知春近”,春真的已经降临。

只身来至郊外,独对濛濛春色。

仿佛有一声重重的叹息,就像一个沉睡千年的灵魂在刹那间突然醒来时之生命的感慨。

一种久违了的情感在心中澎湃。

为了这一天，竟是等待了一整个漫漫冬夜！终于伸开双臂，拥抱这至为温馨的春。

初春的心情很特别，独一种情怀。此时，你再不需等待，也不用企盼，你所希冀的春已经如期而至——无需患得；也不用伤逝，不会有那种惟恐一天众芳摇落、落红满阶的哀伤，花还没有开呢——不用患失；更不至产生黄叶飘坠、雁声会把高天啼冷的悲秋情怀，秋天还远着呢。不将不迎，不牵不挂，恰是拥有一份从容，一派淡定，一片自在，那是初春的赠礼。

喧嚣、骚动、沸腾的尘世已经隐去，一切的愁心都退去了，所有的忧思都省略了，似乎前方的道路皆由鲜花铺就，眼前皆是玫瑰色，恰如写在春联上的一句句美好的祝愿。昨天的缕缕灰暗已成今日的一片明艳，即便曾经泪眼婆娑的岁月也终于灿烂为笑靨如花的时光，日子如水洗过般的透亮。初春，送你一份喜悦而满怀希望。

爽洁的空气里，人人都君君谦谦，彬彬有礼。昔日的棱棱角角顿时磨去了，哪怕与人纠葛，也不甚计较，倒也大度。就连复仇的心也会在温温的春色里软化下来，而可一笑泯恩仇，多了一份宽容与慈悲。就是那赳赳武夫，此时也几许书生意气而斯文许多。初春，使你心境平和而充满爱意。

揽镜自照，却见容光焕发，片片红润里已是年轻了许多。眼前的一个个男人已更为倜傥，一个个女子尤为绰约。即便那日暮老人，看上去也几许英气更几分睿智。一对平常夫妻此时也为美丽所引，越发两情缱绻两两相悦而多了一份柔情，心中默默诉于对方：我心中只有你，你始终是我的唯一，永以为好——仿佛是苦恋情侣的邂逅，不觉间已经拉起他或她的手。年青恋人早已柔情蜜意，生死以之，风送春色中更是意惹情牵，昵狎温柔。初春，让你更为浪漫而多情。

此时，绿也淡淡，翠也浅浅，红也濛濛。春色方萌，萌而不觉，觉而不察，你不至被五颜六色、目不暇接的繁花所引而迷惑而狂乱，不会太过痴情太过用情，而会异常地平静，安谧。不思人生，不念尘世，只是贴近自然，融入自然，觅一份最纯净的生命本色。不想兼济天下，无意功名利禄，只希望有感情的寄托，灵魂的归宿。初春，令你恬静而淡泊。

此时，你不会也无须“心事浩茫连广宇”，你只需“空床卧听南窗雨”，只需“凭栏凝伫”，只需“待月西厢下”，只需听草与草的细语，只需拈花微笑，只需“把芳心、深意低诉”，只是作为一个精神的人立于天地间，灵魂在宇宙间飞翔，成为顶天立地的觉者，终于超然物外放下人生的担子。初春，教你不再实际，也不再世俗，而更为洒脱。

“偷得浮生半日闲”，你终于成为闲雅之人，非但身闲，也心闲——“闲到心闲始是闲”，清虚如玉树临风。

人莫乐于闲，非无所事事之谓也。闲则可以访友，闲则可以游山水。闲则可以看书，闲则可以作画，闲则可以弹琴，闲则可以赋诗。闲则可以冥思，闲则可以遐想。闲则可以“悠然见南山”做个桃花源中人。

忽然一天，你听到了鸟鸣，见有雁鸿从头顶掠过，树丛间似有黄鹂翩翔，柳遮花映，雅绿娇红，你终于按捺不住了，遂转身回屋，打点行李准备远行，寻向梦中那片山野。

忽想起初上学时唱的第一支歌：“春深似海，春色如黛。”童稚的我，正春心荡漾。

初春，本来是个梦的季节诗的季节，萌动美丽萌动希望。

初春，正是装点人生春色。

君可知，一生的春色，需要一生的装点。

读雨四季

雨既然是一种自然现象，就并不按照人的需要适时而均匀地落下，而有种种的雨，比如细雨暴雨淫雨乃至冰雹雪霰等等。雨之多雨之少雨之滥雨之无，人们总是从自己的角度或好之或恶之，忧雨愁雨怨雨恼雨喜雨惧雨，这份情致永不可了。雨不仅决定人的生存境况，也影响人内在的情绪甚而性格、志向等等。常说风雨，其实雨并不一定伴随着风，风也未必与雨同至，雨就是雨。雨是一种情境一种情致，一种意趣一种韵味，雨是人生一条绵绵不绝的河，人的多少喜怒哀乐都会从这不竭的源流涌流而来。“风流总被、雨打风吹去。”雨即人生，人生如雨。

随着崖下最后一片积雪化去，空气不再干燥而变得氤氲湿润，田畦的土不再是条条干冻的萝卜丝状，而成了团团酥软的湿泥，渐渐地泛起“遥看近却无”的濛濛绿色。抬眼望去，千枝万树不是躯干变成了青灰色，便是枝条上绽出了星星嫩芽，一摸自己的头发竟也是湿漉漉的，方知于“润物细无声”的雨中春已悄然而至。对于许多人来说这也许便是对于春天的头一回记忆，一个迷离的初梦。直至一生，都会不断去追寻这个初梦，靠近这个初梦。

华夏中国多山多丘陵，首害总是旱。淮河——秦岭竟成了一条分界，南则多雨北则少雨，因地制种植而南稻北麦，自北而南春天麦儿扬花夏日稻儿灌浆，不幸其时正有干旱分临南北，农者望着一个个麦穗儿稻穗儿在干渴中蔫垂而忧心如焚而呼天哭地。晚间躺在床上，火燎之心怎可睡去，总是竖起一双耳朵——但愿屋顶瓦背有雨点洒落，却终终肃静。正闻沙沙有声，瞬间雨点已住，终于空欢喜一场，焦急失望之心尤甚，盼之切莫甚于盼雨者。大地晒得冒烟，天空总是瓦蓝瓦

蓝,似乎什么都附会了那个古老的传说,只有祈求神灵保佑,从而演出一幕又一幕滑稽可笑的迷信闹剧,凝进多少希冀多少祈盼,也凝进多少哀怨多少凄苦,无论是否应验有灵,其一片虔诚总可原谅。而结果,还是不得不勒紧裤带,不得不背井离乡,不得不……最可畏者,无雨。

骤然雷霆大作,瓢泼大雨铺天盖地。不多时,莫说江河洪涛翻滚,连田畴也已"水漫金山",不知是好容易成熟了的麦穗儿稻穗儿终又没入淤泥,还是那嗷嗷待哺的麦穗儿稻穗儿终得甘霖而可吐蕊结实,幸耶灾耶,一时茫然不知所以茫然不知所措,那抑郁的心却在一场大雨中苏醒了,变得亢奋激动,连说话也音若洪钟声震山野,骂也狂骂,笑也狂笑,灰暗的人生终于催发为一支狂放的歌。此时早已忘却得失计较世俗生计,只为眼前这突如其来的震撼心灵的大雨所噪动所激荡所狂痴。雷雨,是一阕石破天惊的乐章。

梅雨季,淫雨霏霏,无有尽已,简直让人对太阳都陌生了,不仅江满河满溪满涧满田满路满,到处是汪洋泽国,就连石柱子都吐出水来。穷者墙陋瓦薄,这儿那儿处处漏水,无奈只好搬来一个个坛坛罐罐,滴滴答滴滴答,尽是愁声哀音。而此时路上,更是泥泞路滑,每每让行旅者断魂。一代豪杰霸王项羽当年兵败东城,想来未必只输于战,也可能祸及气候,设若不是身陷这水乡泽国的泥泞,未必那马儿就不向前跑了,也许正是于绵绵的雨中使他更觉其风声鹤唳四面楚歌,而全然瓦解了平生之豪迈意气,终于唱出"虞兮虞兮奈若何"的千古悲歌。淫雨可厌。暴雨可惧。

"秋风秋雨秋不尽",古代文人爱悲秋之作,总是太多渲染秋雨的悲凉与伤感。其实,尽管秋雨淅沥,并非绵绵不已,远非淫雨,实为农事所需的甘霖,可谓霖雨苍生,即便秋汛也少有成灾者。只是由于其时气候变冷,大自然渐渐退去了夏的浓艳,更有朔风吹来,而那寒冷的冬季就将来临,遂使雨中人入彀了日暮黄昏的悲凉意境,将秋雨描绘得如此苍凉不堪。须知秋之萧森并非秋雨所致,相反它稀释纾解了秋之冷峻苍凉,给秋饰抹上一层温煦色调,秋雨实是雨之最蒙冤者。这悲秋情怀,也许多半出于异乡羁旅者,眼前秋风萧瑟,万木凋残,雁阵南去,最易撩起乡思乡愁,不得不发"天涯倦旅,此时心事良苦"的怨叹。真实的秋雨却是另一番景象,你看,"断虹霁雨,净秋空、山染修眉新绿","对潇潇暮雨洒江天,一番洗清秋",人们大可去体味秋的绚烂,让片片情思飘逸在凌霜秋英竞艳争芳的浓浓秋韵里,即便"雨打芭蕉",只要不自作多情,"叶上并无愁雨",也无须"乱愁如织";即便“冷雨敲窗”,“梧桐更兼细雨,到黄昏、点点滴滴”,这次第,无一个愁字也可了得;“留作残荷听雨声”,荷虽残,那雨声未必就悲,总不失是音乐,且最是天然。秋雨是歌,不是悲歌,是清歌。

雨于人之最可喜最可美者莫若春雨了,“野田春水碧如镜”,“水赴陂塘散漫流”,“一池草色万蛙鸣,夜船吹笛雨潇潇”,以及“雨脚收不住,斜阳半古城”。是雨,装点出春的十色绚丽,造化了春的无限美景。这是“杏雨”,这是“胭脂雨”,这是生发万物之雨,这是装点景色之雨,这是催发诗兴之雨,这是萌生爱情之雨,这是陶冶性情之雨,这是感召人生之雨。入漓江,“雨晴江树碧”,“水合青天流”。进黄山,“万山浮动雨来初”,“远峰带雨没,流烟乱雨飘”,不觉间已是“岚翠扑衣裳”。访西湖,则“淡烟疏雨”,“柳叶乱飘千尺雨,桃花斜带一丝烟”,“雨中草色绿堪染,水上桃花红欲然”,终于不再“雨恨云愁”,不得不发“江南依旧称佳丽”之叹。濛濛细雨,渲染一切,浸漫一切,温润而迷蒙,诗意又惆怅。雨即我,我即雨,雨即万物,万物即雨,己与雨与万物浑然融为一体,天地并自我之心境都因了这绵绵雨而变得美丽温馨了。杏花细雨中,忆先人而思来者,生生不息,物我同春。春雨如诗。

冬雨该是南方的气候现象,北国已属罕见。那雨,不是雨,而是铁,置身冰冷雨中,必冻透全身。尤其那冻雨,沙沙沙沙沙沙,宛若粒粒钢渣,扎得一颗心恓惶战栗,不由哀叹天地无情人生多虞。然而正好于一场酷冷极寒中从一种久久的麻木中苏醒,奋昂一颗经受雨之洗礼而清亮的心,抖擞全新的精神。而那涔涔雨水,早已深入地下滋育一方生灵。冬雨,是沉沉的咏叹!

夏季,当雷声隆隆,骤雨飘洒,你不妨投入雨中,汇进大雨涤扫寰宇的浩荡里,一洗身之燠热心之烦躁,让自己涌动激越淋漓畅快。秋日,你可独立寒窗,让潺潺雨声绵长你不绝的思念,恋远方情侣,念天涯友人。春时,你当望一帘“雨脚如麻未断绝”,潜身田野山峦溪涧,全然没入雨中,让雨的性灵渗入自己的肌骨,浑融于雨的点点斑斓——“斜风细雨不须归”。冬天,纤纤雨丝想已化作片片飞雪,“白雪满空来,触处似花开。”一夜间装点无限江山,当你踏入茫茫雪野,顿然便被冰清玉洁所浸裹,“一片冰心在玉壶”——正好于晶莹世界升华自己有如涅槃的纯净心灵。

雨中劳作,苦中有乐,只因为怀着丰收的希冀。雨中行旅,苦则苦矣艰者艰矣,却可磨砺人的意志,勇在困境中跋涉。雨中赏景,濛濛曼曼,一颗心早被美丽贮满,乘风醉雨中仿佛自己也有了雨的空幻雨的空灵。雨中读书,清静闲雅,自有片片思绪浮起,终然文思泉涌。雨中沉思,有若雨之清冽水之澄澈,遂不再有“剪不断、理还乱”之惑。雨是一个永恒的主题,缠绵悱恻,相思风雨,只要你爱过,你的恋曲中便一定有自以为美丽的雨中曲。不过还是去听雨吧,那雨,或濡洇花枝或浇淋原野或洒落泥塘或飞溅瓦背或濯洗山林或涤荡岩崖或倾注江河,缓如弦急如鼓脆如磬轻似蝶鸣柔似絮语狂放如流瀑,千回万应,跌宕起伏,如何不是天籁啼唱寰球律动,在那里你将听见大地旷远的回声,洞彻生命的真谛,那是大可了悟一切而为禅的。

走进雨去。让雨,伴随人生,淋漓人生。

常春藤

田野泛绿，山峦溢翠，小溪流急。家乡的景色把我的心都给撩动了。

足止村口，却是惘然无限，昔日的故里终已成了陌生的客乡。山容水态，路径房舍，甚而树木花草，早已一改往日容颜。进而思之，那有灵性的芸芸众生呢？是否更是多半作古，不见了冥冥之魂？有无一个神灵之物，历经数十个寒暑春秋，依然神情如昔音容如故？可有这样一位异于其他的相对静止者？

哦，快去那所碾坊吧，从那儿走进通往家门口的那条幽暗的长弄堂，也许那蓬攀援泥墙的碧森森的常春藤才是你熟悉的可感亲切的，昔日的一切会从这记忆的回音壁里再次映现，寻回你如梦的年华。在这所牛喘息人流汗谷呻吟碾啜泣的低矮潮湿的碾坊里，记录着你童年的全部苦涩，在这里待过熬过的多少时光都因了这蓬碧森森的常春藤而让那颗凄苦的心有了一丝温馨一缕慰安。

可是，那所碾坊可屹立如故？那蓬常春藤依然能苍碧如昔吗？

茫然地来到溪畔。啊，是纱帐？是画廊？是城垣？呈现在我眼前的几乎是一座翠碧的山峦——莽莽常春藤爬满了溪畔一整排楼房的墙壁，在它上面覆盖了一层厚厚的绿毯。我，终于被推进绿的无限深的海洋，忘情地扫视着凝望着这神奇而美妙的藤幔，那一张张油光闪亮的叶子像在湛蓝的海水里浸过似的，翠绿欲滴；朵朵鹅黄的小花娇羞探头，宛若夜空中的点点寒星，忽闪忽闪向你睐眸。

常春藤，素朴无华，一派淡雅中却蕴蓄着自强不息的奋进精神。石隙，墙缝，砖壁，多低劣的处所多局促的环境，恰在这几乎没有养分的地方伸出了它那纤细的卷须有力的吸盘，艰难地攀爬，攀爬。一个枝芽，又一个枝芽，无限地派生出去，

枝枝蔓蔓，茂茂密密，占据天地之一隅。它们一点也不你我侵扰，丝毫也不互相挤压，它们决不为己之生计而影响他人之生存，总是寻觅为自然认可的位置，在天然所使的区域里生根发芽。老者，伸展它那强壮的脊背，托着一个个幼者去到新的栖息地，默默地忍受着重负而无一声怨叹；幼者，生怕践踏老者的身躯，蠕蠕而动，缓缓而行，去到那更远的地方抽枝展叶，吐蕊溢馨，用新生告慰老者。正是这样代代相互自告奋勇地承担重压，减轻了它们各自的负荷；正是这样各相攀援、互为支撑，凝聚成一种特殊的合力，维系着它们相依的生命；正是这样谐和、谦让、互为照应地生活在一起，使得它们的生存方式合乎自然法则，得以开拓出一片又一片的新天地，辉耀出生命的无限光华。啊，常春藤，多独特的个性！多非凡的生命力！

那所碾坊竟独然犹立！只是由于那蓬常春藤随岁月而蔓延为一片葱绿的世界，终然卫护了那堵满目疮痍危在旦夕的泥墙，使它历经风雨而不倒……

晨曦唤醒了我甜美的梦境，我推开楼窗迎进家乡所有的黎明。哟，一枝嫩黄的藤芽昨晚已悄悄爬来窗沿，习习微风中向我频频招手。

我笑了，仿佛听见心底那甜甜的笑声。

山石无语

黄海之滨，渤海之岸，延展着长长一个山东半岛。

地域辽阔，风光秀丽。

放眼望去，首先映入眼帘的总是一座座高耸的山峰。无论是崎岖的山地，起伏的丘陵，抑或曲折的海岸，万般风景都从这隆起的脊梁画出。

山环岭绕中，山的其他部分都遮去了，留在视线里的只有兀然矗立的峰巅。山石却不是常见的黑色或灰色，而是纯然一体的粉白，更不是那种风化了的斑驳破碎，而是浑然一体的峭拔岩壁，若不是石罅间有草木蔓生，会以为乃是一块完整的巨石。

因其白而明丽，因其雄而伟岸，更是于峭拔中显遒劲。苍苍莽莽勾画出大地的曲线，勾勒出天幕的轮廓，赋予天地万象以神秘的情韵。

那是宇宙的气势，那是大地的魂魄，那是天地交泰之美的无限升华。

这些峥嵘轩峻的花岗岩山峰，一直这样巍然屹立，千古如斯。

奇峰倚天，山色凝秀。这美丽的白色山岩如此让我迷恋，令我一次次引颈翘望，一次次走进它的深谷，一次次攀援它的顶峰，一次次让自己沉湎无限遐想。

晨光熹微，它初露一脸雍容，温文尔雅；落日熔金，它饮醉了阳光的浓醇，满泛红晕；正午，它浮光跃金，莹如白玉，亮若飞瀑，你却只好眯起双眼偷觑一片灿烂；皓月升空，它静影沉璧，倩若美女，此时恰有枝叶飒飒，如作古人语，不由你如形随影，沉入冥冥。

太初之时，这里只有嶙峋山峰峥嵘岩石，很久很久以后山岩才渐渐风化，才

“草木生之,禽兽居之,宝藏兴焉”。山下的世界已是接受岁月的洗礼而面目一新,只有这矗立山顶的岩石一如初始,依然瘦骨嶙嶙,森严嵯峨。而如今,却终于成了矫矫不群的孤存者孤立者。

不知是坚硬的岩石不易风化,土地不能发育,还是缺水少雨不利植物生长,沟沟坎坎里不过簇簇矮草丛丛灌木,一片荒芜的样子。一条条山涧,夏日一两阵大雨咆哮过后,便久久地干涸。这山的世界始终荒寒萧瑟,山岩却只专心昂首向天,而毫不在乎它脚下的这片天地。

离山峰很远很远的地方,岭岭坡坡里才有了稀疏林木,才有了连绵耕地,才有了片片果园,才有了一处处村落,才有了忙碌人群,才有了车来马往鸡鸣狗吠。不知这默立的山岩可曾注目、留心过这人的世界,抑或它从来都厌烦于这一切?

北国的春天总是姗姗来迟,杏花正放,已是过了清明,待谢了鹅黄艳红,便到了夏天。夏日的景色最美,熟透的麦子一片金黄,而满坡的果树正浅绿深翠,相掩相映,灿烂出无限风光。至秋,玉米谷子黍子豆子果实甸甸,洒落一地清香,而红红黄黄的桃梨柿樱苹果葡萄山楂挂满枝头,一串串亮丽在金色的秋阳里。谁都会觉得这是个富饶而美丽的地方,只消在果树底下这么一站,便已感到生活的那份甜美和果农的那片欢乐。景色迷人,果香诱人,更是情意醉人。

秋去冬来,一片片耕地袒露着收割后的狼藉,一棵棵果树萎缩着干枯的枝桠,山边的蒿草、池旁的芦苇、残留的黍秸孤零地摇曳在朔风里,曾经鲜活闪亮的生命现时却在诉说着自己的千古凄哀。山上落了叶子的榆槐已是一片灰色,点点簇簇的松柏早已失去了生机,“望林峦而有失,顾草木而如丧。”苍凉,已是包围着整个冬天。

没有了活儿的农人,霎时清闲了,心却变得落寞。春而夏,夏而秋,他们把大把大把的汗水挥洒田野,现时则只好将大片大片的光阴消磨酒中。日饮三餐,豪饮而醉,无有尽时。并不讲究酒菜,只要有蒜有葱便得,烈而又辣,更是过瘾。千种悲喜万般心事,无如一醉尽忘之,醉了由他!

除了酿出一坛坛白酒,粮食还是粮食,水果还是水果。自然,地也还是那些地,庄稼也还是那些庄稼,生活也还是那种生活,酒也还是那种酒,也总是愁没有酒喝,愁没有永远可以喝够的酒。越是没有酒,越是想酒喝,越是想醉,人生的其他都模糊了淡忘了,只有酒的意识永远清醒着亢奋着。酒也终于成了一种文化,且源远流长。

奈之山岩冥顽山石吝啬，总是不让风化更多的泥土，土地总贫瘠，收获总不丰，而人口却繁衍得稠密。生而何艰？人生何欢？只好远走他乡，而又没有别的营生，便只好当兵，也许同时在召唤他们的还有“大碗大碗喝酒”的梁山美梦。多少朝多少代，总有那么多人去当兵，且不论什么兵。既然无以谋生而出走，离开家乡那一刻也就没有多少留留恋恋，一走了之，从此不再回眸故园。既是当兵，也就把人生交给了兵事，喝酒的汉子更是刚烈英勇，酒中便可舍生忘死，终于好汉代有英雄辈出。多少人倒在了战场，那枪林弹雨中活下来的，也不再回来，贫瘠的土地既是当年未能留住他们，今天也就无法将他们召唤而归。

喝酒的男人走了，把一副家庭重担撂给了不喝酒的女人，直至喝酒的男人牺牲了，或是在外面娶了女人，不喝酒的女人依然拖儿带女守护着那个因为没有男人而黯淡而困顿了的家园。她们满怀惆怅满怀早已渺茫了的希望，一直眺望着男人离去时的那条泥路，头发白了腰驼了，“望夫君兮未来”。哭望天涯，天地为愁，草木凄悲，柔情的女人总是唤不回铁血的汉子。山上的岩石却是被感动了，立时变成了一块块望夫石，男人永远不归，望夫石永远默立，女人永远瞩望着望夫石，望夫石终已变得苍老。

喝酒的男人于战事国事一腔英雄情怀，一副侠义心肠，对妻儿家室却从未意识到自己的责任，更是从未因此而有所自责或感到愧疚。喝酒的男人从来一时心血来潮，并不思虑太多，只管今天哪论明日，只图生前何论身后，一切都已在酒醉酒醒中忘去。一身阳刚的汉子最不屑最轻蔑的便是卿卿我我儿女情长，尽管也需要女人。

山岩中长大的男人，风骨有若山岩，消得风雨，经得磨难，从来昂首挺胸，铮铮铁骨。性格也一如山岩，沉默寡语，不事喧哗，不喜张扬，不爱言笑，总是沉静一张严肃脸孔。他们是大山的儿子，气概也如大山般豁达，不论大事小事，“行”与“不行”便得，而不爱磨磨蹭蹭，更没有那么多淡话。市售水果，地摊陈列，问其价，答曰“三斤”。乃是何意？十元乎？五元乎？不该说的省去了，该说的也省去了。而今宣传的声音铺天盖地，总是“说理者多，行证者少”，不知此山民何以相融何以相合又何以相容。豁达者自然大度，蔬菜买卖，水果交易，那半斤几两的零数自己便除去了，这是蔬菜水果呢，又不是黄金！无怪乎即便商场里也人声不喧，不像南方人讨价还价，喊得满天响。

平常小事，喝酒的汉子从不叨叨，更不与人口角，而如果你要诚心欺负，或有

伤自尊，则非挨拳头不可，“胸中小不平，可以酒消之；世间大不平，非剑不能消也。”喝酒的汉子尽管有所粗豪，却心阔如海，恂恂而有君子度，恩也放得下怨也放得下，什么都可大而化之。你却不可当面恭维，不然他便只好抱拳高拱：“吾酒徒，非儒人也。”

既是汉子，办事也风风火火，火急火燎，全没有那种忸忸怩怩拖拖拉拉，一如浩荡山溪，只注重结果而不耽于过程，一阵大雨后便狂奔而泻，顿然全倾大海。

一代又一代人新生了老死了，一代又一代人劳动、繁衍生息而创造一再的辉煌，一次又一次湮没泥土，一次又一次被洪水冲去而不留一丝痕迹。只有山岩目睹了一切沧海桑田，它却不愿诉说。

不知地处津要，还是兵多仗多，总是战火连绵。多少朝代更替的战争，多少血雨腥风的日子，无数的刀光剑影都烙进了一座座山崖的年轮，山石的一条条罅隙至今仍残留着兵燹的印迹斑斑，一道道岩壁一直回荡着战鼓声声并厮杀的声声惨叫，山岩知道一切的灾难一切的罪过，知道该咒谁该骂谁，它却不愿当作故事细述。它只知道任何战争或者争斗都改变不了土地的颜色，都改变不了自然规律，也丝毫不会改变人类的历史进程。它冷漠于战争轻蔑于战争，更不刮目那些战争中的显赫人物或是英雄——这一切都算不了什么，它甚至在嘲笑那些暗中追逐荣誉的人。它知道天体运行的奥秘，它只希望万物万类在循序渐进中演化、发展，而不喜欢人为的种种突变——比如战争，有如山洪肆虐总是灾难。而无论人类怎样暴虐无情，它都包容着，以它壮阔的胸怀。

山岩知道这儿的每一片云每一寸土，清楚这儿的每一棵树每一株草每一朵花。山岩晓得一切的善一切的恶，明白每一片善心每一缕邪念。它却不想评说。人类不过是历史的一瞬，而眼前这人类的一瞬中却有多少是属于浮躁与虚矫？山岩正是不屑于浮躁与虚矫。山岩只默契于天机，而天机属于自然，无由解读，无从述说。

山上有寺，寺有楹联，书曰“山色空人事”。山色本空濛，而自从有了人类，人事何曾“空”过？这寺这庙这楹联便是不空，空者正是不空。经中便能觉？佛前便可悟？而山色究如何？只有山岩知，它却不语。昏者滔滔，知者默默。

山岩寂寞。而今终于不见了旧日的鹰，雁也不再路过，除了偶有一两只兔子跳跃，再无光顾者。一年中只有数次狂风呼啸而过，几阵雷电闪耀天空，一两场大雨在头顶奏响乐章。只有轻云浮来时有几许诗情，雪花飘飞时有几分逸韵。高霞孤映，明月独举，白云谁侣？

花开花落，岁月不言，山岩依旧。山岩默认周围的世界，默认自己的寂寞。它只是自然无饰地傀立天地一隅，亭亭物表，皎皎霞外，永袒一片本真的粗犷。山岩只在心里写静默的心声。

山岩沉默。山岩美丽。永远沉默。永远美丽。

郊野情思

墙上的挂历已经翻过了春的许多日子,窗外那株刺槐却依然黑黑着,未有爆出一星丁绿来。

我怨这北国的港城,春之脚步何以姗姗来迟!

风之烈使人畏葸,寒之厉让人惶悚,无奈久久蜷缩斗室,不觉中生活只留下了琐屑,留下了千篇一律,恹恹地甚而懒于走去书桌,光阴已然黯淡为一潭死水。

夜来风雨声。醒来却是晨光熹微,空气里洒满了浓浓的清新。我已无意再去睇眸那株黑槐,心中荡漾起南方家乡柳依依波渺渺的温柔,怀着乡愁者不可遏止的激动匆匆奔向郊外,去寻觅梦幻中的田园诗。

不期然茫茫原野已是春景弥望,无边的春色从四面八方向我涌流而来,霎时间便被裹进了绿的海洋。

一棵棵麦苗在向我招手,一枝枝草芽在向我打问,一枚枚新叶如婴儿嘘息般地在轻抚着我的脸颊,一株株粉的红的果树撑着水珠莹莹的花蕾向我摇落着一个个无比瑰丽的梦境。从它们的低语它们的吟唱里,我闻见了万物复苏的喧哗声,生命跳荡的呐喊声,听见了从漫漫冬夜醒来的春日宇宙那曲激越的清歌。

我的心被撩拨着,渐渐地躁动起来,开始狂跳开始奔突,向着生意盎然的天宇绿色摇曳的大地,骤然间感到了生命的热烈生命的跳突。绿,生命,在我的体内颤动,宛如丝弦在琵琶上轰鸣。真想用最激情的彩墨描绘这大自然之美,可惜不会,况且这颗受绿的呼唤而奋然了的心是了无可画的。

我向原野的纵深走去,来到两条河流汇合的地方,其实我曾不止一次地路过或来过这里，那杂草狼藉着的干涸河床每每让我乘兴而来败兴而去。倏然，眼前闪过一抹波光，同时映见那座大桥的危影。我急急爬上高崛两岸的桥头，引颈而望，但见一汪碧水从远处奔流而来，泱泱然一直伸向浩淼大海，河海相汇，潮浪相逐，一派汹涌。我的黯然了的心骤然变得明亮、奋昂，有如粼粼波光渺渺澜漪。我终于看见了多少回在梦中躲藏的胶东大地上汤汤流淌的河，窥见了她那无比壮丽的一瞬。昔日我曾多么抱憾这河的干涸和丑陋，竟以悲叹为文，今日思来有多么地愧疚，又多么地因为能够悔悟我的愧疚而慰藉自己，我终于能够忏悔我的浅薄和偏见，赎偿对她曾有过的不恭，从而圆了那个凄哀而又温馨的梦。

不知我已伫立多久了，不知何时潮水已经退去，河又恢复了它的平静，显出它那缓缓流动的婀娜身姿。

流水映着落日，映着澄明的天空，映着两岸的绿，映着晶莹的花光，闪射一河的斑斓，似有无数梦幻般的绚丽从那里流溢出来，世界的一切都退避到恢恢天幕的后面去了，只留下这耀眼的美丽。

人在归途，心却依然徜徉在那片绿那片斑斓里，一时间这绿这斑斓给了我这么多宁静，这么多宁静中的思考，让我能够追忆许多希冀许多寻觅，能够热烈而清醒地去歌一切哭一切，霎时感到一种超然的愉快和轻松；同时，那片激情那缕憧憬那束希望的光焰正从心的一角升起，仿佛忽然置身山巅之茫茫云海，只留下飘逸的空濛，而远方初阳正于一片混沌中向你托来满天霞光。我，被升华了。

到家，一片灯光摇曳里窗前那株刺槐已然满树艳亮，绽放着鹅黄嫩绿。因何那时我却不曾看见它，而且是那样殷殷地企望着？

原来，我已在一再的失望中遗忘了它，永久地移去了投在它身上的目光，或者毋宁说只是缘于主观心境早已失去了翘望它之新生的信心。“将人类从其沉溺于感性的、庸俗的、个别的事物中解放出来，使其目光远瞻星辰。”——终然感悟：人只有当他有着远瞻星辰的心灵时才能看见真切的世界真切的自我，才能驾驭自我昂扬自我；浑浑噩噩时尽管想得很多，却只能是一堆通向“无理性之乡”的庞杂，至多让你进一步搅乱自己而不知所以。

人有时之所以感到空虚落寞并非真有所空虚落寞的处境，只是因为他飞离了多彩的生活现实而让自己处在自设的“空虚落寞”之中，也许正是在谋求续延和扩大自我中失却了自我，正不知我之为我和何以为我，乃至是一种滑稽的灵魂自食现象。我原先感到的那种“黯淡”以及由它所衍生的种种惆怅，正是由于在自己心中首先黯淡了那盏人生之灯的光亮而给生活投去了阴影。看来，人必须不断地调整自己升华自己，这调整这升华在某种意义上是一种超度一种突破。人不应该是那具由那口蒙住眼睛的牲口拉着的石碾，一味地盲目地滚动，而自身却落进了一个久而复始的永不可挣脱的圆圈，因不能把握自己而丧失自己。人应该是一轮高悬的太阳，永远有自己的光芒四射自己的五彩缤纷。生活中的那潭“死水”只有自我的太阳才能融化，才能重注清泉，泛溢起生命的浪花，才能使自己从某种迷惘某种困惑中解放出来，获得自我的升华。

人，只有在大自然中才能陶冶自己甚而重铸自己。

河的畅想

南北之河

我终于看见了北方——不如说胶东的河。

临窗而望，车外掠过的大河小河没有一条不是干涸的，大凡都没有垒砌的堤岸，河床里泥堆沙淤，草蔓棘生，不见一枚哪怕粗粝的卵石。

它们是河吗，它们也可称之为河吗？我问这河。

见惯了南方的河，我的尺度只有南方的河。

它们是河，是的，它们是河。你看那宽广而犬牙交错的河床！它们无疑也曾有过泱泱大水的日子，在它们的母腹里也曾流淌过滋养万物的乳汁。

印在我脑海里的总是家乡的那条小溪，那细细红红的沙，那明澈纯净的水，那绿树绕堤的溪岸。春冬夏秋，阴晴雨雪，这溪，都有它的无限风姿。盛夏，一场瓢泼大雨，翻滚的洪水穿峡突涧而来，轰然震耳，给人以一种莫名的激荡和舒畅。深秋，细流如带，来到拐弯处，却是碧潭盈盈，澈可照人。隆冬，晨光熹微中冰凌闪烁，俯身看时，涓流汩汩，鱼游浅底。桃花汛时，春水满溢，潺潺流急，拍打得岸边的幼花弱草晃晃悠悠，不时落下一枝芽苞一瓣花蕾，将水面点缀得五彩斑斓。猛然一个鱼浪，后生们扑通入水，循声寻鱼，忽而漫步上蹚，忽而急步下蹿，笑声撞着浪花，喧腾一片。时值清明，溪堤两岸桃花开梨花开，浸红了水染白了溪，更加唢呐声声，逗得满野欢快。童年的我，这溪，就是诗，就是歌。

这就是我梦中的河，那河的姿色，河的情趣，河的韵味。

眼前这胶东的河，却全然另一番景象，相形之下它们少有河的柔媚河的俏丽，

显得粗犷而苍莽。然而，却有一种特殊的魅力，催人遐想，发人感慨。它们也许不像南方河那样耽于过程而注重结果，于是便急急地将汪汪水流顿然全倾大海。而天公又不公，总是比南方少赐它们以雨水，于是短暂的雨季过后，便嗷嗷待哺。然而，它们却从不眷恋、回顾和踟蹰，而是一往无前，用它曲折而不断延展的身躯给两岸以蓬勃的生命。

原来南北之河只因各处自己的位置，才各赋有天然所使的性格，闪耀着各自的色彩。世界纷繁多样，你去欣赏它之美丽时当融会于她的千姿百态，何必执着拘泥于单一？

我爱南方的河。也终于爱北方的河。

兰江凝眸

兰江，在你闪亮的幽蓝里，映现出源头家乡的童年岁月，照见了扛在父亲肩头的扁担和母亲嗡嗡摇着的纺车。你有多么亘古，多么悠远！

今天，你却变得这等深沉，仿佛睿智的绅士；这般飘逸，犹似妙曼舞伶；如此妩媚，像是娇羞的少女。

所有都化作了沉沉的宁静，宁静得有如一位得道者。终使我思绪的河流也因之凝滞、枯涸，没有涟漪，没有飞溅的浪花，没有鱼儿轻盈的穿梭……只有自己沉闷的呼吸。沉闷得像岩石，像板结的土地，像颓立的墙壁。

你太温柔了，不，你太驯顺了，你竟至失去本真的天然，纵令我不敢太多凝眸。

你曾穿峡突涧，你曾飞泻山梁，你曾蜿蜒平畴，你曾急急流淌。记忆中想象中，你是汹涌——携着山水的情怀；你是咆哮——驮着历史的忿怨；你是呜咽——怀着人间的愁苦，你竟日唱的本是自己的音乐。你弹出沉重的歌，使你自己更加凄寂，以你的凄寂冷漠人间的丑陋。

而现在，你好像是畏葸了萎缩了。你毫无理由约束自己限制自己，而应该放任自己膨胀自己。你应该永远地展现自我，既是江河就应该淋漓江河的色彩，有着江河的性格江河的气魄。

你是大自然之子。你是你自己的主人。你应是一匹脱缰的野马，不顺从理性，不顾及后果，永远无畏无惧。你这样无所顾忌地流去，泻去，便谁也奈何不得你，谁也阻遏不住你——终使你成为自己的你。

这是磅礴。正因此吞天地之浩气，你才不愧海之源，有资格汇入浩瀚。

我当然喜欢你这荡漾的清波，可我更希望看见由你的汹涌你的丰沛造化两岸的无尽绿色！

惟有漓江

黄河太雄浑了，且总是那么喜怒无常，不是一时的洪水泛涨，便是久久地断流干涸，总是让人想起亘古的苍凉。它悠长而久远，也给人以悠长而久远的饥饿、战争与悲怨。

长江太汹涌了，一年三百六十天总是那张涨红了的狂醉脸孔，汹涌得让人喘不过气来，竟至来不及欣赏它的姿色和韵味。它有时竟容不得田野村舍，只有一任泛滥的自我。它总是让人想起狂暴的大海，让脆弱的生命战栗。

而多少江河，又总是流于平淡。

惟有漓江，永远是两岸青山，永远是碧水盈盈，永远诗情画意，永远让人在美的愉悦中感受人生的绚丽。

入漓江，便忘掉一切。

漓江，让人销魂荡魄。

树下絮语

山峦似乎已变得低矮，只有这棵郁郁古枫高耸在蓝天。

不愧是千年生灵，果然苍劲古茂奇拔秀逸，冷然之外笼一层凄迷。

四周群山环抱清溪绕流，云蒸霞蔚雾霭氤氲，果然钟灵毓秀之地。相信它并非由哪一双手所栽种，而是某一颗种子于某个偶然机会生根发芽而勃勃生长，乃是物竞天择之造化。岁月悠悠，它终于成了这茫茫绿野的佼佼者。

它孤高独立，拔地极天，却只需袭一身青衫，月下轻舞，婆娑摇曳，只需独处灯火阑珊。任风雕雨蚀，四季轮回，日月明晦，花开花落，好一种从容淡定的大度！

怀一片虔敬，一次再次来到它的面前，每每驻足良久凝眸多时，恋恋而不忍离去，纵令我熏心醉目而胸怀大畅。

那是乍暖还寒的春日，它含芳育秀鹅黄嫩绿，于淡烟细雨中含羞，在轻暝笼寒间腼腆，却是欲近不得欲离不能，将一颗心牢牢牵系。

那是艳阳高照的夏天，它绿荫似染枝叶际天，清凉沁心之外更一缕高情雅意。

那是雪后初霁的清晨，它一身素白高伸穹宇，蕴藉一片冰魂雪魄的浓浓浪漫。

眼下正秋色方阑，它饮醉了生命的醇醪，飘泊在秋风中，将它的片片红色尽然绽放枝头。这是经过了长期淬炼，经过风吹雨淋、霜浸露润后所呈现的生命色彩，展现一份悲凉永恒之丽，体现了生命的庄美。而它的一派肃穆庄严，一片矜持凝重，犹似一位沉思的哲人，红红黄黄的斑斓里恰是涌动着无尽的玄想遐思，不由你沉入对生命的思索。

我端详着它之伟岸的躯干，凝望着它之无限派生的繁茂枝条，睇眄着它之数不胜数的丰润叶片，仿佛此时才是体会美国诗人克尔麦那句名言：“我从不曾看见一首诗会像一棵树那么可爱。”这一刻，已是俯仰古今。

我渴望听到它的一点声响哪怕是幽怨的叹息，却是没有，它只是沉默着，然而它的死寂般的沉默里分明在诉说着悠远的岁月。我宁可相信，它是可感知的，有灵性的。

夜幕四合，我犹立树下。远处似有钟声从寺庙飘出，袅袅余音缓缓穿行在万籁俱寂的夜空中，蓦然觉得禅心与自然在这一刻已经完全冥契而交融，一种宁静和虚空的玄奥将我紧紧包裹。

它所在的这座城市有太多的故事与美丽传说，惟有它阅尽了岁月沧桑而成为这千年古城的历史见证者。

它目睹了吴越主钱鏐降宋的凄凉一幕。它亲历了南宋王朝的整个兴亡过程。当林逋赋诗“疏枝横斜水清浅，暗香浮动月黄昏”时，它已枝繁叶茂。当柳永歌唱“钱塘自古繁华”“三秋桂子，十里荷花”，苏轼吟咏“却把西湖比西子，浓妆淡抹总相宜”，宋徽宗赵佶亡国北去而作“天遥地远，万山千水，知故乡何处”时，它已长成参天大树。及至王清惠写“忽一声，鼙鼓揭天来，繁华歇”，张炎作“更凄然，万绿西湖，一抹荒烟”时，它已风风雨雨数百年。在它的雾霭氤氲里，叠印出一个个词人才子的儒雅身影，飘荡着醉了一代又一代人的华丽诗章。

它是“江南依旧称佳丽”的写照，它是“长忆西湖”的凭借。它的枝枝叶叶间绘画着“皓月冷千山”的空蒙，濡洇着“万里夕阳垂地，大江流”的旷远，印迹着“古今如梦，何曾梦觉”的惆怅，朗读着“几曾着眼看侯王”的壮语，呜咽着“怕见飞花，怕听啼鹃”的沮丧，默诵着“疏又何妨，狂又何妨”的狂歌，沉吟着“谩惊回凄凉，相看烛影，拥衾谁诉”的落寞，婉转着“一咏一觞谁共？负平生书册”的喟叹，缠绵着“才下眉头，却上心头”的恋情，低回着“花自飘零水自流”的无奈。

当我一次再次轻抚它高大而粗壮的躯干时，终于发出一阵浩叹：这是何等奇伟而壮丽的生命！在它面前，谁又能不肃穆伫立，心清如水，以一种最虔诚的仰望姿势，倾听它飘荡着岁月落叶的足音！

其实，我何止独爱斯树，自少时起我不知眼见过多少大树，而我都一一付与了无限深情，现在我不过是将我之对于大树的一生情感一时间全然倾注于眼前这棵千年古枫罢了。在我眼中它几乎成了一种形而上却具神的意义的抽象存在。

首先映入我童稚眼帘的想必是满目之高高低低歪歪斜斜的红砂岩丘陵，此外

便是村间那几棵参天大树了。贫瘠的红砂岩丘陵总是给人以荒凉的印象，只有这闪亮绿野的苍翠大树始终给人以勃勃生机的美感，总是不由自主地一次又一次地走近它。

任何时候只要你抬眼便会看见耸立前山的那株谡谡长松，它无比伟岸无比苍郁，印在我脑海里的却是它的一派茫茫雪景。它之参差盘曲的繁茂枝叶竟撑住了大团大团的飞雪，辉白映绿，飞翠舞蓝，凄美而迷离，飘逸而虚幻，于我便是一个美丽的童话天地。

村北，一棵大栎兀立穹宇，躯干粗大而挺拔，上分数叉，枝条致密，冠盖盈亩。我特爱其叶，因它之宽大，翠绿，厚韧；我尤喜其果，为它之硕大，圆浑，光亮。忽然间橡果纷落如雨，随即将它一一拾起，装进口袋带回家来，仿佛是天使撒下的圣果。秋风起，千枝万树缤纷飘坠，大栎也脱去了夏的盛装袒露赤裸的枝条，昂首挺立，迎风而舞，向幼年的我昭示生命的美丽，瑟瑟于贫寒的心灵竟有了一份鼓舞与自信。

村东山腰却是两棵大枫，或翠叶遮天，或红叶飘空，不由你频频投眸。当晨曦的万道金光从它的树冠穿射而过时，当如火的余晖洒落在它之一片嫣红霜叶时，不论你身处何种现实处境都会以一种别样的心情迎接新一天的黎明，同时送别又一个黄昏的离去，让你永远揣怀一份生命的美丽。

而村之中央，一棵参差披拂的大樟竟是遮掩了半个村落，恰如村人赋予种种的神秘那样，它几乎成了村落的一座神祇，巷巷院院因它而有了一种祥和的氛围，就连它下面那条落满枯枝的石子路也飘散着浓浓的逸致。村人从不伤害它之一枝半叶，即便从树下走过也总是怀一片敬畏之心，它不仅让村人抱以种种的祈愿而可自慰，也着实主观地消弭了现实中的种种痛苦与不幸，从而给他们灵魂之有寄有了更多的理由。

离村一里许称之野坞的山岙里，几朝几代始终住着一户人家，泥屋数间，篱笆半截，桃李几枝，中间却是一池碧水，盈盈而不见底。池旁宽堤，青树翠幔，鸡犬之声相闻，总不见个人影儿。片片绿荫里望苍鹰盘旋，看松鼠跳跃，听鸟儿啁啾，脚下却是松蕈如花，又不知何处馨香来袭。日后凡读《桃花源记》，此处总成想象中的桃花源，或者在我之印象中此便是桃花源。穷乡僻壤，却有绝佳处，无须哀众芳摇落，自有大树与你朝夕相伴。

村里之一株株大树古木，不知慰我心灵几许！

却说大盘山脉一支，横亘东阳中部，正对城墙南门的南午岭却成屈指可数的山口，而为南北通衢。岭不长也不高，数间充作饮食小摊的茅屋参差其间，却由那丛苍郁的大樟古枫营造出一片别有洞天的幽雅。读书，当差，多少次路过，未入山来已是馄饨飘香凉粉沁心，不由停下步来歇脚多时。风声树影，燕语莺歌，竟一时忘了赶路。借着这片优雅净土，连那算命测字占卦的也多了几分玄妙而格外有一种吸引力，纵使那打败了官司的也一时忘情不妨隔着山岭骂几句县丞老爷。此处远非人是人非的所在，红尘不到，只是一片树与树荫的翛然世外的休憩之所。

畴昔之村落，但凡建村时便于溪畔江边种下一排“水口树”，或樟或枫或松或栎，年而久之遂成参天大树。大树环绕，绿荫遮蔽，及至村口亦不见村也，是为美丽，是为好风水。当汽车从李宅村边驶过眺望耸立山坡的那几株苍苍古枫时，当来到古渊头、案卢、夏溪滩、徐店、林头、大树下等等村落投目一棵棵参天匝地的大樟时，一片崇敬之心油然而生，在倾倒于它之美丽的同时，不觉间已是浮想翩翩而走进古老岁月，默默地探寻着它之神秘的历史踪迹。村落之美固然由一片茂林装扮，历史之谜却只有同呼吸共命运的一棵棵古木方可作答。

是年出差磐安，经南午岭至横店，转乌龟背而来太史岭，十数里山道始终古木森森，密林间竟不透一缕阳光。苍苔露冷，野秀幽谧，连看自己也是个虚幻的影子，忘情之际已是飘飘欲仙。而当来到安文花台山时，但见茂林如云，翠叶翳天，花影满地，石径幽寂，不知何方天地。此景也，日后屡浮梦中，总以为那便是仙境。

脑海里一直印迹着两幅永不褪色的美丽画卷。

其一，少时随军驻扎南马安恬，见滔滔南江绕村而来，来至村口蓦地转了个弯儿，恰一处冷清渡口，碧水穿桥，竹筏漂急。桥北，房舍错落，大树蓊郁；桥南，绿野毗连，远山如黛。一幅寒江烟树的绝妙田园诗画！

其二，县衙吴宁台不远，立一皂荚树，干粗数围，高可几丈，未知先有台也还是先有树也，总是那般苍老古朴。年轻时常于晚间来到它一侧之篮球场，每当举球投篮时眼光恰好正对树梢，它犹似一位顶天的巨人默默于夜幕，荧荧北斗正好灿烂其顶而成为它耀眼的皇冠。转眸西天，一痕似有似无的山影远方沉寂，苍凉的淡月正影移纤云，旷远的苍穹因了大树更为空蒙而平添诗意。某夜城北大火，皂荚树映于一片冲天火光，我胆战地一直在眺望着，惟恐它葬身火海，相信除了同类我未若如现在这样对一株毕竟不具生命意义的树木寄予此种关切。而月下那片无限美妙、略带几分禅意的图景，终永印心壁。

多难年代，郁悒岁月，来至玉山铁店村，及至村口不禁诧然而惊：一个村落里如墨如云皆郁郁古枫，蓝天碧树，泥墙黛瓦，何等风光！无法想象世上竟有此种景观，即便梦里也难寻觅。此地固僻，其时固艰，也愿劳于斯役于斯，落寞的心灵竟在梦境里经历一次痛苦的蜕变而有了一份奋昂。谁知数月后再去时，一株株大枫已然横陈于地，树梢早被斫去，根部斧痕凿凿，卧地的躯干竟挡住了我的视线，何其大也，其长数十米，何其伟也，却终于不再耸立天地。它们负着“光荣”使命投向熊熊炉火，一时化为灰烬！古木无存，风光不再！

曾几何时，村里的大树再无见时。吴宁台旁的皂荚树早已不知踪影。郁郁太史岭不复是桃花源。当年印迹心壁之美丽所在荡然无存。一个个村落因为失去古树而袒露在外，赤裸着枯燥的岁月。空气不再清新，阳光不再灿烂，流溪不复清澈，苍鹰不见了乌鸦不见了黄鹂不见了白鹭不见了灰鹤不见了，再也看不见狼看不见豹看不见鹿，没有了古树的日子已变得黯淡。人们终于忘记了大树，忘记了己之生存所在美丽所在，只留下冷漠而毫无审美意趣的心灵沙滩。时下中国，祭炎黄祭孔子，何不举国上下为倒下的亿万古木举行一场庄肃而隆重的公祭！五十年前乱砍滥伐的那本旧账册，可有谁把它拿来“晾晒”过？

幸乎杭州，有这么多苍苍古木！也许正是因为有了汪庄刘庄，那里的高贵主人自不会让他们的后花园变得荒芜狼藉，而其他人又岂敢冒大不韪？国家不幸杭州幸。

我之所以一次再次来到这棵大树底下，正是负了一种赎罪的心情来祭奠业已倒下的千千万万大树，同时向寥寥仅存的古木送去一份诚笃的祝愿。

真正地说，灵隐之美天竺之美断非由一所所寺庙所营造，而应当归功于那些苍褐沉郁的古木；假使没有了孤山、苏堤以及诸公园中的那些古木，无可想象西湖今天的美丽，杭州将黯然失色。我之所以特别钟情杭州，也因为它有那么多美丽的同时让人发思古之幽情的古树，比如眼前这棵大枫，总是让我情意绵绵。

希望眼前这棵古枫长存于世，永留人间。让我，让我的后人，让一代代人，得以永远地亲近它瞻仰它祭拜它。政府可以更迭，人事可以代谢，古木应当长存。

树是生命的源头。树是人类的影子。树是人们一刻也不可或离的朋友。尊重树木便是尊重人类自己。你可以以一颗平常心看待人生，却不可用一种不屑的态度怠慢一株参天大树。你可以不关心大树古木，大树古木却无时不关乎着你的生命。

大树古木是参天地之造化的神奇。作为大自然之子的大树古木,有理由享有与天赋人权同样平等的权利。

树是一幅美丽悦人的画卷,树是一首醉人的激越诗章,树是一缕缠绵的美妙琴音,树是一片萦回脑际而永不会散去的情韵。

大树古木是岁月的精华,它们有着太为丰富的内涵,这本奥义的书,只有有心的人才能读懂它。

大树底下,古木面前,人们应该怀一片陶醉之情,敬畏之情,乃至诚惶诚恐。

烦恼的时候,不妨来到树下,它的一派氤氲芳菲,正可栖心安灵,畅意适怀,销魂荡魄。或许那时,你已是一名林中雅士。

第一片落叶

秋高气爽，风和日丽，自然里未有一丝萧索的气息，身后突然啪的一声，掉头望去却是一片落叶坠地。它并非想象中的黄色，而是浑然翠绿，孤零而冷寂地横卧在路的中央。

它分明是从那株椴树上落下的，刚才我正迷恋着这排蓊郁的椴树行子。此前，我曾在圆明园那棵白蜡树前驻足，在清华园门前那行苍翠的杜仲树下彳亍，在香山脚下那丛绿叶红花蓝果的海州常山花间踱步，在未名湖畔那几根叶青果橙的金银木旁凝眸，更在植物园中一再轻抚那株浸漫着异国风韵的七叶树，可现时终为眼前这排椴树林完全吸引住了，它那青灰色的树干、繁茂的树冠和一张张宽大丰润的叶子，简直构成了树的无与伦比的完美，一时间让我激动并为之倾倒。

我情不自禁，弯下腰战战地拾起这枚落叶，让它覆盖于我的手掌。它几乎没有一丝枯萎的痕迹，刚从树上分离的叶柄分明还聚积着鲜活的液浆。

它是不该落下的。可是它落下了。

我未有目睹它落下时的瞬间，从它落地时的沉重响声，它该不曾在空中摇晃，不曾有过片刻的停留，完全是按照自由落体的定律落下的。此前它也许有过犹豫或者踌躇，然而最后终于这样从容地落下了。它当然不会不知道一旦离开相依的树干便永归尘土，可见它并非无奈地而是自愿地走向生命的终点，走向自己的消亡的，要不它不会竟无一声哪怕轻微的叹息。

可是，它终于已经动弹不得。

幼时最喜欢从那浅紫色树干中抽展的野枣秧儿，那一片片油光闪亮的嫩叶赋予我以一种美感和生命的意义，竟至不敢设想有一天它会枯萎而归于尘土。我终于看见了我所不愿看见的落叶景象，那是春日微风中樟树的一片落叶缤纷，它们不再翠绿而变成了赭红色，没入芊芊绿草间依然闪耀着生命的色泽，不失一种天地派生的韵致。直至过去了多少年，我才真正领略象征生命终结的落叶境状，那是一张张完全枯萎而变黑了的梨叶，它们犹似一堆燃过了的黄表纸的灰烬，全然没有了任何色彩任何生气，我真不敢相信曾经那般流光溢彩的梨叶竟成今日之丑陋而践踏了它昨天的美丽，它何以要这样糟蹋自己明媚的一生，真乃悲哀的死亡之物。

我的目光终又回到了那排椴树行子，过去了许多时光，再未有一片叶子落下。我复再端详掌中的这片落叶，它的形状色泽和叶脉纹理与树上的叶子划一无二，也全然无虫蚁侵蚀的疤痕，因何偏偏它落下来了？

我相信物竞天择新陈代谢的自然规律，可我现时似乎更愿意设想这树叶有某种灵性，在它落下时曾有过思索有过选择，它之所以如此从容地在此时落下，只是因为希望在生命终了时仍葆有生命的原色生命的份量，尽管死亡仍不失生命之绚烂。如果说能够选择生命的归宿是一种幸运，那么能够从容地迎接这种归宿更是一种境界。

愿生命之蓬勃有如新叶之鲜亮，之炽热有如壮叶之夭秾，之充实有如落叶之凝重——那是生命最后的绚烂。

这初秋的第一片落叶！

最忆是杭州

杭州，一个多么令人激动的字眼！它牵动我一生的情感，同时赋予我那么多美妙而神秘的遐想，让我始终处在一种美感的情境之中。杭州于我就是一首诗，一首吟哦无已韵味无穷的诗。

未涉人生，杭州便已闯入我童稚的心灵。那时，它于我不过是个遥远的地方，一个想象中无限繁华的码头，此外便是那些神奇的传说和动听的民间故事。十二三岁时，大哥捎回戋戋一沓苏杭风景照，向我揭开了杭州风光旖旎的面纱。我着实被迷住了，一有空便去翻看那些照片，让自己一时潜进天堂的美丽，从而一直在寻梦它。

正当一步步从家乡走出，十九岁的我终以华东人民革命大学学员的身份来到杭州。东阳启程时尽管苍茫夜色早已模糊了山川轮廓，依然意兴勃勃地倚窗而望，因为这是踏上杭州之路，哪一幕也不能放过。直至在义乌登上火车，既为眼前这庞然大物瞠目，又为就将见到美丽的杭州而激动，呜呜笛声并火车轮子的咣当声犹如一支支乐曲从耳畔掠过，那颗跳荡的心怎么也不让那双兴奋得出神的眼睛合一会儿眼皮。

抵杭州已是凌晨，接送我们的汽车却要在天亮以后到达。哪能等得，约三四友拔腿便奔西子湖。将明未明的天空一片灰暗，一抹波光泛入濛濛晨雾，远山隐约，楼台半现，烟树笼纱，不觉间已神夺目迷，当时倘有留影，必一副乡巴的目瞪口呆状。怎么也记不起我是如何坐上汽车来到学校的，想必当时的思绪已经完全没于湖光山色，忘情之态陶醉之状真似踏上天国之路。

学校就设在灵隐天竺的一所所寺庙里，殿宇雄伟，墙垣斑驳，庭院寥落，古木蓊郁，满蒙尘灰、色彩黯然的佛像更是透着几分苍凉。倒是学校的宽敞礼堂和那溜平的操场让人感到新鲜，当然最让我喜欢的还是这一座座树木葱茏的山峰并那流水浅浅的溪泉。不像家乡沙石裸露、树木单调而稀疏的红砂岩丘陵，这里划然皆石灰岩，山体圆浑，岩石光洁，似不着泥沙却长满了种类繁多的常青阔叶林，别一种秀雅风光。许是着魔了，我竟像一头小鹿似地在一条条山岭间来回奔跑，即便星期天去市区游览也爱从山冈上走过。

没想到我一懵懂少年却受人器重，总是派为代表去市里参加报告会、文艺观摩等一类活动，常常是来到车上便目不转睛，左顾右盼，前眺后望，觉得哪儿都美哪儿都看不够。课程所学乃共产主义“伟大理想”，时值中苏友好月，每周必放几部反映社会主义“幸福生活”的苏联影片，当刻行包干制，吃穿皆不愁，一日三餐皆美味，当然也无阶级斗争之喧嚣，似乎真的生活在云端里。来到静雅秀丽的西泠桥边，每每兴叹：杭州，你就是我寻觅中的乌托邦，你就是我憧憬的理想国，你就是人间天堂，未能生于斯，希望能长于斯死于斯，永远投进你的怀抱。

临结业时恰有领导找我谈话，示意将被留在杭州工作，喜不自胜。却是春梦一场，随即来了“农村干部一律回农村”的命令，不得不又回到原来的地方，一路上依恋几许幽怨几许失意几许，杭州从此一别经年，也许命中注定只配寻觅梦之杭州。

这时，二哥却在杭州找得差使，病愈的大哥不久应聘杭州幼儿师范，父母也随而迁居。

是年三月，大哥来函云：草色渐绿，春意渐浓，不几天苏堤白堤便一片桃红柳绿，届时正有国家男篮会战杭城，别错过这千载一时的机会，速来杭州，切切。读信，我的心如柳叶般舒展桃花般开放——我终以天堂为家，向来自卑的心里蓦地升腾起无比的骄傲。

国家正愈合战争创伤而日渐复苏，呈现出社会的安宁与祥和，四弟也在此时转学杭州，一家人相聚在广福路那间典雅的楼房里其乐融融。春暖花开时，秋风送爽时，常常是或兄弟偕游，或举家来到西子湖畔。既是经济拮据，也是节俭本性，总是带自己做的粽子包子充作野餐，有时甚至舍不得两分钱一站的车费，权且以步当车，甩两条腿走呀走，直至日落而归把笑声带回家里。无奈因为穷，不知错过了西湖山水的多少缘分，辜负了白堤苏堤的多少花期，父母亲终也从未问津“知味馆”“天香楼”“楼外楼”，今日思来，几多遗恨！不过，父母亲终也在西子湖畔打开了一生紧锁的愁眉，终也在脸上荡开了那圈笑容，终也把欢声洒进了花丛，还有什么比这更可让我们感到欣慰和愉悦？

确切地说，只因大哥我才走进杭州，才对杭州有着这般深切的情感，或者说才有了领略西湖之美的审美意趣。只因大哥迷恋，漫步白堤一株杨柳一株桃之间，远眺逶迤群山，近瞰湖水荡漾，才倍感其秀丽，才有那诗情画意自胸中涌出；只因和大哥同坐茶室一角，边饮茶边浏览树木扶疏水光云影，“花港观鱼”才生出无限的幽雅与婀娜；只因大哥抱一腔登高望远的壮烈情怀，登初阳台望旭日从海上升起，霎时湖翻金浪峰峦尽染，才蓦然间将自己提升至矗立万物之上的寂寥高处，顿生几许豪放气概；只因大哥有着个把色身看破的淡泊，彳亍灵隐林荫小道，看云蒸霞蔚，听暮鼓晨钟，才暂时脱了心的牢狱，超然如一位林中雅士，能够很轻易地融化在那种宁静得无边的诗与哲思里去，如一片羽毛化入苍穹乳白的光流；暮霭淡浮，微风轻拂，从残破石级汲汲攀爬来到瓦砾狼藉的城隍山顶，只因大哥手抚一棵棵千年古松发出声声慨叹，才使幢幢古刹并那林石间透出的悠悠古意深深侵入我的肌骨，以一个得道者的心绪倾听历史之苍凉回声，感悟诠释人生的意义；只因大哥超凡出俗，才使西湖之荷花桂子还原为仙界之物，在芳馨里滤尽了尘俗的杂念，令心绪慢慢飞升，超越了生死之大限；只因大哥喜欢近乎冷清的宁静，徜徉在“柳浪闻莺”之芊芊绿茵，望一湖碧水如镜，瞅一园绿树如黛，樱花喷雪，莺声啼啭，自有一种旷远心情款款流动，直流入有关故乡和往事的记忆中去，遂有一种心灵的轻抚……

大哥夜读时，灯影里会疏枝横斜暗香浮动，顿生几许怀古的意绪，于是便吟一首小令遥寄明月，奏一曲琴声飘逸星空，让心灵共花香一并退隐到悠远的往昔或遁入子虚乌有之乡，小小书案因了青枝而绿成情感的圣地，纤纤琴弦由了花香而涌动着生命的甘泉。美丽的西湖山水多么地消释了大哥伤世感时中困惑失意的种种幽怨和凄楚，从而给那颗浮生如寄的心以慰藉和停泊之所。大哥之拳拳情愫多么地丰富了西湖景色的内涵，多么地濡染了这个困顿中的家庭的氛围，多么地给因他的病苦而悲郁的父母以慰安。大哥之所以拖一身病体一次再次攀上孤山紫阳山保俶山城隍山，除了人生无望中只有寄情山水，让大自然之美来安抚那颗冷寂的心以外，也在于以图证实自己依然不失是个健者——不正昭示出他那不屈的灵魂！而这其中要经受多少命运的嘲弄并那自嘲的痛苦？

那天傍晚，大哥由孩子们拥着推着来到紫阳山顶，夜色空蒙中望着大哥气喘吁吁的样子和那瘦削佝偻的背影，倏地一阵凄哀袭来——但愿这瘦削佝偻的背脊能一如今天这样地永远伫立在我们的眼前。

去也终须去，终于留不住大哥，大哥终随父母于地下。西湖山水，从此黯然。

一次又一次地来到杭州，尽管西湖依旧，可是“年年岁岁花相似，岁岁年年人不同”，西湖终已失去了昔日那份光芒，人生遭际所弥漫于它中的那份感伤已永不可揭去，不觉中一颗心早已飞去了孤坟冷碑，霎时泪光莹然，模糊了眼前景物。是西湖朱颜已改，抑是我浪子江湖老去，是我人在江南春雨中伤逝，抑是梦里的江南憔悴如许。

父母亲并大哥的那个家依然犹存并且延绵不辍，杭州仍不失是我的第二故乡。它不再仅是悦我耳目愉我心情的一处观赏的风景，不再仅是只具审美意义的外在的审美客体，而是我人生中一个永久的驿站，是我感情之所依心灵之所寄，它已然升华为一座我日夜都在怀着虔敬向她仰望的圣山。

魂牵梦绕的西湖！

融血凝泪的杭州！

羡煞鸟儿

能不敬畏茫茫宇宙?

能不敬畏邈邈大自然?

又能不敬畏生生不息的生命?

而此时,我却不得不满怀崇仰、赞美与艳羡之情,讴歌千千万万转徙流离的鸟儿。

看,这是何等恢宏而壮丽的景象:

灰色大雁,翱翔 3000 公里,从地中海迁往斯堪的那维亚半岛;

黑顶鹤,远飞 4000 公里,由伊比利亚半岛去北方温暖地带;

北极雁,振翅 2500 公里,从西欧西迁格陵兰岛;

大天鹅,奋翮 3000 公里,从远东迁至西伯利亚;

斑头雁,高飞 2500 公里,从恒河开赴中亚;

白鹤,飞行 1000 公里,从远东辗转西伯利亚;

白头鹫,飞翔 3000 公里,由美国西部北迁阿拉斯加;

加拿大雁与白雁,北飞 3000 公里,自墨西哥移居北极;

加拿大白鹤,远翔 3500 公里,从大平原移师北极圈;

红胸雁,奋飞 1000 公里,横越东欧;

北极燕鸥,搏击 20000 公里,从北极远飞南极。

无论清空高远,无论星光惨淡,无论流霞飞云,无论云雾冥茫,无论风雨如晦,无论大雪弥天,它们都一举千里,一飞冲天,飞掠海洋,翻越崇山,穿行峡谷,驰骋平原,无冬无夏,不舍昼夜。

它们可细语呢喃,也叫声嘹唳,抑欷歔叹息,更多的时候则是冷冷无声,惟其矫健翅膀搏击长空的猎猎声响,划破天宇的沉寂,那是它们为自己吹奏的生命交响曲,乃是千回百转的天籁。

其壮阔高昂,其气韵宏肆,其高雅骄矜,其雍容优雅,其袅娜娉婷,其仙姿灵态,其凄美委婉,地上的人类不过浮光掠影,难得端详;也许只有峰巅伫立的登山者,于飞机上临窗远眺的旅人,或可偶尔惊鸿一瞥;只有那些热心一系驾机跟随鸟儿同飞同翔的研究者,才能觅其芳踪,记录下它们翩然而飞的片片剪影。

适者生存,它们正是不局促一处苟且偷安,为了更高的生存目标而鸿飞冥冥,奔向远方。不寻求栖息,只管飞翔,生命之美就是独撑羽翼的飞翔。

尽管群起群落,摩肩接踵,它们却形隔心契,自成法则,而井然有序。它们从不自相惊扰,自类相残,始终风雨同舟,共度生命。

它们只有领路人,并无统治者。它们只需共面苍穹,相视同类,无拘无束、无罣无碍、无是无非、无忧无虑地生活在平等友爱的大家庭里。一旦结为情侣,便缠绵不分,凤友鸾交,终生相守。一方毙命,另一方即自了残生,或忧郁而亡,忠贞而凄美。

为了哺育幼雏,它们不辞劳苦,舐犊情深。为了保护自己的后代,它们不畏强暴,无视生死,敢于迎战任何凶残的敌人,终于代代繁衍,生生不息。

哪怕千难万险,身陷绝境,它们都自主自力,不假外求,更不会祈向神灵,始终孤寒自立,独飞独啸。

它们从不知什么叫失败什么叫畏惧,始终昂首面天,奋发向前。它们不屑更是无由做见风使舵的机会主义者并那胆怯的懦者。

它们从不委顺命运,只知道搏击生命,永做生命的挑战者。

无论命蹇时乖,甚而命悬一线,它们始终从容淡定,高歌自快。

它们各自觅食,各自为战,却从不侵犯他人,危害群体。它们恰是自觉的、天生的群体主义者。

它们看似恬淡寡欲,却也情念炽烈。它们也喜怒哀乐。它们也含情凝眸。它们也温情脉脉。它们也儿女情长。

“无所逃于天地间”——它们只有向前,不可停顿,不能后退;不然,便是死亡。有迷失者落伍者,决无叛逃者投降者。

它们始终飞扬凌厉，高唱入云，永远地飞向新生飞向死亡。“生命必须奔赴永恒的征召”——迁徙即是生存之战。

有同伴于途中倒下，凄然一瞥，默念片刻，依然向喜悦和悲伤的终点启航。它们只迎接明天，从不回首过去，从不凄凄怨怨。

它们生来只为飞翔，它们的使命便是永无止境的翱翔。

天阔云闲，它们从容闲适。月白风清，它们孤高幽独。雨斜风寒，它们风流袅娜。星星寥落，它们独标高格。峰峦缥缈，它们雄姿英发。汪洋万顷，它们纵横恣肆。星月皎洁，它们轻灵隽永。铺琼砌玉，它们飘逸旷放。

也许只有从它们那里，人们才可真正体味什么是风流洒脱，什么是高雅绝尘，什么是逸情豪气——人生之非凡境界。

只有它们，才可领略茫茫太空的诸种神奇。

只有它们，才是阅尽地球的万般风光。

只有它们，南极北极，无所不至；东飞西翔，无所不见。只有它们才真正亲历了北极光荧荧闪烁、火山熊熊喷发、冰架嘎嘎断裂、飓风掠空、海啸冲天的种种奇幻。苍莽壮丽的喜马拉雅山安第斯山落基山阿尔卑斯山亚马逊河尼罗河贝加尔湖苏必利尔湖伊瓜苏瀑布尼亚加拉瀑布维多利亚瀑布科罗拉多大峡谷东非大裂谷，只有它们可一再睇眸，且一览无余。反观人者之我，不过坐井观天，一孔之见。愧煞自己，怨煞自己。

这些迁徙的鸟儿，虽然流离颠沛，九死一生，经历人类无法想象的种种艰难，却依然朝气蓬勃，永葆生命的美丽。尽管岁月短暂，却体现着丰富的生命涵义，闪耀着绚烂的生命色彩。

它们是勇者。它们是强者。更是自由的歌者。

它们绘画壮美。它们谱写绚丽。

天生天杀。天夺之魄。万类万物皆有所终，它们终也死去。鞠躬尽瘁，死而后已。

留在它们身后的，永远是那道绵邈宇宙——兀傲、狂狷而凄美的生命光芒。

羡煞鸟儿，妒煞鸟儿。

桂林纪行

自己也不信,竟一而再,三访桂林。总因未尽兴,十年中念念不已。

桂林之美,尽在漓江。来又重来,只因为没有看够漓江的醉人风光,醉了一次还想二次三次,永醉其间方痛快。

漓江地处亚热带,我不愿设想它的大雪纷飞,也不愿雨季时观其洪涛相逐,都道秋高气爽时漓江山水特明丽,更有数十里桂花飘香,也不甚企望。夏日倏忽一阵雷雨,转眼放晴,两岸青山忽而云遮雾绕忽而金光披挂,我已见过。独梦想春之漓江,雨之漓江。

此来果然春雨潇潇。这雨,下得不紧不慢,无昼无夜,飘飘洒洒,绵绵不断。偶尔停住,也是浓云弥天,就是不让太阳露出脸来。没有风,没有雾,没有烟尘,虽雨却不失景物之明净。打把伞儿,彳亍山沿,漫步江堤,有雨趣而无淋雨之苦。要紧的是,连日下雨漓江水满,更显妖娆。

晨抵桂林,下榻广西师大招待所。师大所址原系王城,城墙斑驳,楼阁依然,矗立的状元牌坊仍透着萧萧古意,掩映树丛的幢幢或黄或红宫廷式建筑犹显昔日庄穆,而峭然独秀峰更似一座千年古塔,阅尽人间沧桑之后此刻正注视着文苑学子的万种风情。来到居室,一划的木墙壁木地板,一色的朱红油漆,朝向独秀峰一边正有一扇窗棂洞开,待我踱去窗前,那株大樟的嫩叶已探来我的脸颊。这时,方知自己已全然陶醉。

于此,晨可登叠彩山伏波山,南观桂林市衢,西望绵绵群山,而清清漓江正从你脚下流过;傍晚可徜徉漓江长堤,看碧流映带,翠树绕岸,数架大桥横跨,暮色中

显一派雄伟；白天可去七星公园，或普陀山顶远眺，或小东江边小憩，或踱步林间小道，或干脆钻进密林里，找一记青石为枕，静静藉草而眠，哪儿都是浓荫蔽日，任是将你包裹在绿影花光之中，见了那一片片油光闪亮的新叶，不由想摘一张带了回去，一棵棵苍碧的沙田柚更是黄花满枝，浓香四溢，熏得你醉微微地不想离去。

一连数日，尽在这一带流连，直至熟记其景其妙，再去领略象山之小巧玲珑，欣赏西山之空旷明丽，蹬辆自行车沿桃花江奔芦笛岩寻微探幽。尔后再游漓江，如一出戏之高潮一样，桂林之极兴总在漓江。

说是喜欢雨中漓江，当那密密雨幕遮住视线时，又期望云中扯开一片蓝天，尽显漓江真容。却是一厢情愿，终终细雨霏霏无有停时。

汽车驶出城外，穿过一片丘陵，不一会便见峭峰林立，气象万千，原来此乃名副其实的奇峰镇地方。一座座如钟如帆如剑如笋的山峰，从一马平川的田野中拔地而起，峰与峰之间有的仅隔数十米，有若高楼之鳞次栉比。田畴汪汪水满，山峰倒影尽落其中，恰有几个农夫正牵牛扶犁，将水影儿搅得一片凌乱，好一幅梦幻般的田园诗画！

须臾，汽车爬上一座山岗，湛然漓江在望。岸上汽车星罗，江中游轮棋布，此即磨盘山码头。

载客汽车一辆接一辆驶来，而停泊的游轮却几乎要在同一时间发出，码头上一时人头攒动。忽有豆大雨点落下，一个个游客都溜进了销售本地特产的商店，我却偷闲撑把伞儿立于一隅，观雨中漓江，或曰漓江雨景。

上船时巧遇大雨，汽笛呜呜中好一阵紧张，生怕误时而乘不了船。急匆匆上船来，服务员已端来清茶，窗明几净中看千舟竞发，万舸争流，一颗心顿时被欢快贮满。

船过竹江码头，渐入漓江佳境，此时我早已来到甲板。蜿蜒漓江，碧水盈盈，江岸几乎没有沙滩，贴水便是山峰耸立。两岸青山，山山皆奇，峰峰皆峭，山山相接，峰峰相连，连绵无已。正在此景中，瞬间山回水转，另景已移来眼前；乍看是这样，再望是那样，复眺又是另一番景象。与其说船在水中行，不如说人在景中流，让你置身于一幅幅目不暇接、无限新奇的美丽画卷之中。眼前只有旖旎风光，只有诗情画意，再无自我之思之虑之忧烦，自我被遗忘了，不，被诗化了。

江水盈然流去泱然泻去，细雨洒落微澜，如蜻蜓点水，如鱼儿戏波，几分活泼几分迷离。青山飘浮云际，欲掩还露，欲显还隐，似有似无，虚无缥缈。江畔偶尔农舍一二，耕地半垄，数只水牛放牧，方知白云深处有人家。想斯山民必恬安必纯朴，必超然物外有若仙人。

至阳朔，已非下船不可，漓江依然南去，两岸风光依然绮丽无限，从跳板走下，满心落寞，恋恋之情难却难已。逝者如斯夫，生命流程若此，岂有惜哉！

返桂林途中，在高田一带稍事停留。水田泱泱间，奇峰环抱中，幽幽鸳鸯江缓缓流过，比漓江更澈更蓝，方知桂林处处皆是“山水甲天下”。在桂林市区时尽管游人如织，只因哪个公园都自是一方山水，空旷开阔，到哪儿都无比肩接踵之熙攘；而这里，山沿江畔田间竟杳无人影，俨然人烟不涉，倘把你蒙住眼睛悄不声儿送来这里，你睁眼时决不信此是人间天地。

漓江远去，高田运去，忽想起第二次来桂林飞机降落时蓝天下万峰耸峙的无限风光，心想倘乘一直升机，穿行江上，盘旋山间，该是何等壮观！

依然未尽兴，也许漓江从不会有让人穷兴的时候。

魂断天都

五月江南，晴晴雨雨，乍暖还寒。带一颗飘然翩然的心，奔黄山西行而去。

许是多年寻梦黄山，情致被调整至最佳处，不论驱车兰江平原，行船千岛湖中，那青山绿水，那流翠飞红，使人觉得去黄山的路皆由鲜花铺就。船入新安江古道，正洪水泛溢，江面枯枝败草狼藉，照样意兴浓浓，只因山愈高江愈窄黄山益近。

车出歙县，沿乐丰河盘旋崇山峻岭，山水之灵气已透出几分黄山氤氲。过杨村，远山之后忽然两峰峨然，凌空突兀，高入云天。不禁失声喊叫：黄山！黄山！旁边一本地老乡瞟了我一眼："你真行，未到黄山就游黄山了。"原是猜想——想必是，不意正证我说。从此，目光盯在了此两山峰，须臾不忍转睁，直至它们霎时又从我眼前消失。

抵汤口，此两峰果然眼前屹立！

一问，原来正是莲花峰天都峰。

巍乎，莲花峰！峥哉，天都峰！

夜宿逍遥宾馆，初闻其名甚感落俗俏皮，总为生意故。购来导游图一看，从它脚下流过的正是名曰逍遥溪者，侧耳便闻潺潺水声。遂想起那位"相忘于江湖"，追求绝对自由、与自然与宇宙同一而作终生逍遥游的至人，其名不亦谐乎雅乎？

鼎沸人声惊醒睡梦，赶紧穿衣，随大流驱车慈光阁，举步登山。

山谷幽幽，蹬道弯弯，人影憧憧。手执拐杖似几分悠闲，肩负行囊却像去野外勘探，而爬得大汗淋漓将毛衣等一脱系于腰间是为洒脱。因有"走路不观景，观景不走路"训，又因山路陡缓有异，游者队伍总是快则皆快慢则皆慢，行则皆行停则皆停，处于同一节奏，井然若行军。山陡路险，不得不全神贯注，且已走得上气不接下气，谁也少言语，只是低头走路，山寂寂人寂寂，愈静愈寂身心愈在爬山中，愈觉路之漫漫。

行至立马桥，赫然一爿黑岩从天而垂，上刻两行大字，字字恢宏句句庄严，雄浑而磅礴。气喘吁吁歇脚半山寺，耸入蓝天的天都峰就在头顶，咄咄逼人之势令人悚然屏息，不由想起少时县城黉门前那幅百思不得其解的匾额——“仰之弥高”，生出多少崇仰多少敬畏。再看“鲫鱼背”上，危栏影绰，似悬空中，犹似平生头一次体味“望而生畏”之义。此处分两路：右走，登天都转莲花；左行，绕天都而去。何去何从？峥嵘天都如此让人神往，又如此让人惶惶，今日已来脚下，岂可失之交臂？翘首而望，行者尽在陡壁中攀爬，钻进一道幽邃深谷后不见踪影，而峡谷之上更是巉岩兀立，险峻莫测，自忖当我身临其境时也许早已心慌腿软，终乎进不得退不得。笃，拐杖往路石一敲：向左！转身背天都而去。心中虽不无遗憾，也可慰藉自己：天都峰固然峥嵘峭拔，而莲花峰之高巍毕竟冠绝黄山，于莲花未必就不能领略天都诸般风光。

不期闻知莲花峰正修路不通行，更不期行过龙蟠坡、天门坎，正目见“莲花”之超凡出俗，妻因体力不支于路旁躺下，称“不能再走一步”。奈何？只得唤来轿夫抬下山去。多年寻梦黄山，进了山门又不得不退而下、下而归，不痛哉惜哉！从黄山大门出来，怏怏然一步一回首，将莲花天都频频睇眸，悲慨之余只有自我安慰：终已到过黄山，终也见着莲花峰天都峰。

次日，天色未亮，忪眼未睁，便听得朗声朗语：“明天再去黄山吧?”闻言怨她嗔她不及，都是你，事儿多。转而窃喜：终可圆这黄山梦。

是日，不再是前几天黄山难得的晴朗天气，浓云遮山，风从谷来，气象预报云阴有小雨，未必就有雨，濛濛小雨又何妨，遂取道云谷寺乘缆车上山。

头一回见这高这长的索道，新奇而激动，眼睁睁看车斗飞起，掠过树梢，穿去幽谷，飞越山梁，原先还有些紧张，转眼间已是腾云驾雾，犹似飘逸了一般。本可凌空眺望佛掌、莲花、天都诸峰，该是风光无限，不得一见。从白鹅岭车站走出，能见度仅数米，连看自己也是个迷茫，说有“仙人指路”者，不知仙人何处，路在何方。

晚上，风急雨骤，山鸣谷啸，隆隆雷声似在山下滚动，许是朝山虔诚，有此庄重洗礼。

晨起，依然风声雨声，守着窗儿看大雨横斜，树枝飘舞，檐水泼洒。明天，后

天,可重见天日?焦急之心只有诉诸风雨。及近傍晚,风渐和雨渐稀,附近的笔架、始信、上升等峰犹抱琵琶半遮面,不时露一鳞半爪,虚赠你一幅缥缈。偶有几个急性子雨中游者,披一袭或蓝或粉或红透明雨衣,云中走雾间行,半隐半现,衬以树影婆娑花影摇曳,伴以潺潺泉水,更觉境如仙境人如仙人。见状,妻后悔不迭,不该忘带相机错失这至美至幻的一瞬。傍晚时两次去曙光亭,浓云弥漫,天地不见,空蒙复空蒙。幻中?海中?梦中?任你如何想象都可以,"云深不知处"——就是不觉身处其间之脚踏实地的山巅。

第二天,终于风消雨歇云散雾开,兴孜孜急匆匆向始信峰进发,渐行渐幽,渐幽渐幻。远处,轻雾飘盈,白云翻涌,如飞瀑倾泻,如大江奔流,如冰山浮动,淡淡晨曦正从山那边照来,晃晃悠悠,明明灭灭,惝恍迷离;眼前,幽谷深深,怪石嶙嶙,碧树森森,冷峻骇人。

北海,其云也幻,其峰也峭,其谷也深,其石也怪,其树也奇,其花也艳,其泉也清,但总不如莲花峰天都峰之雄伟之峥嵘那般引人入胜,遂掉头向南,攀上光明顶之路。

一个"顶"字想必陡峭异常,不意坡缓路坦,全无险处,尽可边走边看,任意浏览。随着步步抬升,视野逐渐开阔,此时云雾正在散与不散中,松林、云外、九龙等峰初露身姿,由苍而黛,由淡而微,渐次铺开,层峦叠嶂,极目不得望其垠,是为幽深之美层次之美轮廓之美,许为西海所独有。然我也不甚留恋,只是行色匆匆向光明顶奔去,盖由于莲花峰天都峰在吸引我召唤我。想游者皆如我,凡代劳为他人照相,均匆忙不迭,生怕误了工夫。任路旁山花烂漫,也无人采撷,甚而无暇投去眷恋的一瞥而冷落一旁。是故,黄山之花总艳。

光明顶者真光明之所也,凭高远眺,东南西北尽收眼底。骋目而望,千峰竞秀,万石峥嵘,莲花峰天都峰果然巍巍然峥峥然超拔于众山之上,俨然顶天立地雄踞天下之势。因其雄因其伟,它们相伴而独处,相携而不依,茕茕孑立,天各一方;两两相望,默默而对。于此看天都几成平视,不若在前海时那般耸立头顶,而是拉开了一段距离,适有那种由距离产生的美感。但见"介"字形山体兀自壁立空中,看似那一面都垂直,不信可有容路处,真乃天之都会。斯时,初阳迷离,云雾飘忽,它随而时隐时现,似飘似逸,如幻如化,不知是立之地浮乎天还是游于云,全在幻与不幻、真与不真之中,尽显其峥嵘、美丽与神奇。终使我之审美情思倏然游离现实,驰骋幻想,萌生出种种奇思异想,赋予眼前之审美客体以无限的神奇美妙,同时也使己之审美情感不断升华。这,也许就是大山之魅力所在吧。

攀鳌峰,翻云梯,下莲沟,七下八上,峰回路转,才来玉屏楼。“千呼万唤始出来”,斯时天都,赤露无遮,神态毕现,正虎视眈眈地对着你。我的目光再也无暇环顾左右,甚而也忘了去回眸巍峨无比的“莲花”,只是目光专注地盯在了愈益逼近愈显峻峭的天都。雨后初霁,一梁一壑一石一树皆清晰可见,然我之目光从不向细微处,只着眼于它之雄伟体魄磅礴气势,全身心去感受它那神奇的无限魅力。惟此,天都才出类拔萃,引天下人折腰。

一切都融进天都峰去了,无有了世界无有了自我,现实的我被羽化了,惟天都之大美壮美而已。终然感悟:天都之美远非平常那种当你睽离审美客体时其美感便猝然消失的瞬息之美,而是永远镌刻于你之心壁、永远令你心灵震颤的永恒之美。

天都,我欲长啸,因你的孤峭奇崛,因你的森严嵯峨,因你的险陡轩峻。我欲狂呼,为你之疏狂傲岸,为你之汪洋自恣,为你之桀骜不驯。你令人目眩神夺,令人心弦颤动,令人兴会淋漓,令人遥思遐想,令人神志飞扬。亘亘宇宙,冥冥时空,你便是无终无极。我明明知道世上还有更高更巍更峻的山岳,然我宁可相信你便是登峰造极,相信登天都天下无山,观止矣!听,年轻人自你胸腹发出一声声呼啸震撼山谷,似仰问天宇,若叩击大地,不是在向世界向永恒宣布——你是唯一者?!

我却终不敢登天都,不敢君临这神来之物。当从云梯等险处走过,我已是那种跼天蹐地之感提心吊胆之态,望着这绝壁的天梯,这凌空蹈虚的“鲫鱼背”,怎敢举步?总说“无私才能无畏”,今日天都峰前何私之有?私者,一己之命也,豁出一条命去,易乎?

年轻年壮时曾自以为有几分英勇气概,今天我却为自己而感到赧颜,其实不过胆小鬼懦夫是也,我竟不敢登天都,我竟不配欣赏大自然之大美壮美,我终在大自然之大美壮美面前失去了自我之人生价值,我终在瑰伟的天都峰前作出我悲怆之人生终结。我从未这样严厉地贬斥自己,不留情面地责骂自己,如是才痛快,才不愧对黄山。刚才之种种激昂感慨,惜乎限于天都峰麓,离天都之大美壮美犹远,未知当我真的置身天都峰巅时将是何等境状,难道真的惊得吓得不得其视不得其思而昏然晕然?

听说禅者并不企求永生也并不注重来生,惟追求片刻的投入,我却让这该完全投入的片刻从我眼前溜失了。昔日读西方书观西方电影,总称西人悍勇叹中人

怯懦,岂非夫子自道,皆是自嘲?

想古代文人墨客者,登山无路,即援于石壁,汲汲攀爬,终登天都之巅,终然体会醉月乘风、物我同一的人生旨趣。我何复无古人如天都磐石般的坚硬风骨?艰险之路,惟勇者行,悲夫!

且慢。我还想去爬华山呢。也许一天心血来潮,我会再奔黄山,说不定抖一身勇气,蹚过“鲫鱼背”,攀上天都绝顶,一览“太平世界”,谱写我人生中最壮丽的一页。

许多经历都会随岁月淡忘,惟游黄山之深切印象不会淡忘,惟到黄山而未登天都之无限痛惜不会淡忘,不会,永远不会,我将终生珍藏的一大叠黄山照相可以作证。

天都,开天地至今,天演几多,终不为所折,地变几许,终不为所摧,终然巍巍然峥峥然。庞然巨石,耸天而立,历千年而未坠下一硌,西西弗斯倘来此服役,恐失业矣。中华文化数千年,未有一砖一瓦搬来山上,杳无寺庙殿宇痕迹,盖由其峥然峭然而令神灵却步。而今污染横流,惟天都依然天明地净,永葆自然风貌。人会老去,天会老去,地会老去,相信天都永远年轻。它没有起始,没有终点。它永处自然,永归自然,它是千古不易的永存者。

天都,你不再是一座自然的山峰,而是我人生中的一条阶梯,惟有登临你,才能让我望见一览无余的空濛世界,才能找到我在这个世界中的位置,才能确认自我的人生价值。

缠绵的黄山云总是落下惜别的雨,犹在召唤我:再来黄山,终攀天都。

雪落雪化

下雪了。

飘下的却不过是些小雪点儿。

我怅怅着,我怕见不到我梦中的童话,那久已飘扬心中的漫天大雪。

雪像是陌生于眼前的大地,怯生生地羞答答地小心翼翼地,用朵朵微笑探询久违了的主人,以片片温情问候寒冷的冬天。

大地并没有理会雪的一片殷勤,却用粗重的嘘息不留情面地驱散了这初来乍到的拜访者。

雪的信使——第一片雪花,第二片第三片雪花,被坠进了草丛,被从树梢滑落,被从高高的屋檐滚下,多少的雪片儿都被无情地化去,消而无影。

雪却没有气馁,依然默默地下着,并且更为纷纷扬扬,一片片一朵朵,如飞絮如舞蝶如剪毛,转眼间已是大雪弥空。

大地终被雪的一片锲而不舍所打动,让雪的一派气势浩荡所慑服,遂张开它的双臂,拥抱雪的一片洁白晶莹的至诚。

雪便倾情而洒。

雪很快地便落满了大地的寸寸分分,占据了所有的空间,让世界穿上它素白的衣裳。

雪仍在一个劲儿地下着,似无停时。

银装素裹,白雪千里。大地却被惊呆了,只得任凭片片飞雪从自己的头顶飘落,直至负着它的沉沉重压。此时,大地才是见识了雪的性格,才知道雪乃是那种

一当展现自我便淋漓挥洒非要写出辉煌的生命。

要占领整个世界，要着落于每一寸土地，这需要花费多少工夫，需要多大的毅力和耐心，这会令许多生命怯而止步，而雪不，它硬是一鼓作气，要在不可能中创造生命的伟绩，恰是有着征服一切的非凡气概。更是那些先遣者，完全明白自己是在走向牺牲，是在奔于毁灭，照样义无反顾率先而行。

雪之来到这个世界，并非为了自身或者仅仅为了自我，也非为这铺张的张扬，而是为了奉献——于一派萧寒里给生灵万众送去片片生机，如同它之晶莹洁白，没有一丝杂质，一缕杂念。

它知道世界需要雪，于是它便来了。

可是这个世界并不了解雪的一片初衷，并非自愿而痛快地欢迎雪的到来，而常常是由于时令而把它当作可惧的寒冷或者寒冷的代名词而心生畏惧，雪不知要花去多少耐心才能说服那些迷执的顽固者。也许只有那些天真的孩子才是它热烈的歌者，它也许正是为了这些活泼可爱的孩子才欣然来到人间。

雪最后终于成为胜利者，世界终于覆盖它的一片洁白晶莹。雪终于成为备受娇宠的美丽天使。

房子已是雪房子，路已是雪路，树已是雪树，山已是雪山，湖已是雪湖，地已是雪地，天已是雪天，整个世界已是白茫茫一片。太阳不知躲到哪儿去了，地平线不知延伸去了什么地方，只有雪地与天空交汇的一痕朦胧，才让人确信原先的那个世界还存在着，脚下仍是一方坚实的土地，而不是漂浮的诺亚方舟。

眼前，便是新泽西州的雪的童话世界。

这派雪景，画家无可为画，诗人难以为诗，只有缥缈的音乐方可传达它之一缕空灵。

晨起，马路的积雪已被铲雪机推到人行道两旁，忽如远古的一道道高耸的白垩墙，早已掩去了行人的身影。渐渐有汽车驶过，人们又赶着上班去了。周遭却杳无人踪，更是寂然无声，整个世界犹酣睡在雪的一片宁静里。雪与这世界终于和谐统一，世界终于接纳了雪，让雪装点自己诗化自己。

雪，皑皑不绝，一仰难尽。雪，纤尘不染，纯洁无瑕。站立雪中，整个身心被雪浸裹，一怀心绪也仿佛雪般晶莹剔透。

我在望着雪的洁白，雪的晶莹正盯向我。满眼皆雪，我却看不透它的一片空幻。雪给了我毫无遮掩的坦白，袒露在我的视线里，我却无法看清它的空灵。雪就在眼前，我却觉得身处遥远，立在我不可企及的彼岸。也许，雪真的是说给诗人的。也许雪是哲理的，只有智者可与通。也许雪本来就是一片虚空，无可探究。

眼前没有了执着于形体的世界，没有了棱棱角角的大地，没有了芸芸众生滚滚红尘，没有了人在尘世挣扎的一丝印迹，只留下飞鸟、晨曦、月色、浮云、风声的擦痕。终于，我也不再是形体的躯体的我，而是晶化了灵化了的我，若一片雪花化入苍穹洁白的光流。忽然觉得自己变得纯洁了高尚了，雪在装点世界的同时已是净化了升华了自己的灵魂，谁也无法拒绝雪的一片洁白晶莹的纯情，任凭雪将自己慢慢融化，最后同化于雪的空灵空幻。此时，你已不再是在踏雪，访雪，赏雪，而是沉浸洁白，潜心晶莹，被一丝丝从虚无中悄然渗出的莫名所是的感觉静静地浸透静静地淹没，不再有半点尘世浮沉的烦恼和痛苦，只留下雪般的飘逸与洒脱。融释了浑浊、卑污，生命不再滞涩、蜷缩，而变得润泽、通畅，原来的傲世或者沉沦已由雪的洇染和在雪中的参悟而衍化为幽逸淡远，早已淡出人世，不觉中已身处冥冥。

雪只是作为冬天的使者而来到人间，雪只是从寒冷发轫而与寒冷为伴，雪只是滤尽了空中的浮尘而送给人们一片明丽的旻天，雪只是沉淀了污浊而还给人们一方清新的净土，雪只是用氤氲的湿润庇护鸿蒙大地以生育万物。如其色，如其形，如其质，雪永远是洁白的天使！雪的清静冷寂未必就是生意消歇，恰恰是默默地涌动着生命的热流，默默地蓄存着生命的力量，默默地鼓荡着生命的冲动。你看那些带了雪橇奔向高山的滑雪者，他们不正是诱于雪的一片洁白？而那些冰上的翩翩舞者难道不正是从雪的通体晶莹里获得一份激情与灵性？他们竟由雪激发起火的情感而全然不顾可能埋身雪地断肢冰场的危险——不正是基于对雪的一片生死不渝的至情?!

雪，层层叠叠，相拥相依，不发出一点儿声响，兀是一派遗世独立的样子。人们不再大声说话，鹿儿只是悄悄从雪地穿过，鸟儿知趣地一再压低了嗓音，风儿只是轻轻吹拂，连掠过天空的云朵也放慢了节奏而只漫步悠悠。冰冰雪雪的湖隐隐然照出四周的林树，树儿不再晃动风中，只是用静默回应波纹不荡的湖。雪在我眼前突然变得圣洁而伟大，以为任何举动都只能是对它的一种亵渎和骚扰，我竟不敢向雪原跨前一步，不忍在它洁白无瑕的身躯划一道非属自然的印痕。我与雪默然相对，我很想打破雪的沉寂，以慰那份莫名的寂寞，却怎么也挣扎不出一点声音来。就这样愣愣地站着，看一抹寒光映照天地，雪正以一片晶莹亮丽行人的眼

睛，同时送给他们一份隔世的温暖，自己却始终蛰伏于洁白的宁静。

太阳西去，雪和月交映一片微暗的幽寂，问候熟睡的人们，祝愿他们沉入雪的梦幻……

终于一天，春阳将它的第一缕晨曦洒落林的枝梢，浴雪的树枝顿时金光璀璨，随着便有片片积雪坠落，树干复又裸露漆黑的躯体，似无半点惋惜。草坪上连片的厚雪渐渐融化，泛映着一片水雾迷蒙的莹亮。转眼屋檐，一根根冰柱已滴落有声，接着便有一截截尺许长的冰锥掉落，咚咚着地，仿佛春回大地的鼓声。

不多时，马路上细水涓涓，连下水道也涌满了潺潺山泉，小溪里更是淙淙作响，本来冰凌闪烁的湖已是碧水盈盈清漪涟涟。未见江河，想必已是波涛相逐，那该是雪最后的欢歌。

雪化而水，水冻而冰，冰融而水。化雪的过程很漫长，也很美丽，如同落雪。

雪，终于片片化去。

它只是飘飘而来曼曼而去，不留一丝痕迹，依然还给大地以五彩缤纷，尽现原本的底色。雪后的大地更为勃勃生机，世界已轮回到一个崭新的季节。

没有洪水肆虐，不曾有灾难，即便有也不过几希，大地母亲会原谅雪的无私和大度，而不会忍心去责怪这位定期来访的客人。雪本非灾难，雪何以要与灾难并论？雪只是滋润大地，造化万物，同时带给人们一份美丽和难得的欢欣。

倘若雪真的也带给人们一份凛冽，那么正好让人清醒自己进而激励自己——难道自诩为灵长之尊的人竟不能面对空灵空幻的雪而萎缩自己的人生？即或收住前进的脚步？雪中，正当自警！正可自勉！飘逸的雪可以浸润一个人的心情，可以荡涤一个人的灵魂。

树儿绽出了嫩芽，花儿爆出了蓓蕾，有小鸟在巢中孵化，雪地出生的幼兔和小松鼠已嬉戏草坪，湖畔将有雏雁嘤嘤，林间会有小鹿呦呦，一切冬眠或冬困的生灵都已在雪的洗礼中苏醒，昂向明天的新生。天空已更加明丽。心海已更为敞亮。谁都没有忘记，只因为有了雪，雪曾经来过。雪，该来的时候来，该去的时候便去了，一点儿也不拖泥带水，来也匆匆去也匆匆。

一地李花，飘零似雪——那年在浙南乡村见到此一境状时，竟黯然神伤，无限痛惜这花的凋残、颓败。如今眼看满地白雪化去，无一点惆怅。无须伤悼雪的消逝，它来到这个世界本不为永久驻足，一度又一度只是晶化而来晶化而去。要知道它并非消泯，而是衍化，而是回复到它生机循环的自身——那是生命的滥觞。

雪会再来。我无须与雪说再见。

雪已化水。

清心向流水。

感谢雪,给了我这份生命的美丽。

秋之喧哗

曾感受秋的明净，曾体味秋的萧瑟，而秋之一片绚烂景色仅成了一种想象，我竟不知这想象乃是依据什么，我之情怀中有没有过一幅灿烂的秋景。

秋高气爽的一天，来到奥尔巴尼市的纽约州森林公园。

从市区出来绕行一段盘山公路，不一会便来到一架山梁，下车来但见山岭起伏，秋林无际，苍茫浩瀚，绚烂夺目。

停步时，已是陡崖耸立，巨岩迎面。崖顶却是一片开阔地，苍松葱郁，绿草芊绵。其上峰峦环立，绵绵无已，之下山缓坡平，渐为平野。远远近近，惟一片猩红照映蓝天。

谁也不知道哪儿是公园的边界，真正地说美国并加拿大东部随处都是这样的莽莽森林，人们之所以来这里也许只是由于这条地貌奇异的灰色断层岩，立于崖顶既可眼界空阔，一片景色尽收眼底，同时还可以感受一份陡崖的惊险。于此，可以轻抚每一株树干，亲近每一片树叶，尽情享受诗般的森林情韵，即便不醉，也早被带进梦幻般的斑斓里。当在开阔地的木屋旁小憩，从陡崖攀援当年印第安人用于狩猎的悬空长梯，贴身层层片岩从谷底小心走过，让潺潺细瀑淋湿一头乱发，被枝枝蔓蔓的藤萎缠住衣裤时，不仅感到一份别有洞天的幽雅，更是体会到一种原始而古老的生活情韵，似有一幅苍凉凄美的逼真油画正从那儿映现出来。

踏一地红黄落叶，披一坡斑驳树影，来到丛林深处。原来这是一片落叶阔叶林，大宗的是枫如栎，此外还有榆、杨以及其他一些不知名的高大乔木，此时正枫红栎紫榆黄杨橙。其实枫有多种，颜色也有猩红赭红和金黄之分；栎之紫榆之黄杨之橙也浓淡不一,即便同一棵树自上而下也会分呈红橙黄三色。远望时一片红红黄黄,近看则是红一处橙一片黄一簇,更由于山坡之陡缓、树干之高低错落,一片红叶秋林波涛起伏,呈现出一种色彩斑斓的动态之美,如果说过去我曾被高巍大山之气象美所慑服,现时则被这秋林红叶之色彩美所完全倾倒。

森林里一片沉静,未有一丝风声,也不见有一枚树叶飘落。这沉静,正是山林的性格,它只是默默从土中汲取养分,悄悄将营养输送到树干、枝梢直至每一片树叶,耕耘着春夏秋冬。狂风呼号,巨雷轰鸣,层层积雪将它的树枝挤压得啪啪作响,依然昂首天地,矗立山野。它只是于默默中绽放自己的生命,而全然不去理睬外部的世界,因为它懂得既为生命就必须首先面对自己,同时才能面对可能遭遇的一切。

它如蚕儿吐丝般将它一年一度的落叶铺盖大地,不仅滋育了自己的根系,也维系着脚下的这片沃土,从此不再有洪水肆虐,从它腹地淌流的溪泉始终一汪清洌;它用它茂密、挺拔而细柔的树枝把天空梳理得澄澈明净,因此那温煦的阳光总是常来光顾而普照大地;因恋于这儿的雾霭氤氲,那掠过的乌云也总是在此歇脚儿时,向它洒落霖雨苍生的雨雪,终使它得以勃勃生长。

也许这林树当年不过是些散落的个体,时序更迭,岁月迁流,这些孤独的生命都这么默默地站立着。站立风中,站立雨中,站立晨曦,站立月色,站立在轮回无已的每一个昼昼夜夜。站大了,站高了,站老了,轰然倒地,复归尘土,而在它倒下的地方,初芽又生,新果又萌,又长成参天大树,终于默默地站出了一片森林。已为森林,依然枝枝株株地默立着,春站一片绿,夏站一片翠,秋站一片红,至冬便抱雪而立。这默默,却掩不住默默中生命的律动,每时每刻它之生命都在躁动着奔突着,它之生命本身就是一种不屈的意志,一种不拔的坚贞精神,无论是繁叶满枝还是红叶灿烂抑或枯干擎天,都闪耀着生命的色彩,都有一种生命的亮度。而这红,更是默默中久久积聚的生命原色一次集中的绽放,一时间将它全部的生命色彩都聚满枝头,展现所有的生命韵致。如果说它之春还有些青涩,夏仅是一种浪漫,那么至秋它已然把自己生命的全部艳丽都流泻在它那粲然的脸上,亮丽在轮回的最后一个季节。无疑这是一种成熟的奉献的美,一种凝重的坚忍的美,一种倾注着个性色彩的美,归根结蒂是一种生命的美。不仅美,而且还包含着哲学的沉思,体现着生命的丰富涵义。

它是美丽的,而美丽无法自己凝眸。它从来都没有在意自己的美丽,如同它

从不在意自己所经历的狂风暴雪，这美丽就显得越发自然、纯朴而伟大。

也许因为它正是没有忘记这绚烂红色乃是生命的凝聚，所以它的片片秋叶总是久久飘扬枝头恋恋而不愿落下。忽然一天，几场浓霜，数阵寒风，它饮醉了生命的醇醪，被未来的怀想鼓动起一种旷达、坦荡和大度，不再固执于一棵树，而以一种壮士舍身之悲壮，纷纷扬扬将它的片片红叶尽然撒落大地，飘泊在秋风中，参天地之造化，襟抱宇宙的心静。红叶，一片已是很美丽，千片万片呢，满山满谷呢，满空满地呢，世界上有哪一种绚丽可与之媲美？有哪一种生命能绘画出如此壮美的场面？已为落叶，依然光彩照人，不失天地派生的韵致，终以自己的一片绚烂红色装点大地，离去时不带走一丝惆怅，那么安详地、愉悦地离开了它的母体，进入了生命的一个崭新境界。谁又能说它不是呢？难道它不依然轮回在生命里？不是另一种形式的新生？不正在生发新的生命？要不，我为什么总是枚枚片片带回家来置放案桌，多少个白昼黑夜与之相对默默，直至它向我发来春的音讯？

坠满草丛的红叶如此吸引着我，我终在柔绵的草地上躺下，让自己尽情地沐浴在枫林的一片艳丽里，我的红格子衬衣与片片秋叶相映相衬，织出一抹绚丽，我也终于成了一道风景。身旁的小溪潺湲着涓涓清流，沉落溪底的漂浮水面的红叶相叠相影，相照相映，艳哉丽哉，美也妍也，恨不得一骨碌滚进溪里，让自己也成为精灵的化身。

骤然山风乍起，原先还在喁喁低诉的丛林腾起了滚滚涛声，一山又一山的林木款款歌唱，气势浩荡而又情韵缠绵，“初淅沥以潇飒，忽奔腾而砰湃；如波涛夜惊，风雨骤至。”转眼间已是红叶飘空，一张张飘叶如天女散花般飞扬山谷，整片森林整个山谷都在飘动、欢腾起来，这红色的生命热流终如流星划过夜空般地尽情迸发，它似乎要在这片土地上泼洒出最艳丽的明亮色彩，鼓噪起震撼寰宇的天籁轰鸣。沉默的秋，沉默的山林，终于开始喧哗，沉郁悲雄，激越狂放，震撼天地，回荡山谷。这恬静的山林，终于奏响它生命最后的音乐。

树叶在我身边不停地坠落，像深情的回忆，像纷乱的思绪，像等待的诉说。我羡慕着这一片片无挂无碍、轻静飘逸的落叶，造物主在创造四季的时候，仿佛特别赋予秋天以恢宏的气度、深沉的心机和稳健而充实的生命。幼时家乡那片惨淡的秋色渐渐地模糊了，北京香山那处既不高扬也乏光泽的红叶黄栌也终于褪色，原先受古人影响以一种主观心境去渲染秋之萧瑟的悲秋情怀再无立足之地，不觉代以一种审美视角去欣赏四季轮回中秋之自然景色，由缕缕苍凉而为一片激越诗情,“一心真切看霜红”。

“木叶落兮凄凄”——不知中国的秋叶真的缺少色泽,终于不能诱发美感,还是这建安才子因情伤景,落叶竟也变得凄然,而这眼前飘叶如何不是木叶落兮翩翩?更有何凄?又谁说“秋声不可闻”?这落叶满空山岂不是最为壮美的自然景色?它不正占尽风流?秋,自有浓妆卸去本天然的旷远,很可以让歌声了无枝蔓、便引诗情到碧霄的。

抬头仰望,红红黄黄的树叶尽然沐浴金阳,一片枫林都浑融于流光迷蒙。不觉间已是融合了树下的我,已不复有我——我是这里的一棵树,与这里的树林融合了,没有了本身的颜色。我的心却融入了秋的呐喊与狂歌。

醉花不须醒

花者，不论哪种总有那份艳丽，人之感官本能总爱艳丽的花儿。所谓美人者，以花为貌，男人爱女色，正因其妍丽——漂亮的女子乃是一朵花。桃花运云者，桃色新闻云者，此谓也。

一双懂得审美的童稚眼睛自然会去瞅那花儿，童颜如花儿般娇艳，花儿如童心般灿烂，人花相照，两情相悦，两两粲然。直至一天长大成人，分一片痴心移情如花女子，而爱花依旧。专注了美的感觉，异化了花和美人，花便是美人的音容，美人便是花的象征。

家乡山瘦水寒，梅花桃花梨花，一两枝三四树，开不出成片的繁茂林花，又无美丽背景映衬，更由于家贫境窘无一点浪漫心绪，那艳丽的花瓣上竟是罩着淡淡的愁，即便花前也黯然神伤。

至于成年，始见苏堤白堤一株杨柳一株桃的繁花美景。桃花，艳也丽也，那花枝总嫌稀疏些，花瓣儿也缺些色泽，更由于掩于片片绿叶，终于托不出一片灿烂花海。

这日走进杭州西山公园，本为踏青，却见数枝樱花绽放，于初春的点点新绿里耀一片花光，眼睛不由为之一亮。来到树下，凝眸良久，以为没有一种花可与之媲美，迫不及待吐一片芳心：独爱是樱花，一天选女郎也该如这樱花般的如花美眷。那位林处士因痴于梅而终身不娶，不知他见了这樱花更该如何。

樱花，美则美矣，花期却短，阴晴冷暖，最难预卜。虽然常常“带将春去”赶往杭州，不是蓓蕾未绽，便是落英铺地，不得不惋惜多时叹息多时。有时难得赶上盛开时节，由于天空里总是弥漫着贫穷的家国之愁，心里总是怀一份压抑，遂使那赏花的心情丝丝缕缕地分派了去。

谁知今日，华盛顿之一片白色建筑与一带灿然樱花交织的美丽梦境竟如此让我心驰神往，俟春光浮动，便一次次去向路旁那棵樱树探询花讯，总不见花苞萌动。许多天后眼看有花骨朵儿突突隆起，岂料又被阵阵严寒压了回去，就是绽不出粉嘟嘟的花蕾来。不由怨起这些美国人，他们淡然政治难道也冷漠樱花？怎么不透一点樱花消息？而花期何期？直教人朝夕亟待。

这天，饭后闲坐客厅，荧屏里忽地闪出白宫一角，千树萧瑟中一枝灿然樱花！心随花飞，第二天便急急登程。

傍晚，汽车驶进联邦车站，下车来但见国会大厦四周已是樱花纷然，两年前的秋色斑斓已为繁花似锦的一片粲亮。盘桓一阵暮色逼近，不得不赶往阿灵顿宾馆下榻。

次晨九时，从五角大楼前跨波托马克河来到杰弗逊纪念堂一侧。停车而穿桥步行，不一会便来到潮汐湖畔。才探目，周岸之一片花海已映入眼帘，粉粉红红，若霞若云，绵绵延延早已遮掩了一方天空。

此时，晨雾微微，细雨濛濛，华盛顿纪念碑似一把利剑插入云霄，杰弗逊纪念堂如一只船艇飘浮雾海，周围远远近近之白色楼房似露还掩若现而隐，恰与那迷蒙花海交织为一幅海市蜃楼的缥缈美景。一片如幻美景尽倒映湖中，水中花岸上花，于波光潋滟中荡出无尽的绚烂。

樱花之美，在于它之优美树姿，那树干不如棠梨般过于致密且挺直向上而显得呆板，也不如桃树般太之稀疏而略显单调，也不似海棠般略为细柔而稍感无力；它虬曲苍劲，横斜疏瘦，像一把打开的伞儿亭亭玉立，枝隐于花，花露于枝，蕴藉而大方，清雅而明艳，于疏于密于隐于露中，灿灿然把一片花光和盘托出，尽现风骚。

然而，真正地说，樱花之美更在于它之色泽，樱花自有一种万花不具的光艳。好比一女子，尽管脸庞娟秀，倘没有肌肤中那种光艳照人的纯然一体的亮丽，便已逊色几分。樱花之所美，樱花之所以格外惹人招眼，正是它之无与伦比的光艳。这光艳，不似电，不似火，也不似星月，却如熠熠青磷投射你以满目的莹亮，不由你神注目夺。从远处，你可感受它那耀眼的光芒，走近时却可照见自己的影子，会以为那花儿就是自己，自己就是那花儿，你在向它凝眸，它正向你暗送秋波，横看竖看，仿佛花中总有一双脉脉含情的眸子在对着你。当微风吹过，片片花瓣似蜂翼

翩翩颤动，仿佛在向你颔首而笑，冥冥中你会听得一种无声的、出神入化的乐章在耳畔萦响，终于觉得这花儿乃是灵犀相通的鲜活生命，乃是活泼泼的精灵，或者它在你脑海中早已幻化为那位如花美眷的美女子。于此，花光之义不再抽象，而让你着实体会到它的情韵，看见它那生命的光辉。这花光乃是花之灵魂，这花魂你画不得描不得，只能意而不能感，更难可言传，即便你用相机拍下，所留下的已是它之苍白的影子，那晶莹的花光早已走失过半。正是这灼灼花光，让人恋让人迷，让人醉让人痴，将一颗心撩拨，把你的灵魂烧化。奇葩千种，惟樱花超然独艳！

山须深水须长，林须静花须幽。热情、开朗、大方的美国人同时又非常静默，尽管游人如织，依然寂寂清静，终不至糟蹋花之那份清雅。日本之樱花也许更繁更茂，却不信会有这幽静环境，印象中之亚洲人于此种场合多会絮絮叨叨洋洋盈耳，不但赏花之情致已去了许多，还会带将悒悒的恼来。华盛顿之樱花有幸而能幽，幽而让人醉。

下午，蓝天映澄，花光弥空，躺卧林荫大道茵茵草坪，歇坐非洲艺术博物馆典雅长椅，已全然陶醉。花儿：可否留我在你的花光里？醉眼问花花不语。

年轻时曾为电影《红楼梦》中贾母那句“怎奈是白发已非赏花人”唱词而兀自悲伤，难道年老便不配赏花？今我已华发苍颜，却不能不痴于这眼前樱花。情多醒不得，一日花落，且随花飞去。

醉，原谓醉于酒，浅饮取其清雅，微醺获其放纵，酩酊大醉就有“见了皇帝不磕头”的豪迈气概。醉，无非一种迷情。布鲁诺面对火刑而决不放弃自己的“日中心说”理论，乃醉于真理。谭嗣同愿断头，是醉于民主正义。唐明皇醉于色，悦美人而不惜江山，误国固可悲也可责，于爱情却是坚贞。李后主不谙国政，却痴于诗，且真的为诗献身。其实，不论读书，作画，写诗，凡正经事儿，都应是一腔迷情，一片痴心，都应该醉。醉，才是真情，才见真情，有道是“情必近于痴而始真”。

“惟有爱花心未已”，没能耐的我只能醉于花。

醉花，顾不得怕人笑。

醉花不须醒。

路上的风景

在美国，除了偶尔乘飞机，我还是喜欢坐汽车旅行，既方便快捷，也更贴近自然。纵横交错、密如蛛网的一条条高速公路，可以载你去任何一个公园任何一座城市，任何地貌都可经历，任何风光都可饱览。它之跃动而变幻的一幕幕，如此引人入胜而心魂飘荡——最美的风景恰在路上。

都说走进大自然，殊不知行在高速公路便已置身大自然，且不是一时匆匆一地忽忽，而是时时处处皆行进在大自然之中，最后终于让你融进自然，自己便是自然。车随路飞，心随景飞，翩然飘然，心里涌荡的都是歌声。

有亲友返乡探亲，问先前回国的同事捎点儿什么，答曰若说一应百货这儿都有，而我想要的驰骋高速公路那种感觉——蓝天白云森林草坪，君却无法带得来。噫吁哉！

白天路上车满，轿车卡车，种种款式，样样颜色，赤橙黄绿青蓝紫黑白交相辉映，浩浩荡荡前不见首后不见尾，宛如一条汹涌的流河。而到了晚上，前望红灯闪耀，侧看白光映空，绚烂无比。

美国没有中国概念中的乡村，即便农牧区也是十几里几十里才有一二散落农户，零星农舍于一片绿野中几乎难觅踪影。路上见到的相隔数十里百数里的一个个小镇，不过几千人口，除了一两座教堂和几条三四层楼房的街巷，也无一点热闹。掩于森林的一片片住宅区，与高速公路更是相隔遥遥，总是躲在视线之外。一路行来只有山岭河流湖泊森林草场，始终一派自然景色。有时从四野收回视线，方想起身在高速公路，尽管车流如潮却是静而无声，兀自生出几分寂寥。

凡通都大邑总有大河经流，或数条河流汇合，而河上总是架着一座座形状各异、色彩艳丽的桥梁，或单梁飞架或数孔横天，或白或蓝或绿或红，如一道道彩虹灿烂在城市上空，此一桥梁景观便是高速公路上一道至为亮丽的风景。而于桥上观景，更可视野开阔，目及四周，把无限风光都揽入眼底。

转来哈德逊河华盛顿大桥，上游恰有一个漂亮的河湾儿，西岸山岩嶙峋，东沿楼房错落，河畔公路蜿蜒，渐远渐隐的哈德逊河莽苍苍消失在韦拉扎诺桥外大西洋的一片浩瀚里，而一身披绿的自由女神像正河岸耸立，爱丽丝岛上红白相间的移民博物馆恰如一只豪华游船，此时正欲迎送风姿绰约的自由女神出海远航，交织一片奇异幻境。

爬上马林半岛高处，北望山环岭绕，绿树碧草，西眺太平洋浩瀚无际，艳阳普照，金光万点。险崖突兀处金门大桥倏然横空，在蔚蓝的海面划一道橘红。左方银色奥克兰海湾大桥对峙，桥外一片白楼耸立。正是这雄伟壮丽的金门大桥才编织起旧金山这个海港城市的万般风光，令游人销魂荡魄。

来到哈德逊河 6 号公路大桥，正一阵蹈空惊惧，一汪绿水已从山岭穿流而来，河面宽阔，水势浩淼，白帆点点，游艇如梭。两岸绿树葱郁，铁路蜿蜒，两列赭红色货车正隆隆驶过。眼光升至山麓，公路忽隐，惟一架白色长桥横于山谷。循河下望，河床渐阔，水流潺湲，不久它慵懒地转了个弯儿逶迤东去，正山穷水尽，又有白楼影绰，最后都隐匿空蒙，却分明可感到空蒙之外的那片天地。不知画家们终于遗漏了此处美景，还是来这里面对这风光旖旎竟忘了调理丹青，而此时也无游人踪影，空留一片山光水色，不禁久久叹惋久久遗憾，遂让自己久久驻足久久流连。复眺桥头那端，6 号公路已从陡坡伸去蓝天，一时忘了我是在路中桥中山中河中，抑或画中梦中。

由 80 号公路西去，来到一处幽谷，眼前倏地闪过一带碧水，眺望时它已穿桥而去，瞬间跌入崖下，遂不见踪影也不复闻水声，难道它来自天外又奔向天外？一片遐想中添一丝神秘的美丽。

夜行 87 号公路，车灯耀空，车流如水，心想美国人是一种什么生活节奏生活情致，白天已忙个不停，为什么在晚上又非要如此奔波？瞄向车外，月光梦一般漫溢在安睡的大地，沉静的森林里隐隐传来啾啁鸟鸣，这是个什么样的夜晚啊！是闹，是静？是忙，是闲？是诗情，是画意？而谁又作得这诗这画？一怀闲情无人会。

傍晚车逐夕阳，眼看一轮红日寸寸分分沉入地平线，顿时晚霞灿烂，森林里万道红焰流泻，远处山冈更是沐浴一片金光，把个眼前世界照得通体透亮。转瞬夜幕落下，片片夜色缓缓流向森林，林的枝梢于天幕勾勒出一条齿轮黑边，几座尖塔隐约，而回望东方，那盘圆月已漾漾地从林中跃出。

雨中赶路，正欣赏有如小令的烟雨迷蒙，忽然间山隐路遮，密密雨幕被车流碎击为一条平向流泻的雨瀑，随车飞溅，一路泼洒，而交织的煌煌车灯却把满空的雨雾照成一片明暗朦胧，林花的馨香又随雨点丝丝缕缕飘进车来，不似仙境，也似仙人。

行于山岭，空山不见人，来到空旷的山脊，白云轻悠，蓝天高远，绿野无垠，目可千里。凝眸时，近岭叠翠，远山如黛，一片浓绿中忽而红瓦一抹忽而白墙几堵忽而尖顶半截，难道已飞来天外？乘风云而上天，且随云飘去。

断鸿声里

童年依稀，隐约藏着一个雁梦。

秋空高远，晚霞褪去了霓裳，天色很快暗了下来，嘎嘎一阵长鸣，头上雁阵列空。分明浩荡，却携着夜的清寂；分明嘹唳，却噙着秋的凄凉。山坳里的天空很小，倏忽雁阵无影，雁声犹隐隐可闻。它们飞去哪里？又从何处飞来？为什么忽而一字形忽而人字形？它们有家吗？

问归问，雁远不关情，高高而匆匆的雁儿毕竟只留给我一个模糊的掠影。

愈是大概朦胧，愈成梦境。

久居江南，一天忽然涌起对雁的怀想，匆匆从窄窄的小巷走出，来到郊外寻觅雁的踪影。山边徘徊，江畔怅伫，一次次把脖子都伸酸了，立尽西风雁不来。

让梦远去，让梦流逝。对雁我已完全陌生，仅有的一丝朦胧也归于淡忘。

这天行在78号公路，正浏览风景，忽见一队南飞雁，离它们不远的地方又一雁阵北去。也是少年记忆中的蓝天白云，同是深秋的傍晚，只是眼前却不是那个逼仄的天空，而是无比的空旷悠远，雁阵也不是匆掠高天，而是悠然地翩飞低空。我清晰地看见雁之体魄、羽的颜色与那振翮飞翔的姿态。终又看见了暌违多年、已成梦境的雁。

雁，终于也成了一幅画。

新泽西者，花园之州也。既是人的花园，自然也成了鸟的乐园。春夏秋冬，森林里总是叫着鸟声，任何时候只要你抬头，总是翩翩鸟影。“昏鸦已满林”，“乱鸦点碎夕阳天”，“鸟飞不尽暮天碧”，“寂寂花絮乱，忽忽莺燕飞”，“小庭寂寞，底事争哗？一声莺，一声燕。”行行古诗都得以画出。

散步时，总有知更鸟在你前面跳来跳去飞来飞去，只向你炫耀一身美丽，却不展歌喉。娇小的云雀只枝头放歌，不露身影。数鸦最多，忽儿只鸦一声嘎，忽儿数鸦交鸣不已，总几分聒噪，却非中国古代印象中那种凄厉，一身乌黑油亮并绅士式的悠悠步态总是在金光煌煌的草坪上辉耀一份端庄。多情的蓝鸫成双成对整天在林间嬉戏追逐，从一棵树飞到另一棵树，让人看得眼花缭乱，只有密密树枝晓它一些情意，摇摇舞蹁跹在为它们欢快祝福。一身艳丽的红雀忽地忒儿一声从眼前飞起，于蓝空里绿荫里划一道艳红，不待看清已杳无踪影，正怔怔前行，忽地又从树上飞出，似在有意逗引你，却又这般羞羞答答。鹰和猫头鹰虎视眈眈，高枝雄踞，一旦飞出便统领天下，盘旋翱翔扶摇直上，直至渺乎远矣，撩你一片浮想。

百鸟随影，千鸟鸣耳，已经生活在鸟的世界里就无须雁梦，且已见过了雁，雁不复是梦。

浓霜似雪，寒意侵肌。草坪犹酣睡晨雾，山上的林树沐浴如纱晓岚，出门来听得一片唰唰声，放眼望去却是一群雁儿，不期此时它们竟飞来庭院停落。想快步向它们走去，又恐惊跑它们，便蹑着猫步慢慢靠近，它们似乎已经发现了我，却并不理会我的到来，依然自在地吃草。一只雁儿却是向我踱来呆呆立定，朝我观望，不语似含情。原来，它们的体态和羽毛与鹅毫无二致，难怪美国人叫它野鹅，不知中国人为什么给它起了这么个漂亮的名字——管叫它大雁，随又尊称它为鸿雁，又什么征雁，凝进这么多诗情。

雁竟多时不去，我也陪伴多时，我把这一天叫作“雁日”，当然是属于自己一个人的“雁日”。

从此，雁竟是三天两天飞来门前食草，或十数只或数十只，日久方知尽是衡阳不去雁。说不定它们来自遥远的加拿大，什么时候还要飞回那里，说不定它们居无定所，永远一地又一地地不断迁徙，永远直面苍穹。也许此便是它们的栖息地，要不时值冬季，因何还不飞去？哦，可能它们从不寻找栖息，而只管飞翔。

雁儿伸长脖子一个劲儿地吃草，目无旁顾，只在有汽车驶过时偶所惊动，或者累了停下来观望一会儿，静静而安谧，恬恬而温驯。它们非得把它们的喙伸进草的根部才能啄食到较嫩的芽茎，而多少时候才能觅得一片这样的嫩芽？你不由为这些艰难而坚忍的素食者而感而叹。

在它们突然飞起的片刻，你才能辨认出那只领头雁，它忽然抬起头来观望一

会儿,复又食草,最后终于呆呆立定,引颈四望。他雁也跟着停食,向同一方向站立、观望。它突然嘎的一声振翅腾起,其余的雁也相继鸣叫飞去。体魄矫健,翅翼翩美,神态昂扬,空灵而传神,飘逸似含情,也许这就是多少浪漫诗人为之销魂的"惊鸿一瞥",庶之乎才将那风姿绰约的姣姣女子喻为"翩若惊鸿"。惜乎中国少雁,这"惊鸿一瞥"更难得一见,犹如忽见深宫美女,倏然惊艳而勾魂摄魄,却不得一窥丰容,牵起多少恋恋情愫。人们爱雁,也许正因其翩翩之美。

雪,纷纷扬扬,下了一场又一场。森林,草坪,房屋,连那盈盈涟涟的湖泊都覆盖着厚厚的冰雪,莹莹然照出四周的林树。只有纵纵横横的马路袒露一道道漆黑,仿佛在界定着这个无垠的银白世界。被铲雪机推积路旁的一二米高的雪城,恰如古老白垩墙般地皑皑耸立,掩去了行人的半个身影。天寒而易生悲,不知是我不晓古人处境还是不解古人心情,"声兼边月苦"一类的哀叹总难入我怀,雁无国界,也无边地,南来北往,鸿飞冥冥,用狭隘的眼光去看待雁的恢宏的死生契阔,恰是有悖雁情。

雁儿仍在草坪专心吃草,喙上沾满雪泥,雪地里印满了它们来回奔走的一行行爪印。它们可能吃到草儿?果能果腹?如何才能熬过这漫长的冬天?妻忙去取来面包饼干,试探地抛向它们,它们果然赶快围过来抢食。饥不择食,它们也终于改变了胃口,再次演绎了适者生存的自然法则。天黑,它们背一身积雪飞去,留我一个悠远的背影,"白鸟入空无"。

晨曦微启,已闻雁鸣。想必仍是昨日雁,不论妻手里是否拿着食物,一看见她便朝她奔来,昂头向人,未觉眸子对视,相顾却情亲。它们照样在傍晚时离去,沿马路迂回低飞,直至消失在西边的夜空。"雁过也,最可慰、却是旧时相识。"我竟对雁产生了一种莫名的情感,有了一份牵挂。

倏尔春至,盈野的积雪渐渐融化,涓涓细流汇进溪的欢歌,注入湖的静谧。草坪乍现一丝绿色,溪畔的柳吐出了细芽,不久千枝次第开,枫绽赭红,栎露鹅黄,迎春开了李开了玉兰开了,海棠开了碧桃开了樱花开了,森林里一株株挺拔的林花更是粉白轻红淡紫浅黄,阳春三月,莺飞草长,雁儿也迎来了自己的春天。

林中花,月下草,因为有雁声雁影而使眼前的景色更加美丽撩人,冥冥中似有一种幽幽的情向我倾流而来,把一颗心灵占据。灯下夜读,突然一声雁鸣从书中惊醒,随雁声来到屋外,月悬中天,夜色如水,远处似有人弹琴,高亢激越,苍莽浩荡,有若"鸣于九皋,声闻于天"的雁鸣,细细密密的琴键恰如急雨般敲打在我的心弦,砰然有声。琴声雁声,最后都在月夜中悠然散去。静夜听雁,静夜听琴,犹如听禅,喜也放下,悲也放下,自己也成了羽化而仙去的归雁,原来在人和雁的世界里生命中竟有如许微妙而虔诚的交流与安慰。

雁儿时无间断地飞来庭院食草,喜也美也,草坪却终于一片狼藉,枯一片黄一处,只是由于那刚刚破土的嫩芽终于没有机会抽出。难道这雁群真会把一片草坪整个儿地糟蹋?如果那样,在我将留影的相片里将是何等的不堪!天涯何处无芳草,更何况已是春天,你们就非得只瞄向这一处?草坪本吾家,绿茵本吾爱,我终于抡起那截枯枝去恐吓它们,它们怎么也不会想到曾经友善的主人会有此种举动,无论如何难可理解我这黑发黄皮夷民的禀性本质,只知道那些金发碧眼的故旧断不会有所鲁莽,依然懒洋洋地慢悠着,不讶不惊,泰然自若。我遂将树枝挥舞空中,同时吆喝有声,一步步逼向它们。哗啦一声,雁群振翅飞去,雁影遮空,鸣声震野,相片里恰是留下了这无限壮美同时也无限凄美的一幕。

从此雁不再来。或许它们去了别的地方。

夜来落红无数,草坪却被潇潇春雨洗刷得一派葱绿,点点露珠莹莹然映着晨阳的熹光,森林的一片新绿都摇曳在微风里,盈野的花光交辉蓝空。正后院赏景,忽见一雁蹒跚而行,身后却是一只雏雁,通体金黄,一身艳丽。雏雁边匆匆急步边嘤嘤鸣叫,紧偎母雁,衔尾相随。不知是我走了神,还是它们受到惊吓躲进了树丛,倏忽不见。我从未见过如此娇艳的雏鸟,更是从未听见过这低声委婉的怯怯啼鸣,美丽让人动容,鸣声令人惊心。

“嘤其鸣矣,求其友声。”坐在书桌竟无心看书,一颗心尽被雏雁牵惹——这是多么可爱又多么稚弱多么需要呵护的小生灵啊!它能否躲过所可遇到的种种劫难而平安一生?而我现在却是爱也不能助也不能,只有空嗟叹空悲切。可是,它就是妻曾经喂过的那群雁的后代吗?幸好妻喂过那群雁,幸好这雏雁终于孵出来了,也许现时这母雁正是领了它漂亮的稚子来答谢妻的一片恩情,不然,因何暌违多时今天它又独独地来了?而我那时不曾挥舞树枝去驱赶它们?我岂可这样做?我岂会这样做?幸好雏雁走了,若是见时,怕应羞见。

果然不复见雏雁,我再也没有机会向它诉说我的歉疚与愧悔。而它今夕何处?真个“征雁过尽,万千心事难寄。”

和妻来到那个常有雁群栖息的湖泊,为的是想再见到那只雏雁。湖阔波平,鹤鸣雁飞,一群雏鸟正慢慢游向我们,到眼前时却是数只氄氄乳鸟,一对白天鹅正相偎左右。小天鹅,形同雏雁,羽却灰黑,总不如雏雁美丽,我独爱那一身金黄。

不如转去丛林。谁料恰有一对大雁漫游小道,欲行且停,且停又行,待我们走近也无意飞去,原来身旁窝着5只雏雁,一身浅黄,嘤嘤低鸣。由于我们的到来,雏雁们慌张缩成一团,一脸无奈的样子,我脑海中此时恰是叠印出那只金黄的雏雁,遂俯身与语:“彼狡童兮,请与我言兮!”两只大雁则全神警惕,守护着自己的孩子形影不离,瞧那神情好像此时我无论做出什么样的举动,哪怕一如曾经的那样挥动树枝,它们也决然不会丢下羽毛未丰的稚子而自个儿飞去,必与雏雁生死相依,生死相守,那是同样伟大的亲情。

夏日来到水乡泽国布法罗市,江河湖泊,雁群落满,大雁鸣空,新雁惊耳。

而那只嘤嘤鸣叫,一身金黄的雏雁呢?

清音天际远!

科罗拉多惊魂

瑰丽多姿的大自然总是诱惑我想以一种如歌的行板去响踏每一片土地，而那些壮阔、雄伟而惊险的神奇所在更是令我怀着梦境般的憧憬而心驰神往。

数年前在北京科技馆观看穹幕电影《大峡谷》，当手汗淋漓地从大门口出来时，不禁仰天而叹：此才世之奇观也。此生可去得？当极想而又不得不归于妄想时，不由爽然若失。

前番来美时冬季在即，不敢出游。此次已早作打算，决意夏日成行，就如田径场上的百米跑者一颗心只待飞出。

这日巧遇大雨，纽瓦克去拉斯韦加斯的班机延误而至傍晚才起飞，尽管由于时差关系那夜幕迟迟未有落下，眼前却始终云雾迷蒙，依然错过了梦中的密西西比河和远在天边的落基山脉。

四个多小时过去，正目送半空晚霞，飞机已临拉斯韦加斯上空，前方极天际地一片辉煌灯火，此赌城果然几分繁华！

从飞机下来行过一个又一个宽敞大厅，正为色色鲜艳地毯啧啧，不觉间已置身马路，猛地一股热浪袭来，火烧火燎，如焦似灼，果然大盆地酷暑！

沿国道15号公路去郊外宾馆途中，赤橙黄绿青蓝紫，尖塔高楼皆映于一片通明，果然不夜城！

欲见科罗拉多心切，次日天一亮便驱车登程。正忪眼懒睁，一片沙砾荒野已入目而来，几处土黄几处赭红，除了少许灌木，更无绿色。移目远处，高山入云，赤壁巍峙，几无生机。

心想美国地旷人稀，肥沃富饶之大西洋沿岸、密西西比平原和大草原已足可让他们安身立命，何须在这莽荒大漠建一座被称之赌城的拉斯韦加斯？人们何必在此谋生或繁衍生息？倘在中国那是历史的无奈，而在这个年轻的移民国家又何须如此？跃马扬鞭、戈壁鏖战的一个个西部电影镜头倏然浮现眼前——不正是这些不守安分、激情浪漫的美国人之富于冒险精神，才在这片神奇的土地上创造了一再的辉煌？

这片六亿年前从海洋升起的辽阔大地，赋予种种神奇的传说，同时也赋予我种种神奇的遐想，令我怀着一种如梦的憧憬行进在科罗拉多之路。正是种种梦境般的奇思异想，使得眼前的高原景色更加美丽更加神奇诱人。一路行来，几分奋昂几分壮烈，几许惬意几许放浪，俨然一名当年开拓西部时仆仆风尘、驰骋莽原的羁旅戎马者。

穿越一个平岗，爬一段盘曲山道，不久便来到米德湖大坝之顶。高山环绕，红岩壁立，数千里外从落基山雪岭湍流而来的科罗拉多河在此被拦截为一汪深湖，湖水幽蓝，波平如镜，周岸逶迤着一条白色宽长水痕，那是水位降落时留下的印记，此正值旱季枯水期。未得一睹大坝雄姿，沿山坡下来时却见科罗拉多河深谷澄碧，地形之险峻足可想象当年一任泛滥的磅礴汹涌。关山迢递，山川悠远，这条汹涌高原的大河路途依然漫长，越内华达、加利福尼亚与亚利桑那三州边界，再闯墨西哥北部高原，然后奔加利福尼亚湾注入太平洋。怀一片崇敬，目送它远去。

从此，汽车始终在广袤无垠的科罗拉多高原上行驶，尽管偶有山包隆起，有巨岩耸峙，有乱石横陈，却始终漠漠平野，莽苍苍不知其从何而来往何而去，似无所高低也无所方位，千形万状的大地被简化为单一的苍茫。

自北而南、而东复折向北，眼前则是一地一景，风物变换。金曼以前，几乎寸草不生，至多是一些木榴、山艾和小槲树之类的灌木，星星点点，似绿非绿，似黄非黄；塞利格曼至阿什福克，草木渐茂，些许生机；及威廉斯，高松挺拔，低柏虬曲，一片翠绿；威廉斯北去，依然一如金曼的萧瑟。“浩浩乎平沙无垠，敻不见人。”除了几个小镇，不见一幢房子，也几乎未见一条交汇的公路，更无一条河流或时令河的干涸河床，任是将你包裹在浩瀚无际的苍莽里。原先我并不想望这儿的绿色，然而有这矮草灌木点缀的旷野毕竟比漫天风沙的大漠更具色彩更多景致，也更添一份亲切感。这宽旷荒野仅仅吝啬地投以我一小片一星点绿色，然而从这莽荒大漠中蹿出的这丝绿色却是浸透着人类原始生存意识的绿色，它不仅带给我温馨和安慰，更是让我静静地用心去体验这绿色给生命的启迪，人类正是从大漠的丝丝绿色中一步步走来而至今日，这原始生命的历程何其久远何其艰难！这人类进化的悠远诗章多么恢宏多么壮丽！这亿万年始终干旱的旷野，没有山洪的激越高歌，没有溪泉的婉转低唱，甚而少有雷电轰鸣，它只是一片莽荒的广袤，一派鸿蒙的沉寂。我却并没有因为它的莽荒和沉寂而感到一丝落寞，相反恰是从它的壮阔和苍莽里领受一份未有的坦荡。

遥看四周，山岭绵亘，峰峦突起，任你左转右弯，或近或远，峻极于天的华拉派峰和汉弗莱斯峰始终在远方耸立，巍然峨然。仿佛科罗拉多的一切都是用高巍来标示，高巍才是它的昂扬魂魄，高巍才能孕育并承载雄伟磅礴的大峡谷，才会让人以一种特有的情怀来寻访这片神奇的土地，我之冥冥之魂此时正是响应这高巍的征召匆匆赶来做它的朝拜者。

蓝天映映，白云悠悠，热浪滚滚，漫漫千里行程，“天长路远魂飞苦”。

公路宽而直，且不限速，更无警察巡视，汽车一直以 90 至 100 英里时速飞驰，心想这样一溜烟地开去，到时不要刹车不及真的一头栽进大峡谷。

果不然青云路断，停车时已是丹岩巨壑，削壁险崖，气势恢宏的大峡谷凛然屹立！

六神失主，魂不守舍，惶惶然上得大峡谷国家公园免费大巴士，风驰电掣，一路西去。凡数里一站，到一景点下来驻足、盘桓十数分钟，再坐下一班大巴士前行，如此一一游览。总是惊魂未定，正忘情眼前，又思忖前方究是何种风光，遂急急登车，那慌那急那匆那忙，那贪那迷那醉，那含情脉脉依依恋恋，不由暗笑自己痴迷若此。

大峡谷绵延无已，前面却再无通路，不得不返。而浓浓游兴哪可一时消得，遂驾车继续向东巡游，也是一景一停，直至数十里。任你东奔西走，兀傲的大峡谷始终在眼前屹立，方想起大峡谷长绵 700 里乃至延伸更远，何处是归程？恰落下点点急雨，遂掉头而还。邈绵的科罗拉多大峡谷永远隐藏在人们无法涉足的神秘里，行游千次百次，也难可窥探它的真容，匆匆的我只能踯躅在通往它之圣殿的幽深路径，难可企及它之雄伟的殿宇。它属于无限，它是不可知者，也许只有天上的星月浮云方晓一些它的高邈神奥。

大峡谷乃由科罗拉多河亿万年流水切割而成，它之两岸顶部乃是广袤平坦的高原，寥廓的天空与旷远的地平线之间宛若海天相连，始终呈一字水平线，远方迷蒙处才有山峰隐约。

峡谷顶部宽数公里至十数公里，而谷底宽度不足 1 公里，最窄处仅 120 米，而其深度都在 1800 米许。自谷底而上，从几十亿年前的古老花岗岩、片麻岩至近期各个地质时代的岩层皆清晰地以水平层次出露在外，阳光下不同岩层之红黄橙紫色色相映，让人目眩。地平线而下，由于长年剥蚀，岩壁或直削谷底，或呈多级梯状下倾，犬牙交错，蜿蜒曲折，举目望去皆是悬崖、峭壁、险峰。探头俯视，有时深不见底，有时可窥见科罗拉多河绿水湍湍，却是涛声无闻。

大峡谷城恰建在有铁路公路可通的南岸谷顶，旅栈处处，房屋或石或木或朴或华，或林中隐约或崖顶矗立。来此夜宿，伸手便可摘一捧星星，俯身即可照影科罗拉多河，晨起寒意侵身，不妨披一袭如锦云岚，谅想李白当年来此，纵有满怀悲情也不至“独宿孤房泪如雨”。而游子的我，必得归去。

观景点凡一面积数十平方岩石平台，但凡处于突出的岬角边缘，既可眼界空阔，尽收眼底，也因缘虚历空，煞是惊险。此时更有大无畏者喜走去栏外崖顶独立，乃至探足崖下，坐在崖边飞驰的汽车上早已魂飞魄散的我不得不为他们捏一把一把的汗。

一次次凭栏眺望，一回回驻足凝眸，倾心俯首，聚精会神，欲狂欲醉，最后却只有惊悚的骇然。难道我非得纵身险崖，才能阐释我终于彻悟了的生命的意义？才能释放我的人生？

群山默然。久久地凝伫无语。绵长巍峨的大峡谷终将我带进跌宕起伏而又玄妙幽深的幻想之河……

驰骋科罗拉多高原漠漠荒野，让人觉得这才是世界的原貌，世界原本就是一片这样荒寒壮阔的大漠，它从来只有山岭的剥蚀流水的冲刷，只有这永远任干旱任狂风任飞雪任严寒任酷暑肆虐的洪荒；然而它却是一片远古时代的纯真，它却是生命的源头，你可以从它的静默里听见从生命远处传来的沉沉呼喊。此时，只有此时，你才贴近大地，感受大地的呼吸，听见大地心脏的搏动，才拉近了你与世界的距离，才看见了地球的幽寂与瑰丽。世界昔日那袭温柔的面纱霎时被揭去了，那个装饰的表面的世界不觉中已隐然遁去，眼前呈现的是一个原本真实的世界，同时也是心灵的世界。过去我来不及把世界融入我的身心，现时则整个儿地被包容于这神奇的莽原。

当伫立米德湖岸，眺望满目红岩峥嵘，仿佛一时憬悟世界原本就是这样一副冷峻的铁石面孔，它永远只有强莽剽悍肃穆冷漠，人们何须投给那么多的缠绵悱恻柔情缱绻？岁月总孤寂，人生不过“忽然而已”，人们真该如闲云野鹤如孤魂野鬼永远游荡天涯，永远一种无所执着却永不停步的流浪精神，或者就这样永远放浪形骸地藏身这莽莽荒原，永远一腔不食人间烟火的高情雅意，何须恓恓惶惶在尘寰忙碌奔波在浊世的泥潭里苦苦挣扎，实乃是贪欲的愚痴。“人生天地间，忽如远行客。”蓦然间跳出了这千年古诗。人生本是一次远行，人本该生活在遥远的地方，本该永远眺望远方的风景，就如现在这样永远孤寂而冷清地行吟在满目荒凉里。此时，这浩瀚苍莽恰是向我发出了热切深情的呼唤，永远系住了我浪迹四海的心，还有什么不能使你回归自然？人者不只是渴望有一个灵魂的归宿？

而现在，当置身雄奇壮丽的科罗拉多大峡谷，一阵惊呆中我之思想竟没有了任何理性的轨迹，思维的翅膀如自由飞翔的鸟儿在漫无边际的幻想之空任意遨游，遐想的河流毫无约束地在放任的河床里泛溢、翻腾，掀起阵阵波涛，激越而浑浊。或者，一踏上科罗拉多之路我便已是个醉汉。

科罗拉多，刚劲，傲岸，粗莽，怪异，空漠，恢宏，雄伟，磅礴。它如此地给人以震撼感、痛感、恐怖感、崇高感，任是将你整个灵魂俘获。它如此地令人肃令人敬令人诧令人愕，除了叹赏它之奇特之奇伟绚丽便只有屏气凝神地久久地沉默久久地惊呆，终于不能呼不能喊，也不得思不得语，任长发临风飘举，任脸颊由太阳烧灼，任大峡谷的危岩飞崖将心房摇撼，任科罗拉多河的汹涌波涛把胸膛撞击，任热血奔涌，心弦颤动。此时的我已经整个地被一种迷情所浸，我已经被科罗拉多之壮美所完全震撼完全击倒。

北望高原，浩渺无际，它最终与天空浑然相合，以它之绚烂红色与天空的蔚蓝交相辉映，勾勒出一幅恢宏、粗犷而素朴的天然图画。湛然蓝天，廓然高原，粲然流云，森然峡谷，嵬然险峰，这是我所见过的最为壮丽的天地景色，仿佛自己真的处在天地交泰之所，混融于混沌未开的鸿蒙，不由玄想翩翩，一时神游天外，一时眼空千古，以为除了科罗拉多此外已经没有世界，所谓人和有关人的种种文化不过是瞬间的意念，它们最终总会“虚化”；人为地涂抹给世界的油彩无论多么艳丽，最终将脱落并恢复它原来的形状。即便如波威尔这位终将科罗拉多推向世人崇敬目光里的伟大探险者，他最终也只留下了后人为他建造的那尊日夜守望着大峡谷的铜像，他的躯体他的魂魄终如另三位一探足科罗拉多河便再也没有回来的探险者永远消失而杳无踪影。永不泯灭的是万古的物质，只有这兀傲的科罗拉多大

峡谷才长存于世才永放光华。只有这空旷幽深、连绵无已的峡谷，只有这七彩斑斓、令人目眩的耸天岩壁，这数亿年从幽幽深谷汹涌流过的科罗拉多河，这永远在科罗拉多高原上空英勇翱翔的鹰，这去还复来、万千次拂过岩崖的猛烈山风，这亘古的苍凉沉郁，才是立于岁月深处的历史墙堞的碑石。科罗拉多大峡谷才是永远与你寂寂相对的伟大的永恒，你可以攀登它响踏它，却不能征服它，它是这个世界上不可动摇的永恒存在者。人即便不能臣服于其他——也没有理由臣服于其他，也应该臣服于自然，听从自然的召唤，做它的歌者。人与这科罗拉多之石之水之树之草之风之云之苍鹰一样，应该永远融于自然而成为自然的一员，永远是自然的歌者，人生本该是自然的一首歌，一首自然的歌。

此时的我无论如何也不会发出诸如“风萧萧兮易水寒”之类的悲叹，同时觉得古代文人对于山水的众多描述其实多么地矫揉造作多么地苍白无力，掺进了他们主观之伤感的乃至病态的情感。设若那位追嫁匈奴的才女当年飘泊来此，难道还会有那么多思乡念土而不能回、眷念故国而不能归、总是挥之不去的恼人情怀？还会发出“为天有眼兮何不见我独漂流”的怨叹？而那位丰容靓饰、比她早年远嫁的美女子，也许来这里终于发现竦动左右之美丽并非自己而是科罗拉多时，也便只好粉脸飞霞从而乐而忘返不再答拜家乡。

身旁倘立有迷赌者，敢问“君还再赌否？”也许不经我问他从科罗拉多回去便不再混迹赌场，将那无尽的贪欲并一生的恩恩怨怨一并扔进了科罗拉多河，从此不再与世浮沉而淡然世俗——人应该确立自己的人生价值，而人生的价值何须用世俗的尺度衡量？

本来只想来大峡谷一睹自然风光的游人总是不得不取道拉斯韦加斯，而那些本只打算来赌城一掷万金的巨富大亨在放诞了一阵之后忽然心血来潮非得看看科罗拉多不可，想必喧闹的赌场不至玷污科罗拉多朝觐者的心灵，心地总纯洁；而从赌场转身科罗拉多者的灵魂定将受到大自然的洗涤，从此心空晴朗。我相信大自然的神力，相信大自然的震慑力和感召力，伟大的自然能改变一切，包括人的思维或者精神。因此我总是十分不解那些诚心修行的人既然断念摒欲何不隐身林泉，何须转投空门，且认为那种与外界隔绝的禁欲的修炼实乃有违人道——何不云游来此？

迎着夕阳的一片余晖回到威廉斯镇，山峦耸翠，晚风送爽，深巷静谧。夜已深人已静，体已乏精已疲，歇息印第安人旅店正恍惚朦胧，忽觉犹置身山崖，怵怵惶惶，难可合眼。此时，科罗拉多大峡谷该是微月一钩，繁星如沸，夜色中的她该是多么静谧多么美丽，今晚我真该留在那里，以一颗醉风乘月的心，徜徉回环崖边，轻踏满地星辉，坐看流云横过天空，卧听鹰声回荡山谷，仰望由夜空与暗崖剪出的峡谷倩影，尽情地欣赏她那如幻如化的优雅夜景。“欲唱一首歌，恐惊星斗落。”

翌日返拉斯韦加斯，一进入拉斯韦加斯大道，满眼的繁华、美丽和浪漫扑面而来，宽阔而整洁的街衢，豪华而别致的宾馆，碧水盈盈的游泳池，五颜六色的巨幅广告牌，众多精美的大理石雕塑，或棕或椰的蓊郁行道树，如潮的车流和衣饰摩登时尚的簇拥人群，让人目不暇接。

我或可走去一听声嘶力竭、似嗟似叹的弹唱，或可闲坐酒吧浅醉微醺而获得一份清雅乃至忘情，也可以一窥艳舞女郎光艳照人的千娇百媚婀娜多姿，我尽可尽情地感受当年印第安人与白人鏖战的鲜血所积淀的狂热与炽烈，领略这大盆地有如滚滚热浪般躁动的永不衰竭的青春活力所蒸馏所濡染的浓浓浪漫，我却不愿踯躅在一个个宽大赌场的一片喧闹里，我陌生于那赌注摩挲的专注、心计算尽的诡谲和那狂赢了的眉飞色舞、大输了的青筋贲张，我不想坠身在纸醉金迷、灯红酒绿的奢靡中直忘了斯乃何处又何为人生的迷惘里。并非我真的消受不了这不夜城流光溢彩的繁华和美丽，并非我真的害怕赌城之眼花缭乱的霓虹灯会使我一时迷失，也并非我属于清高之辈而非世俗凡人，只是由于我的心早已醉倒在科罗拉多，无由也无可再醉。

夜幕降落，我仍依稀于科罗拉多之梦，宁愿踏一片朦胧月色，一睹苍茫中的黑弗峰和查尔斯峰，它们果然雄奇峻拔，陡绝摩天。它之北乃莽莽大盆地，迤西即令人战栗的死亡之谷，而东南便是科罗拉多高原。这是一片辽阔、神奇而绚丽多姿的土地，我之所以驱车来此，是为了向她最后道别，我的心不愿倏尔离去。

返新泽西途中，尽管为观得落基山脉、密西西比河和密西西比平原而欣而慰，无奈我的思绪依然停留在科罗拉多红色高原的种种遐想里，当飞机从拉斯韦加斯机场腾起，擦过雄伟峻峭的黑弗峰，即见湛蓝米德湖一角，随后便进入浩渺苍莽的科罗拉多高原，一片红岩斑斓中但见峡谷深切、蓝河穿流，它便是科罗拉多大峡谷，我永远瞩望着的梦中大峡谷。

近辛辛那提上空时，飞机因遭遇气流剧烈颠簸，我却不敢轻嘘一声，我怕惊醒我的科罗拉多之梦。

湖光依然

何也？一生中的许多时间里，竟在寻湖访湖。一派湖景，入于目而汇于心，又归于梦。梦境之湖尤为虚无缥缈，醒来后却历历如真，不免又汲汲踏上寻访之路。湖，终于成了一个继而相续、无可终了的梦，最后竟分不清所忆所记乃湖之真景也抑梦境也幻景也。

湖梦，该是始于家乡田野中的那半亩水塘，始于仅仅一滩浅水的萧山北湖嘉兴南湖绍兴东湖并那目可对岸的杭州西子湖。

曾涉足滇池，曾亲临太湖，更是多次造访过玄武湖昆明湖，总是觉得它们太多人工痕迹或是太人文化了，那湖的自然面貌已经多么地被践踏被打扮而变得百孔千疮，湖似乎不再是自我的主人而仅仅成了一种外在的点缀。所到之处更是殿宇亭阁、酒楼茶肆，很难让人体味湖本来幽谧、清雅、美丽之韵味了。千岛湖似幽静许多，却也车马舟楫，总无个僻静处。西部边陲沉寂的众多高原湖泊当是别样景观，无缘得见。

印象或想象中，湖是一池苍莽，一汪澄碧，一泓呈现天地间的浩渺。

不曾料想竟在遥远的北美大陆见到了完全处于自然状态也即真正意义上的湖泊，却是圆了一直魂牵的湖梦。

是年从底特律回上海，掠过五大湖后飞机恰好沿温尼伯湖、阿萨巴斯卡湖、大奴湖与大熊湖上空飞行，尔后越马更些河，翼下始终一片水天世界，千湖万泊连绵无已。此时才想起脚下正是那个拥有 75 万平方公里广阔水域的加拿大，乃是真正的泱泱泽国。

而与之毗邻的美国，不亦然乎？仅缅因州就有2500个湖泊，密歇根州则由五大湖环绕外仍有10000个内陆湖泊，而有“万湖州”之称的明尼苏达更是大大小小分布着15000多个湖泊。新英格兰之穆斯黑德湖温尼班索基湖尚普兰湖塞尼卡湖乔治湖……让人魂梦系之，而朝朝暮暮心心念念。西部的黄石湖塔霍湖杰克逊湖圣路易斯湖马里奴湖……令游者慕名而来一再朝觐，最后魂断湖畔。

北美湖泊属地质构造湖，多辽阔浩渺，水深可达数百米。或宽或长或曲或直或蜿蜒或逶迤，或枕山或栖谷或卧峰或伏野或睡河，水天相连，山湖共色，总是一派灵秀的无限美景。

四季不同天，或初阳迷离，或明月独举，或白云舒卷，或雪影寒光，或细雨霏微，或轻雾飘盈，或漱冰濯雪，或翠树环合，或红叶掩映，或明净如镜，或层浪千叠，或云低雨横。或沿湖徜徉，或岸边闲坐，或乘车从一旁匆匆而掠，或从飞机之万米高空俯瞰。或轻轻一瞥，或深深凝眸，或频频远眺，或殷殷顾眄，或是意绵绵于似见未见中耽于一片浮想。

1998年从新泽西去纽约州途中，头一回见到泱泱大湖。从康乃尔大学驶向14号公路，一汪碧水已是入目而来，莹然晶然，碧然亮然，婷婷若玉女，明亮婉转的天使般的眸子恰是勾人魂魄。汽车一直前行，湖也始终蜿蜒而来，山环水萦，青林夹道，雁声惊耳，一颗心全然沉浸诗意。此便是长达百里的塞尼卡湖，在这块数千平方公里的区域里自东向西竟是平行排列着好几个与塞尼卡湖面积或大或小而景观相仿的狭长形湖泊，乃是有名的手指湖群。它们不仅湖深水清，且多峡谷、激流、瀑布，自是一片美丽奇幻的湖泊天地。

夏日清晨，汽车从大树蓊郁、花草鲜妍的波士顿巴布森学院驶出，不一会便来到一个不知名的小湖。从一窄巷踅入，却是房舍阻隔，不得近岸。再三探足终来湖畔，却是晨雾弥漫，水影迷离。眼前小楼幢幢，斑斑驳驳掩于翠树艳花间，若现而隐，似遮还映，仿佛海市蜃楼一般，而四周之一片阒寂更不像人间处所。左岸右岸，树木森森，流翠映碧，一片倒影尽落湖中，影儿蘸着树色，竟也是绿的一般。对岸却是一片烟树笼纱，濛然霭然，渺乎远矣，仿佛眼前是一帘奇幻的湖影。美哉，斯湖！有尘念未除而求解脱者来此隐居，自可清心涤念，涅槃而重生矣。倘在此结庐而居，人生如此，夫复何求！

从纽约州州府奥尔巴尼北行百数里，便来到风光秀丽的乔治湖。多少次行车哈德逊河岸，每每都为它之妙曼绚丽而惊而叹。它宽可数千米，长几百里，自北而

南穿越阿巴拉契亚山脉，忽而水流潺湲，忽而急奔为瀑，忽而聚而成湖，河湖相接，湖瀑相连，盈盈涟涟汤汤泱泱，浑不知眼前乃河耶湖耶。两岸时而峰峦逶迤，时而平野空阔，时而长堤迷离；有层楼叠现，有桥梁飞架，碧波白帆，绿映红依，兀自天然图画。此乔治湖，宽十数里，长百里也，一片苍茫淼渺犹不可极目。时云雨未收，溪流初涨，岚雾滃郁，山峦重叠，烟波浩渺，山不知迤向何处，湖不晓漫向哪方。转瞬间，层浪迭起，游轮远影，白房迷离，一片溟濛幽景仿若一幅硕大的水墨画挂于天地间。回望，绿草如茵，千树凝碧，众花绚烂。不仙境乎？我不仙人也？

来到西部时，终又见到了风光独具的大盐湖杰克逊湖黄石湖与格兰比湖。

大盐湖地处犹他州西北部，远古时北及爱达荷西至内华达，要比现在大十倍之多。骋目远眺，蓝天高远，高山崔巍，“波茫茫兮无底，山森森兮万重”，泛泛乎其若四方之无穷。这海——毋宁说它是海，浩渺得令一颗心没有了边际而无从着落，蔚蓝得一时间让天地骤然失色，澄澈得犹似没有了份量而不再有自己的载体，深邃得不由人莫名地惊诧、疑惧、惶恐，沉湎种种玄想。且惊且喜，且疑且惧，对一片苍莽一派雄浑一天高远早已魂飞九霄而忘其身之所在。世界却变得混沌，眼前惟一片浩瀚溟濛，最后竟连自我也被过滤而消融于茫茫的“无”，“高情已逐晓云空”。

碧天辽阔，纤云四卷，盛夏晌午来到大蒂顿国家公园之杰克逊湖。匆匆下车来，但见一泓冷然，淼淼然漫向远山，左顾右盼时却不知了去向，未晓何其广也何其深也。北岸西岸，山峦绵亘，海拔 4197 米的大蒂顿峰宛如一位披着长发的少女，穿着山顶积雪带来的一袭素衣，恬静地仰卧在白云之间，守候着与天地、与苍生的约定。湖上绿水似染，涯岸密林环合，轻霭浮空，乱峰倒影，东边却是一汪清流滔滔而泻。高山崔巍兮，流水汤汤。溟溟深林兮，树木郁郁。风飒飒兮木萧萧。心飞扬兮浩荡。且让我的心灵驻足，静听时间的跫音；有歌流泻，有泪奔涌，有激昂，有沉郁，有陶醉，有痴迷，那是生命的交响曲！

怀一片崇敬来到心仪已久的黄石湖，岂料如此一个面积达 353 平方公里、水深 131 米的泱泱大湖竟藏身海拔 2357 米的高山之间，仿佛天外之水。上下天光，风烟俱净，在水一方，独赏倩影。远处，却是万山凝黛，千峰竞秀，让人驰魂夺魄。“山色如蛾，花光如颊，温风如酒，波纹如绫”，却把西湖比西子，此黄石湖更为姿色撩人！“到则披草而坐，倾壶而醉。醉则更相枕而卧，卧而梦。意有所极，梦亦同趣。”惜乎没有时间，我真愿意永远在此披草而坐，倾壶而醉，醉而卧而梦，长醉不起长卧不归，就这样整日漫步湖畔，飨宴她之微笑凝靥、哀楚动人的美丽。“有美一人，清扬婉兮。”醉生梦死，何须醒耳！

然而，能在湖岸逗留、观赏者，可有几处？最令人惊奇而心弦颤动的，却是行车路上窗外一掠而过、似见未见似真却幻的一派妙曼湖景。

沿 84 号——90 号公路从纽约州经康涅狄格州去马萨诸塞州，一路之山川明秀早已令人忘情，兴孜孜中不期闪来一汪湖泊，盈盈然没于一片密林，羞容半掩，眼颦秋水，瞟瞥间已倏尔远去，不一会另一汪同样美丽的湖泊又呈现眼前，行程数百里，眼前掠过的大湖小泊竟不可计也。

行于哈德逊河畔之 9W 号公路，苍穹不见，天籁无声，惟一片密林笼罩天地，正呼吸于无边绿色的一片清新，不期然一汪汪湖泊相继扑面而来，森林挽着湖泊，湖泊傍着森林，幽幽冥冥，渺渺茫茫，幻乎？梦乎？一时忘了身在何处。

回溪断崖，岩岫巉绝，峰峦秀起，汽车从落基山脉国家公园南坡急转而下，既惊落基山之巍峨轩峻，复叹迂回盘曲的悠悠山道，惶惶中左方骤现一缕波光，凝望时却是一泓碧水，波光浪影，乍现而隐，想看个究竟却终终犹抱琵琶半遮面。汽车一路飞驰，湖亦形影相随，过去了多少时光犹淼淼在目，须臾未有离去，其一片晶莹仿佛可以照见自己的思绪。这天外之湖，眠云卧月，超然红尘，粗犷而秀美，冷艳而俏丽，洋洋乎天地之间，何等风姿！何等的高傲而美丽！此即相串相连的格兰德——格兰比湖，汹涌浩荡的科罗拉多河正是从这里开始了它的漫漫千里行程。回眸，它之源头海拔 4345 米的朗斯峰仍遥遥可望，像一朵圣洁的百合花，绽放在旷远的天际。路人偶见斯湖而不知芳名，却不得不为之倾倒。当儿，那幅格林河上之弗莱明峡湖的图片正展于膝，但见山环水萦，红岩碧树，何其雄阔！何其壮丽！恰于此时，两岸红岩壁立、周长数百里之米德湖的宏伟景象重又浮现眼前，终使我不得不为这些既盈且澈、既雅且雄、既秀且壮的高山湖泊而敬而叹而呼而歌。此时之我也许已经全然陶醉而不可自已，冥冥中却又再次回到数年前的梦境天地——面积达 24 万平方公里的五大湖如此令我怦然心动而久久深藏于梦，其一之安大略湖现时正浩渺在我的右边，一再引颈翘望，惟一片迷茫。湖乎？湖光乎？空蒙乎？湖仅仅成了似见未见的一片浮想，却更加美丽且充满诗情。湖，终于成为一幅灿烂的幻景，一个美丽的梦。

真正地说，让我夜以继日一再走进湖泊并编织起无限灿烂梦境的，却是在我所暂时栖身的新泽西茂尔斯坦郡，此处周围恰是大湖小泊星罗棋布，“行到水穷处，坐看云起时。”

月落参横，披一袭晓岚。停云落日，驮一片夕阳。暮云凝碧，踏满地星辉。曾与明月对歌，曾与森林共舞，曾与清风同醉。曾伴鹤影，曾随雁踪，曾趋鹿群，曾与鱼戏语，曾问讯天鹅可否完卵并新雏降生。

樱花以它久违的粲然微笑，融释了寒冬的凝重，亮丽了行人的眼睛。

雁声相和，若玄音之有寄，一声声悠然意远。

白露横湖，水光接天。花儿醒来了，饱含着露水般晶莹的泪光，似在诉说着夜的无奈。

绿绸一样的水，款款地流动，恍若一种心情，一种潇洒出尘的心情，直流入到人的血脉中去，流到有关故乡和往事的记忆中去。

寒意点点的黄昏，走在树下，感受到脉脉温情，被纷乱的叶子滤筛后，斑斑驳驳洒落肩头。无须“镜里朱颜，愁边白发”，且鼓荡起汹涌不息的生命热流，以冷漠凝定的目光回答生命的挑战。

湖畔长堤，晚风微凉，悄怆幽邃。一股淡婉痛楚属于自己，属于秋的感受弥漫在云雾间，弥漫在厚厚落叶中，弥漫在清清湖水里。

氛雾四起，混然一白，天与地的界限都消失在混沌之中，空然无物，无有分别。迷茫的双眼犹如冥想中的哲人的目光不再炯炯，已是无所诱惑，无所爱憎，无所挂念，也模糊了美丑，自由于万类隐遁的茫昧，自在于无自无他的孤寂，骄傲于物外闲身的清醒。知与不知，智与不智于庸常自守的岁月并不重要，重要的是那份寻常中的自我湮没，那份恬淡中的浑然忘我。

一雪数日，皑皑千里。冰魂雪魄，玉色仙姿，盈然而生动的湖一时变得岑寂、恬然。世界于一片白色里简而为一，透亮的心已更为单纯。对满目玲珑，很想写一首诗，一如雪般的自然，空灵，清新。

望一湖涟漪，会以为湖在微笑。她的笑容像月光一样凄清而衰弱，却溢满柔光，似在告慰你凡生命终将绽放绚烂。

湖边的小路上，落叶铺满，金黄的、浅紫的、绛红的、黛绿的、深褐的，一片片一叠叠，每一枚落叶都是一首绝妙的好诗。揣怀厚厚一叠的诗稿，踏一份薄薄的寂寞，也踏一份淡淡的忧伤。

“少焉一轮明月，已上林梢，渐觉风生袖底，月到波心，俗虑尘怀，爽然顿释。”一轮硕大的透明透亮的红铜色月亮从薄云涌出，像一盏神奇的灯笼，里面盛满了美丽的童话与美好童年的遥远记忆。前行，人迷不得路，独见明月，宛宛如故人来。

湖水明净如镜，孑然凝立，默然相对，就在这一刻的默契中，湖上那一份纤尘不染的洁净，那一份宁静的幽邃，不期然渗入我性灵，融入我心胸，使我浑然忘却俗世，不留人间半点渣滓。

似闻天籁，那是来自林间幽谷的绝俗轻音，一泓清泉婉转悠扬地从遥远的山涧流来，穿过密集的鸟声和寂无一人的花树丛，绕过岁月的峭崖，在月色里萦回不去。

我却不愿看见洪波怒号的狂暴之湖，它会使湖失去辉光。不想泛舟湖上，愁一颗惶然的心会失去依靠的涯岸，怕无情的桨楫会搅碎一帘幽梦。我竟不敢在湖畔大声喧哗，惟恐惊扰她的心。就这样默默伫立，静静观望，专心一志地心无旁骛地倾听、体会它之天籁磅礴的悠扬湖韵。

湖使世界变得美丽，人生更为多彩。花可融愁，水可陶情，湖是一汪圣水，可洗涤人的灵魂。湖景清我心，湖水濯我魂。一盼一睐，秋水伊人。湖景妙曼，湖韵悠扬。

“怨去吹箫，狂来说剑，两样消魂味。”湖边一站，便无剑气，惟有箫心。湖前，不生豪气，只有逸情。悟者自净其心，走来湖畔便不再悠悠我思，不再是非曲直，也不再恩恩怨怨，只留下了悟后的平静与坦然。当对一汪湖月，正好忏悔自己，最虔诚地忏悔自己，觉醒自我，大其心以体天下。冥然与造化为一，将何得而何失，孰死而孰生耶，人间宠辱都参破。

丽人幽吟，寒士清咏。画性宜静，诗性宜孤。湖前，宜诗，宜画，宜歌，宜醉。宜骚客，宜逸士，宜高人。

一幕幕湖景，都来眼底。湖光依然。

西部狂野

同样平凡的2006年却是迎来了人生中无比光辉的一页，得以探足美国西部之茫茫荒漠，阅尽诸种神奇，感受它之悠然与狂野。

夜阑人静，孤灯荧然，以一颗惊悸的心，记述是日之所见所闻所想所感，终一时自醉。而万般风光，又何能一一穷尽于笔端？

——题记

8月5日

对我来说没有比美国西部更令人憧憬而神往的地方了，昨日当飞机从断崖千尺的峭壁间擦过，在大盐湖上空滑翔多时最后降落在盐湖城机场时，我的心不由一阵狂呼：来了，真的来了，我一直魂牵的西部！整日梦萦的落基山！

碧空如洗，白云轻浮，这天这云决非“蓝天白云”四字便可笼统概括，看着看着会以为是那个混沌未开的穹宇，旷古从无纤尘，仿佛自己的心也给洗涤得亮然一新。

中午待各方游者汇集，即驱车摩门大教堂。上得大巴士，但见天宇旷然，莽原空茫，远处却是群峰环绕，危壁巉岩，一派磅礴大盆地气势。

用纯白花岗岩建造的教堂雄伟华丽、庄严肃穆，院内更是林木扶疏、绿影花光。也许正是如此雄伟而华丽的建筑并那教徒的一片祷告声，才是营造出如此庄严肃穆的宗教氛围而让人诚惶诚恐顶礼膜拜，此时，恰是标示了灵性的追求与来世福祉的信仰之虔诚和神秘。摩门教义可谓烦冗虚妄，可是不饮酒不赌博不调戏女人等等戒律却对人的行为规范产生积极的影响。而我等此来，非为礼拜，瞻仰而已。

来到大盐湖时骄阳似火，更是西接莽莽沙漠，该是热浪焦灼，不期轻风拂面，清凉沁心。湖东西宽 20 英里，南北长 40 英里，洋洋乎其未有涯也。也许见惯了海并不对它之浩瀚而感到惊诧，更或许正因其淼茫无涯竟连思绪也没有了着落而无从欣赏它之细枝末节，心灵一如水波不兴的湖面宁静而安谧，掀不起激越的狂涛，也便匆匆离去。

下午沿国道 15 号公路北行，公路为双向 4 车道，车流如龙，南来北往。东边，奇峰错列，陡崖嶙峋；西面，则是茫茫平野，濛濛绿色。偶见盐湖身影，不过冰山一角。

继续往北而入爱达荷州，何时风景偷换，愈行车愈稀山愈低，黄草遍野，苍凉满目。此是何方天地？正诧异，已来到爱州第二大城波卡特洛市，却是房舍错落，无限风光。

去中国餐馆晚餐，门前绿竹猗猗，仿佛世外桃源。

来在此间，已是于天为近，于人为远。此时恰是“夕阳西下”，恰是“夜静酒阑人散后”，恰是“皎皎空中孤月轮”，恰是感受到浪子孤魂“半生飘零羁旅”的寂寞，难怪古人会写出此种“断肠人在天涯”的情愫意境。今之我，无须俯首低回，更不用徘徊惆怅，且哦而歌之、舞而蹈之。

霜月洗空，夜云如絮。风动衣袂，清气入怀。举目环视，四野空寂，惟一痕山影朦胧夜色。骤觉我已经远离人间而来到那个缥缈的天国。这里只有自然，只有自然的永恒的自由。我不再是社会的子民，而是自然中的一员——我便是永恒而永远自由的自然。天上人间！

8 月 6 日

晨离波市，继续由 15 号公路北行。

许久来到爱达荷瀑布市，待下车来一汪清流已迎面而泻，两岸草坪茵绿，林树苍郁，远处耸一座教堂尖塔。水流来到眼前陡然降落为一帘细瀑，飘飘洒洒，跳珠溅玉，自是玲珑秀美。河里，天鹅游弋，大雁徜徉，野鸭嬉戏。此是斯内克河上游，在斯内克河之千里行程里，几多激流险滩几多峡谷瀑布，其中就有闻名于世的肖肖尼瀑布与赫尔斯峡谷。此一小瀑不过是它万千风景海洋里一朵小小的浪花。

从此它将载着种种传奇，一路西去，与哥伦比亚河汇合后流经俄勒冈州华盛顿州从波特兰入海。

继而转26号公路东行，经过一段平缓坡地，复入斯内克河河谷而来到怀俄明州。时而碧流如带，绿草弥野；时而青峰锁江，石壁竦峭；时而流泉飞瀑，深潭微澜；时而碧湖一泓，倒影迷离。而耸入云霄的甘尼特峰，正远远矗立。难怪珍贵稀有的鳟鱼独在此繁衍生息，从不出谷迁乔，漂泊他乡。

不久，汽车驶向几乎与15号国道平行而纵贯亚利桑那、犹他、怀俄明与蒙大拿四州之89号公路，继续北行。车外深涧幽谷，削壁垂河，忽闻欢声笑语，投目崖下，河上却有急湍漂流者浅滩垂钓者，车快流速，顾眄时已朦胧远去。

中午抵西部名胜杰克逊镇，街巷三两，汽车马车，人影参差。房皆二层，一式用条石卵石与原木构筑，连人行道也用木板铺设，粗犷古朴，自然无饰。四周山峦绵亘，滑雪场处处，冬时将更为热闹。

当来餐馆用餐时，但见墙壁上挂满了野牛、山羊、鹿、狼、熊等的标本或头角，当年的马鞍、弓箭、梭标、火枪、马车等实物一一陈列于前，《大江东去》《惊涛骇浪》等西部电影的一幕幕仿佛就在眼前，恍惚间已是置身另一个世界。

“高耸入云的山巅，覆盖着千年冰河，犹如进入人间仙境。”日前见到大蒂顿国家公园图片简介时，早已心弦颤动。

转过一个隘口，前方倏尔峰峦缥缈，天光雪影，空山孤寂的大蒂顿峰正天外昂立，像刚刚梳洗毕青丝的少女，娉婷婀娜，淡然展示着出尘的美丽。其峥峥然巍巍然，却是让人诧然而惊、悚然而恐。我犹似一个见了圣山而尘心尽洗的虔诚佛徒，全身心都融进了眼前这令我愕然的大山，已是无念无欲，物我同体，心身俱忘。与之相对默默，相顾无言，山上一梁一壑皆清晰可辨，仍不敢相信眼前是真实的一幕，总以为那是梦境。直至临别，仍一再眺望再三回眸，终于孤帆远影。

随而进入公园腹地杰克逊湖。但见一片空阔水域淼淼然漫向远山，汪洋浩瀚，不知首尾。眼前，巍巍千峰，幽幽万壑，浩浩绿水，漾漾微波。回望，一汪十数米宽的清流正从桥下潺潺而泻，从北边山岭间汇流入湖的斯内克河此时又从湖岸溢流而出，斯是它之真正源流。

出大蒂顿不久，便来黄石国家公园。车内忽然喧声四起，车速已随而放慢，视线从峰峦移至河谷，一群野牛正夺路过河，随着便一群接一群浩荡而来，数十辆汽车不得不先后停下让路给上百头野牛。此处，山川湖泊，动物植物，皆遵循物竞天择的法则，一任自然。野牛亦然，饱则饱矣饥则饥矣，生则生矣死则死矣，从无人过问，更无人照料，生死由天。不知野牛愚笨还是也通人性，喜欢草原也留恋人间，竟久久踟躇公路，须臾不肯离去。好在车上皆是游者而非赶路人，正好从容不迫尽情欣赏这野牛世界并周围之自然风光。

19 世纪以前，美国约有 3000 万头野牛，开发西部时探险者与移民多猎野牛为食，而今终于只剩下寥寥 6 万头，其中五分之一栖息在黄石公园而被加以保护，供人们观赏猎奇。哀哉，野牛！

当来到路易斯峡谷时，但见峭壁陡立，幽谷深切，汽车有时就从崖边飞驰而过，胆小而恐高的我早已魂飞魄散而掉头他向，小女却面无惧色，一直凝眸车外。斜睨路易斯河正碧水萦回，滔滔向南。

不一会来到黄石湖，但见水天相接，一碧万顷，纤尘不染。此湖形成于千万年多次火山地震的地壳运动，至今湖面仍不时水泡翻滚，证示湖底仍有热流涌动，而湖水却砭人肌骨，即便暑日也无人敢下水游泳，除非你诚心冻僵。四周高山环峙，凝黛染绿，湖因山雄而秀，山因湖远而丽，湖山共照，碧黛相映，何处可再有这壮美而瑰丽的山光水色！我向来钟情之秀丽的西子湖一时间似乎仅仅成了玲珑细巧的小家碧玉，眼前雍容尔雅之黄石湖却不可想象地正以一种大家闺秀的非凡的大度震撼我的心灵，不由惊叹而赞叹。一个眨眼，一个回眸，便已恍若隔世，精神的流浪刹那间寻找到了栖息的驿站。如此彳亍一刻，已可微醉，再踟躇多时，将酩酊不醒耳。

晚住峡谷区宾馆，木屋散落，松林影绰，灯影摇曳，不闻人语。

风入罗帏，爽入窗棂，索性轻撩帘幔，一轮皓月正空中皎皎，盈盈清辉仿佛上苍的注视。诗云“今人不见古时月，今月曾经照古人”，此月却从未与古人照面，从不曾被人仰视，它自是冷照千山，青碧如初。月望月朔，这天外月它所表示的是安谧是寂寥，是平和是安慰；在它的月色里，没有意志，只有沉思，对于无限、永恒与神秘的沉思。古人未至，今人方来，而至明日今人也古人矣。日月光华，旦复旦兮。

栖身世外，天籁自鸣。

8 月 7 日

破晓驱车黄石峡谷，霎时来到一座木桥，桥下绿水湍湍，想此是山顶，何来这

盈盈水流，更不晓何所来何所去。随而来到峡谷之巅，众人都下车从一条悬梯踏级而下，去到谷底亲临黄石瀑布，我却随车而来到对面山顶。但见绝壁巍峙，涧深壑绝，下临无底。临峡谷一侧，或松林参差，或枯木横陈，再行一步便落深渊。最后来到一个高耸而突出的岬角，凌空突兀，直逼深谷。前望，幽谷逶迤，丹崖千尺，一帘宽瀑自崖顶翻然而下，浩然沛然，亮然跃然，此时恰是细雨霏微，瀑布上空遽然升起一道彩虹，七色绚丽，把一片山谷装扮得妖娆多姿。脚下则是一条清流，滔滔而泻。斯峡谷之气势自不如科罗拉多大峡谷，然而其壁立如削则宛然相似，且斯峡谷不若科罗拉多大峡谷两岸相距十数里，而仅一涧之隔，恍惚间觉得对岸之岩壁已是贴近了你的脸颊，不由心惊魂颤，意夺神骇。

随后来到瀑布之巅，倚栏观望。一汪十数米宽的碧水正奔腾而来，激流乱窜，翠浪翻空，即是先前所见之黄石河。来至眼前更为汹涌激荡，凝眸间已是轰然而下，一时山荡谷应，地动天摇。瀑下，溟兮濛兮，窅然空然，不知何方天地。

继而驱车喷泉区，山岭河谷，时而温泉，时而喷泉，似无竟时。温泉，如煮如沸，或蓝或碧，其光怪陆离、变幻无端像是某个神话传说中虚无缥缈的幻境，让人目乱神迷。喷泉，旋生旋灭，忽升忽止，或如炊烟，或若烈焰，眩惑于造化自然的一片空灵奇妙。水雾半掩，岚霭弥野，濛然霭然，窈兮冥兮，似幻还丽，若虚而扬，令人熏然欲醉。其中有一名曰老忠实泉的间歇泉，因其每隔45分钟必准时喷发一次，高达百呎，蔚为壮观，一时人山人海，观者如堵。万象澄澈，云涛际天，霎时水柱蹿涌，氛雾四起，水天一色，云天一色，旋即灿烂成一个多彩的梦幻世界。

下午4时30分从公园北门驶出，门高巍宏大，用一色红砂岩垒砌，兀是一座古朴而别致的经典建筑。恰一行西奥多·罗斯福总统题字："为了民众的利益和快乐。"语似平常，意何深欤！芸芸来此，何快也哉！经过一道显然是地震后留下的崩崖裂岩、怪石穿云而令人惊骇的山岭，不久即进入与加拿大接壤之蒙大拿州，汽车继续顺坡而下，沿89号公路北行。山峦逶迤间一道清流相随而来，水自空流山自闲，原来依然是一往情深之黄石河。正泱泱在它北边之北美第一大河密苏里河——密西西比河，以及南去的格林河、西转之斯内克河，皆滥觞于此。黄石公园占地8956平方公里，耸立着数十座海拔三四千米的高峰，其间有广袤的森林，众多的湖泊、温泉、峡谷、瀑布，以及种类繁多的动植物，真人间乐园，不由你敬畏折服于自然的神奇与造物的恩宠。

随后转90号公路向东行驶，公路为双向4车道，号称国道，此处却人少车稀。

一路绿草连绵,牛群马只,鹿身羚影,说不定什么时候会蹿出几只灰狼来让你魂惊荒野。南眺高峰环立,山体圆浑,黄草如毯,那屹然突兀者想必是海拔 3901 米的格拉尼特峰了,它仿佛属于另一个世界,却成了我永远的遥望。

夜宿毕令斯。宾馆院内,海棠株株,红果缀满。心生羡慕,且偷摘一颗,不为贪食,是为纪念。

8 月 8 日

晨起,继续沿 90 号公路东行。回眸,黄石河已然滔滔北去。愈行,地愈平树愈稀草愈黄,该已来到大平原西缘之怀俄明盆地。许久,公路南转,复入怀俄明州。至布法罗再东行,尔后转 14 号又 24 号公路北驶,两旁山岭逶迤,松林苍郁。正瞭望,冷峭奇幻之魔鬼峰已来眼前,汽车绕峰盘旋一周,来至南麓脚下。高 1200 呎、由 277 条火成岩石柱组成的石峰蓝天陡立。远眺乃一完整巨石,近看则上下呈切割条状,每条宽近 2 米,深约半米,石棱突出,角度凌厉。赞天地之化育,颂自然之伟力,竟雕琢出此种神奇!近之枯木镇恰有摩托车族聚会,万千车手云集,现时也来此热闹。车手多彪形大汉,有的偕妻子或情人同来,但凡头扎纱巾,上下文身,剽悍豪爽,奔放狂狷,一如当年纵马驰骋、率意而为的牛仔,恰是再现了最传统最纯粹的牛仔精神:独立,自由,叛逆,豪迈。今夜他们将通宵达旦,高歌痛饮,迢迢千里,唯求一欢。

复归原途沿 90 号公路东行而来到南达科他州,却见城镇毗连,旅栈栉比,更显繁华。转 16 号公路南行时,两边山峦重叠,怪石森然,麓坡却郁郁苍苍,松林挺拔,原来已来至闻名遐迩的布莱克山区。

汽车倏尔停下,一座宏大花岗岩石门赫然矗立,宽道两旁,州旗斑斓。山高日远,碧天如水,沐于夕阳的华盛顿、杰弗逊、林肯、罗斯福四尊伟人头像莹然亮然,栩栩如生。山者总统巨石也,总统巨石者山也,浩浩万丈,磊磊千古。为了此一工程,艺术家波格隆竟耗去了毕生心血。何等伟举?谁会发此奇想?谁敢为之?真奇人也。而此时,我却正与伟人对视,感受文明先驱的非凡品格。

下山来复入 16 号公路向西而行,残阳如血,晚霞似锦。少焉暝色四合,转 89 号又 18 号公路南去,再度入怀俄明州。俄而圆月东升,四野微茫,至道格拉斯已是万家灯火。

8月9日

天阔云闲。

黎明起程，由25号公路南行。却见一汪水流盈盈东去，原来即是颇负盛名之北普拉特河。东方，平野旷漠，廓然空寂；西边，天山一碧，雪光岚影。似乎斯时才真正见识大平原，数日来无沿无际无涯无垠，草色连云，牛群乍现，天空的蔚蓝融入一片碧翠绿草，一马平川的苍凉透着萧索的悲壮。所到各处都建有印第安人保留地，一片辽阔疆土当年皆是印第安人繁衍生息的地方，昔日看西部传奇电影《与狼共舞》时慨叹大平原何其广袤何其壮丽，今日一路行来又何止千万个《与狼共舞》的场面！天际线的终点，牛仔的孤独身影依然飘荡着难掩的豪迈，而那曲回响了千年的牧歌，余音不绝。

斯地，4月时仍雪野千里，而到了9月持续不断的大雪便接踵而来，一整个冬春都周天寒彻。多少做着淘金梦的探险者当年从密苏里州的圣路易斯出发，沿密苏里河一路跋涉而来到西部，路途如此之遥远，地形如此之复杂，环境如此之恶劣，不知何以为生，何以到达目的地，又何以回到东部。这里曾经发生过多少白人移民与印第安人的殊死争斗，在刀光剑影、转徙流离的艰难岁月里终于战死或病倒在这片血染的土地，魂归荒野。他们正是用生命与泪血谱写出一曲又一曲惊心动魄的传奇。这乃是一片可歌可泣可悲可涕的土地，也许人们争相来这里不仅是它之造化自然的神秘，也是由于它之骇人听闻的传奇。

世易时移，1869年划时代建成横跨东西的联合太平洋铁路，从此变换了西部的面貌，也改变了西部的命运。政府随鼓励东部居民向西部迁移，明令每人可分得160英亩土地。一个半世纪过去，终于有了今日四处人烟的西部，源源向全国输送能源的西部，令人们翘首瞩目的西部。世界已经变得沧海桑田，而她依然美丽如昔。西部特有的美丽与神奇正在摇撼着更多人的心灵。

怀俄明州土地面积253596平方公里，拥有占全国70%的石油和50%以上的煤与天然气，人口却只有50万。尽管许多公司仍在招工，却应者寥寥。跳动着希望的西部明天自会谱写更多新的传奇，坚信它将依然不失大璞不完的纯真。

中午抵达西部牛仔之乡——怀俄明州州府夏延市。宏伟华丽的州府大厦远已入目，来到二楼却见一印第安人塑像，头戴羽翎，手执长矛，飒然英姿，与途中所见横刀立马、昂首草原之印第安人铜像异曲同工。傲立华盛顿国会大厦穹顶之自由女神像同样是表示对印第安人的礼赞，可见而今已经主宰美国的白人依然崇敬那些居穴处野的印第安先民——永远悸动的自由之魂。然而，这些被缅怀的先民的子嗣却早已退出历史舞台，而孤处一隅，继续过着原始人的生活。幸耶？悲耶？印第安人终于不再是这片土地的主人。转身，却是一头仿制的野牛标本，与印第安人以及白人移民生死攸关、曾经统御一方的野牛早已随时代而演化为神灵的化身。

入得科罗拉多州，水草渐丰，耕地渐多，城镇渐密。西望落基山微云抹岫，群峰如屏。心想若走此道，不也美哉壮哉！之所以这般痴想，只因贪心不足，真希望在落基山来回反复穿梭，从南到北遍游其间，那才快哉！

丹佛乃科州州府，堪称西部山区第一大城，拥有多所大学并全美最大的现代机场，市内街衢纵横，高楼林立。曛暮来到州府大厦广场，但见白屋巍峨，金顶辉煌，而台阶则是一色红砂岩，华丽而庄重。对面，红碑高耸，教堂庄严，一派雄伟景象。

遥望西天，余霞似绮，落基山正远方隐约。

8 月 10 日

科罗拉多，意为红色，红色之石红色之河，红色高原红色峡谷。科罗拉多州亚利桑那州内华达州新墨西哥州犹他州，也许更多，一片辽阔疆土皆红色染遍，一红而盖天下。

晨来位于南郊之红石公园。公园占地 816 英亩，素有“天使公园”之美誉，与同样享有盛名之“上帝花园”属于同一岩层。一块块巨岩翼然耸立，有如一只只翘首蓝天的鹏鸟，气凌穹宇。巨岩无缝无隙，不着泥土，不生草木，似乎永古如斯，不再分化。山顶有音乐厅并宽大平台，可容万人，常在此举行大型演唱会，其浪漫韵味恐世之所无。小女等拾级而上，亲临其境，下来时只有啧啧称奇。此石此山若生于中国，其演唱会将红满天际，若再将其迁至延安，更会成为“红都”圣地，不知有多少“红色游”者慕名来拜。噫嘻，彼乃意象之红，人为渲染，斯是天然红色。

继而沿 36 号公路北行，左边紧贴落基山，右面则是草原无际。

汽车一直在左弯右转，迂回盘曲。车外松秀桦茂，交苍接黛。据称到了秋天，一片金黄白桦林灿灿然弥漫山谷，桦叶纤小柔软，微风乍起，随风起舞，终日不辍，至为绚丽烂漫。而眼前，却是翠叶翳天，似无凋时。

林间清风，深谷白云。沿坡却是度假村处处，绿树红房，翠映黛流，该是仙人处所。观之心旷神怡，逸兴遄飞，真希望无穷已这样一路风流飘逸。不意汽车爬行了一阵子又沿坡而下，蹊跷间已来到一片谷地，却是苍山碧水红花绿草，更有一汪小湖点缀其间，原来已来到某山间小镇。一条窄巷沿山而伸，各色商店排列，优雅而古朴。视线越过屋顶，群山错峙，奇峰倚天，积雪片片，黄草漫漫，斯才落基山也。

进了落基山脉国家公园大门，由36号公路转驶34号公路，从此沿落基山主体盘桓而上，由于山体庞大雄浑，绕山公路只是大回大旋慢慢攀爬，无须兜小圈子急遽上升。此时心境，恰如余光中先生丹佛游记中所说："一面兴奋莫名，飘飘自赏，一面又惶恐难喻，悚然以惊，怅然以疑。"总以为如此高山大岳必险壑危峦、峭壁巉岩，早已悬起一颗心，不期山圆坡缓，两旁更是密林如云，即便车翻路外也不至滚落山谷。来到山脊更是平如坦途，四周纤草翠微，视线更不及深谷，悠然间已经来到海拔12183英尺的全美贯通公路至高点。骤然，巨岩耸起，裂石崩云，惶恐间却见一少年身映蓝天，足蹬单车，奋然踏坡而来，奇哉壮哉，惊也叹也。想这莽莽落基山几多陡崖几多险坡几多激流，有多少勇者来此攀岩滑雪漂流，他们一往无前无视生死，惟体验片刻人生之乐，也许在他们此便是人生价值乃而人生之证明。落基山原本奇幻之地，奇幻山水奇幻游历奇幻梦想，一颗心不由翩翩而飘，恰如岚霭浮空。

遐首云天，远岫如烟，缥缈天外，不知其几千里也。云山万重中却见一峰高绝，峥嵘轩峻，原来即是海拔4345米的朗斯峰。总以为能见到海拔4399米的落基山主峰埃尔伯特山，多次引颈，踪影无觅。山上该是鹿儿成群，无缘得见。

斯时，才领略落基山之敻远阔大，这高巍绵延的大山，自北而南纵贯整个北美大陆，衍生出辽阔的大平原大盆地与广袤的科罗拉多高原，孕育了水流汹涌的马更些河、密苏里河、斯内克河、哥伦比亚河、格林河、科罗拉多河、阿肯色河、格兰德河……除了安第斯山也许世上再没有第二条山脉能拥有如此众多的巨泽大川。正是落基山，支撑起美国山灵水秀的动人风骨，滋养了美利坚的亿万生灵。

蓝天丽日，薄霭微岚。汽车一直在沿坡而下，峰回路转，左盘右曲，似无止境。任上下颠簸，飞驰而去。

霎时，左边骤现一汪湖泊，盈盈涟涟，不知首尾，此即格兰比湖，科罗拉多河正是从这里开始它的漫漫千里行程。然而直至转来40号公路时，才真正看见它的源流，现时却不过一条清流急湍的山溪。五年前在科罗拉多大峡谷俯瞰一碧澄澈的科罗拉多河时,懵然中曾揣测它的源头究竟是何等景象,一时玄想翩翩,不期今日历历于前。不久,汽车南转9号公路,继续顺坡而下,行行复行行,盘桓复盘桓,愈是觉得落基山之幽深环复。小女一时神游冥想:“当年骑马步行的旅人如何走出这山重水复的落基山?”不知是自问还是他问,导游也一时语塞,这是历史的话题,无人可答。

终于下到山谷,改向70号国道西行,双向4车道的公路始终蜷身幽深狭长的格伦伍德峡谷,两岸陡壁高耸,阳光不入。时隐时现之科罗拉多河或宽或窄或急或缓,潺潺而流。而蜿蜒对岸之铁路始终山谷默默,不见有列车通过。山石峥嵘,四野森然。

格伦伍德晚餐后继续上路,方夕阳含山转眼已是暮色四溢,一座座陡崖霎成片片剪影,如猿如猴如武士如书生如美女,亦真亦幻,如幻如化。想此景不仅此处所独具,更是斯时所特有,有幸目睹这至幻至美的一瞬。渐宽渐盈的科罗拉多河正波光粼粼闪烁月色,别样景致,别一番妩媚。

日落乌啼,朦朦月色里仍有鹿儿奔走兔子跳跃。岁月如流,夜色如梦。天地无终极,相思无终极。

夜宿大汇合城。此处海拔4000英尺,较丹佛低1000英尺,更比黄石降2000英尺。科罗拉多河恰在这里与源自埃尔伯特山的甘尼森河汇合,此去不久再纳千里之外从甘尼特峰湍流而来的格林河,终成大江之势。

奔腾的科罗拉多河从此咆哮高原,汹涌峡谷,湍流入海,滔滔何穷,漫漫不绝。

明日,科罗拉多河已然南去。

一瞥已成永别。

8月11日

晓色熹微,即行登程。

沿70号公路西去,天渐阔地渐平,树愈稀草愈黄。树木不再是苍翠挺拔的松林,而是褐黄低矮的桧柏。远处却是峭壁层峦,乱岩裸石,几无绿色,再次领略科罗拉多高原的苍莽浩荡、荒凉幽凄,像是听到大自然那呜咽的悲歌,卷起不息的心灵涛声。

一个多小时后汽车南转191号公路,再行半小时即达拱门国家公园。下车来但见红岩似火,蓝天如洗,互辉互映,绚丽夺目。巨岩巨石,或如墙或如城或如钟

或如笋，瑰丽奇肆，恣意横生，仿佛走进怪异的梦幻世界。一根根高耸的石笋宛然人状，如武夫如绅士如老叟如老媪，有的恰似数人伫立闲语，活灵活现，自然天成。大岩巨壁，浑然一体，完然无隙，而横断面却有一条条呈水平状的切割线，上下颜色略有深浅，显示不同的地质年代。欣赏之余常常低头寻觅，想拣一记可意的小石留作纪念，待手上真捧起那片红石时，竟是喜不自胜。

来到玲珑拱景区时，前后左右，或高或低，无处不拱门，俨然拱门世界。有的前后排列，面面相觑，有的左右相牵，比肩而立，有的却非拱门而只是巨岩巨壁中的一个圆洞或方窗，仿若苍穹的大眼睛，正在窥视着这茫茫大地，天工造化，宛然如真。

公园其大 73000 亩，拥有 600 座天然石桥，园中拱门自有更伟更奇更壮观者，奈何许多地方车辆不得入，惟步行可达，难遍游其间。我已餍足。仅此，足醉人耳。

出拱门公园复回 191 号公路，再转 6 号公路继续北行。惜乎途经格林河时我却打了个盹儿，终于再也见不到这条西部大江的雄姿，想必它穿行陡壁，想必它高原急湍，想必它狂涛怒卷。许久，经过一片荒漠而来到普赖斯镇。久久行于荒野倏尔看见苍翠茵绿的树木草坪，有若从山洞走出骤然一股清新袭来，顿觉心爽神畅，情兴奋昂。走去中国餐馆，竟是宾客盈门，如入市肆。原来此处有一大型煤矿，冬季时更有滑雪者纷至沓来，终有今日繁华。途中，恰见一列煤车隆隆驶过，由 3 个机头牵引，车厢达数百节之多，恰如怀俄明所见。遂想起昨天之一幕，那条一直左右相随而显然年代久远的铁路，终不见有列车通过，久久沉寂荒野，心想莫非早已废弃？闻言包括太平洋铁路在内美国西部的许多铁路已经弃置不用，至少不再有客车运营。建而弃、弃而废，岂不惜哉？西部果然莽荒！斯时方信此地果然生机犹存，依然是个有人烟的地方。

车外，三齿蒿星星点点簇簇串串，连绵无已，数天来无论草原盆地河谷高原，它都更行更远还生，从不曾从视线中消失。尤其那些干旱少雨的沙碛地带，这灰黄而低矮的小草总是默默地生长，无声无臭无娇无艳，却始终绽放一片绿色，历千年而不衰。也许再没有一种植物能如三齿蒿这样具有顽强的生命力并非凡的个性，不愧是荒漠播种绿色的使者。

汽车沿 6 号公路行驶数小时，翻越崇山峻岭。正艳阳高照，忽然野云卷舒，下来一阵急雨，飘飘洒洒，淅淅沥沥，一时青山如黛，疏林如画。及犹他湖转 15 号公路北行，日前一再眺望的那几座山峰再次眼前矗立，更觉巍峨峥嵘，不由投眸复凝眸，终因它行将从我的视线中消失而怀一份莫名的惆怅，惟是喜欢山的精神，崇仰山的英拔，高博。

"洋洋乎与造物者游，而不知其所穷。"地球上有那么多瑰丽的景色，世人竟不得一睹；世界那么壮观美丽，而不为世人所知。下午5时20分满怀感慨乘坐泛美航空公司波音737飞机踏上归程，飞机从大盐湖湖面腾起，越数座高峰，不一会便来到广袤的红色高原。须臾，翼下云飞雾卷，景物依稀，方想起小女为我买了头等舱，且引杯小酌。酒香飘逸，心神醺然，不期然复又沉浸西部……

此时才真正体会，山水之美始终是与高尚人生相通的；当人投入大自然的怀抱并与之契合为一时，便往往会通过观照自然而反思自身，因之得到精神上的解脱与升华。人们有必要在自然面前停下步来，思考生命的本质。斯时，我却是感觉到自我灵魂的孤独，这孤独之灵魂此刻恰与上帝、与精神、与宇宙的无限之谜相遇，我的灵魂可也能抵达天国的门口，得以悟得大自然而与神对面？

午夜，飞机缓缓降落纽瓦克自由国际机场，归去来兮。

谁知人回新泽西，心却留在了西部。

我真羡慕那些火车卡车司机，终日驰骋山岭河谷盆地高原，无数次地饱览各色风光。我真妒忌那些农牧场的主人，日以继夜、夜以继日，永远目对漫漫草原茫茫雪野，而使自己拥有一份冰魂雪魄的空灵。我真稀罕那位公园的守望者、餐馆的侍者、山顶商场的售货员，忙完一阵笑迎天下客，晚来静对林间一轮明月，湖畔共影波光，山巅远眺一片无际云海，终使自己有了一种风流袅娜的闲雅。我真愿意自己是山顶的一记顽石，永远孤立傲视，睥睨世间万物，而独标高格。我真喜欢自己是山谷的一棵树，超然红尘，独抱清高。我真希望自己是落基山大河中的一滴水珠，流淌峡谷急滩，最后汇入无尽的浩瀚，一梦浮生。我甚至幻想一天我会是这儿的一株三齿蒿，静静而默默，永远闪亮荒野。我愿化作一只飞鸟，在西部的天空展翅凌空。"落拓江湖载酒行"，我真该永远厮守此间洪荒，放浪形骸，绝尘而去。

所游仅西部一角，且走马观花，还来不及寻踪深达1600米的约塞米蒂大峡谷与落差470米的约塞米蒂瀑布，以及3000米深的锡安峡谷与面积达500平方公里的美国第二深湖塔霍湖……它们，更在我们之西。迤东，依然是辽阔而风光独具

的西部。西部于我,永远是个无可穷已的世界。

西部是无限,西部是梦幻,西部是不可探知的玄奥,西部永不会揭开她之神秘面纱而让人尽窥真容——谁也无法触及到她的灵魂。毋宁说它是一部迷离的天书,终我一生也无法参透它的浩瀚与诡秘。

西部不是明艳的柔媚,而是粗犷的苍凉;西部不是玲珑灵秀的人文点缀,而是阔大浑朴的自然;西部不是喧嚣的历史,而是沉寂的亘古。

西部令人歌,令人舞,令人醉,令人狂,西部让人迷茫而又让人的灵魂苏醒。游来此间,如梦而觉,如醉而醒,如迷而悟,山川与己已成为一种缥缈的意象,此种意蕴或许只有哲人智者方可颖悟。

今我何所寻而来何所获而返?除了对自然的惊艳与敬畏,惟是陶醉。我的心已经永远醉倒在美丽而神奇的西部。前在科罗拉多大峡谷乃一醉,此又一醉,已是两醉西部。一醉千秋!

情迷阿尔卑斯

多少回千里奔波，踏访山水名胜，每每醉在其中。去还复来，醉了又醉。

美国旅行知几回，每作文以志。歌山色而颂湖光，极尽赞美之词。也许北美之泱泱大湖早已掩去了河的姿色，总无一篇关于河的文字，憾甚哉。

山国瑞士多湖泊，更是聚集欧洲诸般城市风光，此番却只为朝觐阿尔卑斯而来。

匆匆造访苏黎世、沙夫豪森、伯尔尼、日内瓦、洛桑、卢塞恩，见过了山环水萦、城堡高耸、教堂巍立之一派古朴典雅，已是神迷目乱，熏熏欲醉。而当来到一片片谷地，目见林密、草深、房雅、花艳之一派田园风光，不由仰天而叹：倘在此做一牧民，何其美哉！弥漫于心的只有通体的舒爽和惬意。

无论日内瓦、洛桑，还是沃韦、蒙特勒，立于百数里长之莱芒湖岸，一湖浩瀚始终汪洋眼前，对岸却是高山绵亘，莽莽无际。阿尔卑斯果然名山之雄！莱芒湖毕竟秀水之胜！

蒙特勒晨起，初阳未现，白练横空，群山苍莽，湖光隐约，多年藏于梦之“远山如黛”陡立眼前。此乃意、瑞、法三国交界处，举目皆高山皆雪峰皆湖泊皆草场，方知阿尔卑斯之雄伟之博大之壮美。未能生于斯长于斯，也愿死于斯葬于斯，于一片美景中仙人般睡去，魂归荒野，何有惜哉。远眺，重峦之外雪峰耸峙，莹莹夺目，乃瑞士之巅——海拔4634米之杜富尔峰？抑是阿尔卑斯之极——海拔4807米的勃朗峰？是也非也，无论如何都是我此生最高也是最美的一仰了，一颗心早已飞去了冰天雪国。

齿轨火车从因特拉肯东站出发，由布里恩茨湖驶向一片谷地，随去山坡，再而丘壑。云影翩翩，山岚濛濛，忽儿绿草弥野，忽而翠树满山，忽而陡崖嶙峋，忽而绝壁千仞，忽而流泉飞瀑，忽而峻峰凌霄，远处却是雪峰依天，寒光四射。忘情之际，不由大声高呼：此生无憾矣。正当从斯芬克斯观景台走出，海拔 4158 米之少女峰骤然兀立，雪冠嫣然，静卧天边，婀娜身姿恰如一位高雅绝尘的女子，向人展示一份遗世独立的脱俗与静谧。她行将翩跹起舞，凌空飞去。正俯身她脚下之我，正以一种无可名状的崇仰在虔虔地瞩望着她，领略她之圣洁与美丽。就在这一刻，我已尘心尽洗。眺望四周，雪峰簇拥，冰川横卧，斯时恰是大雪纷飞，空溟远天，恍然若梦。

然而，最令我感到新奇而惊艳不已的，却是一条条绿水滔滔的美丽流河。

宽 200 米、高 20 米、流量 600 立方/秒的沙夫豪森瀑布轰然跌落，我之目光终于停驻在莱茵河之苍莽河面，它竟是那般地盈满、澄澈、湍急。其颜色却不是常见的蓝或碧，而是浑然一体的绿——绿中透白、白中泛绿。真正地说我却无法形容此种绿，因为此前我从未见过这样的绿，中国未见美国未见加拿大未见。斯乃水之天然之色，毋宁说是上帝之手借助某种神秘色彩调和而成的无从想象无可描述的绿，诗意而梦幻。这绿绸一般柔和、清亮明澈、欢快跃动的莹莹绿色，映绿了天地，映绿了脸颊，也绿染了那颗陶然的心，恨不得一头投进她的怀抱，飘飘而去。

苏黎世之丽玛河，日内瓦之罗讷河，同样地这般盈满、澄澈、湍急——一式的绿。难道瑞士之河都这般绝色的美丽？

来到伯尔尼时，我终为眼前的景色惊呆了：数百里外从海拔 4274 米之芬斯特勒峰淌流而来的阿勒河，从城之一角蜿蜒转出，盈然澄然，绿然亮然，湍然跃然，走完一个 U 字形滔滔而去。右沿层楼高峙，左岸碧树翠草，数架大桥横跨，一片倒影尽落其中，竟也是绿的一般。无可想象有比这更漂亮的城市更美丽的河流，真愿意永远驻足，醉生梦死。

这天来到阿尔卑斯腹地因特拉肯，却见一条小河沿山而流，其盈其澈其绿恰如伯尔尼所见，原来乃阿勒河上游。因了这河，山更翠树更碧，草更青花更艳，雪峰更莹，小镇更幽，濡染出无限诗情。

晚宿百里之外山间小镇，夜雨潇潇。晨起沿山急驰，一条山溪相随而来，一片清澈明亮。仰望阿尔卑斯，群峰巍峨，草木葱茏，无怪乎此间之水这般丰沛、纯净、秀色可人。正是阿尔卑斯之雄伟魂魄孕育了这美丽的圣洁之河。

一条条流河皆汇去湖泊，一座座城市皆依山傍水，不知城之美也山水之美也。难怪每一座城市都这般整洁、优雅、高贵、静谧，也难怪瑞士人这般热情、大方、文明而让人亲近，终使这个山间小国以一种非凡的诱惑力让世人前来观光、朝觐。

此 4 万平方公里疆土，数百年未有战争硝烟，也无时髦的“革命”——没有灵魂挣扎的苦难，惟一片自然的美丽荡漾在民众的爽朗笑声里，飘逸星空，而与明月对歌。这是个诗的国度，梦的国度，乃是人间天国。

难忘阿尔卑斯，难忘阿尔卑斯之一条条盈满、清澈、湍急的绿河。终其一生，我都会以一种无限的依恋去怀想她，醉在其中乐在其中。

为了这河，也许我会再寻欧洲，重访瑞士。

何况落红无数

不知该怎样诠释半个世纪里一直显扬中国政坛之所谓的“统一战线”，不晓又将如何去描述我为之挥掷全部青春的那段历史，却总是难忘那片血雨腥风的怅惘与恓惶。

多少天阴地暗，多少心惊胆战，多少悲惋怆恻，“都来此事，眉间心上，无计相回避。”

有陈老先生者，早年交友章太炎、陶焕卿、徐锡麟，留学日本时又邂逅孙中山先生，并由国父推介加入中国同盟会，乃辛亥革命元老。是年某日，我等二人受派去乡里寻访陈先生。至村，乡民告曰：今天南马市日，老先生或可讨饭去了。现在也许正走在回来的路上，见到有个穿得破破烂烂、走路一瘸一瘸的老者，便是其人。果不然在途中相遇，当我们尊称一声先生并说明来意时，他先是诧骇，继而慨然一声感叹：社会主义是吾五十年之愿望了！暗忖“三民主义”犹可，“社会主义”又从何谈起，或可口误。到家当他领我们来到楼上时，不由愕然：两间楼房竟是汗牛充栋，哲学历史文学物理化学电工生物……无不尽有也；康德、黑格尔、达尔文、马克思、恩格斯、泰戈尔、托尔斯泰等等的名字赫然在目。惊诧之际，先生淡然曰：这些书吾尽读矣。原来所言真也确也，乃饱学之士也，不由肃然起敬。尤可敬者尽管这般遭遇，却“人百负之而不恨”，依然追随从前理想，该是何等的痴情，多难得的理想主义者！陈先生落拓豪迈，目空尘俗，终于仕途暗淡，不过区区小吏——“几曾着眼看侯王”。其实并无多少家业，且一直在外谋事，却冤为“地主”。当年讨袁反清，雄文篇篇，汪洋浩博，何等气概，如今却只好低下头来任人欺凌。年老体衰,稼穑无力,遂沦为乞丐。此后得聘南京文史馆馆员,惜乎已是风中残烛黄泉路近,而此前他竟是度过了多少凄凉岁月！此去经年,尘音隔绝,从此再未见到先生,也不知仙寿几何,未晓那缕沁人心脾的书香仍可飘然人间。

另一程老先生,早年出任东阳中学校长,后执教同济大学,乃东阳教育界耆宿,莘莘学子中多少文化名流乃至民国共和国政要。是年奉命去程先生家乡宣读撤销其管制公文,随接回县城候任政协副主席。程先生年届七旬,神清骨俊,丰容伟仪,即之温也,观之诚也,真蔼然仁者也。政协非立法也非行政,平时无所事事,程先生却总是准时来到办公室,或览报或阅古本《石头记》或读《建国方略》,从来正襟危坐,目不旁视。与人会更是毕恭毕敬,彬彬有礼,恂恂大雅。而同楼办公之统战部长政协秘书长一等人皆工农出身,既是碍于少有文化而不与之近,更是心里有一种莫名的隔阂终不同他晤谈,从来各不相谋,坐冷板凳滋味可想而知,此一份寂寞一份冷落,程先生只悄悄与我私语。风云变幻时来运转,一日我“下放”,不久程先生也被划“右派”打发图书馆,他我天各一方不知彼此,直至翌年回机关方知程先生遭遇。却闻程先生“右派”一案尚未得省委核准,即时求见县委书记,极言力陈程先生无罪。书记始静听,继而沉默,再之感慨,最后嘱我某日某时去常委会议室赴会。原来,县委讨论程先生处分决定时彼书记因外出而缺席,过后却碍于“少数服从多数”原则不便复议,终不得申雪。县委遂撤回了程先生的处分报告,幸免于难,却不再复职政协。而所有这些,我都无可告以先生。那年大哥来我处小住,问及图书馆,告之可向程先生借书。区区图书馆偏处小巷一隅,早已门庭冷落,程先生照章办事要大哥出示借书证,大哥遂告以身份,程先生闻之大悦,遂领大哥去书库:“任凭挑选”。大哥回来一再称赞程先生仪容,“器宇非凡,少见也。”日后见程先生时,也盛言倾慕大哥之才之貌,两人之语如出一辙,惺惺惜惺惺也。大哥同时告我,程先生初来图书馆时书籍多有破损,见之心疼遂一一修补。看大哥借书,果然斑斑驳驳,皆程先生灯下辛苦。敬也悲也,髹髹大才却成补书匠,而眼前日子更为暗淡。程先生一生可为灿兮烂兮,却寂寞后世,皇皇《东阳市志》未有一字为其立传,不知何人疏忽。《市志》扉页载有严济慈先生题词,未知当时可有为他的恩师留下话来。回想数十年前严先生来东阳视察时,席间唯严先生兄妹并县长与我四人,也未见询及程先生,难道严先生也疏忽乎？抑是不便进言？果此,真程先生之悲也。

朱先生也一代同仁,早年就读北京大学,怀一腔求学救国之志,与邓中夏等发起成立“北京大学平民讲演团”，同蔡元培、邵飘萍、李大钊、谭平山、朱自清、许德珩、罗家伦、张国焘、段锡铭等一起发难推进民主运动，曾被陈独秀誉为“出力独多”之先驱。随后为蒋中正先生视作“准共产党员”而屡遭贬抑。既如此，分道扬镳可也，也便弃政从教，绝意仕途。谁知共和国之初却成专政对象，管制在家。县政协成立前夕得以解脱，邀为委员。是日登门造访，他虚左以待留我一张躺椅，上面那张依然几分威严的虎皮耀人眼帘，恰与清癯、憔悴、文弱的朱先生成鲜明对照。少时告退，这头一回却成了最后一次拜会。当年一腔报国之志，今日依然感时忧国，始终一腔人文气血，政协会议上一时言词滔滔一泻千里，所云无非国计民生之类，语不妄发，诉所当诉，却知再次还以“反革命”帽子，锒铛入狱。多年后闻知朱先生遭遇，怅惋而已。堂堂正义斗士，磊磊民主先驱，却是民国不能容共和国不能容，“别有人间行路难！”朱先生年已古稀，未知有否瘐死狱中，可有重获自由的一天，难道他终于磨尽当年豪气，不再铮铮铁骨？矫矫之鹗，终折翅欤？

舒先生向来风雅，因书画而广交名流，与李济深、陈叔通、沈钧儒、马叙伦、黄炎培、柳亚子、黄绍竑、于右任、傅斯年、齐白石、徐悲鸿、刘海粟、黄宾虹、潘天寿、林风眠、丰子恺、余任天、马一浮、张宗祥等均有交谊或翰墨往来。当年曾与丰子恺先生一诗一画联手出版《蓬莱诗画集》，在书画界享有名声，且广藏书画。黯然忽还乡，骤然身世寥落沦为“贱民”，生涯日落，失意潦倒，更无从诉说。年复年只是守望着那些书画，自悦自慰。忽有上级公文示下我处，内附信函数帖，皆出京城要员，无不为舒先生说情耳，始知舒先生声誉在外名动天下。随荐为县政协委员，同时聘任文化馆。当时我与舒先生不过公事往来，他却以为与之有恩，欲以书画相赠，我因无由终不受。望着舒先生一脸阴郁的样子，不由暗自悲伤：书画本舒先生生命，何以割爱赠我，且我并非风雅之辈？也许是真情，然而会否也思及日后或可求以荫庇，正说明尽管被从剥夺状态解脱，心中的寒冰却远未融化——心灵竟是扭曲如此！此后舒先生虽能专事文物，却风光不再——书画早已与“封资修”相提并论而失去往日光彩，更悲于师友多蒙难，既不能由书画也未有从人生中获得更多的快乐，终赍志而没。却知一命呜呼时所藏尽归政府，之后不是失之盗便是毁于火，未知几件存焉。舒先生地下有知，当痛心疾首，泣血流泪，那是他一生的心血啊。

潘先生早年投身中共，却屡遭波折，共和国之初以党外人士身份推为浙江省各界人民代表会议代表。其时我兼职县各界人民代表会议常务委员会办公室，常作县长随员得晤潘先生。潘先生太之热心政治，可谓鞠躬尽瘁死而后已，最后却是领来一顶“极右”帽子，遂撤职遂开除，从此牧羊荒野，寒暑春秋惟与羊为伴。时彼县长已调离，我也发配农村劳动。逾二十载，彼县长复任县委书记，是日我二人正漫步郊外，忽见前面皤然一翁，瑟瑟风中，身后却是一头山羊。凝眸间已是六目相对，原来正是暌违多年的潘先生。他那刹那间投来的略带微笑又满含凄然却几分祈盼的目光转瞬即逝，却如一道闪电直击人的心灵，分明感到书记与我的心里同时一阵震颤。“文革”如火如荼当儿，莫说我辈，即便书记如之奈何？抚慰乎？无由。探询乎？又从何说起。也便离去。回望，潘先生须髯飘飘，茕茕孑立，煞是数千年前苏武牧羊画面。暗忖此牧羊也，或可潘先生特意为之——既可宣泄一片忠心不被体察的幽怨，同时也是讽于当局昏愦暗昧。也许惟是我神经过敏，作此联想。后来闻知潘先生此前一直被当作“叛徒”批斗，竟是打掉了三颗门牙，受尽屈辱与磨难，却是无处话凄凉。须眉尽白始脱禁羁，却终于日薄西山来日无多，他一生最美好的年华早已付与了苦难。眼前每每浮现郊野相遇那不堪尬尴不堪凄惶不堪愧疚的一幕，情义何在？良心何处？我等终因迫于时局而萎缩了自己的人格，竟是这等麻木如此冷漠那般无情！也许昔日之一幕在潘先生眼里早已化作一缕鄙夷：彼县长彼书记彼随员何许人也！留给他的只能是永久的怅惘，怨叹。

早年东阳木雕生产合作社(后更名东阳木雕厂)成立之际，被派为政府代表前往祝贺，始识杜某卢某黄某诸老艺人。荣膺全国人大代表的杜老先生不久人世。卢、黄先生曾分别被浙江省人民政府授予“名艺人”称号，也为前后届省政协委员。是年卢先生受邀出席全国名艺人代表大会，奈之未识一丁，更是从来不晓政治，也不知罗丹、米开朗琪罗、拉斐尔与达·芬奇，惟一腔唯美情怀，只知道构思、布局、勾勒、造型、线条、着色等等，会毕归来无可他言，却说某元帅某省长面容粗俗——“像个烧炭佬”，懵懂间已是戴上一顶“右派”帽子。境况相似之黄先生，同样不得幸免。悲乎惜乎，既然不懂政治，何以政治相逼？幸乎艺人只是艺人，艺术之外事总也不放在心里，管你左也右也尊也卑也，依然埋头作坊。顺逆一视，宠辱不惊，不为政治迷，也不为政治累，久在菩萨前也便有了一份佛心，却也挣扎到生命最后一刻。

是年列席省人大会议，原先红旗招展的盛会已是阴郁、沉闷，惟一片“反右”声浪，那位一身儒雅而郁郁憔悴的省长大人上台读完《向全省人民谢罪》书便被罢免。所指罪者无非卜居孤山一隅，流连西湖美景，无非夜观天象，伤感时序，此乃文人情怀,何以言罪？思及省委诸部长,曾多次聆听报告,一时才气超然,今都一一贬黜,何故？什么左派右派,无非正统派非正统派,愤也怨也,却是有恨无人省。衢县代表中恰一前清举人,丰骨未凋,长袍及地,送往迎来必九十度作揖,谦谦儒者风。那天召开分组会议问罪省长,“蔼蔼多士,发言盈庭”,惟老先生一旁缄默。主持人随趋前垂询:“老先生意下如何?”先生缓缓欠身,漠然曰:“省长却无欺民之罪,贬何由也。”旨哉言乎,恰似一声春雷撼人心魄。日后风闻老先生回去终也领一顶“右派”帽子,其可哀也矣。叹！叹！叹！

另有仇先生者,早年毕业于山东大学哲学系,后随军南下,兀傲磊落,孤高自许,天晦云暗时终被戴上一顶“右派”帽子,与省机关一帮秀才下放农村劳动。这些读书人却是不得安分,随著文论说并一一刊行,表面探讨民主,其实都在影射当局专制。事败,恰遇“政策调整”,也便遣散了之而未予深究,仇先生随来某中学任教。“文革”起时,原先一帮人以为有机可乘,遂成立“马列主义华东(真)”,混迹于群众组织间,所旨仍是抨击专制,颂扬民主。果遭取缔,为首者被秘密处决,仇先生则以“反革命”罪在案公安局。或入狱或赴死,多少个夜晚惟看一帘淡月,独自悲伤,从不敢翘望明天。某日,带了镣铐的人前来拘捕仇先生,要我签字,初来乍到之我全不知就里,岂可草率将事？当然拒绝。一翻档案却是真相大白,在该所谓“反革命”组织成立之时仇先生并未赴会,因念及妻儿他终于从会场门口折返,与该组织从此再无瓜葛,其“反革命”罪显然不能成立。为之辩,遂得解脱。是日夜半,仇先生忽潜来我处,一时感慨无限:“总以为你年轻,不想如此胆魄。”不尽欲言,却已泪光莹然——那儿流淌的该是仇先生几十年的血泪啊！调回杭州时,竟向我恭恭行礼。仇先生一生坚持正义,追求真理,屡罹颠踬而寸心不易,庸庸之我何可能比,却受仇先生如此礼仪,惟是惭愧。仇先生博古通今,学大如海,却不得一伸才能。声声民主呐喊,终“百啭无人能解”。何人为写悲壮？挥泪向悲风！

几番风雨几番狼藉,何况落红无数。

山河影转,今古照凄凉,恨芳菲都歇。

嗟乎,“天下多故,名士少有全者。”

然而,恰于这非常环境里诸多志士仁人所表现出来的非凡志操,却在血与火的洗礼中将我之灵魂一再锻铸。

“伤心千里江南,怨曲重招,断魂在否?”

如梦的雨巷

细雨濛濛，小巷悠悠。

一个春天里，每当黄昏降临，我便走来这条开满鲜花的雨巷。雨中，巷儿更幽，花儿更艳，走着走着便走出了一番情致。

梅花开了又败，海棠放了又谢，桃花绽了又隐，而栀花、槿花正含苞待萌，眼前只有这不起眼的樟花躲于繁枝密叶，沐浴一片春光。

谁也不会注目这无名樟花，它形似芥粒，色如新粟，无娇无艳，无色无臭，待落英纷坠，铺陈一地血色，遂朵朵逐水去。

伊始，我只是喜欢这儿的静谧而漫步于此，渐渐地明白却是另有原因，其实我是在寻找一段早已逝去的岁月——一个无比瑰丽而悠远的梦境。

雨中，不由自主地便又回到了几十年前的一幕——

雨，濛濛，绵绵。要不是许久才响起的檐水滴答，你甚至不会觉得这是个雨天。弥漫的水气却如云如岚，如烟如雾，任是将你整个儿浸裹。

小巷窄窄而弯弯，磨得发亮的卵石一直延伸开去，直至溟濛尽头。两旁沟渠蜿蜒，清水如许。

沿巷坐落着一座座粉墙黛瓦的大宅深院，偶有一两间泥屋参差其间。它们的门户却大多洞向背巷的一侧，终使巷子更为安谧。

也许农人已罢耕归家，也许路人已旅栈歇脚，雨中再无行者。悠悠小巷只闪现我的孑然身影，只有自己的足音跫然陪伴着我。

有青藤爬墙，有瓜秧挽沟，有杨柳拂水，有蔷薇探檐，有豆麦飘香。有童笛悠扬,有鸡犬啼鸣,有紫燕呢喃。从瓦背升起的炊烟,丝丝缕缕,袅袅娜娜,将黄昏的气氛渲染得浓郁、凝重。我非赶路,也非散步,闲适中却是走出了一份寂寞,同时几许惬意。

这巷子我不知走了多少回了,这段时间里更是几乎每天都要打这儿经过,从未感到像现在这样幽静、温馨,这般充满神秘的情韵。终使我霎时陶醉其中,悠然难再。

忽见前面一女子姗姗穿巷,绰约风姿。在行将消隐时,倏尔向我,嫣然一笑。

方欲凝眸,已无踪影。

那一刻,我对她似乎已经一目了然,又好像不曾浏览一二。仿佛记得她穿一条蓝色长裙,一对黑眸倾泻着如水的流盼,朱唇轻启的微笑恰是闪现一丝隐忍未现的波光。而最后留给我的,却只有一个缥缈的身影。

怎会在此与她邂逅?她又因何要投以我嫣然一笑?

果何人哉?如斯之美也!

从此,我更是有事无事地一次次来到这条巷子,希望再次与她不期而遇。桃源望断无寻处,终不见她的影子。

奇矣哉!生于孰地?来自何方?她乃是偶过的路人,早已去了不知的远方?抑或本乃待字闺中的千金,从此不再移步庭外?难道真是天外来客?

却也并不多思量,有如这濛濛雨,停时便停了。

岂料过去许多日子,某文工团一次演出之际,终又看见了她。剧终幕落,幕落又启,那位饰演现代花木兰的演员撒下一头长发复现女儿真容,蓦然瞥见那张娟秀而似曾相识的脸庞,并那对碧潭般的炯炯眸子。

是她!

我急切想奔去台前看个究竟,谁知突然间我又收住了脚步,直至曲终人散再也未有见到她。

她果然光彩照人!只有她才会这般光彩照人。

此时我却没有预想中的那种激奋,相反变得异常地平静,乃至几许冷漠,恰有一股莫名的失意轻轻从心底划过。

无论如何我都不能接受这饰演者乃是她的事实,不会是她,不可能是她——我的心自是这样默祷着。我宁愿假设这饰演者不是她,更是无法将眼前这位红粉佳人还原为小巷偶遇的那个温文尔雅的靓女。她是神圣的,她不属于凡间,她永远伫立在我记忆的神秘里。

然而同时我又莫名地在为这位演员默默祝福——单凭这双明眸善睐的眼睛已是天生的表演家,今晚有多少人可为她至为完美的表演而倾倒,乃至拜倒在她的石榴裙下!

真正地或者客观地说我却不能否认眼前的这位演员不是她,我并无这样真实的理由。毋庸置疑,斯人真的是她,她便是斯人。

而彼何人斯?我依然不知她是谁。她不过是一幅全无立体感的白描,终究是无可知晓的无名氏。

或许,巷口匆匆偶遇的当儿我只是以一种恍惚而无所着落的目光瞄她,更或许她的亮丽已是迷茫了我的眼睛,她的风姿已是撩乱了我的心魂,犹如苍茫暮色里她的长裙的一抹浅蓝已是浑融于卵石路的一片青灰,她的那缕明亮的眼波已是隐约如瀑黑发,我从来就不曾看清过她的长相、模样抑或神情,我与她间总是有着割不断的朦胧。她于我始终只是一个幻象,一个幻觉,永是停留于想象。她是一个洁白如莲的倩影,一朵飘过天空的浮云,一缕瞬间轻盈飘散的岚霭,若夜间萤火掬来光热无凭。而那一缕微笑,却始终真实,始终美丽。

美,仅是一瞬,却永驻心灵,她的美丽从此灿烂在我的心空而永不褪色。她的神采飘逸的眼神与烂漫笑意早已覆盖了生活的疲劳与心的凄茫,“恰如灯下故人,万里归来对影,口不能言,心下快活自省。”

我终于再也没有见到她。她是邈邈太空中倏然划过的一颗流星,在耀眼的一闪以后便从我眼前消失而归于永久的沉寂。她是茫茫大地上随处飘荡的孤魂野鬼,早已游荡在不知的远处,如林间清风早无踪影。她回自朦胧,回自梦。

其实那阵儿我并没有情思辗转抑或心魂飘荡,更不会为她而寻去天涯海角。其时我乃一少年,尽管喜欢美丽,却全然不懂爱情更是不解风情,断不会想到“合二而一,同登彼岸”一类的事儿。我并不想和她拉起时间的手,更是不会把爱情的种子培育。我只希望她永远纯然如玉,花开四季,只愿我的生命和她一同微笑,就如她适才向我投来的美丽一瞬。她也只是自我地巧笑倩兮,只是无意中触动了一颗惆怅的心灵,并没有煽动情感的羽翼,也许她当时的嫣然一笑只是对着我身后那株灿然蔷薇而非向我,不过是个误会,是我的一厢情愿让自己向自己开了个玩笑。她于我始终仅是概念的抽象的,仅是精神的,惟此才美丽如斯浪漫如斯纯洁如斯神秘如斯,才最最深情,最最心悸,才让我从见到她的那一刻直至一生都在回

味着她之无比绚烂的一幕，希望这一幕永恒心底。我从来只是在心里远远地看她，而不向她的灵魂靠近一步，她永远屹立在我所不曾想望的彼岸。她永远是无形无体的一团凝立迷茫的空无。从此我才相信爱仅是一种感觉，一种瞬间的体悟，一种身心超越现实的纯美反应。孰是真爱——心灵之爱？全凭这一刻的感觉，这一刻的体悟，这瞬间的意念。谁知后来我正是从她那里读懂了维纳斯，读懂了美的蕴含，才知道什么叫花容月貌，什么叫沉鱼落雁，什么才是倾国倾城。

此后我见过更是接触过许多女性，自然不乏美姿容者，然而她们都太具体太质感了，太让人感受她们的呼吸了——一个个都不是她。只有她清纯如水，晶莹如玉，只有她是灵魂的，也只有在她面前我才是单纯的我，我不过是一介空灵。至今我仍并不真的明白何谓暗恋何谓初恋何谓尼太・戈尔，我却始终认为既是爱就应该是圣洁的，而圣洁的爱便只能是精神的心灵的，仅是心灵感应。心灵之爱正是排斥一切肉体的欲望，正是不需任何外在的装饰，不需金钱地位，不需山盟海誓，不需进行曲，也无须附会“梁祝”“西厢”“断桥”。它单一而丰富，腼腆而大方，奔放而蕴藉，炽烈而宁静。它只有起始而无终点。它永恒于心。它永远自由。它是不结果的。

并非多情，并非虚妄，更非痴迷，我是清醒的，许多时间里我仍木然于感情而宁可崇尚禁欲主义。美而生爱，为何不谋求灵魂的交汇而非要以肉体的结合为结局而践踏那份美丽？人们因何要以无所节制的情欲去糟蹋那片圣洁的情感而招来无尽的苦难、烦恼乃至寻死觅活？人们何不停留在林黛玉式的暗恋状态而拥有一份永恒的美丽？人皆不能，我也不能，而现时我的一片思绪——或者情感，依然不能摆脱自设的逻辑幻想。

只因为她——为了寻觅她的影子，她的那份天真的美丽与那缕蕴藉的笑意，我才如此一直怀一片痴心走在雨巷里。此时，雨的音韵撒满了小巷的每一个角落，巷子的每一朵花蕾都更为光灿夺目，如缕的花香似令人有仙子款款而去的陶醉，不觉间青春的激流已经潜入我心底的地河，希冀繁朵深处有一枝素色的花为我而开。终于明白，能激起心灵震颤的美是永恒而永存的，并且终于发现深埋数十年的情丝从来没有被时间扯断过，尽管她已杳如黄鹤。她的渐隐渐远的身影依然清晰依然亲切依然粲然于心。雨中，她的美丽倩影终被我读成了一株圣洁的水仙。

“镜里朱颜，愁边白发，光阴催人老。”为谁风露立中宵？

她！

她毕竟是一个具体的人，毕竟曾经作为一个血肉生成的人出现在我的面前，毕竟曾经投以我一丝微笑而让我的灵魂感动——那是性爱意义上我所感受的第一片女性的温柔目光！

她也许就像开过了的梅花桃花，已是携了自己的美丽飘飘而去，此刻正翩然云端窥看着我一直怀抱至今的一片痴情的种种可笑举动，也许……

看来，今晚我不得不又一次迷惘在这如梦的雨巷。

我弯腰去拾起一枝樟花，却恍然捡起一地时光的倒影。

希望不会花落水流。

相信不会。美是不死的。

我愿立而为树，不想四季常青，只愿美丽时分，君正含眸。

相信她依然皓齿红唇。依然风致宛然。依然秋波萦转。相信她的不死的面容上依然漾泛着粲然的微笑。

她的笑容展在无边的雨中。

缅　怀

茂密的丛林织成了一张绿莹莹的天网，枝叶间筛落下簇簇游移飘忽的光束，树影婆娑，花草摇曳，使一条山岭变得惝恍迷离。脚下的团团落英散发着带点酒味儿的缕缕清香，将人熏得醉微微地，直忘了在赶路，而是徜徉在一个奇异的梦境天地。

忽然一片蓝天在顶。回眸一望，哟，身后隐隐约约拖着长长一条陡峭的S形盘道，原来已置身山巅。

前方云破处，竹林片片，泥屋间间，炊烟缕缕。哦，黄泥岗到了。我的心不禁猛地一阵紧缩……

那年，也是这么个傍晚时分，我来到这个偏远的小山村，走进一扇柴扉，但见门前一蓬红艳艳的花儿，艳丽夺目。正凝望，屋后猝然闪过一个人影，他手里提了把半旧不新的洒水壶，不知是冷不防中见了我一惊，还是那本来急骤的脚步使然，壶里的水晃得浪花四溅。愣了一会儿，他还是将我让进屋里。

“喝茶。”透过青瓷碗里水濛濛的雾气，看见一双热辣辣的眼神。随手他又端来半篮花生一勺葵子，眼神中又添了几分诡谲。

一会儿，屋外下起牛毛细雨，转眼间不见了那红艳艳的花朵。

“那花……？”惊奇中我不禁打问。

“这花晴开雨合。一下雨，它就……”他喃喃地，那神情似乎不乐意别人寻问。

夜幕，渐渐从山壁合围，似一张黑网笼罩村落。霎时传来欢声笑语，循声望去，却见火把荧然。诧异间，已有后生小妮老叟老媪，三三两两拥进这间泥屋。

也许这些村民平时也经常这样地来这里，因而这位主人无须怎么招待，甚至也不需说一句话，只是往灶顶上划燃一根火柴，那嗤嗤燃着的松明便是最最热忱的欢迎了。

旋即，一屋子亮，一屋子烟，一屋子欢声笑语。村民们边嬉笑闲聊，边在火塘里煨花生爆谷花，哔哔剥剥，嘻嘻哈哈，一片热闹样儿，一派欢快劲儿，似乎永无人间愁苦。

这被大山阻隔的闭塞的山寨，分明有些愚昧甚而原始，却拥有至朴至真的纯情。

看来这位不苟言笑的主人深受村民们的喜欢，他们不惟夸耀不惟抑揄地在谈论着他。他在他们眼里简直是个花迷，不论春夏秋冬阴晴雨雪，数年如一日，他总是如照料婴儿般地呵护着门前那棵花树。

主人对这些关于他的谈论犹似毫无反应，只是低垂个脑袋一个劲儿地抽烟。

可是，他那本来恬静的脸蓦然间变得阴沉了。

瞬间雨住，月浮云际。村民们带着串串笑声，踩着树荫下细碎的月影，四散归去。

他像是陷入了沉思，木然地坐着。许久，才缓缓欠身，踱去灶沿，用那双微颤的手捧过那个黝黑的陶钵，哗啦一声倒出十数枚锃亮的铜板，并两枚乌亮的发卡——

那年，他好容易用几担苞谷从山那边买了个女人成亲，洞房之夜他们甚至没有一对喜庆的蜡烛，惟有灶顶上那堆明明暗暗的松明给他们带来一线光亮并那温存的问候。烟雾缭绕中他怎么也看不清她的脸，适才一线微光照来，举目望时一绺乱发正好飘垂下来半掩了她的脸颊。他觉得她的脸一定很美，待明天到市上卖了那担柴禾，去给她买两枚发卡——他想。

此时，恰有一支路过的游击队来到村里，他义不容辞去做了向导。爬山过岭，跨溪越涧，整整走了一宿，好容易行至东白山脚，游击队员拉住他的手："请回吧。"说着，往他口袋里塞进一把铜板，"拿去换点盐。穷人的天也快亮了。"铜板，掂一掂，沉甸甸，抖一抖，叮当响，"得，明天就去给她买两枚发卡——一路上我喜呀。可是到家，她……"话戛然而止，像是被哽住了。

屋里的陈设告诉我，他无疑已是个单身。难道她……？或许……？我不敢再问了，也不敢再想了。

翌日，踏上弯弯的山道，眼前总是浮现他的身影。他到底能否经受这巨大的创痛继续跋涉在人生的大道上？

……

一别几个春秋。

还是这株红艳艳的花儿。不，它更茂了，更艳了。

贸然入室。

“是你呀。”未进门，手就给捏住了，手指节儿给捏得格格响。

“喝茶。”还是这青瓷茶碗，还是这水雾濛濛，还是这热辣辣的眼神。

原来，她已惨死匪徒刀下。当他找到她时，她已静静地躺在村后的山坡上，蓬乱的头发渍印着血染的红艳艳的扶桑花。这个姣美的、他唯一爱过、做了他妻子却未有碰着她身子的女人，在她还不懂得男女温存时永远地去了。花在啜泣，草在哀号，树在恸哭，他的心滴着血。

她——桑花，一如山上的扶桑花，四季常开，晴放雨合；今日一场狂飙，夭折了，凋谢了。埋骨那天，他一大早跑到十几里外的集市上，从花花绿绿的货郎担里挑了四枚乌亮的发卡——两枚，夹进她那梳理好了的头发；两枚，放进自己的衣袋——待她一大醒来，再给她梳理红妆——这才不负死者生时自己所许诺的心愿，才不愧对冥冥之魂。买发卡，他没有支用那几枚铜板——为了缅怀第一次召唤他人生希冀的天亮的启迪，将游击队员的那份真情珍藏心中，他要留下这铜板永志纪念。他将枕着她的那株扶桑移栽门前——他要让她永开人间……

这痴情，不以语人，只埋心底，终为村人所不晓。

此生他唯一可让人耻笑的，是因为清寒而为鳏者，她来了又走了，鳏者复为鳏者，他终于失去了冀盼中的温馨。可是，他那孤寂的心灵却永远得到她那英魂的陪伴，她是永远属于他的。夜幕降临，扶桑花被消融在黑暗里，桑花却鲜亮地来到他的眼前。桑花是紫罗兰，她固执地不在白天绽放，只在昏黑时默默地害羞，默默地祝福，默默地闪烁贞洁。

扶桑花——曾经是他的希望他的生命的扶桑花，是他的创痛他的感伤，他总是怕触着她；是他的寄托他的慰藉，他总是在惦着她。岁月悠悠，正因为她，在胸中燃着一团永不熄灭的篝火，使他在熊熊火光中看见黎明前的曙光，直挺挺走在人生的大道上。

清晨辞别，和上次一样，他一把一把往我口袋里塞花生、葵子，上下衣袋裤兜装得鼓鼓的。

走下山来，我好像失却了什么，又带走了什么。是什么呢？

回首，但见扶桑花娉娉婷婷，娇娇艳艳，淌着泪，绽着笑……

孤独的醒者

我心中,没有圣人,只有醒者。我崇敬那些"众人皆醉我独醒"的醒者。醒者,指的是一种思想或精神境界,说到底是一种理性清醒。当它成为某种社会行为时,会被看作一种品行操守,赋予道德意义。即是说,作为醒者,某些思维轨迹总是要与时势或者国家命运等等相关联,从而外在为一种政治,所以不妨说同时也是一种政治人格。

然而,真正地说,醒者的本质仅是一种思维归宿,一种精神执着;恰是摆脱了功利意念的睿智,才独具慧眼,才深明事理,才是醒者。醒者,乃是智者。

醒者,是于鲜花丛中注目落叶的人。

醒者,是在一片掌声中窥看身后阴影的人。

醒者,是黎明前眺望夜空的人。

醒者,是海平如镜时倾听远方涛声的人。

醒者,是驻足山巅环视四周而不顾风暴来袭的孤立者。

醒者是走进"理想国"幽径而不知返的沉思者。

醒者是越过地狱之火而走向光明圣殿的朝觐者。

醒者是从真理出发而只与真理对话的心灵十字架背负者。

醒者是走在漫漫人生路上无依无求的孤醒者孤旅者。

醒者,从不会有所心灵的共鸣者,没有常人可与陪伴,因而永处孤独;醒者的命运就是孤独。醒者从不惧怕孤独拒绝孤独,相反,他总是不由自主地走进孤独,与自己的灵魂相伴。独运其思,独步其行,便无旁人,便无旁物,才心灵宁静,才能展开心灵的翅膀。

醒者是思者，未必是行者。有时，他可能仅仅是个冷眼旁观者，而未必是行动的战士。他的心，却从不退却。醒者从不后退，即便面对死亡，面对酷刑。因为他无可出卖自己的灵魂——他是他自己思维的捍卫者，他无可背叛自己。

惟此，才是醒者，也才孤独。

直至一生，他都在孤独中飘泊，吟唱。

感于“佛性”

某日书柜翻书,《断指僧》题文蓦然入目。故事之曲折情景之动人行文之清新,令人扼腕。

文中讲述了洪泽湖畔安澜寺主持断指僧的一段可歌可泣的故事。

断指僧禀性孤傲,寡言少语。幼时与父对弈,乘父迎客时用左手食指轻轻拨了父的一粒子,招父愤怨:“我们家世代可是只传一个字——‘诚’呀。”父痛绝而倒。愧悔至极,遂断指,遂落发,更名诚诚。

某日,新四军吴运铎小分队遭日寇追击,为断指僧藏匿寺内。日军头目藤原少佐明知小分队在此一带失踪,因敬重于断指僧的诚诚佛心并非凡棋艺,并不轻举妄动,只是戎装在身、卫兵随后地动问断指僧,断指僧只以“安澜寺里不容兵”相答。说完,这位面色清癯的老人缓缓举起断缺食指的左手并把它停在藤原面前,仿佛天地间峥峥树起一座诚实的碑记。藤原遂撤兵离去。

是夜,断指僧先是复原了八十年前和父亲下过的那盘棋,直至伸出食指又无指可伸的时候,浑身一颤仿佛一次雷击,额头顿然沁出一片冷汗。接着是跪而写经,将《金刚经》“净心行善”一节连写三遍,之后便是敲木鱼了。更深人静,湖风萧瑟,木鱼一返往常地不再像雨打芭蕉,不再像是白果坠地,而近乎人声,像回忆,像叹息,甚至刚至烈汉子的悲声,如是者东方既白。他仰首苍天以泪洗面,无限悲恸地说完他此生最后一句话:“罪孽深重,万劫不复:一个家传‘诚’字,连同一座千年安澜寺,今日竟毁在我手中!”言毕,扬声三唱“南无阿弥陀佛”,便一头撞在那棵银杏树上……

断指僧之悔悟己之不诚,正是以佛心衡之;之所以用生命忏悔,正佛之诚也。

了因佛理，观悟佛理所行之智，乃大智也。不仅“无念”，“无惑”，也“无我”，“无畏”，断指僧之心之行，正佛之大觉悟大无畏。

释迦在灵山上拈花示众，众皆默然，惟迦叶破颜微笑，释迦遂将“微妙法门”嘱咐迦叶。——这以心传心、不立文字的故事，不过是个迷离的传说，终无可考。可是因悲悯还在生命的泥泞与烟尘中痛苦挣扎的众生，终在成佛的路上折返五浊人间，立愿还有一个苦难的灵魂未渡，则辞不成佛，却不能不是菩萨行对于人生的真实观照。因之，凡佛像，皆一副安详神态，最多添一丝莞尔，而不如耶稣那样满脸痛苦以一种救世主姿态，让人感受它的伟大而崇敬。佛是“无念”，所以佛像的眼睛总是似睁似闭，无所视又无所不视，犹目空一切。这“目空一切”，决非傲视或蔑视，而是包容一切、普度众生的宽厚与慈悲。云冈的佛像，无论何时总是在平视着你，这平视正是佛的平等心平常心，普度众生的佛心。倘有佛像因其高而取一双俯视的眼睛，那将大错特错，早已与佛相异其旨。

佛是“无执”，佛是“寂灭”，佛是“思维修”。佛，尤其是禅义，只是冷眼地静观万物枯荣的变化，自己却御着一颗无为凝寂的心，一切只顺着那个大一的自然律动而运动开阖。一切不生不灭，无生无死，任何的两端都因超越而成一，成一圆满自足之境界，这其中见不到自我在任何万物之中，有的只是在与精神统净中同化的大一。故此可以说，就佛的原旨，本无佛像，本不该有佛像，或者真正地说，当有了偶像崇拜时佛已经不存在了，佛像正是践踏了佛亵渎了佛。释迦当年，只想芸芸众生和他一起“冥想”，以从“惑”——“无明”——“苦”中解救出来，如今人们将他塑以为像，在它面前顶礼膜拜而祈求一切，往生佛国的释迦如果真的西天有知，不知该作如何感叹。

释迦数千年前，正是愤世嫉俗，而主张“四姓平等”，“反对婆罗门第一”。佛只是在平视你，而你是否在平视佛？是否有平视佛的心境或者勇气？可以设想，一个不能平视众生的人也决然不可能平视佛，决无平视佛的心境。如果一方面傲视或藐视众生，一方面又俯身佛像，在佛像面前诚惶诚恐，最是违背了佛性，当然也无人性可言。而如果在佛像前三叩九拜，祈求发财或升官等等，甚至躲过自己所犯的罪过而乞求逍遥，这样的邪欲妄念早已与佛的“不生情欲”大相径庭，十足是无赖的把戏。一个淡泊而又正视人生的人，决不会去祈求佛或别的什么神灵有所赐予或佑予自己。

那么，那真的佛性又在哪里呢？在虚无的“色空”中？

而佛前，多少人只为祈福？多少人诚心问道？

浪漫钱塘

钱塘是一座姹紫嫣红的花园。

钱塘是一首诗。

钱塘是一个美丽的梦。

家乡的一条条山涧聚成溪流成河，最后都汇去浩瀚钱塘。

顺流而下，由山地而为丘陵而为平原，土地越来越肥沃，山水越来越明秀。

“诸暨熟一熟，天下一餐粥。”可见诸暨富饶。其实富庶的诸暨人很少喝粥，常吃干饭，且讲究小菜。嵊县人剩下的五谷，也总是运销东阳。北边山美，水美，人也美。西施，祝英台，还有从峨眉山化身来的白娘子，都美得令人销魂。

不曾去扬州，以为扬州出美女说乃由杜牧的诗句渲染而来，这位浪漫诗人总是难割玉人吹箫的绵绵情思与不尽的渴慕，令他如醉如痴，终于十年难醒扬州梦。而只要你踏上越国的土地，便会看见一个个皮肤白皙、眼睛水灵的美女子，那是你眼中实实在在的美人。难怪这越地的农活一概由男人承担，甚至连挑水、碾米、磨面这类在别处皆由女子做的活儿也全由男人包揽，终使那女子肌肤更为白皙，身段更为苗条，更多一份慵懒，也更有时间哼些风流小曲，越发变得是美人。

难怪越剧的唱腔这般嗲声嗲气，那纤柔飘逸，委婉绵丽，皆由美人化出。无此美人无以为越剧，无此越剧无以演绎美人故事。

从东阳西去南去，山则变得峥嵘，地则趋于贫瘠，人的相貌也粗俗了许多，说话也不再吴侬软语而变得瓮声瓮气，因之那土生土长的婺剧也终于变得高亢激越，全没有了越剧中才子佳人的缠缠绵绵悲悲切切。

山岭，斜去钱塘；江河，汇入钱塘；财源，聚向钱塘。做工，听差，经商，求学，出仕，都得北去钱塘。或陆路或水道，车马舟楫，挑担赶脚，多少人生憧憬，多少燕燕轻盈莺莺娇软，古往今来不知醉了多少游人。

成年始出钱塘，不料头一遭便醉倒在路上。从此，凡去钱塘，皆昏昏欲醉，陶然忘机，数十年未可自已。不只那如画风景，更是胸中别一番逸兴，情不知所起兴不知所来。

行在钱塘，走着走着便走进了诗情画意，走进了才子佳人的风流韵事，走进卿卿我我的情意缠绵里，分不清了哪是历史哪是现实，哪是故事哪是联想，不知不觉，已是“寂寂花影动”“月上柳梢头”“良辰美景奈何天”。

北出东阳地界，翻过一架大山，便来到西施的故乡。山不高也不低，皆泥被土盖，遂不见了片片岩崖，竟是花草芊芊，林木郁郁。不似别处的梯田层层，这儿山没处即是一马平川，初夏时山上的艳红杜鹃灿灿然照在漠漠水田，如霞如云，清清的溪水里却是照出美人西施的千年倩影，她的婀娜妩媚、纤纤擢素手婆娑舞轻纱的飘飘曼曼都掩映在一片波光里，美人亦粲亦颦的神情似在向行人凝眸含情。云天却是洒下一片浓阴，茫茫大地霎时阴郁氤氲，那些善良的百姓此时心里正在默悼着这位可羡可慕、亦壮亦悲的千古美人，祝祷她异乡飘泊的倩女离魂能够平安返回故里。美人不幸江山有幸，美人自觉不自觉、自愿不自愿的牺牲，终使这片国土免遭战火蹂躏，终于江山代代，美人辈辈，生生不息。今天，当你踅进巷子路口，仍可看见一个个天生丽质的美人儿，那水灵水灵的眼睛依然勾人魂魄，不经意间已是系住了游子的心。

沿西施当年浣纱的小溪顺流而下，不久便来到江空野阔的浦阳江，盈盈清流滔滔白浪，荡悠悠的乌篷船上却是坐着女扮男装的祝英台，此时她正卷帘探目，眺望着眼前这个陌生而美丽的世界。正踌躇满志，春风得意，已是上船来到草桥亭，恰是邂逅了仪态万方的梁山伯。

从此，钱塘道上便弥漫着浓浓的浪漫，不由你随梁祝的足迹一路前行，沿途的池塘、河汊、小桥、村舍皆是几百年前的旧景，呆牛依然白鹅依然鸳鸯依然，却是不见了双双拜堂的观音庙，不由骋目远望，直至怅怅无觅，才收回定定的目光。过钱江而来到凤凰山，你在百花鲜艳里寻找当年的芍药牡丹，可是那悠悠古道毕竟风雨沧桑漫漶难辨，不知哪一条石板路哪一处卵石径是当年梁祝携手相行的地方。最后你走进林木蓊郁的万松岭，寻找书声琅琅的古老书馆，但见瓦砾片片残垣处处，祝英台当年托请师母玉成姻缘的院落可还安在？想找人打听，却一如自己，谁也答不上来，哪怕白发老翁，也许他们寻古探幽的心情比你还急切，最后却不得不怅然而返。你却欲罢不能欲停不能，仍在汲汲踏访急急探寻，殊不知满腔情思早已沉浸千年风流，已是身不由己心不由己，其浪漫、痴情丝毫不逊于梁祝，或者说自己便是梁祝。

而当来到西湖断桥，眼前桃红柳绿，轻风细雨，烟波画船，一身素雅、娉婷娇好的白娘子正寂寞远处，偷向许郎脉脉含情。那位风度翩翩、君子谦谦的许郎，真个让白娘子一见倾心，遂以心相许，而痴书生自己也终被眼前这人面桃花、燕婉情浓的白素贞撩得意乱情迷神魂飘荡，情愿生死以之，一对恋人终于山盟海誓，坚如磐石。西湖的每一个清波都荡漾着浪漫，白堤的每一片柳芽每一朵桃蕾都蘸满了柔情，莺声燕语都是泪声情语。不知因了苏东坡的“却把西湖比西子”的辞章，还是由于有了梁山伯祝英台、许仙白素贞的生死恋情，抑或还有孤高自许而总不愿“血色罗裙翻酒污”的苏小小的情殇西泠，西湖的波光潋滟里总是回荡着千年风流的逸响，让游人销魂。

此时，你不可去睇眸雷峰塔，好在它早已坍塌，不然不由你为白许的这场血泪姻缘一洒同情之泪。随着雷峰塔轰然倒地，白娘子已然自由，一对恋人已经团聚，而他们之生死恋情却永远牵人心魂，不由为之喜为之忧为之怒为之怨。此时你最好也不要去回眸越地，不然你不得不为山伯之相思而殁、英台之殉节而死而愤而叹。因此我总是永远走在北行钱塘的道上，而忘却南归的路，让自己的情思永远停泊在梁祝的情意缠绵里而拥有一份浪漫并浪漫的美丽。更不可抬眼望北，这么一个绝代佳人西施，竟为了政治不得不委身于她所不爱的男人——一个十足的无赖昏君，而当她的祖国——不知她心里有没有认可过她的祖国——胜利时，她却不得不投水葬身湖底，而策划这肮脏联姻阴谋、将她迫嫁给祖国仇敌的正是她的国君！江山有幸美人不幸，一个绝代美女就这样夭折！这千年怨恨，谁可知晓？有谁为之诉说？却有史学家戏剧家胡编乱造，以种种的杜撰作孽这死去的冤魂，向北一望便怒从中来，不如永不投目，让心里永留一个绝代美女的圣洁形象，乃至愿意假设美人当时何如不纵身浣纱溪，那样就用不了遭受如此多的屈辱，也许柔弱的她当时已是没有了任何自由，已是无可选择自己的死。

西施，祝英台，白素贞，还有林黛玉，有谁见过？还不是越剧舞台上的袁雪芬、王文娟或是金彩凤，你在舞台上所看到的这巧笑倩兮、哀楚动人、有着沉鱼落雁之貌的古典美人，正是现代越地美女。而此时让你倾慕乃至动心的究竟是剧中人呢，还是剧中人的扮演者？可能在你之情思中眼前的袁雪芬、王文娟、金彩凤早已是至娇至美的西施、祝英台、林黛玉了。然而有血有肉可感可想的依然是袁雪芬、王文娟、金彩凤——多少痴情的戏迷不正是奔着美貌的优伶而来？不正是迷于戏子？有谁是奔着西施、祝英台或者林黛玉来的？

北国女子是双掌合十的莲，是日光下一团宁静的红焰；雨打芭蕉、闲敲棋子是南方吴地女子的逸致。林黛玉不仅兼有南北女子的美丽，更是寻寻觅觅、冷冷清清——乃是月色里一袭柳丝婀娜的纤弱。这吴地丽人却成了越地美女，在缠缠绵绵的越剧里风光大江南北，令多少旷男怨女为这个多愁善感的病态美人而神离魂散。

一从见了“骨格清奇非俗流”的宝玉，少女怀春的黛玉已是芳心萌动。而在宝玉心中，这林妹妹乃是一朵出岫轻云，这“娴静犹似花照水，行动好比风拂柳”，这丽丽姿容楚楚风华，早已令她日里梦里。明明是自己受了苦刑，却怕黛玉为己哀伤，忙让丫环送去那方揩泪的丝绢。而这林妹妹果然是“眼空蓄泪泪空垂，暗洒闲抛更向谁？”“他是帕上情丝千万缕，我是笔间心事一行行。”情何以堪！只有林妹妹这样多才多情、多愁善感、高逸绝尘的美女子，才怕见落花，才爱惜生灵，才有一腔“未若锦囊收艳骨，一抔净土掩风流”的高尚情怀，如此女子，如何不让人意惹情牵?！而他们之悲苦姻缘，最后终被罪恶的黑手一刀断绝，“只落得，一弯冷月葬诗魂。”真千古悲剧！

这祝英台——袁雪芬，林黛玉——王文娟，如此粉妆玉琢，如此如花似玉，如此婀娜多姿，如此悲喜动人，这便是古典美人，这便是越地美女，这便是情意缠绵的越剧，这便是飘荡在钱塘道上的千古浪漫。

坦白地说，我更喜欢《碧玉簪》中的李秀英——金彩凤。初夜含娇入洞房，转眼间不见了新官人，不免一时戚然：“想必他高厅之上伴亲友，想必他到父母堂前受教训，想必他筵席之上酒喝醉，想必他身有不爽欠安宁——我左思右想心不宁……”那一咏三叹，那明眸流盼，那粉颈轻摇，那水袖慢舞，那喜滋滋羞答答愁微微意懒懒，那空灵舒展清丽洒脱，不觉间己之情思已是融于剧中人，为之怨为之愁为之忿。直至“三盖衣”，那含羞带嗔，那伴怨衔恨，那哀婉情柔，那敛眉生愤，那咽声饮泪，那娇喘微微，片片真情声声泪下，活脱脱端出个冰心玉魄、秀美贤淑而又通情达理、深明大义的李秀英来。如果说正是金彩凤之一身美丽一身灵秀塑造了令人亲令人爱令人羡令人妒的李秀英，那么金彩凤嗓音之甜润脆亮并那声情并茂已是美绝清绝哀绝，多少年后都是梨园绝唱——“此曲只应天上有”。这样的美人，何人不起爱怜情？也许年轻人看了以后早已急急寄去情书，哪怕事有蹊跷，也可探询丽人，让她慢慢道来，何会率尔做出那绝情的荒唐之举？某种意义说越剧便是才子佳人，便是风流，便是浪漫。

越剧中的女性主人公，总是灵肉合一，内外贤秀，乃是集内在美外在美于一身的完美美人。她们不仅美貌聪颖，且忠贞专一，可为爱情献身。山伯一去，英台已是心如枯井，惟有一死与心爱的山伯“生不同罗帐死同坟”，拳拳至忱，哀哀烈女，令人爱绝痛绝。在曹雪芹笔下，黛玉咽气时并非由于宝玉负情而愤愤怨怨，更没有“恨声呼宝玉”，而是因宝玉获罪拘押，而日夜悲啼，泪尽夭亡，却终终“莫怨东风当自嗟”，终于把她衰弱生命中的全部炽热的爱，化为泪水，报答了她平生唯一的知己。原版《碧玉簪》中之李秀英，在经历了一场泣血的悲苦之后，正是莫辩于那支玉簪，已是死于父亲的狠心一踢，她从未企望也不曾迎来过凤冠霞帔的一天，至死仍葆有一份清白的自尊。美人之所以是美人，死也极其壮烈壮丽，让人为之惊心为之动容为之肝肠寸断，无限痛惜这优美灵魂的不幸陨落。

梁山伯祝英台既已冤死，何必再化成一对蝴蝶翩翩起舞，用自己的死来庆祝自己的生？中国戏剧总是喜欢让悲剧变成悲喜剧而非以大团圆为结局，不敢把那种悲壮的美呈现在观众面前，因为善良而感情脆弱的百姓总是接受不了悲惨的命运，尽管浪漫却总少有悲剧情味，可这并不影响戏剧之为戏剧，更不影响演绎美人的美丽与风流。

美丽或美丽面前，并非就是浮艳轻佻，就是胭脂香粉，就是绵绵靡靡，美丽正可以造就一种美丽的品格。西施，白素贞，祝英台，林黛玉，李秀英，她们都没有沉沦，却是在悲欢离合的人生大考验中展现一种人格的美丽，人性的美丽。美丽便青春，便浪漫，便风流，美丽与生命同在。越地有幸而能出美女，有幸有越剧而能演绎美女的风流。只要有风流故事，钱塘道上便永远不会寂寞，永远会走着快乐的行人。

我将续行钱塘。在这里走出的，将是一份美丽。

生是女人

男人占据着世界，给女人以一垄逼仄。

男人构筑起社会的阶梯，让女人屈身底层。

男人作乱社会，让女人啜饮它的祸水。

男人操纵政治，叫女人在泥潭中挣扎。

男人挑起与男人的争斗，令女人在血泊中哭泣。

男人用专横剥夺女人本该与他们平享的一切。

男人在女人的世界里巡游，让女人于帘内偷窥他的眼神。

男人投身世界。女人守望家园。

男人一腔血。女人一身情。男人是剑。女人是诗。女人用温柔化解男人的粗莽。

男人在概念中认知子女。女人从婴儿呱呱坠地那一刻便把生命给了孩子。

男人是奔泻的江河，喜怒哀乐皆可逐水去。女人是宁静的湖泊，贮满深深的忧伤。

男人的痛苦在一声吼叫中倏然冰释。女人久久地舔吮着心的创口。

男人在酒中打发光阴。女人于泪水里咀嚼人生。

女人总是编织美丽的梦幻，却不得不生活在现实的无奈里。

女人善良的天性、柔情、无可摧折的韧性总是默默地载负着人类的苦难。

女人是人间永远的普罗米修斯。

女人柔婉。女人纤弱。女人羞涩。女人内敛。

“苦相身为女，长大逃深室。”已是少女怀春，却腼腆含羞，不得吐相思——“思公子兮未敢言”。“贪看年少信船流”，“藏头羞见人”，见了个意中人，只好偷向心说：“妾拟将身嫁与，一生休。纵被无情弃，不能羞。”却是“百啭无人能解”，“谁能宣我心”？日吐情丝夜织网，林黛玉心里早已恋上了贾宝玉，“所悲者，父母早逝，虽有铭心刻骨之言，无人为我主张。”紫娟劝黛玉“拿主意要紧”，黛玉听了这话，直泣了一夜。一片挚爱，一抔相思意，连最疼她的外祖母贾老夫人也毫无怜惜同情——“如何心事终虚化？”

没有人的平等自然就没有婚姻的自由，自古以来总是男人择妻，岂可女人选婿，怎容得女人自主婚姻？爱情的蝴蝶从来就不是自由的，一旦从内心里脱蛹而出，承受的就不是贴心贴肺的呵护，而是尘世的风雨了。林黛玉郁死于失恋的悲痛，尤三姐为负心男子殉情剑下，一死明心。红楼裙钗的悲惨命运，都缘于婚姻，都是爱情的悲剧。不是“荡悠悠，把芳魂消耗”，便是“终久是云散高唐，水涸湘江”，不是“好一似，无瑕白玉遭泥陷”，便是“叹芳魂艳魄，一载荡悠悠”，不是“把这韶华打灭，觅那清淡天和”，便是“枉费了，意悬悬半世心”。欠泪的，泪已尽；看破的，遁入空门；痴迷的，枉送了性命。李纨青春丧偶，生活无乐趣可言，晚年虽因子得贵，无奈死期已临，“也只是虚名儿与人钦敬”。十二裙钗之外如鸳鸯者，不愿屈从贾赦淫威，决意“剪了头发作姑子去”，而贾母一去，自无可依傍的主子，藐藐孤女，曷依曷恃？只有一死。千红一哭，万艳同悲，一卷《红楼梦》实是一部女人的血泪史！

“女儿乐，夫唱妻随真和合。”然而男人中像贾宝玉那样懂得尊重女人体谅女人、可以托付终身者能有几人？有多少女人可嫁得意中人？又如何躲过西门庆、薛蟠、贾赦一类泼皮无赖的纠缠？“君泪盈、妾泪盈，罗带同心结未成。”焦仲卿与刘兰芝，陆游与唐婉，已是心心相印鹣鲽情深，却不得不生人作死别，恨恨那可论！直至二十世纪中叶，影星阮玲玉仍不得不殉死于婚姻不得自由，报界却责以“誉丧名裂，无以自明”，至死仍负着一生屈辱。

北方有佳人，绝世而独立。“眉如翠羽，肌如白露；腰如束素，齿如含贝；嫣然一笑，惑阳城，迷下蔡。”女人越是天生丽质，越是几分姿色，越是成了男人俘获的对象——“若得阿娇，当作金屋贮之”，总是红颜薄命。花容月貌为谁妍？汉剧《宇宙锋》中的赵艳蓉，父亲要把她献给皇帝做妃子，只好装疯卖傻，一再地作践自己。

玉肌花貌、有倾国之色的袁绍儿媳甄氏，难道真的就愿意认贼作父屈就曹操的儿子？此时她心里该是怎样的一种国仇家恨的愤懑、悲痛、哀伤？美女者总是容易被充作政治的筹码和牺牲品，其命运更为不堪，西施不得不远嫁，王昭君不得不荒漠千里，幽禁深宫的貂蝉不得不一会儿假意董卓一会儿献媚吕布。“马上离愁三万里，望昭阳宫殿孤鸿没。弦解语，恨难说。泪珠盈睫。”苏武不过牧羊而已，而王昭君则要遭受多少肉体的痛苦和人格的屈辱！才女蔡琰想来貌也姣好，无奈战乱流离屈嫁匈奴，“儿前抱我颈，问母欲何之？人言母当去，岂复有还时？阿母常仁恻，今何不更慈？我尚未成人，奈何不愿思？见此崩五内，恍惚生狂痴。泣号手抚摩，当发复回眸。”岂有男子会如此舐犊情深而有这断肠之痛？蔡琰尽管归来，然而“流离成鄙贱，常恐复捐废。”仍担心因失去贞洁又被遗弃，心里负着永久的悲痛、忧戚、凄惶。她的《悲愤诗》不正是唱出诸般不幸美女的泣血啼号?!

世上多穷人，女人的命运便是为穷人女穷人妻穷人母。家业萧条，饔飧不继，面对这清寒之苦的首先是操心着柴米油盐的女人。“连吃的都没有。如今天又冷了。越想没个派头儿。”狗儿这么个大男人，却是没个主见，一份窘迫人家得由刘姥姥来支撑。“蓬门未识绫罗裙，拟托良媒益自伤……。苦恨年年压金线，为他人作嫁衣裳。”“纤纤擢素手，札札弄机杼。终日不成章，泣涕零如雨。”此种家境的女人，应付生计尚不及，何谈儿女情长，留给她们的无非贫穷难耐凄凉，一片春心一怀芳情早已埋进胸底，真正地说她们已经不复是女人，已经不再有女人的韵味女人的欢娱。甄士隐自己同了疯道人飘飘而去，回了娘家农户的封氏只好日夜做些针线发卖，帮着父亲用度。丢了女儿，烧了家产，又失去丈夫，不知这封氏如何苦度光阴，能不日夜悲啼？更是那些为仆为奴者，黛玉带来的丫环雪雁才十岁，正是需要大人呵护的孩子，却已做了人家的佣人，真雪中孤雁！她们打躬作揖伺候主人尚不及，何况情乎爱乎？明明是贾宝玉向金钏儿轻佻，王夫人却硬说是金钏儿把贾宝玉“教坏了”，将她撵了出去，含羞忍辱的金钏儿只得投井而死。也许金钏儿心里对贾宝玉真有些儿痴情，可是她连亲近贾宝玉的权利都没有，何况爱情？何况自由？更何况申雪？死——便是她惟一的归宿。模样爽利、色色比人强、花月不足喻其色的晴雯，在大观园中惟与贾宝玉有着一份情谊，不幸患女儿痨被逐出贾府，于弥留之际仍睁开眼来问“宝玉哪去了?”最后于“不能见了”的一叹中断气。“花原自怯，岂奈狂飙？柳本多愁，何奈骤雨?”人到死生之际，自非容易，况以

情死者乎？

战争一起，农夫被征，这征夫之妻便更为凄凉。“行役在战场，相见未有期。”“白狼河北音书断，丹凤城南秋夜长。”“秦时明月汉时关，万里长征人未还。”“嘶骑渐远，征尘不断，何处觅郎踪？”“打起黄莺儿，莫教枝上啼。啼时惊妾心，不得到辽西。”“砧面莹，杵声齐。捣乱征衣泪墨题。寄到玉关应万里，戍人犹在玉关西。”“可怜闺月里，长在汉家营。少妇今春意，离人昨夜情。”“可怜无定河边骨，犹是春闺梦里人。”彭德怀结发妻刘细妹，1922 年相与成婚，直至 1928 年才相聚，后复离散，最后千里迢迢又寻去陕北。

或嫁作商人妇。商人重利轻别离，去而无期，去而不返。“十四为君妇，羞颜未尝开。低头向暗壁，千唤不一回。十五始展眉，愿同尘与灰。常存抱柱信，岂上望夫台。十六君远行，瞿塘滟滪堆……。感此伤妾心，坐愁红颜老。”“自送别，心难舍，一点相思几时绝。凭栏袖拂杨柳花。溪又斜，山又遮，人去也。”“夜长怎生得睡着？万感萦怀抱。伴人瘦影儿，惟有孤灯照。”

或为歌女妓女。遇上的总是些公子王孙风流才子，而自己更是浮花浪蕊，分外多情，越发引一些感情悲剧。“拟歌先敛，欲笑还颦，最断人肠。”“对人前乔作娇模样，背地里泪千行。”“忍泪佯低面，含羞空敛眉。”“再拜陈三愿，三愿如同梁上燕。岁岁相见。”“只愿君心似我心，定不负相思意。”“无奈。恨薄情一去，音书无个。”——王孙游兮不归。“妆楼颙望，误几回、天际识归舟。”“戴月披星担惊怕，久立纱窗下，等候他。”“恰过半夜，胜似三秋，才交四更。”“渐写到别来，此情深处，红笺为无色。”“新月曲如钩，未有团圆意。红豆不堪看，满眼相思泪。”

或为后为妃为宫女。难道嫁给皇帝、做了宫女便美满幸福？班婕妤能文而美姿容，终被汉成帝冷落，“玉颜憔悴三年，谁复商量管弦。”“弃捐箧笥中，恩情中道绝。”天亮便捧着扫帚扫地。赵飞燕也曾是汉成帝宠后，被废为庶人，遂自尽。陈皇后曾得宠汉武帝，终于冷落长门宫。珍妃年轻美貌，聪明，有才学，得宠于光绪帝，倾向变法，却被慈禧投入宁寿宫井中，年才二十五岁。被选作妃子的贾元春，也只是被送到“那见不到人的去处”。“忽一声，鼙鼓揭天来，繁华歇。”宋廷千百名嫔妃宫女一时做了元人俘虏，或作妾，或为妓，或卖了去当佣人。“回眸一笑百媚生，六宫粉黛无颜色。春寒赐浴华清池，温泉水滑洗凝脂。侍儿扶起娇无力，始是新承恩泽时。”可是安禄山反，杨贵妃便赐死马嵬坡。国之悲耶？帝之悲耶？美人之悲耶？而那六宫粉黛呢，“故国三千里，深宫二十年。一声何满子，双泪落君前。”“泪尽罗中梦不成,夜深前殿按歌声。红颜未老恩先断,斜倚熏笼坐到明。”“天街夜色凉如水,卧看牵牛织女星。”“银筝夜久殷勤弄,心怯空房不忍归。”岁岁年年,碧海青天夜夜心。

也许像贾母这样的女人才没有多少辛酸多少心事,而如此荣华富贵一世的官太太富太太能有几人?可不要忘了,这位前呼后拥的老媪当年也曾新寡,茕茕守空房。只有武则天、慈禧、江青一类也许没那么多女人心事,权力的欲望已使她们变得不再是女人,她们之悲正是没一点女性味儿,正不像个女人。

更有一种女人,如“娶空房”者,如独身者,如尼姑,终不知己之所以为女人,她们已经放弃或被剥夺了女人的权利,实为女人之最悲者。

女人总多情。男人总负心。

女人那里,“天下人何限,慊慊只为汝!”“拼今生,对花对酒,为伊落泪。”“两心那论生和死。”“天地合,乃敢与君绝。”只有女人,当自己不配为男人所爱时,才会说出“舍下我,走吧。”女人所向男人呼唤的是“用灵魂爱我!”

男人呢?“黄衫飞白马,日日青楼下。”“负佳人、几许盟言,更忍把、从前欢会,陡顿翻成忧戚。”“况有狂朋怪侣,遇当歌对酒竟留连……。念名利、憔悴长萦绊。”“未名未禄,绮陌红楼,往往经岁迁延。”“无奈被些名利缚,无奈被他情担阁,可惜风流总闲却。”“歌筵畔、先按簟枕,容我醉时眠。”“任兰舟,载将离恨,转南浦、背西曛。”“掩青尊,多谢梅花,伴我微吟。”“且酩酊,任他两轮日月,来往如梭。”总是君心负妾心。

“士之耽兮,犹可说也。女之耽兮,不可说也!”女人之苦,女人之哀,全在一片痴情。林黛玉终终一片痴心,为宝玉而泪尽夭亡,“莫怨东风当自嗟”。舜崩,二妃啼,以涕挥竹,竹尽斑。窦滔遭贬,妻苏惠遂寄织锦回文诗,以表相思。晋石崇有妓曰绿珠,美而艳,善吹笛。孙秀使人求之,崇勃然曰:绿珠吾所爱,不可得也。秀怒,矫诏收崇,崇正宴于楼上,介士到门,崇谓绿珠曰:我今为尔得罪!绿珠泣曰:当效死于君前。因自投于楼下而死。徐州故尚书张建封既殁,爱妾盼盼念旧爱而不嫁,居燕子楼十余年。齐国大夫范梁战死莒国,其妻哭了十天,后自尽——“只有死,才能把这样的一对扯个平。”只有女人,才会对她钟爱的男人“寻寻觅觅”,才会因离忧而“凄凄惨惨戚戚”,才会“才下眉头,却上心头”,才会“一叶叶,一声声,空阶滴到天明”,永生永世,天长地久。

说是“闻君有他心,勿复相思”,“闻君有两意,故来相决绝”,然而“贞妇贵殉夫,舍生永如此。波澜誓不起,妾心古井水。”惯于举案齐眉、恪守孝恭遵妇道的女人,有几人能断绝这孽债情缘?古地徽州多商贾,一箱箱金银从新安江运回乡里,一幢幢楼宇从畴中立起,而多少商妇一年又一年,凝立江畔,伫候着渐行渐远渐无的男人,水涨水落水浊水清,直至腰驼发白,终不见个人影儿。有位六姑婆者,新婚燕尔,男人离去,日等夜盼,每过一年往坛子里投进一枚山核桃,直至坛中果满,直至走完死寂一生,也不见男人回来,最后留下那记风月鉴空的贞节牌坊。

爱情被膜拜着,才会有奋不顾身,才会有无来由的信守和偏执;爱情被空置了,才如梦如幻,才纯粹,才有真挚和灼热;爱情被向往和善待着,才会有一生一世的追寻,才会有不绝如缕的守望、无奈、伤痛、阻隔、痛悼……都不过是种种的挑战、考验、痛定思痛的勇气。六姑婆心里丝毫未有责怪过不归的丈夫,始终相信他依然活着,依然深深地挚爱着他的妻子,她始终以一颗善良和满怀期待的心在原谅着她的丈夫,始终相信终有一天他会突然出现在自己的眼前。爱情的梦把六姑婆的灵魂抚慰。她的心负载得够阴沉。

牌坊,浸透着女人的泪水。

牌坊,永记着女人的悲哀。

公仆赋

那年，下放劳动中召回统战部，当闻知那位年高德劭的老先生被划“右派”时，一颗心便再也无法平静，这多么地委屈了这位教育界元老，同时背离了统一战线的宗旨。受牵连的还有同样德高望重的他的几位弟子。年轻气盛，少不更事，第二天即去叩开县委书记的门，不管他正与人谈，依然大步地走了进去。

书记垂问何事，遂面陈：老先生平时少语，此一时更无“鸣放”，何谈“反党言论”，望书记明察。

书记一脸凝重，约我某日某时再去。

是日，我准时来到书记办公室，书记果然已经打发一切，独自候我。遵嘱复述前日事由，心尤切言尤激，反正豁出去了，大不了再回到山沟劳动。书记并不打断我，也不另再询问，听完我的话便转过身去，一动不动地坐在那里，足足静默了一刻钟的时间。

他终于转过身来：从“五四”、北伐直至四十年代，老先生都顺应时代潮流，作为一前清老人已非常难得。如果我们贬黜他，就等于贬黜了那一段历史，贬黜了那一代人，我们焉能作如此不仁不义之举？遂叹道：一些人为什么总是不能从历史的角度去看待历史人物？

真正的历史唯物主义者！

不久，县委果从省里撤回了对彼老先生的处分决定。后得知，当县委对老先生等作出处分决定时，彼书记因外出未能赴会，而回来后终因碍于“个人服从集体”原则不便提出异议，遂使复议事迁延今日。

某日路遇某君，忽含泪相告：响应“鸣放”号召也贴一张大字报，微言书记夫人因家务牵累而疏于公务，还望书记多加训教。却被视为“反对领导”打成“右派”，不料为彼书记所制止，并亲向其道歉，对大字报所云诚表“有则改之”。

其时，一切惟“左”，以“左”为荣，懵懵懂懂而亦步亦趋者有之，出于个人动机而摇旗呐喊者有之，心无良知而投机钻营者有之，如彼书记能保持清醒、信守正义而独步一时，实凤毛麟角。

如果说彼书记由于他之恫瘝在抱情怀而受人敬重，毋宁说更是因为他之平易近人、平等待人、始终保持平民身份而让人亲近。出门坐车上医院看病，他总是自己排队买票挂号，买到几座就几座轮上哪号就哪号，从无半点特殊，更不差遣他人。我终为彼书记之崇高信念和高尚志操所深深折服。

岂料，这样一位深受全县人民爱戴的书记，因体恤百姓奏禀省委不可购“过头粮”而被冠以“右倾”罪名革职。当时真愤愤不平，若见了撤销他职务的他的那位上司或上司的上司——即便最高当权者，我也会大声责问：公道何在？

时兴“共产党人”一词时，我赞誉彼书记乃“共产党人”，流行“公仆”一词时，我称颂彼书记为“公仆”；我以为它们是可以和应该等同的，对它们间的关系并没有进行认真的探究。

当今日“公仆”一词鼓噪一时，而某些官员的行为愈来愈背离“公仆”的原义时，我竟不得不面对“公仆”而怅然兴叹。

“公仆”一词，不知始于何时，想来至少该在人文主义诞生之后，即在肯定人的意义、人的自由、人的平等——人的权利的前提下才有可能提了出来；设若不首先确认“把人的世界和人的关系还给人自己”的社会现实，提出这样的口号只能是无妄之举。

可以断定，直至一八七一年的巴黎公社，“公仆”这个口号才作为政府的一个基本原则而被付诸实施。作为公社领袖，罗伯斯庇尔郑重宣布：“人民是主权者，政府是人民的创造物和所有物，社会服务人员是人民的公仆。”值得重视的是，罗伯斯庇尔和与他并肩战斗的许多革命者都始终躬身实践公仆原则，忠贞不渝。公社三巨头之一的马拉，一生廉洁，在野时屡遭迫害不易其志，取得政权后一如既往，清贫自守，直至被刺殉难。而罗伯斯庇尔自己，则被誉为“不可收买者”，在公社失败后与另一领袖人物丹敦一起英勇就义。他们以个人的悲剧结局维护了公仆原则，他们作为悲剧角色是壮美的可歌可泣的。这是人类历史上第一批也是真正的公仆形象。

十九世纪欧美的第一批无产阶级革命家，同样闪耀着“公仆”的灿烂光辉，他们舍生忘死，为解放全人类进行艰苦卓绝的战斗。正如列斯纳所表白的那样：“我经受过各种各样的困苦……我是为正义而受苦的。使我感到高兴的是我今天一如往昔，而我将来也永远一如今日。”他们叹道：“在看到那些伟大的、崇高的各民族人民都在受着极大苦难的时候，谁又能抱怨个人的苦难呢？”直至与自己的生命告别，他们仍在引吭高歌：“我曾经在艰苦的劳动中活着，现在又要作为一个无产者死去。”这里，不是说他们为了奉行自己的信念而英勇牺牲而慷慨就义，而是他们始终忠于公仆原则，为无产者而战，最后作为无产者死去，至死不悔。这远不是屈原之“与其无义而有名兮，宁穷处而守高”，或王勃之“穷且益坚，不坠青云之志”，仅仅为了所谓的“仁义”或者“名节”，即仅仅为了表明自己的高洁而穷处，也不是那种为了忠君而为国捐躯，也不是基于某种例如宗教的信条而慷慨赴死，而是为了祖国、人民而自觉承担艰苦的命运，基于确认人生价值而灿烂人生的光辉，矢志不渝地实践与人民共患难共生死的公仆原则。

这才是理性的觉醒，才是自觉的斗士，才是公仆者，才是以革命为代价的灵魂超越。如果自以为是共产党人，那么，共产主义不是别的，它是“私有财产即人的自我异化的积极的扬弃……是为了人，是人向人的、向社会(即人的)人的复归。”作为公仆，必须首先确认这样的信念：“我是世界的公民，应为人类而生。”作为新人类始祖，他们自我之人格应在永无止境的自省中得以不断地净化和升华，重建人生信念，使自己成为一个“无愧于人的称号的人”。直至死，他们都可以无愧地说：我们的骨灰将浸透着高尚人们的热泪。

“主权者和人民只能有唯一的共同利益，因之政治机构的一切活动，永远只是为了共同的幸福。这只有当人民和主权者是同一的时候才能做到。”只有在“权力必须委托给大家同意的人”的现实条件下，即只有当权力“是人民交给公仆”的时候，才有所公仆，人民也才“有权利对他们作出判断和选择”，才可以实现“人民随时可以更换自己的政府，并召回自己的全权代表”。离开了民主前提，公仆便不再有存在的可能和理由。公仆者，必须首先具有公仆意识，即如这位县委书记所做到的那样：一、自己是平等的一员，而非特权者；二、自己是人民的服务者，而非供奉者；三、自己是人民的委托者和被监督者，而非居于人民之上而可以为所欲为的统治者；四、自己是为自己的信念——为造福人民而战的斗士，而非贪图享受的利

禄之徒。真正的公仆总是在某种责任感甚至罪感的压力下从事自己的工作，他们任何时候“都必须在理性法庭面前为自己的存在作辩护或放弃存在的权利”，任何时候都必须准备接受人民的检阅、鉴定和裁决。

“时代的艰苦使人对于日常生活中平凡的琐屑兴趣予以太大的重视，现实上很高的利益和为了这些利益而作的斗争，曾经大大地占据了精神上一切的能力和力量以及外在的手段，因而使得人们没有自由的心情去理会那较高的内心生活和纯洁的精神活动，以致许多较优秀的人才都为这种艰苦环境所束缚，并且部分地被牺牲在里面，因为世界精神太忙碌于现实，所以它不能转向内心，回复到自身。”人类社会的历久不变的行程，途中多少人的灵魂要丧失！不知堕落了多少天真的灵魂！

“长期处于贫穷状态中的人，其物质欲望一旦释放出来，就形成了一种前所未有的金钱饥渴感，那种在政治压力下被迫退缩回意识深处的‘常识理性’，一旦没有了外在约束，就以极快的速度膨胀起来，最终导致了当前这种道德严重失范状态。”那贪者受贿者权钱交易者，其行为之黑污已到了极点，嘴里却仍在唱着种种光明词儿，“他们的号角和钟铃，他们的喇叭和长笛有些什么意义呢？不过是报告‘一个刑吏来了，一群兀鹰来了’而已！”高官大员，他们所关心的是官场中的升降浮沉，哪有心思惦记民众，却总是煞有介事地在唱着“人民”的主题曲。如要了解民情，只要和普通人（你们不过也是普通人）一样去坐公交车、长途客车、硬席列车、三等舱客轮，自己去排队买票挂号，民之苦民之怨民之呼，悉然可知也，何须这兴师动众、前呼后拥的“视察”？尔等之为岂也是“公仆”抑“为人民服务”之谓乎？

须知公务员的行为不是个人行为，而是政府行为，而“一个政府的腐败意味着另一个政府的诞生”。

真有必要给公仆还原。

作别霜天

草坪连绵，浓霜似雪。

初阳熹微，霜花格外地晶莹夺目。

冷冷的霜里竟是飘出了些许诗意。

我从未这样地静心独伫霜晨，更是从未见过如此悦目的霜景。

分明我感受到了霜的洁白与美丽，在心中升起一缕欢欣。正要赞许时，却是浮来阵阵惆怅。

是的，我不该称颂霜，不该赞美霜花，霜天对于我从来都是个可怕的噩梦。

“风刀霜剑严相逼”，从记事起霜便已经成为一种凄厉与暴戾印在了我的脑海，霜便是饥寒便是苦难，战栗在心中的惶遽已是永远地征服了我，我的颤抖的心灵已是永远地萎缩在一度又一度的浓霜里。

童心本爱自然，雨露霜雪，喜者是雨，惟是这丘陵地方总是怕旱，尤其水稻灌浆的夏季，天天盼下雨，哪怕绵绵不绝，哪怕滂沱不止，雨水充沛庄稼便丰收，雨中心便如鱼儿般欢快。岚霭弥野，白露横溪，走在路上总是让草草禾禾打湿一身衣裤，湿漉漉的几分苦意，可是太阳一出晨露便晞，且总是迎来清朗天气。雪更是不待说，洁白晶莹中一切的丑陋都掩去了，一切的愁郁都滤去了，一颗心也如雪般的清澈明亮，更何况瑞雪兆丰年。惟独不喜欢的是霜，厌霜恨霜，愁霜怨霜，未有变也。

人多地少，多少年里却是稻收荒歉，更是巴望着那几畦玉米、谷子、荞麦。辛辛苦苦，耕种数月，一夜间浓霜降下，一一蔫萎在地。

人们越是祈祷霜灾勿临，霜越是早早降下。一场轻霜犹已不堪，何况浓霜绵绵。

夜寒漠漠，早晨起床来但见瓦背、泥路、石桥、树树草草皆结满了霜花，山山岭岭都是白茫茫的一片。天已变得冷峻，地已变得冷寂，空气已变得冷峭，骤然失去生计的村落已是冷清萧然，昔日晒满秋粮的场院终于变得冷落凄凉，遂不见了欢声笑声。尽管不时传来纺纱声织布声捣衣声以及碾米磨面的石碾声石磨声，却湮没不了村人的声声叹息，天地万籁最后都汇成人们心中凄怆落寞的阵阵呻吟。

“寒风吹我骨，严霜切我肌。”霜终于凝结为穷人眼中的苦难，最后沉落进他们凄哀的心底。霜前，他们已是挤不出一丝笑容来。

迫于生计，多少年轻年壮的汉子不得不远走他乡，从事本来陌生的木工、瓦工、篾工或是裁缝等活儿，另一些人则做起了挑担的营生，贩运食盐、棉花、桐油等各地土产，也许挣一点儿钱回来，也许连本钱也蚀了，更有的一去不回，不知从此迁居他处，还是已死于非命。留在村里的老少妇幼依然耕耘着冬麦和蔬菜，而那老弱多病的生存维艰中有的已经早早作古，一阵不散的凄楚凄苦凄凉凄惨晨雾般笼罩村落。

人老发白喻为霜发，可见霜之凄厉惨烈。谁知我一弱小少年，却早早体会了霜之惨霜之烈。

一双稚嫩的手早被支去劳动的苦差，其时所可收获的惟蔬菜而已，片片青蔬已为霜叶，一片霜叶一片冷，一颗心早被凄哀浸透。

山穷水尽已无生路，可是也得活下去。无米少粮，还有芋艿红薯萝卜，还有萝卜英地瓜秧，还有芋叶荷叶，还有地衣荠菜，只好“糠菜半年粮”。可是那做炊的柴火呢？门前山上秋天伐下的干柴已经烧去，田塍上毛刺刺的棘子也已一砍而光，不多的稻草该留着垫猪栏，惟有去十里外的深山冷坞采割茅草。草叶上霜花挂满，一触即扎手，却在寻寻觅觅，憾之何其稀何其少也。霜野莽荒，寒风拥谷，当坐下来吃那顿非饭非粥的野餐时，只觉得满目凄凉满心寒怆。生而何欢？人生何艰？多少次地问，永远地没有回答。

父亲也终于成了一名挑夫，此时正乘着月色赶路，肩负百斤重担把一个个脚印嵌在霜地里。出门来他打了一个又一个寒战，挑担不能穿棉衣，其实也没有棉衣可穿，打着哆嗦走在漫漫长途，最后终于走出了一身热气，挑出了一身热汗，林间骤然一声鸦鸣，正好驱散一身冷寂，却也抖擞起一些精神来。

母亲早早起来给父亲做炊，待父亲出了门，随即转身将一领领地笠背去场院里。其实此时母亲并非起床来，一整个长夜她都端坐在纺车上，直至鸡叫三遍，她才欠身走去那间仅有锅灶的泥屋。月寒霜浓，母亲背地笠来回的路上几次抬头看那片西沉的残月，一颗心恰如残月般的幽暗、苍凉。她本能地哈几口气，以呵暖那双冻僵的手，或是以此来驱散那阵寂寞。随后她叫醒了熟睡中的姐姐，和她一起将那几箩干瘪的玉米、谷子抬去场院里，摊晒在地笠上。母亲满脸凄然：不过寥寥这几箩干瘪的秋粮，如何度过这漫长的冬春？

最后，母亲才是和姐姐或是和我抬出那几筐咸菜咸萝卜，一捧捧将它们撒落在西山的一片片岩石上晾晒，不知母亲手中撒出的是咸菜咸萝卜呢，还是心中的凄凉哀伤，抑或是绝望的痛苦，母亲始终不说一句话，只是默默地撒着，直至冻僵了手，直至竹筐空空，直至第一缕晨曦照射在她的脸上。此时我才看清母亲脸上粗粗细细的皱纹，仿佛这张如眼前岩石般木然、呆滞的面孔从不曾展过一丝笑容，母亲脸上的一片凄楚遂流进我苦哀的心田，永远印进童年的记忆。母亲迟滞的目光仍在呆望着那些散落岩石的咸菜咸萝卜，最后终于一声喟叹：无米无粮，何以卒岁？谁知这咸菜咸萝卜竟也成了一线生机——这就是我和我家人的生活，这就是我穷苦的命！自己便这等苦命吧，又教我如何忍心苦命的孩子？不知母亲如何带了那颗战栗的心走回家里，走在以后的漫长岁月。

我似乎从未睇视过浓霜，从未伸手去抚摸过霜花，心里总是逃避恶魔般地躲着它。然而霜是无计可逃避的，它总是笼罩在你的生活里，白茫茫的霜花总是映照着贫穷和苦难，它的全部的内容便是悲戚，凄凉。

霜霜复霜霜，羸弱的肌体已是枯叶般地蜷缩，蔫萎的心一如雨中蛛网般地颤颤着，一颗心已经不敢忆不敢望，既不堪昨日更不堪明天，不论前世今生都只有愁只有悲，愁无释处悲无释处，悲郁的心已经沉到湖底——“谁知一寸心，乃有万斛愁。”哀莫大于心死，其实心已经死去——不敢想望的心便是死亡了的心，却又在苦苦挣扎，总是不愿放弃自己的生命，至少为了自己的亲人。

今天，那凄凄苦苦的日子已过去久远，印在心里的昔日的苦难却历历如在眼前，恰似北冰洋上的破冰船不时从心头轧轧碾过，碾得心灵流血。

这些年才有闲翻阅一些古文古诗古词，以为没有一种诉说能写出我身处霜天的童年苦难。想来也是，为文为诗为词者总不如贫民，总不至经历穷人的苦难，尽管有时他们也在倾诉自己一时的潦倒或者穷人的困厄，但总不至有着穷人般身处

其境的深切感受。在他们那里乃是一种“梧桐更兼细雨”、“人比黄花瘦”、“愁人最是黄昏前后、烟雨楼台”的闲适之愁赋闲之愁，决非穷人愁柴愁米、无以度日的切骨之愁，不过是些“试问闲愁几许”的不痛不痒的嗟叹。须知处在贫穷、无以为生中的灵魂已是被生存的艰难碾压得喘不过气来，他们竟至连叹息的力气都没有了，只有眼睁睁地看着自己被无情命运寸寸分分地吞没。

吃得饱饱、脍不厌细的老夫子们却说：“天将降大任于斯人也，必先苦其心志，劳其筋骨，饿其体肤，空乏其身……”说得多么动听，更是多么滑稽，他们之所以说这话并且说得这么轻巧，正是没有饿过冻过，不然不会如此妄言。处于困境中的穷人何以会怀抱天将降大任于我的心愿？苍天又何会平白无故地便降大任于寝不得食不得而难乎为继的斯人也？哲人尼采也说过：“极度的痛苦才是精神的最后解放者，唯有此种痛苦，才强迫我们大彻大悟。”这话总是让我感到迷惑而迷惘，我却丝毫未有体会到因为身处极度痛苦而使我成为精神的解放者，也没有看到有多少穷人因为身处极度痛苦便大彻大悟。当胃里没有食物时也便没有了思维的养分，人必须首先能够生存才能借助某种启示而使自己成为精神的解放者。谅想李白当年如果吃不饱饭，身处饥寒难耐，便断然唱不出“俱怀逸兴壮思飞，欲上青天揽明月”的浪漫狂歌。贫穷，无以为生，响应“打土豪分田地”容易，而要获得人的精神的解放则是另外一回事了。

今日当我回忆贫穷的苦难时犹感到心灵泣血，年幼、天真的我尚且如此，更何况担着一家人生计之愁的父母？处于困境中的穷人总是无法笑对风霜，当年父母亲心里不知愁多少苦多少悲多少，他们的灵魂不知曾怎样地哀号过。可是，哭诉总需要有哭诉的对象，当没有哭诉的对象时又哭向谁？当多少次的哀号都归于无用时哀号又如何？终于不能哭，也不能骂，更是无处怨，心灵已在严霜的催逼中枯萎，渐渐地萎缩为一种麻木，一种麻木的循规蹈矩、麻木的善良，只是饮泣吞声。我总是想，父亲，母亲，这些穷人当年真该着实痛痛快快地发一次火，比如用斧击树，用锄敲石，震山震谷，大吼几声，一泄胸中的万种愁苦千般怨恨，却是没有，除了忧生哀死，忍忧含悲，便只有沉默。也许苦难的汹涌波涛早已盖过他们的头顶而淹没了他们孱弱的灵魂。

谁知，父母亲在他们苦难难诉时，却也向我们投来过一丝笑容，要知道凝聚在这笑容中的是何等浓郁的苦涩啊！心已被痛苦贮满，灵魂已变得喑哑，而为了安慰自己的孩子硬是挣扎出一丝笑容来，这是何等痛苦的自嘲？岁月悠悠，父母亲都这么一直哭着又笑着，也许正是这难得的艰难的一笑，他们才战胜了自我，才活了下来。

只因为不忍再看见父母亲那颗凄然似秋的心，才永远不愿瞩望霜花。之所以想永远地离开家乡，只是为了永远告别故乡的霜天。

眼前这新泽西的美丽霜晨，还是抵消不了更是安慰不了童年故乡的那片霜怨。

突来的幽寒透衣如水，令我愕然良久，不知该如何去解释那一缕古典的讯息。

我的心却在诉说：作别霜天！

永远的中国蓝

中国蓝,多美丽动听的名字!

这份中国特有的靛蓝,古老而久远。

何时它竟成了中国百姓衣着的一种普通的着色,随又印进了明清花瓷。中国蓝,终于成为人间一道基本的底色,一抹最为亮丽的色彩。

帝王将相们王公大人们自然不屑于这不起眼的蓝色,大可用黄袍紫衣炫耀自己,而平民百姓却不得不钟情于这份清雅朴素的中国蓝。中国蓝,中国之蓝,百姓之蓝,它优雅绝俗,清冷沉郁,似有意逃避四周繁华,诚心鄙弃热闹,只喜欢冷清。蓝是一种色调,更是一种性情。

千百年,中国蓝就这样默默地一直灿烂在中国大地。

对于我,它却似乎只属于故乡,属于逝去的岁月,在那里总是积淀着一缕苍凉。

我相信我那双懂得审视的眼睛第一次睁开来时,所能看到的除了天空大地便是这片中国蓝。天毕竟与人为远,地毕竟木然,所为一双眼睛注目并始终闪耀眼前的,总是这束人间中国蓝。

春夏秋冬,男女老幼一村人所穿之衣所盖之被,皆是自织的土布,全是清一色的中国蓝。衣的款式无非大襟对襟,宽大而冗长,穿在身上不露一点儿胖瘦,长而能遮蔽肌体,宽而可伸展身手,中国农民从来都是现实主义者,他们没有那么多闲情去计较美丑。自婴儿的第一个襁褓,第一片肚兜儿,直至长大成人,直至老死,一生一世都穿着中国蓝盖着中国蓝。穿而为中国蓝,盖而为中国蓝,在一色的蓝里没有了身份贵贱，只有一份平等、相通的亲近与融和。自开村的第一代祖宗直至数百年，中国蓝都这么一成不变地在村人的生活里心灵里演绎着延续着。中国蓝不仅成了一种生活的定式，一种不变的模式，更是一桩庄重的人生仪式。

凡有人的地方就有中国蓝。田野，山冈，村落，到处都飘扬着碧森森蓝映映的中国蓝，天地一色，人间一色。

而在我之印象中，中国蓝更是属于女人，在女人那里中国蓝是一种装点，一种美的外在衡量，甚而是心灵的寄托。

正豆蔻年华，已是一丝丝一缕缕纺出了纱线，一寸寸一分分织出了布帛，待挑去染坊，一捆捆白布霎时成了一匹匹中国蓝。或是自己，或是请来裁缝，裁裁剪剪，缝缝纫纫，便成了一件件蓝蓝的衣裳一床床花花的被子。多少日月星辰白昼黑夜，待字闺中的她就这样在纺车上布机上编织着片片憧憬种种期望，深深浅浅的中国蓝里印满了女儿的满怀情丝。本来朦胧并且夹带着隐隐惆怅的憧憬期望，在一片中国蓝里顿时变得清晰而现实，遂令她有了一种自信与鼓励，正是这自设和自认的自信与鼓励，一天让她走进花轿，迎向令她忐忑而茫然的新的人生。

自然，她也曾恋想过或是企望过大红大绿绸缎绫罗，它们毕竟稀罕而体面，可是可作陪嫁的还是这一件件一床床中国蓝。那红绸绿缎尽管艳丽，总不如这土布中国蓝经久耐用，她所看重并引以为喜的正是这中国蓝。出嫁那天也曾真的穿红戴绿一番，可是待那阵热闹散去，她便脱下了那件红嫁衣，换上一身中国蓝。年轻，苗条，脸上泛着红润，身穿中国蓝的她竟是那样的美丽，一时让她不可自已——这正是她久所期待与企盼的一天。女人，因中国蓝而变得俏丽、生动，充满了情韵。

中国蓝，是她心灵的慰藉，是她人生的印证，更是她一生的守望。她总是仔仔细细地穿戴它，小心翼翼地洗涤它，唯恐它被玷污被磨损了。那洗涤的过程几乎是一桩神圣的礼仪，先将一件件衣服放进些许凉水的木桶，再隔着竹筐浇上几瓢滚烫的豆壳灰水，慢慢浸泡，轻轻搓揉，然后捞进竹篮拎去塘畔，在青石板上用棒槌反复捶打，一遍遍在塘里摔洗，直至水清衣洁，轻轻拧干，平平整整晾晒在竹竿上。衣服清洁一新，日子也如水洗过般透亮，而那轻轻重重的捣衣声何尝不是一支美妙的乐曲？只要生活在延续，温馨的中国蓝总在陪伴你。

家境尽管清贫，生活尽管清苦，只因有了中国蓝而有了一份安坦。曾流泪，曾微笑，只要有一身中国蓝，心里便有了一份满足，中国蓝足可抚平所有的创口。穿

着中国蓝的女人，羞涩里有一份自敛，更有着一份知足，中国蓝永远是女人心里的一束篝火，让她一再跳动着美好的希望。在中国蓝里，风花雪月都摇曳成快乐的时光。生命的梦，要由生命来完成，中国蓝终将她的心浸润，令她陶然，身上的中国蓝顿时鲜活起来，让她溢满着别样的浪漫。中国蓝里，有生命的跳突。

渐渐地，她的曾经粉嫩的脸颊已是爬上了岁月的皱纹，心里也淤积起一份生活的疲惫，身上穿的中国蓝也终于褪色，平静平淡中却是涌起了一股无奈。渐渐地，迫于生计的她已经不怎么在意自己身上的中国蓝，随它淡去退去暗去，同时淡去退去暗去的还有昔日那片憧憬、期望、冀盼。此时，身上的中国蓝已是缝缝补补斑驳破旧，与她一样地不再艳丽。她却安于这份褪色、破旧，这样也许还可省心些，现时她所关心的只是能够应付生活，已是无可在意自己的穿着了。只是当有了红白喜事需要她充作宾客时，她才战战地从衣柜取出那件依然鲜艳整洁的中国蓝，并走去那面久违而陌生了的菱花镜粗粗梳理，可是容颜不再，只得带着一份凄然匆匆赶去那个热闹场面。人生最灿烂的一幕，就这样落下了。

她仍在默默地纺纱默默地织布，那是为了给孩子添新衣，或是为了换点买油买盐的零钱。她的一颗自我的心，已经告别了中国蓝，尽管当孩子穿上新衣时不经意间她的嘴角依然漾泛出一丝浅笑，在那里凝聚的正是一丝中国蓝的苦涩。

走完生命的路程，最后她走了，带着一份命运的遗憾。这份遗憾依然是中国蓝，她不得不再三叮嘱别让那件她所悉心珍藏的中国蓝随她于地下而暴殄天物，希望她的后代能够再穿戴它，这是她最后唯一也是终生的赠予——一片中国蓝心。她默默地来默默地去，说完中国蓝的最后一句话，方安然合眼而逝。

儿孙们或是不忍，还是将那件中国蓝放进她的棺材以慰亡灵，或是终于真的穿上了那件中国蓝——也可睹物思人。一代又一代繁衍至今，明日还将潇洒而风流地繁衍至遥远的未来，都离不开中国蓝，心灵里永远有一个中国蓝的丁香结。生命必须奔赴永恒的征召，中国蓝永远在召唤他们。

直至出殡那天，她才真正地告别了中国蓝，披麻戴孝的一片白色，已是永远地淹没了她的中国蓝。没有了中国蓝的日子，她生活了数十年的村落溢满了悲伤。

中国蓝早已终止于母亲一辈，从此中国蓝也便从我的视线里消失。

母亲咽气时，身上穿的却不是中国蓝。从未有过母亲穿着一身崭新中国蓝的记忆，多少多少日子里希望母亲有一件鲜鲜亮亮的中国蓝，多少多少时间里又希望母亲换上凉爽的绸缎、柔软的洋布乃至挺括的哔叽，庆幸母亲生命最后一刻身上穿的终于不是那件宽大冗长而破旧斑驳的中国蓝。

那束从来耀我眼帘的中国蓝曾经飘扬着岁月的平淡和无奈，飘扬着一代代素常女子走着的日子和期盼，曾经染溽出一份永久的朴素和风骨。中国蓝是真文化，它内在而深沉。

我的中国蓝终于飘逝远去。它却是永久的，因为它是独特的，独特的才是永久的。

似乎所有的感慨都在现时的一刹那，所有的感悟都在这热泪滚滚的瞬间。

不是挽留，也不是惜别，而是一种依恋的失去，一份辛酸的涌现。

清流亮石

忽而冒出一个玄想:倘为村人立碑,谁可当之?不假思索便答:母亲。母之善良之贤惠之聪颖,何人能比?可是作为一个嫁女,造就她性情的毕竟是另一方山水。推而论之该是大哥了,不要说这个小村,就是方圆几十里未必就出过一个像他这样才调无伦的学子。然而疑惑随之而来:难道母亲,难道大哥,不照样没有那种我所看重的豪爽或者大度?

对于仅是童年印象中的家乡,心里总是怀一份遗憾,除了它的山瘦水寒,便是这好几百的一族人都那般畏畏缩缩,显得猥琐而没有气度,此一遗憾者终终挥之不去,无可自遣。惟此,更是赞美那大度者。

不由想起尚贵阿公。他同样也是个小农,外开一爿连店号都没有的南货铺,却真正的慷慨大方,豁达大度。

两件事足可证明。其一,某夜有盗来劫,立于无援,尚贵阿公率子用卵石抗击真刀实枪的盗贼,终将一寇击毙,余者遂逃。若无勇者胆,或如有人那样地先而思及后果等等,断不敢作此举。其二,是年大哥考取浙江大学,村里愕者有之喜者有之妒者有之,就是没有人解囊相助,正在父苦于无力供大哥上学时,尚贵阿公慨然对父云:“让春涛读书。我来贴。”平平语音,殷殷情意。尚贵阿公并非富有,家资也仅可度日而已,且他自己目不识丁,却宁愿勒紧裤带也要扶这个远房堂孙出山。何种胸怀何等肝肠!

曾听二哥说起,村里办罗汉班时最是尚贵阿公热心支持并慷慨资助。罗汉班者,志在习武,责在保家,尚贵阿公重文尚武,其旨都在造就人才,振兴家国,远非鼠目寸光辈可比。

与其说我是先认识尚贵阿公其人,毋宁说倒是先领略他的慷慨大方。那天放学回家,我们几个孩童从他家门口走过,不由分说每人塞给一把枇杷梗,始知尚贵阿公之气度。他家有棵大梨树,冠盖盈亩,亭亭立于田野中央,无论是繁花满树还是绿叶垂枝,都是一道悦人的风景,为村人所共赏;那收摘的十几方箩又甜又脆的梨呢,也总是与村人分享,且不论贫富。村人一天几次从树下走过,从未有伸手者,甚而不忍投去有所觊觎之嫌的一瞥,竟至使那梨树几乎成了一棵圣树。——而这,正映照出尚贵阿公为人之光明磊落。

尚贵阿公开南货铺凡数十年,从来货真价实,实乃地道的诚实商者。而他的真正职业却是农民,村里最是他起早摸黑地干着种种农活,或夏或秋,打场以后总是他把村间长长一条大道扫得干干净净。雪后清晨,村人起床来但见路上雪去无痕,那默默的扫雪者总是他,无怪母亲称赞尚贵阿公最最巴结最最勤力。不论哪样农活,尚贵阿公都是一把手,什么时候下种什么时候栽秧,凡此种种只要问他,总是最最合时。平平常常一块地,一到他手里便被调治成上等肥田,种稻稻茂种麦麦丰。他养的牛总是比人家的膘壮,喂的猪比别人的肥硕,饲的狗也比别人的有灵性——那年正是那只狗的智灵勇猛令一伙强盗不得排闼而入。生姜、元胡一类作物村里从没有人敢问津,他却一次引种成功,种了一茬又一茬。汪汪一口水塘,他只消在岸上那么一转,便知现时鱼潜何处,他那张甩得又大又圆的网儿撒下去,总是拉上欢蹦乱跳的鱼来。一池望都望不过来的莲藕,他只需那么瞥上一眼,便已估算出可有多少收成。野坞那片贫瘠的丘陵,野枣萋萋,在别人始终是一丛扎人的棘子,他却让它成了一片茂茂的枣林,一到秋日便坠满了白亮亮的枣子,难怪母亲总是对着父亲兴叹——若如尚贵阿公那样有出息,这份人家便不至穷困到这般田地了。

时下社会动荡,变乱迭起,兵匪为患,通货膨胀,尚贵阿公的南货铺终也没有萧条,一如往昔而源远流长,倘没有审时度势、善察行情的本事,万不可能。可是说来也奇,尽管尚贵阿公凡事皆得心应手,他却没有让商店更为昌隆家业更为兴旺,而始终保持着原来的样子。原来人生如棋,先有出世之大略,又有入世之细谋,当赢;如苟且于一步一地之得失而糊涂于全局,当败。——尚贵阿公之所为,看似明智,当进得进当退得退,实则平心,退而有时,进而有度,始终守住那份平凡那份淡然。犹如他那张轮廓分明、眉棱突出、鼻梁挺直的近似古匈奴人的脸庞那

般地卓尔不群一样，尚贵阿公平时无论事农、从商或者赶集赴庙会看社戏，从来都是独往独来而不与人合，似乎跟谁都保持一段无形的距离，从而使他在别人眼里罩上一层迷离的神秘色彩。他总是独自一人边默默地做着边静静地想着，一副若无其事的样子，无喜无忧，不躁不愠，什么都无所形于色，无所张扬，也许在这默默静静之中他已经体味了一切感悟了一切从而也化解了一切，什么都复归为那个本然的恬静与平和。辛苦整日只为应付生活，不想谋求更多，得之坦然失之泰然；只是以一种无所特别执着的随意去面对生活，索取那可以和必须索取的，而不总是抱着一颗操操切切之心去与人争。他是一只志在翱翔蓝天的雁，而非总是在寻找捕捉目标的虎视眈眈的兀鹰。因之那两汪深潭般的眸子里流泻的淡淡目光，既非一种扫视也非一种凝望，更非一种目光专注的审察，而是一种漫不经心的流盼，一种毫不在意的眄视，一种犹似颖悟世间万象和超越一切功利之后而寓含着豁达和博爱的笑意，在那里当然也不可能见到诸如谄媚、憎怒、贪婪或者卑夷、讥诮、傲慢等等。这是了悟人生的目光，他既然已在自己的那个天地里亲知了一切，更何须去耽想自己以外的世界，而一个了悟人生的人如何会去耽空逐妄，"悟入无环境界，一轮之心月独明"，终于获得彻悟人生的真谛。尚贵阿公之所为正是常人所不能——不守礼节而飘逸，不世故而洒脱，不拘束而自在。这是一种自由自在、天马行空的心境，一种不拘泥于一事一物的生活态度，他只是淋漓自己的色彩，而不去乜斜旁人的丰妍，却始终洋溢着生命的热情，最大限度地穷尽人生的各种可能性。"高山之巅无美木，伤于多阳也；大树底下无美草，伤于多阴也。"尚贵阿公正不取两极，行于所当行，止于所不可不止，终美而无伤。叹世人碌碌而营营，正跳不出"人生反被人生遮掩住了"的悲剧。尚贵阿公之所持，真大智也。

尚贵阿公平时，夫人不言，言必有中，而从不浮言浪语，空洞调侃。为己之事，从不与人口角，大会一笑了之，村里倘有不平事，必仗义执言，从不看人眼色或世态炎凉，难怪那年选保长时为村人一致推崇。好在其时民国运尽，保长一职仅一时虚名，尚贵阿公毕竟不懂一点政治，更何况权谋，一切惟是良知，终未做过抽壮丁一类的事。

幼时见了年长男子总得叫一声"伯"或者"公"，只是由于礼节或伦常，惟对尚贵阿公却是由衷，直至今日仍在心里这样亲切叫他，犹对父对母对大哥，思念悠悠。

古代近代，总为显赫人物立碑，为什么就不能为尚贵阿公这样的平民智者立一碑？要知道尚贵阿公辈者所走之每一步，所做之每一件事，皆民族生计所必须，都是人类谋求生存的真正奋斗，历史正是从这里而得到进步的。

可是，人类历史的多少活动不总是湮没于岁月风尘？而尚贵阿公之人生光辉不正已然无言地融会于人类文明的历史河流？也许尚贵阿公送大哥他乡求学的那一刻，这个偏远小村的农者才被时代的晨钟所惊醒，才看见了莽莽红砂岩上空之外那缕现代文明的曙光，才哺育出这许多远游的学子，从而永远地划破了这寂寞长夜的黎明。

尚贵阿公恰如村前溪流中那颗清凌的亮石，虽掩于泥沙，却光彩照人。

无奈一片忆

我在回忆。

我一直都在回忆。在回忆中寻觅,在寻觅中回忆。

回忆岁月的书页,回忆生命的路程,回忆永远逝去了的前尘旧影,想望从回忆中打捞起那些曾微笑曾流泪的日子。一如人生,我的回忆充满忧伤。

回忆幼时的摇篮,尽管已想不起曾经属于我,可是清楚记得弟弟睡着时的样子,想必哥哥姐姐也都曾这样地接受它温馨的洗礼。那是我生命的河岸,它的岁月之流至今仍低回着我呱呱坠地时的第一声啼哭。那是母亲的一片挚爱和苦心,母亲的乳汁至今仍芬芳在它的四周,母亲的汗水淋淋珠泪涟涟至今依然汪洋在那片泥地,映照着她的一身瘦影,并那对从来深锁的愁眉。

回忆村前那条小溪,那片柔水清沙便是我刚睁眼时所看到的第一片天地,在那里我学会了玩耍,并且懂得了还有快乐的时光,笑靥如花的一派天真至今仍映现在漾漾微波。

回忆通往祠堂那条狭窄而阴暗的弄堂,那是我生平所走的第一条路径,我正是从这里走去学校的大门,迈向人生的漫漫长途。小巷的角落,祠堂的天井,至今仍飘荡着我的第一朵微笑,第一串书声,以及那第一度攒眉,第一阵迷惘。

回忆元宵时长灯回旋山冈的一片融融欢乐,那阵驱散夜的凄寂的鼓声锣声,我的冷寂的心正是从那一刻被躁动起来而搏跳至今。

回忆除夕飞升夜空的一声声爆竹,第一次所看见的黑暗中的光明、光明中的黑暗,正是爆竹熄灭后的那阵凄茫引导我寻向光明人生。

回忆山坞溪沿一块块贫瘠的水田，一簇簇向我婆娑摇曳的青青的稻秧，我的长长的投影至今仍掩映在西去的夕阳里，我的心灵依然在为无尽的艰辛而默默哀号。

我曾在梦中寻觅父亲挑着盐担翻山越岭的身影，那一片片至今仍润湿在泥路上的咸咸的汗水。我常常忆起母亲那架嗡嗡摇动的纺车，并那和鸣着它的檐水滴答的哀音，至今仍听见母亲忧伤于心的阵阵哭泣，瞬间化作永久的凄哀淌流进我的心底，从那时起我的凄哀的心灵就再也没有绽放过，永远伴随着母亲的无尽忧伤。

回忆一间间简陋的教室，一块块破旧的黑板，一棵棵战栗风中的花木。回忆一直珍藏的曾受老师称许的一篇篇作文一则则日记，它们诚实地记录着穷学生我的一片潦倒、悲伤、彷徨，记录着多少个凝眸冷月的不眠之夜，在年幼心灵里刻下的一道道伤痕。

回忆告别家乡那一刻的茫然，第一次扛起长枪的瞬间的凄惘。回忆自己渐渐长出浓浓黑黑胡须的模样——我的生命一步步成熟的声音，青春萌动的美丽、热烈、野性。

回忆在家乡山山岭岭走过的一串串脚印，伴随着我的一束束晨曦一抹抹夕阳，那一条条默默湍流的溪涧，一座座无语的山峰，那轮从来挂在山冈的惨然的圆月或者缺月，那被调遣而忙碌于一次次“运动”的日日夜夜，那大片大片紧张而又枯燥的虚度了的光阴，那无尽的愁苦、惆怅、疑惧。

我还在回忆那把我曾挥汗的斧子，尽管是被差遣，却是有多少青绿的树木倒在我的面前，而让偌大一片山林化为灰炭而万劫不复。我甚至在回忆疯狂年代里所遭受的一次次屈辱，那种种的焦虑、惶惧、愤慨、绝望，以及自己或是清醒或是糊涂、或是自愿或是被迫、或是俨然以革命名义或是不过如法炮制的种种可笑的表演，在那风雨如晦的岁月里我向无辜者吼去的那声毛骨悚然的嗥叫，抑或还有那支终于掷出的投枪。回忆已经作出或尚未作出的心灵忏悔。

更是在回忆遥远年代里同事间有说有笑、无所猜忌、什么都袒露在脸上的那份纯真，即便上下级间也无尊卑之分而有着真实情谊的原始的平等，谁也不在乎钱、更不为钱眼红、什么都是清一色的清教徒式的清苦，并那片总是蓝蓝而未被污染的天空。

回忆所有的岁月，所有岁月中的自己，回忆所有曾与我交往的人和事，回忆所

有没完没了的故事。回忆呻吟心头的苦雨,回忆惨愁入怀的迷雾,回忆呼啸旷野的朔风,回忆岑寂山巅的积雪,回忆无休无止的岁岁年年。我还要回忆许多许多……

可是我的回忆竟是这样的破残、模糊与凌乱,我本想在回忆中找回自己,找回过去的我,寻来的却是一段时代的迷惘,一处永远无法愈合的伤口——一颗灵魂曾交由痛苦发落。也许我所寻找的本不过是一种小亚细亚式的自我欣赏自我迷恋,一种情不自禁而无可无不可的怀旧,一种无奈的可怜的麻木,因之才会有这样的心情、兴致和理由去遮掩现实中的苦难而去寻找灵魂的避难所,于一片苦风凄雨中虚构风光绮丽的田园诗,寻找那本该自嘲和自责的一切,而最终也不过是安于贫穷的平静、耽于停滞的安稳、抚平所有的伤痛而甘心沉沦,总是在无情的现实面前碰得头破血流。

本想寻找灵魂的安慰,恰是在苦苦寻找中遭受深深的灼痛。

可是,我的回忆或者寻觅真的仅仅是自作多情,是无病呻吟?或者不过是一种自虐的良心审判?一厢情愿的游戏式的自我嘲弄?

更其实,我是在寻觅一种目光,一种依然熟悉并且可以交流的目光,希望这片目光依然能够闪耀一缕真实情感的光辉,使我有勇气重新点燃那支已然熄灭的蜡烛,照见那颗依然可爱、永远昂向未来的颤动的灵魂。

然而,在弥漫四野的烟波中,我已经不认识自己,我已经疏远了自己旧日的目光,当然也无可向我的四周寻觅那束熟悉并且可以交流的眼波。更是伊人不再,那人已不是那人,那目光已不是那目光,那心灵已不是那心灵,犹如我不再是我。转瞬凋谢的岂止是少年颊上明艳的绯红,本来清澈的目光已浮上了迷茫,原来炽热的心灵已经不再跳动赤诚,早已伤痕累累的灵魂终于不再敞亮,谁都不能逃避无情岁月的洗礼并承担一切。山河尚不能依旧,何况人呢?所有都如一去不返的流水,谁也留不住那段岁月,那片青春的目光,那颗如水晶般纯洁的灵魂。谁也无法将过去拉向明天。而谁又能割断过去以完全的新生向明天报到?“梦与灵魂,像忧思的红烛,一边燃烧,一边流泪,然后化作烟灰,化作飘散的记忆。”今日,方信哲人那些永恒的揪心的悲歌。原来我的回忆都不过是自我悲怜,是在悲悼自己的生命与韶光,然而我生命中最初和最美的部分毕竟已经抛洒在印满稚儿足迹的地方。

过去的一切,有如海波上发出的光,痕迹也不留地便消泯了。你所要寻找的不过是一种虚像，犹如物体发出的光经过反射或折射以后，已成为散光线，不复再现。而我的感伤是否也蕴藏着一缕对生命的深在和洞悉的认识？也包含了一份真正的彻悟？

此时的我，有的只是一种命定的深深的孤独。

我所听到的是灵魂的尖叫。

回忆的帷幕，落下了。

又谁知，我却无法收住我探寻的脚步，冥冥中的心灵之神仍在鼓励我，要我由多情而伤感的回忆转向执着而艰辛的探寻。

如果回忆是一团生活的混浊的泥潭，那么探寻则可从理性之源发掘出清澈的泉水。

为什么遇见浑黄的海面我便收起了远航的风帆？为什么我的骨骼里总是缺少钙的成分而不能挺直我的脊梁？为什么我总是不能循向更为理性的方向？为什么我的灵魂总是纠葛于世俗而不能超越？而那深渊中的世界为什么就不能从另一侧转回去？

可以寻觅许多，可以寻觅丢失和未曾丢失的一切，可以寻觅自然的神秘，寻觅社会的真理，寻觅人生的真谛，可以寻觅不可穷尽的世界奥秘。也许当最后我收起那张寻觅的网时，所收获的依然是一个“无”，而我，还将寻觅。

也许我便是拜伦笔下那个不停地与风车战斗的疯子。

无论如何我要从寻找中把我的智慧唤醒。我要对着寂寞思索，否定沉沦和绝望，在青山绿水、碧海蓝天里伸展我的生命。我要在心灵创口的褶缝里吟哦生命的悲歌与壮歌。

直至死前我仍要与我的世界作一番畅快的辩论和对歌。

我是思维王国里的无国籍者。我是永恒的思想者。宇宙的思辨者从不跪下。沉沦不属于走出噩梦的我。

这是诗人写给我的启示录。

终有一天，我会把自己的启示录写在心灵的天宇。

最美的音乐就是生命的进行曲。

寻觅什么？只因为生命之旅该有个庄重的句号。

——诚如诗人所说。

那一束目光

从未见过这惊讶的目光。

当我的眸子与之对视时，这目光如电流般触及我的全身，不由意夺神骇。

它是华盛顿自然历史博物馆宏伟大厅里的一幅巨型壁画——一群几乎完全赤裸的印第安人正凭眺一艘满载白人而从海上驶来的大船，他们眼睛里闪耀的全是惊讶的目光。

也许，这便是欧洲白人最初揭开北美殖民史的真实一页，从此打破了这片莽荒大陆的万年沉寂，彻底改变了印第安人的命运。

也许，这黄肤黑发、数万年前从白令海峡走来的蒙古先民，他们那白多于黑的混浊眸子恰是确切地表达出他们的惊讶神情，让人觉得那是一束弱者的目光，失败者的目光，在那里凝聚的是一种无比天真的无奈。

不幸的是这惊讶的目光便永远只有惊讶而已，再没有惊觉、惊恐、惊疑等等，即是说完全没有了任何的警觉、警惕或者戒备。数百年的故事都被映现在这惊讶的瞳仁里。

这些北美印第安人，从没有开垦过一块土地，没有建立过自己的国家或所谓政府，除了简单的采集和狩猎，他们竟没有如南美印第安人那样学会种植玉米、马铃薯和棉花，从来生活在一种原始状态。他们只知道种族部落间的争斗，却完全不懂得去打量眼前这些陌生的突如其来的白人，对这些白人入侵者他们除了投以最初的一束惊讶，便不再有任何的概念，更不会去思考这些入侵者日后会否成为自己的敌人并如何去对付他们。

要这些印第安人与新近移民来的白人毫无摩擦地和睦相处是不可能的,他们宁可称狼为兄弟也不会停止他们与部落间的争斗,他们从来都进行争斗而不考虑争斗的意义或者结果,他们只知道刀枪相见,以血还血。

让完全处于原始状态的印第安人去对垒从数千年文明中走来的白人移民,这是极不公平的,本身便具有悲剧的讽刺意味。使印第安人处于必败之地的不单是用粗劣的弓箭去抗衡先进的火枪火炮,更是由一群丝毫不懂政治不懂军事的原始人去对抗具有现代战略眼光的冒险家。这是印第安人的不幸,他们被远远置于时代的落伍者行列。历史无可超越,也不可儿戏。

不知印第安人和白人的初次冲突是如何发生的,由谁射出这第一箭打出这第一枪,只是可以肯定,先期来此的印第安人会自以为自己是这片土地的主人,任何未经允许的入侵者都是自己的敌人,而新近移民来的欧洲白人却认为是他们发现了新大陆,这片地方不属于任何人,他们有权支配这里的每一寸土地。应该说欧洲白人当时来这里仅是为了淘金或者办农场牧场等等,只是路过或因此而来到印第安人的领地,直接的目的并非就是要挑起争斗而针对印第安人。而且严格地说,整个北美大陆地旷人稀,不论印第安人还是白人都无须非要瞄准某一块土地,没有直接的利害冲突,就非得用武力来解决所可能遇到的矛盾或者争端。不幸的是他们处于完全不同的文化背景,更没有可沟通的语言,因此争斗、流血是不可避免的,并且终于发生了。这是历史的悲剧,无论印第安人还是白人移民都无法改变这历史的一页。

那些从大洋彼岸驾船而来的白人移民,不仅带了地图、指南针、望远镜、火炮和马匹,更是带了冒险家的勃勃雄心,他们无疑具有战略的眼光,会施展种种的计谋。印第安人呢,除了用弓箭猎杀动物,与其他部落争斗,便不知道还有其他的对手,艰难的生存条件生就了他们无所畏惧的强悍脾性,却也在简单的生活环境里停滞了自己的思维。千百年过去,生活都这么一成不变地简单地重复着,他们的肌体发达了,他们的思维却萎缩了。“思维首先使灵魂成为精神”,印第安人正是没有可成为精神的思维,未能成为精神。他们没有历史也不总结历史,既不思索生也不思索死,只有对死的默念没有对生的沉思。“人生来是为了高翔”,但丁说给现代人的这句话,他们是聋子,他们从来没有想到过高翔,他们根本就不思索人生,从来没有想到要驾驭人生昂扬人生,对于人生他们是完全近视的。他们只是荒漠中的求生者,他们从不思索世界,他们压根儿没有想过要改变世界,他们竟连

一座简单的桥梁也不曾铺设。他们根本不知道什么叫秩序，秩序对他们毫无意义，他们从没有想过要改变秩序，或者他们压根儿就讨厌秩序。对他们来说眼前的一切都是天经地义的，昨天如此今天如此明天也必然如此。

印第安人的行为常常不是由冷静的头脑而全凭暴躁的情绪支配，爱人便爱人，恨人便恨人，杀人便杀人，很少感情色彩，即便性爱也然。喜则喜怒则怒哀则哀乐则乐，一切皆形于色，毫无遮掩。他们从不奢望，更无野心，他们是永远知足的"无所求者"，因此他们没有失望的痛苦，总是少于哀多于乐，往往为了一个小小的胜利便可狂欢多时而忘怀一切。他们纯朴而天真，不会故弄玄虚，不会惺惺作态，不会虚张声势。他们没有那种探视心灵的眼睛，他们从不审视自己的心灵，当然也不会去审视他人的心灵，以为与自己一样人的心灵都是敞开的。他们从不窥探对方，也不分析对方，更不向对方设防。不论失败不论受伤不论死亡，事情既然如此发生便必然如此发生，失败了受伤了死亡了也是自然必然，无所遗憾，无所悔恨。敌则敌，友则友；敌，便势不两立，血战到底；友，可赴汤蹈火，为之牺牲。敌人杀他，视死如归，他杀敌人，也决不眨一下眼睛。

印第安人爱憎分明，心口如一，然而他们心中并没有那种所谓道义的概念，并没有那种为正义、真理献身的英雄情怀。他们只为生存而并非为道义而战。争斗是他们天然血液的汹涌流淌，争斗是掠取食物时动物野性的热情奔放，生必争生必斗，与部落争与动物斗，他们的爱憎仅是直观的自我的，并无一杆社会的天平。

印第安人临危不惧，勇于赴死，然而他们身上并不具有那种仁勇的气概，而仅是一种剽悍不羁的野性；他们之所勇乃是血性之勇，无非是鲁莽脾性毫无拘束的外泄，并非心灵的精神之勇，因此即便他们的牺牲也不具悲壮的时代意义，而只能是个体生命被轻率放弃的悲哀。他们并非勇者，而是蛮者。

印第安人对任何事情都只以一种直观的方式，不会作任何的反思或联想。他们从来不惑，因为他们根本就不思，不思而不知，不知而不惑。他们从不揣度敌人的计谋，因为自己便无所计谋。他们只有刀枪的对垒，并无计谋的交锋。他们是愚者，并非忠者。

印第安人热血奔涌，杀气逼人，流血才是生活，才是人生。他们从不自惜，也从不惜人，永无同情和怜悯。他们远非仁者，当然也非恶者。

印第安人的目光是神色毕露的直观而非含蓄蕴藉的审视，他们只能瞥见莽荒的自然，只能瞅见原始的同类，而无法眺望眼前这些陌生的白人。当他们向白人入侵者射出第一枚箭矢时，便已捎去了失败者的目光。

这就是印第安人！

“意态由来画不成”。画之要在于目，却最难描绘。我真钦佩这幅壁画竟是逼真地恰如其分地描出了印第安人特有的目光。

明明遇到了比自己强大数倍的敌人，刚烈剽悍的印第安人还是吹响了战斗的号角，无论胜负，一战到底。他们一次又一次焚化了同伴的尸体，犹似什么都没有发生，继续投入战斗，直至剩下最后一个人，直至最后一个人倒下，他们的灵魂从没有颤抖过，永无悲心。生则生，死则死，生便战斗一生，死便安然睡去，从无牵挂。如果说真有所谓“天人合一”，印第安人才是真正地与天地相契与自然相合，始终握有人的真我的本质，真正是“生死去来自由自在”。只有当一个人能够放弃一切世俗的利益与偏见时，才能充分地体现出唯一的善，成为一个完全人。太文化了的人，太文明了的人，太理智了的人，太计较荣辱得失的人，太工于心计的人，太张扬个性的人，太肯定自我的人，无论他怎么说都已经达不到“天人合一”的境界，无论如何都有一个“死生也大矣”的问题，都有一个为谁生为谁死、值不值得生值不值得死的问题，既是执着于生命执着于生死，既是赋予生命以生命以外的意义，既是有所为有所得之心，就无法做到“自处超然”。灵魂既已玷污，便不可洗涤。

历来中国的政治——道德文化很发达，却总是缺少理性而抑制个性的发展，并且总是顺顺当当地成为统治者用作愚民的手段，最终导向政治的黑暗，乃而引伸为一种阴谋文化。而只要我们去看看那些印第安人，不由为中国哲人智者那些空泛的不着边际的所谓至理名言而羞而愧，幸好他们的这些冠冕堂皇的论说多是一种自我迷恋，总是高悬在空中而不着落于地，如果真要落在地上时便只有让人完全束缚住自己而无所适从。究其实多是一种巧诈，与其这种巧诈，不如回到印第安人的拙朴里。

没有印第安人背叛，没有印第安人投降，当这场与白人移民的争斗结束时，放下武器的印第安人便无奈却自愿地依然聚居山野，继续过着原始的生活，离世而独立。可以说他们失败了，可以说他们什么也没有失去，他们依然拥有自我，他们本来便只拥有自我。他们从来都不是自由的战士，却永远拥有自己的自由。他们从来都占有自己的本质，从来都不放弃自己的本质。从此他们不再是这片土地的主人，也许他们从来都不曾是，因为他们从来都拒绝文明，而拒绝文明便无须更多的土地。可笑乎？可叹乎？

许多印第安人留了下来，最后融入了他们的征服者的社会，尽管他们仍保留着许多原先的习俗，却终于成为现代人。他们的目光不再惊讶，也不再混浊，而是流泻着平和与宁静。昨天的失败对于他们，幸耶？悲耶？

不知假若当年哥伦布没有航行来此，假若成千上万的白人不相继移民来到这块土地，北美大陆会否依然是一片草莽未辟的鸿蒙，而如果那样那一次次的世界大战将是什么结局，现代文明的进程将会是一种怎样的步伐。有一点可以肯定，世界将更少工业污染，也许也更为太平，也更多印第安式的愚昧和野蛮，还有中世纪式的黑暗与专制。

白人移民真是入侵者——侵略者？

真该同情弱小的战败的一方——印第安人？

一个时代过去了。

一个时代开始了。

倏然，眼前浮现印第安人和白人鏖战的血腥场面，身边仿佛响起厮杀的惨叫声，而印第安人那束惊讶的目光却早已嵌进我的心灵，勾起我永恒的悲悯。

我知道印第安人不会接受我的悲悯，而我，不能不悲悯。

动情一曲

这若隐若现、似有似无、虚无缥缈的,是什么声音?

是琴? 是箫? 还是埙?

又是什么曲子?

更是谁在弹奏?

难道是幻听? 乃是久远的乐曲在耳畔回响? 又为什么这般珠圆玉润、琮琮有声?

确信它存在时,已湮没无闻。

以为它无有时,却大弦嘈嘈小弦切切。

难道是我在心里寻它? 分明我在企图证实它的空无。

是我意念中想否定它? 分明在聚神会听。

它,犹似无所不在,却无踪无影。

永远不能摆脱它,又永远难可接近它。

何为其然也? 除非天籁! 只有天籁之音才会这般出神入化,如幻如化!

天籁是无对象的,它只是自我地喧响,因何向我?

它又喧响什么,这天籁? 是地球转动时的呼声? 是幽寂地心的沉吟? 是岁月流逝的低回?

不,它只是旷古沉寂的禅境。它的永恒的诉说早已写在澄澈的天宇,亘古的永恒无须诉说。

我真愿意相信或者假设此乃天籁——冥冥中的天地之音,它正在为我的灵魂歌唱。

这是心灵的歌。心灵的歌只能用生命聆听。

它没有歌词,它的曲谱里只有一个音符:灵魂。

我听见了,这心灵的歌,这冥冥中的天籁!

它这么沉,这么郁,几乎让我的灵魂窒息,听天籁而神惊!

它是雷电,它是飞瀑,它是狂风,它是山洪,它是暴雨。它是涓涓溪流,它是细雨淅沥,它是雪花翩飞,它是鸟影掠空,它是春芽萌动,它是秋叶飘零,它是花蕾颤动,它是新月的微笑,它是婴儿的啼哭。

有时,它却映出了苏堤的绿荫,白堤的花光,西湖的清波,乃至传来了灵隐寺烛火的袅袅清香,静慈寺的钟鼓声声。

它哪里是天籁,分明是从那把红木二胡传扬来的凄婉琴声!那是始终由一人弹奏的音乐,且都是同一支曲子,弹琴人早已过世,他的琴声却穿越时空的隧道飘进我忧伤的心灵,令我一直在琴声里寻他,忆他,悼他。

影碟里琴声悠扬。我明明知道抚琴者不是他,心里却总是他所弹奏,悠悠琴声里总是映出他的清秀脸庞、和蔼笑容,照见他那颗颤动的心灵,丝丝缕缕都在传达着他的思想情感,都在演绎着他那漫长的生命历程。听着听着,我竟泪如泉涌,滚烫的泪水一直从脸颊滚流而下,直至啪啪跌落在地,不知涕泪之何从也。我无意也更是忘了去擦拭,任泪水随琴声挥洒。

过后,我的寂寞而伤感的灵魂竟霎时湿润了,乃尔有了些许宽慰——我终又在琴声里见到了他,又一次得以与他的冥魂相会。

生前他弹了许多乐曲,最令他沉迷并自我陶醉的,同时也最入我心、最让我感怀的,却总是那一支曲子——“万曲不关心,一曲动情多。”那缠绵悱恻、逸韵幽远所倾诉的,都是他生命的呼喊。

似回忆,像叹息。此时他正走在求学的路上,迢迢婺州官道,漫漫括苍山岭,奔走了一个又一个春秋,只因为第一篇作文就被那位蒙馆老师倍加称许,从此便踏上了孤孑清寒的仕途艰辛。为了寻求多少人寻求过的“唯有读书高”的黄粱梦境,为了摘得那片博取灿烂前程而可报效父母的悠远希望,除了晨夕不休的“悬梁刺股”式的苦读苦学,穷学子的他再无任何一点儿欢欣。他把他的全部青春都浪掷在他的学业里,总因为太穷太苦太多地耗去了心血,在拿得那纸大学文凭时便已是个病者,“斯人也,而有斯疾也。”

“为名乎，为利乎，行行且止；为富乎，为贵乎，止止复行”。如果他读过或者留意过家乡凉亭里这副崇尚淡泊、深寓哲理的楹联，也许便不至一直如此虔诚地走在这条朝圣的路上。尽管生命还在延续，还在勉强支撑，还在苦苦挣扎，可是想望中的美好前程终为烟云，同时作别而去的还有昔日的恋人。从此，他只是一个病者，一个无望的病者，留给他的只有无尽的悲愤，永远的哀叹。

病了也就病了，孤苦了也便孤苦了，惟一要紧的是灵魂的意向、灵魂的内在态度，不妨“心存白云外”，不妨“萧然远世情”。头一天走进学校时唱的第一支歌便是《春深似海》，这一再盼望的人生的春天终于没有到来，那就让它留给别人吧。岂料，那本来还算清朗的天空却是渐渐地阴暗下来，终于度日艰难，这昔日校之骄子，这才调无伦之人，这风流倜傥之人，终然落魄而穷困潦倒。

幸与不幸也，却是烈士多悲心，那颗不泯的良心总难可睡去，依然清醒着，终于不能不忧世远望，不能不感时忧国，而现实的困苦也总是时时要把伤痛的心弦拨动，从而坠入深深的痛苦。

这怀霜之心，更向何处？

也许是刘天华的亡灵在冥冥中呼唤他，也许是受阿炳缠绵琴音的召唤，恰于“愁绪满怀无释处”时，他毅然拿起了那把二胡，独弦哀歌。生命之舟已被命运缚住，惟有从琴声里释放自己的灵魂，获得精神的自由。

从此，沉寂的生命里有了悠扬的琴声。夜色深沉，星河寥落，一缕缕琴声从他的琴弦震颤而出，如怨如诉，似叹似歌，飞扬门庭，萦回长廊，最后飘进家家户户的窗口，有谁知“一半是空中传恨”。也许在他们那里是悦耳的音乐，正让他们昏昏欲眠，他却是听见了自己胸中有如潮水般汹涌的阵阵哀伤，他的悲哀难诉的心弦比那两根纤纤琴弦更为激烈震颤，“把平生、涕泪都飘尽。”

“急者凄然以促，缓者舒然以和。如崩崖裂石，高山出泉，而风雨夜至也。”这琴声，他自己听懂，他的家人听懂，弹者默默听者静静，静静默默里翻滚着情感的波涛。那是他自己一人的心曲，那是全家人的心音。琴，不是用来吟风弄月，或者旷性怡情，也不是用来隔绝尘世，或者清心涤念，只为了坦陈心志，倾诉心曲，抑或仅仅可以让心灵有一声轻轻的叹息。

无论多么惆怅无依多么忧伤寂寞，总是有了寄托，终于可以喊出自己的心声。从琴声里，人生且自舒眉。

这是他心灵的天地，悠悠琴声里他又回到了久别的故乡，看见酷暑中汗流浃

背劳作田野的父亲，看见数九寒天里在摇动纺车的母亲，同时看见了他们因为自己而浮泛心头的那片希望，在那里荡漾的是多么温馨的微笑啊。而现在，当年英姿勃发的自己已是春华落尽满怀萧瑟，父母亲脸上的那片微笑终于永远消失，这痛惜消失的伤痛比消失本身还要伤痛多少，从此他和一家人便只好苦度光阴……他的心猛地一颤，琴声戛然而止，这被琴声撩拨起的伤痛有如椎心泣血，使他难可自已。曼曼琴声中，有时也让他瞬间忘情，竟是走在了晴空丽日，竟是站在了花前月下，竟是如沐春风，乃至又回到巡弋大洋、飞翔人生春天的轮船上，此时正满怀喜悦眺望着前方停泊的码头，冥冥中又似见到了那线生命的光亮，令他欲歌欲舞……此时，乐曲里恰是从这一旋律转到另一旋律，恍惚朦胧中睁开眼来，依然是家徒四壁的清寒，依然是愁柴愁米的苦日子，心头一阵辛酸，遂将二胡挂去了墙壁，“心有忧者，琴瑟鸣竽弗能乐也。”也许多少回他都怕弹那琴，几次伸出手去又缩了回来，可是最后他还是拿起了那把二胡，于是琴声又起——除此，胸中的郁闷便无可一泻。

就这样，他久久地沉湎在自己的琴声里，回眸如梦的岁月，感悟艰难的人生，让自己一时走进灵魂的孤岛，心灵与命运的焦灼中却也有了一份朦胧而带有忧郁的诗情，倒是有几分细雨秋深的意味，似乎真的有了一种高山流水云卷云舒的宁静与淡远。可是，沉迷总有醒来的时候，心灵的逃逸毕竟仅是一时，当那优美的旋律散去，便又回到了现实，等待他的是更沉更深的痛苦，最后终于变成一片绝望，直至无声的哽咽。

“乐也者，郁于中而泄于外者也。”音乐之所以为音乐就是这般神奇，它能撩拨出我们的心灵一隅隐秘性的情感或梦境永远说不出、说不清的情感，让这种情感和音乐一起荡漾起轻轻的涟漪。他的琴，并非为我弹奏，更非只为我一人弹奏，我却自以为能听懂他的琴声，听出琴声里行云流水的心灵百转，花晨月夕的情丝缠绵，山鸣谷啸的悲慨激昂，清虚冷逸的笑影泪光，听出臻入化境的碧水清潭，听出他那凄神寒骨的楚楚风华，声声有诉。我犹似正在和他一起披霜踏雪、穿云破雾、凌波逐浪，和他一起长歌当哭。

“才子而美姿容，佳人而工著作，断不能永年者。”果然英年早逝。当他的生命结束时，他的那把摸得乌光油亮的红木二胡便挂去了墙壁，尘封在永久的悲哀里，终于一天也与墙壁一样的古老。我和他的那段哀哀苦苦的日子，随而湮没岁月烟尘，空留“却恐琴心可暗传”的片片怀想。

几次欲取鸣琴弹，学弹他一生都在弹奏的曲子，借以重温那段如梦的岁月，让我的身心再次融进他的琴声，再次和他的灵魂晤会。可是，我终于未敢伸出我的手去，莫说我笨拙的手、蹩脚的音乐天赋，更是我这俗胎凡骨的浓浊的心无可弹奏它，我的任何举动对它都只能是一种亵渎。琴者心也，琴者吟也，他所弹奏的是心灵的曲子，乃从心里弹出，那是升华了的灵魂，无论我还是别的什么人都已无可再现他之凝于琴声的风骨神采。“椎心泣血，孰知所诉？”也许我从来就没有听懂过他的琴声，从来不曾意会他之琴声中的心音，无论如何我都无可探询他的心迹，难可寻踪他诉之琴声的感情归宿和心灵意向。现在我才知道，这琴声乃是我心中的天籁，无须解读，只需用心聆听，听天籁便悟禅机。

在夜幕深垂的宁谧里，巷子路口，我的眼梢浮现他聪慧的目光、恬详的笑容，他的琴声却早已飘去西湖的清波荡漾、荷花映红，飞进苏堤白堤的一片绿影花光，旋入灵隐道上云蒸霞蔚的古木森森，悠扬在竺竿巷孩儿巷的萧萧古意里。千年红尘氤氲里，名人雅士，英雄豪杰，意气风发，悲慨激昂，而如今不论白翁杜公，还是林逋柳永，就连狂放不羁的苏子自己，也已和他豪迈奔放的诗章一起“大江东去，浪淘尽、千古风流人物。”梧桐树下清荫烟笼百年孤寂，不敢诉因由，明月伴人梦。

夜而昼，昼而夜，多少个夜晚明月从东方升起又从西边落下，“三潭”孤岛银光辉耀，照水映空，几许诗情几许画意都荡漾在曼曼琴声里。而如今，终于冷月无声。

他的那把二胡，仍挂在墙壁，那是永远属于他的琴。而谁能拉响这无弦的琴呢？他那发自心灵的乐曲，有谁能弹奏？

人如黄鹤，音容已杳。他弹的曲，已作广陵散绝，他的琴声却魂兮不泯，依然回荡在我的生命里，于我即是天籁，即是永恒。

共语冤魂

你已走了这么久了。

你竟这么早地走了。

那飞驰的汽车，竟撞向你的头颅。这可诅咒的汽车！这罪孽深重的轮子！

我无法假设，我惟可引咎的是，设若不是当年我离开你，你决然不至恰在此时此地惨遭横祸。“吾虽不杀伯仁，伯仁由吾而死。”我无可逃脱，是我害了你。

我向你鞠躬，举起我的灯来照亮你的归途。

尽管我负情地离开了你，心里却仍在祝福你，相信你的幸福未必由我给予。希望有一天能再见到你，等我的生命耗完，我的最后一口气还是要祝福你。

我惟有默默地送你，让自己的灵魂在胸中哭泣。天神真不该夺去你年轻的生命，真不该让孩子们永远失去母爱失去和你共享天伦的欢乐，永远因无法报答你而怀终天之恨。天道竟如此不公！此时我才深深愧悔我的薄情和负心，而此时，我的罪过终已无可救赎，也不能洗刷。

我甚至想，真该让我早早先你而去，不如让我夭亡在那场死去活来的肺结核里，或者断头在那场罪恶的政治灾难，那样或可留给我们一段美好的记忆，让我生命的最后时刻也拥有一份悲壮——那时我曾多么地执着甚至沉迷于那可笑的信念啊。如果那样，你将永远不会离开我，你将拖儿带女地走完你孤寂的一生——无论如何你都将活在世上。

一切都无可假设，一切都无法改变，你总是去了……

曾几何时听说来了一位城市姑娘，见到你时果然姿容倩丽，人们更是在夸你举止文静性情和蔼，我也只是见过了便见过了，此时没有哪个姑娘可让我动心而情思绵绵，对我来说那陌生的爱情仍远在天边。我是秃山荒野上的一棵树，除了风雨便不知另外的世界，直至黑须满腮青春萌动，也不曾向那位女性投去过多情的一瞥，当然也没有哪个姑娘会看上我，只是独自呆呆地孑立人群。我竟遭人耻笑，我自己更是没有想过一天我会结婚生子，以为命运将注定我永远独身。

因缘时会，得与你相近相识，我率真而直率地向你表示了对你的一片倾慕，天真的我完全不懂得含蓄抑或掩饰，我甚至不相信自己竟会向一位异性表示我的爱，很长时间里我以为那是梦境，我的心灵正在感到害羞。

我的多血气，更是由于我之孤独的心灵渴望得到慰藉与温暖，求爱的心竟是这样急切而炽烈。

我之选择你，那是自然，你当时无疑是佼佼者。不料你真的答应了我，是的，是答应而不是选择。如果是选择，将不是我，不该是我，不知你为什么不作更多的选择便答应了我。你却没有向我说过你爱我的一个字儿，没有，你始终都没有这样说过。你的答应是淡淡的，有如拂过的微风，没有在我的心灵里留下哪怕很浅很浅的刻痕。你只是默认了我，默许了我。你本矜持，你本稳重，因何要这样？难道只是由于难拒我的一腔挚情？当初我还来不及分辨是答应还是选择，是平淡还是热烈，只要你答应我就够了，既是答应便是答应了，以后我才知道你的答应竟是那样勉强，甚而可以说有些轻率，而我当时并不知你所怀抱的心愿，天真的我却以为你真的爱我。爱情的花朵终于没有能够热烈地绽放，我未有闻得它之芬芳的馨香，却是尝到了它的几分苦涩。

即便我们的初恋，也没有爆发出爱的火花，我们双手捧来的更是纤弱的新月般的命运，从未有过花朝月夕的辰光。过去了很长时间，我才恍然明白，我们的爱之所以总是缺乏激情而掀不起波澜，乃是由于没有一种共同的吸引力可供支撑。你是现实主义者，我是浪漫主义者，你脚踏实地，我却耽于幻想，你安常处顺，我却要崭露头角，你本分而内敛，我却要张扬自我，一句话，你是宁静的湖泊，我是湍急的河流。我的愚痴的心总是驾起希望的小舟，在不知涯岸的海上航行。你随和且容易迁就，因此我们间从来不争不吵，当然也不热不冷，不知不觉中我们的生活却变得单调了，已经不再有任何生气，我的热情也终于渐渐淡去。

木屋里的爱情当几分诗意，谁知我们的结合却也引起一帮小人的嫉妒，斥之“小资产阶级情调”。你知道我们从不打扮自己，至多穿着整齐些，居室里并无一

件像样的家具，我们省吃俭用还来不及，我们连布尔乔亚是什么样子都没有见过，我们身上自然无一点莫尔恰林习气，工作中更是尽心尽职，如何就“小资产阶级”起来了？难道无一点卿卿我我才是无产阶级情调？难道爱情也应该是无产阶级的？又哪一种才是无产阶级式的爱情呢？荒唐啊，荒唐！无论怎么说，你总是被流放到那个偏远的山区，不久我也被发配去那里落户而成为一介农夫。新婚燕尔，我们竟无一个安身的处所！从此鹊桥两处，竟不知所谓的婚姻究竟是什么含义，一季季过去，我们茫然相对，任困惑的叶片落满身后。

我没有忘记我这贫苦农民儿子的本质，我更毫不怀疑我对革命的虔诚信念，我从不认为我必须改造自己才能适应革命的需要，如果我有所需要改造的地方那么恰是我身上的那种成分太少了——正是喧嚣的阶级论扼杀、扭曲了人性，让人失去了天性的善良而变得冷酷无情。然而，我还是非常尽力地在劳动着，插秧、播种、耘田、翻土、割谷、挑粪，在这块偏僻而贫瘠的土地上挥洒我青春的全部活力，默默地忍受劳役的煎熬，只因为不想失去最后一线生机，为了你，也为了刚刚降生的孩子。

到了冬天我更是被支去深山冷坞，筚路蓝缕，丁丁伐木，成为一个满脸灰黑的烧炭佬。餐风饮露，跋涉山林，一次又一次疲乏难支，一次又一次险些葬身树下，又多少回饿昏在山道上。在一再默默地接受命运戏弄的同时，心里总是在安慰自己——我的生活里还有你，有了你便已可驱散我心中所有的郁悒和哀伤，我便不会再感到孤独，当人的心灵里升腾起爱情的希望时可以融化所有的痛苦和不幸。你是幸福的——我对自己说，别人也这样对我说。

可是，这仅是我的一厢情愿，事实远不是我所想象的那样，我的想望总是被无情地悬在空中，当黑夜覆盖在我的路上时，你却没有成为那照临在我头上的星光。此时你的感情中竟不能接受现实中落魄的我，你似乎耻于承认这衣衫褴褛的烧炭佬乃是你的夫君。此时我多么希望你能投以我一丝温情啊，不意却遭遇你的冷落，你终于深深地刺痛了我，不仅极大地伤害了我的自尊，更是使我处于茫然的痛苦之中。

但是事情很快就过去了，共同的命运终于愈合了各自的感情伤口，颇为天真也颇为颟顸的我并没有怎么记恨你，也并不怎么把过去的事儿放在心上，冷静地想着时恰是觉得你这样做总有它的因由，或者在你可能确有某种苦衷，也许你是有理由的，胸中的波澜很快也就平息了。

不久，我们终又回到了县城，又有了一个自己的家。

也许在那样艰难的环境里我们的心灵已经疲惫而麻木，不论我们的生活还是感情，都已经完全归于平淡，曾有过的爱再也撞击不出闪光的火花。纯洁的无私的爱情往往要在心灵上经过大风雪的洗礼，走过一长段泥泞难行的崎岖小路，经历无数次严峻的考验，才能取得一辈子共同生活的基础。我们携手走过了一段共同的路，却没有给我们的爱情注入新的血液，相反在局促的环境里它却渐渐地干瘪了蔫萎了。你却始终漠然于这一切，你总是不太注重感情不太在乎感情，或者只以你的角度看待感情以你的方式表达感情。我渴望和你合唱，却总是得不到你的回应，终使我挣扎不出一点声音来。我们就像山野间两棵平常的树，它们的枝叶伸向各自的天空，我们的血液没有淌流到一起，我们的心灵没有融合在一起，好像“爱情已经从那儿经过了”。

然而，连这平淡的平静也不为我们拥有，很快又来了那场政治灾难。这灾难中的许多灾难与其说是降临到我的头上，毋宁说是我自己迎上去的，只因为我不愿意也无法萎缩我的性格我的理性我的良知，在正义与邪恶面前我无法做到完全沉默，我不能不喊出心的呻吟，终于陷身囹圄。也许一天我将被处死，我感到了死的恐惧，无论如何我都不能接受死亡的命运，为了你和我们年幼的孩子我必须活着，我流下了眼泪，胸中溢满了愤怨与悲戚。然而，我已无法退却，我的性格也不允许我退却。我闯下了祸，我对不起你。在那种时候，我总是习惯地把你看成能承受我的一切感情和思想的忠实的蓄水池，所以我同时又执拗地希望你理解我，我多么希望此时你能说出“我爱你！我理解你！”我知道这对你有多么残酷，在你当然是不可能的，你无论如何都不会也做不到慰藉我的这颗狂跳的心。我的心正在变冷，我们的爱终又蒙上了更深更浓的阴影。

当我又一次被差遣到五·七干校时，那天你竟为我那一身旧衣而不愿在那个阖家团聚的日子里让我随你和孩子去到你的家，我终于不得不含泪从送别的码头折返——难道你真的浑然不知这黑暗日子里我的一怀郁悒？我如何会有兴致在此时穿起那件体面的大衣去庆祝这可诅咒的时局？遂使我想起，以前几次去你家你也总是在人前故意与我拉开一段距离，而且从不愿带我去什么地方，我总是不得不独自领着孩子游玩郊外，幸好我也总是在大自然的愉悦中很快地便忘怀一切。现在我才明白，你和我仅是一种生活，一种勉强的苟合，而绝然不是爱。我胸中多年的创口，终于完全裂开了：我并非是你所理想的，你也不可能是我的知己，从此

我只好独自把忧伤抱紧。爱,在永生的冬雾里,将不再含苞。

你似乎只在概念中寻找爱,你的爱仅仅是观念的,你好像并不企盼真正的情人,你从没有打开过感情的闸门,你甚至从未向我伸来过双臂。爱一个人就应该一整个地爱他,实事求是地按照他本来的面目爱他,我只要求你就我本来的样子爱我,却是没有,哪方面也没有。也许没有表现出来的爱是神圣的,那么它应该像宝石般在隐藏的朦胧里放光,我却始终未能看见这束耀我眼帘的光芒。

你却默默地在为这个家辛苦筑巢,克勤克俭,操心着油盐酱醋。不过你更多的是从自己的事业中获得心灵的安慰,并从那里认取自己的人生价值,这也许便是你所寻求的感情归宿。也许你也曾希求许多,而最后你终于萎缩了自己的心愿。你的人生里只有付出的辛劳,生活并没有回报你,你的一生凄婉而悲辛,而这一切都是由于我。

也许我从来都是个不安分者,血液里太多诗人气质,我总是无法忍受精神的孤独,我渴望激情向往浪漫,盼望彤云密布的苍穹投下一丝柔光。无论理性的感情的,我都抑郁得太久了,我需要宣泄,我极力要找到一个喷发的决口。我需要有一个理解我的人爱我,有一个真正爱我的人爱我,人生应该有一次真正的爱。

这时她出现了。爱情的尺度从来都是自我的,并无一杆客观的天平,她却是一个爱便真爱、可以为爱生为爱死的多情女子。

很快我便坠入了爱河,此时我才深信一个真正坠入爱河的人是无可自拔的,在爱情面前理智总是失去它应有的位置。

我不愿也不想欺骗你,我没有向你隐瞒我的没有权利乃至被认为是不道德的爱,至死我也不能留下灵魂的虚伪。我只有乞求你的原谅,请求你让我离开你。

你答应了,当然是由于无奈。

我知道你依然爱我,至少以你的方式爱我。只因为你爱我,你才原谅了我并且成全了我,你宁愿自己领受痛苦也不忍毁掉我的前程。你是宽容的,你真是东方女性中的贤妻良母,我在心底里喊着:你是个大好人!

爱一个人就应该让他幸福,我爱过你,却没有给你幸福,相反让你为我而受种种的苦。我欠你,太多的欠你——廿年惭愧说真爱。

分手那一刻,我们竟那么平静,有如相聚时的平淡。

当然,在你是表面,你心里涌荡的是何等痛苦的波涛!你含辛茹苦而尽心为我们修筑的这个巢,现在终由于我的负情而被击得粉碎,消失得无影无踪。

从此，我踮着脚尖寻向新的人生路程，一路的荆棘扎得我鲜血淋淋，几乎跌倒在滴血的路上。原来，寻求爱情的路径与政治的道路一样充满险恶，并且更为冷酷无情，除了专制蛮横，还多一些市民的喊喊喳喳和庸人的飞短流长，在他们那里爱情乃是一种罪过，犹如基督教的原罪是无可饶恕的。我当然无须去理会他们，莫说感情，更是我的理性我的自尊不允许我有另外的选择，我终于毫不犹豫地向传统发起挑战。而此时，你对我的一片永不磨灭的忠诚总是把背叛的矛头藏在自己的伤口里，这使我更是加深了对你的罪感，在心里深深地愧疚着，直至今天我在写这段文字时我的心灵仍在为你的善良你的宽博的胸怀而微微颤抖。

“十年生死两茫茫，不思量，自难忘。千里孤坟，无处话凄凉。”人离皆复会，君独无返期。过去，青春两地，一别经年，求一梦而不可得，今年岁老去，阴阳永隔，却时时梦见你。冥冥中总是隐约地感到有一个人在我的灵魂边缘走动，你似乎总是默默无言地站在一旁，站在我独自守望的寂寞黄昏里。我捧着你年轻美丽的照片——热泪偷弹！

我凝望天空，把你的名字织在蔚蓝里。

希望当雨水冲垮了我们之间所有的路，冲淡了我们之间丝丝缕缕的思念，那时候我们就不会再感到痛苦，而只留下一片空茫。

我有过的痴情，已飘成天上的云彩。伤心的泪，早溢成一世的悲哀。

但愿那一切从我们身边过去了的，仍能为你的心灵所深深地珍惜。

让我为你，也为我自己——我们的明天，点亮那盏灯吧，那寂寞长夜的灯！

如幻的月光

太阳不知是被自己的万丈红焰燃起一片激情，还是奔波了一天想早点儿歇息，抑或只是由于恋着昨日的那方天地，竟是步履匆匆，一会儿工夫便沉去了山岗。

一片金光都投进了远远近近的山林，把个静谧的绿色世界渲染得五彩缤纷，仿佛童话天地。

天空太之蔚蓝了，几乎不敢睁开眼来瞅它，幸好有白云浮来，掩去了几分逼人的清辉。云儿忽聚忽散，忽卷忽舒，变幻倏忽。一颗闲散的心，却被浮云撩起如许情致。

遂从凳上立起，向那个不知名的小湖走去。

心里却不知所以，是想寻觅山色如黛、稻秧青青、更一片蛙鸣——那初夏傍晚家乡的一派田园风光？此处分明无有青青稻秧，更不闻蛙声。是因为将要离开新泽西这片美丽的土地时对它仍怀一缕依恋，从而选择这幽静之所便于独自回味这一岁光阴的优游自在，并默默向它告别？

到小湖的路很近，我却走了很久，头顶灿若玫瑰的云朵总是让我停下步来一再眺望，令我驻足的还有那些空中忙碌穿梭的飞机，它们忽而闪一束荧光，忽而现一身远影，忽而留一道白雾，犹似在编织着夜空的片片灿烂，终使那苍穹显得格外绚丽多姿，牵一片浮想。

夜，悄悄地跟随我一起来到湖边。它撣去七色阳光在白昼洒落的喧嚣，用自己的幽寂沉淀了万籁的浮躁。

湖被一层暮霭笼罩着，横无际涯，旷远溟濛。四周的林树影影绰绰，淡到不可模拟，淡到不再坚持是形体，只用一道朦胧静护着湖的夜，而让外面的世界统统隐去。一抹橘黄的晚霞却悄悄浮来，钻进幽蓝的湖底。

湖上许有鸟儿击水，许有鱼儿觅食，却微漪不泛，不渡鱼影。林中许有鹿儿走动，却不闻声响。好在静夜突然一声嘎鸣的乌鸦也知趣地不再作声。草丛作窝的雁该已睡去。谁都把宁静留给了湖，赐予湖的夜。

失去耐心的星星却早早赶热闹来了，先是一颗探脸，接着又是一颗，顿时一天灿烂。我立于晚风微凉的湖堤，细数着天宇的星起星沉，共看如恒河沙数的星宇奥秘，人世的遭遇便是星子交辉，最晶莹的心灵洞明。我却在与星星作永恒与瞬间、伟大与渺小的对话，不知它们怎样面对满天星辰之间从不相互交汇的冷漠，而始终执着于自己的一丝微光。

那轮圆月，不知何时已跃升天际，一片荧亮都映在了湖面。乍现即隐，仅露一角半湾的湖，宛若浴后少女，欲羞还掩，欲笑还颦。

湖已在夜中睡去，独抱一天沉寂。盈盈清辉托着月的娇媚，几片浮光潋滟的彤云成了她华丽的霓裳，她那展在湖光中的笑容已是染上一抹夜寒的凄清。

我随在湖岸的草地上坐下，垂首向湖，凝眸对月。我的眷恋情深的目光却被月所注视，她正在向我投来一丝探询的眼波。

月，我欲对你说。却什么也没有说，一切仍归于无言的宁静。也许此时一切都只需由沉默的宁静交流，只有无言的宁静才能互通心曲，方可洞彻相互那隐蔽而深邃的心灵秘密。我便服从于宁静，遵行这宁静的意志。

我却很想诉说，诉说给自己，诉说给无言的夜，诉说给宁谧的月色。

月只是微笑着，用无言的微笑会意我无言的诉说。

雾流过来，漫过我流向更深的夜。

我的空漠的心灵一时变得恬安，如同这静夜的湖，没有一丝涟漪，一朵浪花。

我只是漫不经心地倾听夜的嘘息，心不在焉地浏览轻雾笼纱的朦胧，让这诗意般的空蒙濡洇我的心，让我安睡在静谧里，犹如这冷冷的月。宁静，岂非安息之海吗？

宁静把久远的历史积淀溶化为潺湲溪泉，激起生命的层层波澜，又让眼前的思维之河迸发成灼热的熔岩，淹没了向来的哀怨、疑虑和畏惧，心灵里只留下平和的淡远。它却不是无动于衷的淡漠，更不是不关生死的冷漠，而是滔滔的生命热

流经过乱流急湍之后进入平川时的一种盈满的从容和自信。

此时我只需与宁静对话，让自己聆听自己，让我的忧伤，我的苦辛，我的一切的不安，我的所有的梦，都停歇在这无声的夜里。此时即便再固执的我也不至执着原先的自己。此时的我已经不需挣扎也不用张扬，只待用诗般的心韵去和鸣雾般溟濛的世界。

此时我才相信，宇宙，万物，本都宁静，凡生命都是宁静的，“静而后能安”。当生命不再宁静时，设若不是由于生命本身的欲望太大，因之它之生命载体承受不了生命的重量，便是由于生命受到了抑制或是被扭曲被撕裂，因而它需要呐喊，需要呻吟，需要喧嚣，“不得其平则鸣”。失去宁静，不论是主观的还是客观的都是生命的不幸，有哪一种生命愿意失去自己的宁静？而如果失去宁静，将是一种什么样的生命？即便待萌的芽苞，也只在绽放开来时才发出轻微的声响，那是在宣示它的新生，而一当它臻于成熟，饱含鼓胀的果实，便低垂向己，沉静自守。即便雷电，也只是由于容纳不了它之膨胀的不平衡，才在最后爆裂开来，释放它多余的热能，以便重新回复到原先的平静。

此谓心灵宁静。不是不思，不是不为，而是顺乎自然，与自然相合，不去做违迕自然的事，因之曰“圣人之心静守”。其实哪有什么圣人，不过是一颗平常心，不过是“孤云出岫，去留一无所系”之静心人也。宏观远望，一切了然于心，也淡然于心，自可心灵宁静。宁静，是一种美，更是一种智慧，一种觉悟，乃是最难得的人生境界。

湖上的雾越聚越浓，渐渐弥漫开来，罩住了整个湖面，湖与岸的界限随之消失，一切都在有无中，很快地，湖，月，夜，浑成了一个迷茫。

我之思绪茫然而混沌，一时处于无垠的旷野，跌入万界皆空万籁俱寂的空无。空，遮掩了一切，模糊了一切；无，简化了一切，扬弃了一切。同时它又虚拟一切，幻化一切。静之所静，能听见自己心的潮水——从悠远的思维之河传来的砰砰心声。一片情思已是无拘无束无挂无碍，任意畅游在无涯的夜里，不再有航道的限制，也无必须遵守的航行规则，自由开合，任所行驶，一切皆静一切皆美，于静于美中一切清空性灵，最后连虚静的思维也归于了“无”，“茫然不悟身何处，水色天光共蔚蓝”，直至把个真身也滤尽了尘念而普度给寂静的夜，全然没入并消融在无边的虚空里。

眼前，一切都已凝固，凝固在无涯的湖里，凝固在无声的夜里，凝固在无所不是无所不在的空蒙里。

谁知，却是从空蒙的一片混沌里照见了自己的心影，它竟是那样地惶恐不安，发现此时我之灵魂所需要的，不是叹息，也不是诉说，而是忏悔，那最虔诚的忏悔。又谁知，那默默而令心灵疼痛的忏悔竟在这宁静的瞬间已经于焉完成了——从皎洁的月光里已是照见了我一生的足迹。

宁静的夜更是让我懂得，忏悔正不是别的，它乃是渺小的个体以卑微之躯去贴近宽厚的大地，以虔敬之心洞穿本身的光辉与荣耀，以朴素之质去挖掘心底那隐蔽的污垢之所，在无须任何外力强迫之下，把它们如其所是地一一彰显出来。忏悔所要求的，就是清静地独自直面自我人心，默默地叩问自己的灵魂，不是让渡他人，而是拯救自己。宁静的夜恰是给了我以诚实和坦然——面对冥寂便是面对空无，便无须害羞。岂料这忏悔的结语竟这般简单明了：此生我说了许多做了许多，而多少却是不该说和不该做的，那该说该做的却不曾说不曾做。此前我总是原谅自己：时代，环境，我生于斯长于斯，不如是言如是为，更可何言更可何为，所言所为皆是不得不言不得不为者，我不过是惟一权力之下的服役者。可是，难道就没有更多的理由，你也可以超脱你的时代你的环境？你竟以为有理由可以为了时代而放弃永恒？原来我内心真正向往的是那种反抗人生缺憾的英雄情怀，那种对人类悲剧命运了悟之后的承担，然而不觉中却做了自己的俘虏，竟然丧失了超然独立的个性，竟然没有了深沉的社会情感，我竟没有为了真理和善良而背负起那个沉重的十字架！

濛濛湖光未有照出我的赧颜，我却从心里感到了热辣辣的羞愧，尽管月不曾向我投来一束睥睨，却遭遇前所未有的奚落。激情的泪水早已润湿了一双眼睛。

人世的嘈杂、喧腾，此刻已变成一片寂静，我只听到那与灵魂的意愿协调一致的永恒的歌声。

让我所有的梦，停泊在心的港湾里。

不觉中雾已散去。

月亮轻轻一颦，躲进了云朵，然后飘然西去，留下如幻的月光。

梦中无定河

天地迷蒙,沙尘飘空。我正踽踽独行,走在古老无定河的千年苍凉里。

“可怜无定河边骨,犹是春闺梦里人。”悠远的诗韵回响耳畔,每一步都让人心弦颤动。

春梦中的白骨早已朽烂,为尘为土,我却总是闻见一个个历史孤魂的哭泣,默默地在向我诉说着他们的万古哀怨。

帝王将相,达官显贵,他们生也显显战也赫赫死也威威,直至一命呜呼仍可长眠陵寝,至少可马革裹尸,至少有人朝拜有人瞻仰,而不至身后寂寞。而那些被他们征召来的兵士呢,最终只有暴尸荒野,留一堆不知名的白骨。

这些兵士,他们当年或是被种种堂皇的名义征召而来,或是已经没有了任何自由只好任凭命运逼迫着,或曾经敲锣打鼓鸣炮吹号,或五花大绑不由分说,不是非常荣耀地便是十分凄凉地离开了自己的家。不论是心旌摇荡还是死去活来,总是离开了自己的家。无论如何都是无以谋生不得谋生才被充作军士,没有饭吃时投奔或强行被征来有给养的军队也是一条生路,人生由命非由他。

“一去数千里,何当还故处?”“遥望秦川,肝肠断绝。”他们永远不会忘记离开家乡时悲极哀绝的那一刻,父母的叮咛,妻儿的啼哭,许久许久他们都在回望着自己的家乡。“行役怀旧土,悲思不能言”,一路上或者曾被某种朦胧期望鼓涌起“猛士当壮别”的豪情,或许一颗心早被亲人寻死觅活的啼号撕裂,“黯然销魂者,唯别而已矣。”送别和未能送别的亲人,或许日后一再来到村口眺望他们归来的身影,“凄风吹我襟,悲苦愁我心”,或许早已一恸而绝,至死也不知离去人是生是死。而所有这些他们已无可知晓，一旦离去便成永别，“壮士一去兮不复还”。如果他们中真有人如统治者所向他们宣扬的那样以为是为了所谓卫国保家而去从军而去打仗，那么在他们这样“响应”时便已失去了家园——家园犹存非为所有。

“烽火燃不息，征战无已时。”从此，颠沛流离，转战血雨腥风。除了血染黄沙，便是饥饿、寒冷、暑热、疾病，永远一派阴森。金鼓齐鸣，杀声震天，敌人倒在他的刀下枪下，最后他倒在敌人的刀下枪下，战场是兵士的战场，兵士的天职便是厮杀，便是牺牲。当第一次将自己的刀刃枪口对准敌人时，他的灵魂曾经颤抖过，当头一回面对敌人的刀刃枪口时，他的心灵曾惊惧过，可是最后终于杀红了眼，不是你死便是我活，逃不脱“兵者以杀生为业”。无论平沙莽莽黄入天，无论流血成河，无论赤地千里——竟连燕子都找不到了做窝的地方，心已变得僵硬，一概麻木不仁，一概无动于衷，直至“动刀者必死于刀下”。不是通体鳞伤，便是头破血流，不是皮开肉绽，就是身首异处，在一声惨叫中死去。

终于一天，曾是璞玉浑金的心已被无情的战争硝烟熏黑，本我的善良归于泯灭，连昔日慈祥父母、可爱妻小的印象都已模糊，既是“无家问死生”，也便无可想望，也不会再有人惦他疼他，一切都已无所牵挂，从此便只有金刚怒目，只有血脸污身，只是一个佩刀荷枪者，一个以兵戎为生的武夫，乃至毫无同情和怜悯的兵痞，终于越发铁石心肠，越发肆行无忌，越发义无反顾，“勇，天下之凶德也。”

不是有了战场才有了兵士，而是有了兵士才有了战场；战场，归根结底是兵士的战场。短兵相接的总是兵士，最后总是兵士杀戮了兵士；兵士，只能是生灵的屠杀者和被屠杀的生灵，“夫将之所以战者，兵也。”那些将帅们总是只要阵地，只要城池，只要胜利，哪怕杀出一条血路，何论兵士伤亡，“兵者，刑也。”哪个帝王政权不这样由刀把子枪杆子打出？握刀举枪者兵，染血饮弹者兵，政权立也，兵亡也。

也许待到了战场，兵士们才知道什么叫战争，才懂得“古来征战几人回”。可是此时自己早已被捆绑在那架庞大的战车上，如同一头拴着绳子拉去屠场的牲口，已是欲逃不能欲脱不能，早已身不由己。也许他是刹那间被砍头被穿心，也许是负了伤而气息奄奄瘐死荒丘，也许是一场瘟疫中暴病而亡，也许是不忍苦难做了逃兵被抓回处死，死前曾被鞭笞得鲜血喷溅，也许是由于抢掳百姓财物触犯军纪而被送命，或是春情难禁去调戏妇女遂被斩首处决，或许是累死饿死冻死摔死溺死烧死，或许……总是肝脑涂地，不堪惨烈。

而谁愿意死呢？他们心中何尝就没有一个未来的梦？未尝不想一天解甲归

田与家人团聚，过上太平日子？最后却总是“寒骨枕荒沙，幽魂泣烟草”，直至为魂为鬼，仍在哀号“安得义男儿，焚此无主尸，引其孤魂回，负其白骨归。”这怨，这泣，这诉，有谁可听见？谁会听得？无论怎么死，都无人理会他们，人们只能道路以目，“古来白骨无人收”。

他们的生命，他们的生与死，都不属于自己，而完全听凭权力与命运的支配。他们虽生虽战虽死，却并非为己而生为己而战为己而死，他们从未意识到自己生命的意义。他们甚至并不知道己之所生己之所死是光荣还是耻辱，无论光荣还是耻辱，都得生都得死，在不知生之意义死之意义时便已死去。所谓光荣也耻辱也，不过是后人所加予他们，他们自己却从未真的了解或意识它们，即便他们的死被看作一种荣耀时也已经仅是作为一种虚有的念想，对于他们自己已是毫无意义，他们更是从没有想过自己的死真的会给人类带来多大的意义。当然，无由让他们来承担战争的罪责，他们只是被役使而来到战场，功在将帅罪在将帅，或者更不在将帅而在帝王。当他们的队伍覆没时，他们已同归于尽，当他们的部队凯旋时，早已没有了他们的身影，他们只属于昨天，属于苦难，属于战火，属于牺牲。

“春秋无义战”，那千百年的征战——长平之战巨鹿之战赤壁之战官渡之战淝水之战……谁是正义之师？又何为夷何为胡？何为蛮何为寇？更谁是义兵应兵忿兵？皇帝的穷兵黩武，开拓疆土，与兵士何干？卑微的兵士何须又何曾去关心与他们无关的鄙俗而荒唐的政治？只有谋求权力的统治者才需要战争，只有愚者才会迎合统治者的需要而愿做战坛的祭品。

从来是“终是圣明天子事”，什么“投躯报明主，身死为国殇”，“先望立功勋，后见君王面”，什么指点江山什么中原逐鹿，从来只是那些帝王将帅们的勃勃雄心。而“不破楼兰誓不还”，“人生自古谁无死”，“斩头何所伤”，“杀身成仁，舍生取义”等等，只能是那些将帅文人的歌吟，完全不能代表兵士的情怀，将帅文人的这种浪漫夸张，也真可能是一时的心情表白，也可能是沽名钓誉，抑或仅仅是心血来潮的诗兴大发。他们只需坐轿骑马，只需轻裘缓带，只需运筹帷幄，大可说些漂亮话风凉话。而那些疲于奔命、战生斗死的兵士却只有“相看白刃血纷纷，死节从来岂顾勋”，他们哪来这么多的壮志雄心？微微军士，区区兵卒，又何可见君王？何须报明主？社稷是何？国者为谁？何所来这全没来由的豪情浩气？他们偷生尚不及！什么“醉卧沙场君莫笑”，“尘暗旧貂裘”，可知兵士们正冻得瑟瑟发抖饿得饥肠辘辘，他们哪有貂裘御寒？何有美酒可醉？是也，这硝烟滚滚中他们多么盼望此时能有一杯半盏剩酒残醇来浇灌这颗暴躁狂跳的心,哪怕从此一醉不起。可是,“战士军前半死生,美人帐下犹歌舞”,分派给他们的只有鞍前马后,只有冲锋陷阵,只有浴血奋战拼死沙场,将帅越是雄才大略,兵士越是生灵涂炭,不变的规律总是“一将成功万骨枯”,“名高天下是将帅”。

他们也许焚烧过敌人的宫殿,却从未看见过属于自己的宫殿,他们不过是新起雄伟殿宇角落里那堆兵燹残留的余烬,早已烟飞灰灭。这时,却忽然看见宫殿内满脸堆笑的帝王将帅们正觥筹交错灯红酒绿,惨红的玉液琼浆里恰是飞溅着他们鲜红的泪血。

他们的亡灵一次次来到“英雄碑”下“无名碑”下,徘徊,驻足。他们明明知道当时曾许诺他们以生以死的帝王将帅们从此歌舞升平而不再吊古伤今,把过去——他们的一页已经永远翻过,今天却为什么又要如此郑重其事地煞有介事地为自己树起这巍巍丰碑?他们怎么也看不懂那些无人能晓的语言在碑记上刻下的印痕,在那里也没有找到自己的名字,他们的征战他们的苦难他们的一切都已“无记”,“被西风吹尽,了无尘迹。”忽然间,那巍巍碑记变成了一面随风飘荡的旗幡,上面书写着“社稷”“国家”等等醒目大字——昔日借以鼓动、蛊惑、调唆自己去战去死的不正是这艳丽的——反人类反生命反秩序的旗幡?你们之所要昭告世人还不是我们昨天的死乃是为了他人今天的生?我们究竟为谁而死?

最后,他们之悲痛而失望的亡灵来到他们的家乡,谁知早不见了旧日故园,一直梦他的春闺中人已杳无踪影,“少妇城南欲断肠,征人蓟北空回首。”如果不是来从军,我们也许会是个在行的庄稼汉、出色的工匠、成功的商人,或是位可安一方黎民的官吏,甚至还可能是一名卓越的诗人,命运却让自己做了兵士,欲生不得生,不欲死而死。这就是历史,历史并不总是按照理性与正义的要求来书写,历史对于被奴役者从来都是一张无情的面孔,面对无可奈何的历史他们只有暗自悲切。

“哀我征夫,独为匪民!”兵士,看似横眉立目,一身杀气,他们的人格却非常萎靡,他们整日里跋涉于荒野,挣扎于艰难,慑惧于军纪,怵惕于生死,他们没有任何属于个人思考和行为的空间,他们生活在别人的意志里,他们未能使自己成为人——一个有着自己人生的人。

伤心哉,秦欤?汉欤?将近代欤?“秦人不暇自哀而后人哀之,后人哀之而不鉴之,亦使后人而复哀后人也。”哀吾中华,浩浩军史皇皇战史,而谁见得早已淹没岁月烟尘的万千兵士的生死悲剧?

不由想起梁山泊的好汉们,也许他们才多少有那种追求自由的战斗精神,所幸他们的白骨终于没有漂来无定河。此时我更是怀念着两千年前的斯巴达克,他才是自由的真正战士,至生至死都在维护人的至高无上性,闪耀着战斗的人格精神,不论失败还是胜利,他们的生命都永远属于自己。

无定河,祝祷你血腥的一页永远翻过,从今不再遭受战火的蹂躏。你的历史不该延续,无由延续。

但愿世界的每一条流河,不再漂流白骨。

让兵士们安息吧,别再对他们提起战争,也别让他们那萦回在我们头上的灵魂再听到干戈声。

难诉梦怨

“事如春梦了无痕”，世间最扑朔迷离而令人恍惚朦胧的，莫过于梦境。

梦是冥冥中的幽灵。梦是来去无踪的夜游神。梦是无考的怪诞。梦不可思。梦不可说。梦不可描绘。梦不可猜测，梦是不被解说的。梦是一团混沌，永无分晓。梦不可自主。梦不可当真。可去解世析世，却不可去解梦析梦，梦是永远不可被捉住的。

梦是一面支离破碎的多棱镜，总是凌乱无序地照出岁月的影子。梦是一枚人生的哈哈镜，让人啼笑皆非。梦是一盘断断续续的生命录像带，连缀着一生的喜怒哀乐。一种原始的宗教意识正可能诞生于梦幻——当第一个猿人在树叶间被噩梦惊醒后，他就面对上苍发出虔诚的祈祷。

人生的脚步一路前行，梦的影子长长地留在身后，与你相形相随。人生相续，梦也相续。人生多长，梦也多长。人生如梦，梦如人生。岁月不再，梦却依稀，人生被留在梦境里，梦留住了岁月。无法改变人生，也难可逃避梦境。有时会让人觉得，晃晃一世，犹如一梦，“了知身不在人间”。

人在一生中会有许多清风明月的时光，难免也总有凄风苦雨的日子，往往是那些刻骨的不幸和痛苦更让人铭心，因此总是好梦不来而噩梦却频频相访。而且，好梦易随流水去，去而无痕，过后无思量，而噩梦却让人揪心，不能不耿耿于怀，“梦回愁对一灯昏”。梦境，己所历也；梦者，己也。——因何会有这可惧可恼可怨可惊可诧之梦境？它究竟说明什么或预示什么？不免勾起种种冥思苦想，惟恍惟惚，乃至入于迷信彀中，于梦之可解不可解中一时心魂缭乱，无端地生出些忧

和愁来。结果是梦而复梦，堕于梦而不得出。

可是，梦境毕竟源于人的思维，而人毕竟生活在现实中，因之无论好梦噩梦首先取决于人的生存境状，而这生存境状不能不是一种历史现象，直率地说梦境乃是历史所必然强加于人的一种命运承担；人无可改变历史所赋予的人生现实，也难可逃避特定的梦境环境，梦境作为人脑思维的特定反映，不能不深刻着时代的烙印。古代人即便梦见自己飞翔天空，也绝然不至目见现代的飞机或宇宙飞船；而现代人如果不借助图书、电影、电视等等外界印象，也断不可梦见自己如原始人那样生活在居穴处野的环境里。一个农妇会梦见自己拾得好多鸡蛋，一介书生却会做一朝中举的黄粱美梦，而很难让他们做相反的梦。

然而，梦境与其说基于社会环境或人生经历，毋宁说更是取决于人的神经特质。不难想象，两个人即便处于同一环境或同样经历，其梦境也未必相同，因为不同的神经特质会从不同的方面去感受外界事物——谁也无法知道这外界刺激所给予大脑之瞬间感触而形成的梦境原因。“人生达命岂暇愁?”豁达者达观者心如铁石者往往少梦，更少于噩梦；而神经过敏者精神脆弱者多愁善感者总是多梦，且多于噩梦——“独抱浓愁无好梦”。而且，前者总是能够善待梦境，梦者梦也，不论好梦噩梦皆可释然于心；后者却总是思思想想，耿耿于梦，往往是梦觉梦残——噩梦去还复来，而疑虑忧思俱增。聪慧之人，善驾于物，却不能驾于梦，往往愈聪愈迷于梦。梦已是几分虚妄，耿耿于梦而不可自拔，不能说不痴。不但痴，且浑。

平时看书总草草，名著《三国演义》也然，却敢大胆料想那位经纬之才诸葛孔明先生必多梦，且于梦耿耿于怀，试想那般料事如神那般鬼神不测，哪能不冥思苦索不殚精竭虑？绞尽脑汁的尽是攻城掠地、谋以“鼎足之势”“汉室可兴”之事，整日里操操切切营营役役，哪能安身睡觉？哪能不夜半入梦？“非淡泊无以明志，非宁静无以致远。”不过如此慰勉自己，实乃自欺之谈。“大梦谁先觉?”恐难自知也。

也懒得去查找黛玉小姐曾经梦否或梦之何也，却总是想，这位多愁善感的林妹妹必多梦。那样地“罗衾不奈秋风力”，那样地“冷雨敲窗被未温”，哪能不梦？且于梦中如何能不嗟不叹不忿不怨？此才女人生苦短，梦却漫长——长梦都是怨！更是“醒时幽怨同谁诉”！红楼一梦也，然而那份刻骨铭心、生死以之的“情”，岂能由一梦而所能“空”掉？可见曹雪芹氏必经过有如黛玉之大悲恸，必有一颗黛玉般敏感的心，梦由心出，梦境凝泪，心灵泣血！

沉思前事似梦里，鄙人正是这般忧忧戚戚之辈，无一点旷达情怀，且少年贫寒中年又逢乱世，实乃一噩梦中人。人生如何作弄我？梦又如何调派我？夫梦之情景，虽已为幻为虚，不可复得，而叙述梦中情境之我，固俨然犹在也。

一梦至今，临风怅伫。不哭天何负我，只哀梦何欺我。不信也做不到“哀而不怨”，既哀必怨。怨梦未断，只为有恨。可是又去恨谁呢？留予他年说梦痕。

“至人无梦，其情忘，其魂寂；下愚也无梦，其情蠢，其魂枯；常人多梦，其情杂，其魂荡；畸人也梦，其情专，其魂清。”自然做不了圣人，却也不愿做愚人，前生今世，一切都浓缩在梦中，伤心在梦中。

不知今夜，梦醒何处。

云天的遐思

醒与梦之间，飞机已是越过了白令海峡，飞临西伯利亚上空。

来时我把大片大片的感动留给了阿拉斯加，现时则为脚下这片广袤的土地而感到一种大美不言的神奇，犹似一瞬间触摸到贯通东西文化那根青筋嶙嶙的粗大血脉，看见了现代文明在这极地上空升起的那缕灿烂曙光，令我一时心潮起伏而沉浸在这古老荒原的种种遐想之中。

此前我曾追溯欧洲的西方文明，寻思它何以在宣布财产私有的同时，并没有忘记博爱，并没有忘记对他人对人类的关爱；代表着人类自身价值的肯定的人道主义如何以理性的力量进逼专制的黑暗、冲决宗教的禁锢，漾漾于酒神精神和阿波罗精神之中；西方知识分子如何在对自然界的征服超越、对自身社会的批判改造恰恰体现了人的真正价值，获得了精神和心灵的解放，而使自己成为“社会的良心”“真理的卫士”。——布鲁诺何以能面对火刑而凛然高呼“火并不能把我征服”。而现在，我更是缅怀着人类历史上特别有着光亮一页的俄罗斯知识分子——十二月党人，想起了这些反对专制、歌颂自由而被流放最终喋血西伯利亚的伟大先驱者。

空蒙云天里低回着拉吉舍夫在与自己生命告别时喊出的“人的死和不死”的血泪控诉，空旷的原野传来了恰达耶夫唱给被残暴杀害的十二月党人的“狂人的辩护”，我犹似看见了诗人普希金倒于血泊的身影，听见了他的“自由”的歌声，同时在耳畔回响着莱蒙托夫因友人的夭殇而“悲哀寂寞”的呻吟，我正在为车尔尼雪夫斯基面对“肆无忌惮的暴政”发出“怎么办”的泣血诘问而心灵震颤，我更是为杜勃罗留波夫用他二十五岁的年轻生命喊出“确立没有任何高贵的优越地位的平等”并最终捐躯而热血奔涌。为了推翻罪恶的农奴制度并确立正义的民主自由而去坐牢、服苦役或被处死的一个个伟大英灵，顿时昂立在我的眼前，令我不得不向自己提出一连串严酷而又无法躲避的问难——激昂大义，蹈死不顾，亦曷故哉？

仿佛俄罗斯知识分子一生要做的都是厌恶财富、鄙弃优渥，而去寻找精神的归宿。他们义无反顾地走向低层，走向民间，尽心尽意去拉近与劳苦大众的距离，以从那些受苦人中间拯救自己的灵魂。穷人，以其苦难的苍褐沉郁给他们以灵魂的震颤；面对穷人，就犹如面对拷打，那鸠形鹄面的人们就像立于岁月深处的精灵和历史墙堞的碑石，于苦难和神圣中撕开知识分子愁闷荏苒的雾霭。于是，托尔斯泰在深夜的塬上如狼一般吼出自己忏悔的声音。这是一个处在优渥环境拥有一切的人为不能忍受特权地位的呐喊，喊声凄厉，令人毛骨悚然。正如拉吉舍夫所说：“看看我的周围——我的灵魂由于人类的苦难而受伤时，俄罗斯知识分子便诞生了。”

也许，俄罗斯知识分子的灵魂从未圆融地贴近他们脚下的土地，因为他们的王国从来就不在这个喧嚣、混乱的现实人世。他们所要的是用伸张生命去感受生活，用纤细的神经去领略存在，用锋锐的思维去捕捉世界、宇宙那神秘的本质。他们要的不是成形具体的幸福，而是空气一般质地的自由和抽象飘逸的无限。此刻，我正穿越心灵的风暴，感受他们每一声沉重的叹息，每一次苦难的挣扎，同时看见了那片暴风雨过后美丽而宁静的天空。

“革命是永远不知感恩的，俄国革命对俄罗斯知识分子特别不知感恩，知识分子为它做了准备，但它却把知识分子抛入了深渊”。历史真是开了个大玩笑。知识分子原本只想在心灵建立一个圣殿，却不曾想在尘世创立一个乌托邦，却不曾想将有更加的专制在等待他们——革命以全部的努力和激情拒绝承认人性；他们逃离幸福，却是由温柔的疼痛变成不尽的哭泣。可是，这是些依旧可歌可泣的人，有忧伤多情的眸子，荡气回肠的歌声，为苦难而流泪悲悯的情怀，更是有着一颗为人民苦乐而悸动、愿意为之生为之死的高尚灵魂。

苍茫的西伯利亚似无尽头，而眼前始终一片空蒙云天。我却愿意相信，此时飞机已来到鞑靼海峡上空，向俄罗斯知识分子投去最后一缕深情的目光，我的思绪也便飞回了中国，于茫茫夜色中掀开那部冗长、悲壮而悲哀的中国现代史，探寻那些如火如荼岁月里中国知识分子的心灵历程。

所寻访者，或是先辈或是同代人，或是烂熟于心或是似曾相识，或是伟大者或是渺小者，或优秀或平庸，此时在我眼里都成为一种概念的抽象而非具体的生命，因此我都只需以一种完全的平等即平视的目光。有的只投以一瞥，而游弋于想象，有的则非逼视到白骨毕露、灵魂洞见不可。

这是天空的遐思，无有际涯，无有界限，当然也无任何衡量的尺度，一如这空蒙云天，悠悠绵绵，邈邈茫茫。

也许是龚自珍的一曲“奈之何不思变法”的浩歌，给较远的晚清煽起了浪漫热情，同时也开启了康有为这位海南学子的哀苦心智，忽然从“日埋故纸堆中，汩其灵明”中醒来，在览得“西书数种”并薄游香港“始知西人治国有法度”之后，奋然举起了“君主立宪”思想大旗，倡行“大同之世，天下为公”。湖南猛士谭嗣同相而发难，提出了“火其政救其民”的革命口号，矛头直指清王朝封建统治。中国这块沉寂、黑暗、停滞的土地上，终于燃起了摧毁那个古老而凶残的封建庙堂的熊熊大火。然而，一场可歌可泣的变法维新很快便失败了。只想借圣人“托古改制”的康有为不得不逃亡日本，最后做了保皇党，此时恐早已忘了“舍身而取义者也”。只有本来抱一腔“死无憾焉”热血的谭嗣同，仰脖而“我自横刀向天笑”，用鲜血捍卫神圣的信念。

跟随老师康有为而力主变法的梁启超，曾豪迈地喊出“除心奴”口号，立誓“勿世俗之奴隶”，然而这被称之世纪初“思想界之一大飓风”的风云人物，却在屡挫屡败中成了著名的“流质易变”人物，因有着种种不同的政治形象而为世人嗤笑，又谁知得“伤心人别有怀抱”！

严复与王国维，不愧一代文豪，他们却总是踟蹰在历史的驿站而走不出那堆故纸，让自己的生命在保守、拘泥和迂腐中一寸寸萎缩、消耗。昨日是“向西方寻找真理”，让人们知道了苏格拉底、柏拉图，今天却是“天下仍需定于专制”，叫人回到孔孟之道——恢复帝制的呓语早已淹没了天演论的光辉，不识时务的辫子已是玷污了学问的圣洁。

时而变法檄文，时而帝制大旗；时而立宪先锋，时而专制卫士；时神采奕奕，时黯然神伤；时光彩照人，时暗淡无光。也许那支世纪的烛光已经燃过，穿着圣人古老服装的康梁严王，他们的形象终已渐渐地模糊、灰暗，他们终以自己变化无常、无有定型的阴翳遮掩了岁月的光辉，让陈腐的观念拖进永恒的黑暗。此时他们已不再峨冠博带、长袍飘然，也不再清风盈袖、神情端然——连那个拖着一条长辫自溺昆明湖的形象也不再浮现人们眼前,真也是“人生只似风前絮,欢也零星,悲也零星,都作连江点点萍。”

谭嗣同、秋瑾、邹容,还有李大钊、瞿秋白,他们果然用自己的生命谱写了“危局如斯敢惜身”“我以我血荐轩辕”的悲壮,他们的头颅依然高仰,他们的灵魂依然昂扬,站在他们面前谁能不血液汹涌?然而,他们的光辉总是照耀在过去的天空,卓越的心灵常是绰约在不可眺望的远方,终于“鉴湖女侠,荒坟冷落。”——而今有多少人的灵魂可为他们的思想照亮?又有多少人走在他们走过的路上?那自诩是他们信徒的果然是他们的忠实追随者?他们血染的旗帜可依然有着当年的鲜红颜色?历史就是历史,历史的河流只会奔腾向前而毫不在乎它身后的河岸,历史更是全凭人们自己去体会、领悟。

孙中山以其矢志不渝的革命精神唤起民众,清王朝被推翻了,自己却积劳成疾早离人世。他的三民主义建国纲领,至今仍无法验证,不论其有多少理论光辉总是束之高阁,所奉行的博爱精神也已与时为远,惟那个平民总统形象一直为国人敬仰。孙本乃平民,当了总统仍平民布衣一如从前。今已行西服,不必为难高官大员也着中山布装,可是能否学孙先生始终做一介平民?或自视是平民?“公仆”等高调倒可以不唱,相去远矣。

寥寥数人者则不用今天寻访,今朝以往,早有拜见——“赖有斯人慰寂寥”。曾在未名湖畔凝眸,谒仰屹立苍穹的蔡元培铜像,惟是崇仰他倡导“思想自由”;曾多次在鲁迅像前肃立,为他“觉悟的智识者”的呼喊并一身耸然傲骨;陈寅恪的“独立之精神,自由之思想”曾如一道闪电,直击我的灵魂;虎跑寺的潺潺泉声里,也曾向魂魄一去廓尔忘言的李叔同大师叩问“天心月圆”的禅机。我一直都在追念着一个个特立独行之士所让人唏嘘的睿智、傲骨、苦泪、悔悟交织,他们用一生去守护他们所信奉的人文精神和民主精神,身遭不幸却永远葆有生命的飞扬凌厉沉郁悲雄,他们曾如此地激励我前进的脚步,终使我没有最后倒下。也许只有鲁迅、梁漱溟、陈寅恪以及胡风、聂绀弩、老舍、傅雷等等优秀分子才有一些傲骨,才能以冷漠凝定的目光回答人生的挑战,不惜用生命维护人格的尊严。学人陈寅恪,远权贵,疏政要,一生潜心读书,除此不知有他乐也。某日,传示某共和国元帅到访,照例婉拒。元帅知其脾性,随传语“无有其他,惟与先生论诗”。始知元帅也乃文化人,遂开门相迎。时,“运动”频繁,人而相斗,陈老先生从不诋人一句,也不在乎他人谤我——彼人也,予亦人也。身陷绝境,也无悔意,当然也决不弯腰,更不会跟

着喊“万岁”。像一个寂寞的先知，一头孤独的狮子，愤慨，高傲，遗世而独立，绝不向权贵低头，决不向世俗妥协。仿佛一只昂首天外的仙鹤，从不低头看一眼脚下的泥淖。孤高不群的灵魂里隐忍了多少智性的精神之痛！

熊十力、冰心、朱自清、徐志摩、沈从文、梁实秋、俞平伯乃地道文化人，他们以文为本，以学为重，淡名淡利最后也淡出了江湖，呕心沥血一生惟一叠清文传世。文星虽陨，其光长耀；那清白人生、隽永文章，已为人范。仅熊十力一句“羞于浊恶之众为缘”，已可击石空谷。他们却不免身后寂寞——于这物欲横流之时有几人能守得清寒捧起这如水清文？“古调虽自爱，今人多不弹。”

此外更一种读书人，比如周作人，比如汪精卫。正是周作人响亮地提出了“人的文学”的口号，他的一卷《雨天的书》已可传诵千古，文温以丽，意悲而远，却在讲究闲适、平和、清雅的同时竟是忘了外面的世界，终于一时糊涂而失节。汪精卫其人，其罪，皆知矣。且不妨看看他的诗：“留得心魂在，残躯付劫灰。青磷光不灭，夜夜照灵台。”“别后平安否？便相逢凄凉万事，不堪回首。国破家亡无穷恨，禁得此生消受，又添离愁万斗。眼底心头如昨日，诉心期夜夜常携手，一腔血，为君剖。”诗绮丽且不乏豪情，人却是一堆软骨头，身贱终卖国。写得出这等诗章的人，是不可以从政的，他却偏偏去做了“日本帝国支那特别行政区”的第一届“行政长官”。文人之悲也？政人之悲也？

曾几何时，曾开启一代人心智的大学问家胡适竟是去做了独裁政府的幕僚，再也未能像以前那样倡导文学革命、要求个性解放、颂扬人道主义。而另一位大名鼎鼎的文化人，也不得不趋时附势而不再如《凤凰涅槃》中翩翩起舞的凤凰那样向冷酷、黑暗、腥秽如血的宇宙发出一连串疑问、诅咒，而是在送上一阵歌颂以后便不得不久久地沉默。隔岸有自命不凡者颇讽于斯人，殊不知己之媚颜并不逊色多少。依也违也颂也责也，各为其主也，某种程度上都不得不依附于政治或者权势。时代之悲欤？个人之悲欤？举一国以奉一人，政治已是涵盖一切压倒一切，面对君临天下的集权政体——东方专制主义，知识分子的灵魂终于日渐萎缩，“沉默的国民的灵魂”不再呐喊，而又回到了苦闷的彷徨。“为学不作媚时语”，他们尽管也在著书作文，已是只能等因奉此，在一个固有的圆圈里循回，已是无可用理性或是良心来审视自己的作品，也不能勇敢地倾诉自己的心声，他们甚至不能躲开政治去欣赏大自然的美丽，可谓“一为文人，便无足观。”自然有不少人是心甘情愿地投身荒唐、鄙俗而疯狂的政治，即便在只许说谎的年代却也不能沉默，而是妙笔生花巧言令色，一再地高唱颂歌，同时一步步攀向权力的台阶，甚至恬不知耻地将自己之所为标榜为对主义的“忠诚”，是在实现某种“崇高”的理想，时至今日仍在孤守着“光荣”的过去——充其量不过是一帮戴着假面具演戏的无耻文人。权力对于读书人来说，永远是一杯鸩酒，是绝对饮不得的，也许中国知识分子在他们远离政治时还能保持一身清白，而一当涉足政坛便会沾上满身污泥。既然从政就应该伸张正义而反抗卑污，中国知识分子却总是缺乏这样的勇气，更是不具备这样的精神气质。

更多的知识分子却是闪躲于时代风浪，匿影藏形，将自己完全隐蔽、隐藏起来，而“让别人去战斗”。他们的灵魂似乎从来都没有觉醒过，除了应付生活便不再想到人的价值人的责任。他们不仅向自我封闭，更是向他所生活的社会、时代和所有的同胞封闭。你离他们很近，却无法窥见他们的内心，因为他们从不敞开自己的心扉；你与他们朝夕相处，却无法贴近他们的心灵，因为他们对谁都有一种本能的警惕；他们从不表明自己的观点，你只能从那微妙神情里探寻一丝真正的意向。他们不乏个性，却少有色彩；他们思潮起伏，却从不形成自己的主张；他们哀叹，却安之若素；他们针砭时弊，却不关痛痒；他们愤慨，却遵行传统；他们评论，却不敢触犯权威；他们希望，却在原地踏步。他们竟也不能如陶渊明那样“悠然见南山”、李白那样浪迹天涯、杜甫那样情系百姓、苏轼那样放浪形骸、婉约派词人那样“晓风残月”，也不能如曹雪芹蒲松龄那样走进裙钗或女鬼的情感世界而一时风情万种，如李渔那样梨园自娱而“似诉平生不得志”，更不能如徐霞客那样“问奇于名山大川”而啸傲林泉；而是非狂非狷，非风流，非抗执，平淡自得。除了委琐平庸，他们已经不再有任何色彩，更何谈灵魂之高尚！纵有志士仁人，然“孤怀寂寥，谁与为论！”愧煞读书人！

原来，熔铸中国知识分子灵魂的儒道文化传统，都缺乏现代人文意义上的自由意识以及对自由的热忱追求，他们没有那种“否定现实世界合理性的智慧和勇气”即抗义精神，终于喊不出“不自由，毋宁死”的心声。中国知识分子未能如西方知识分子那样享有民主的自由而独立于政治，从而使他们的人格选择蒙上了一层冷峻、严酷的背景色彩，他们总是处在一种非常惶恐的可怜境地，一有风吹草动便赶快进行自我设防，调整自我，而极力避免那种悲壮崇高的命运冲突，避免以生命为代价的灵魂超越，宁可让一切惨烈的对立冲突融化在主观心理的平静安宁之中，他们的灵魂不是在拷问后得到洗涤、净化和升华，而是开脱、安慰和谅解。

中国知识分子似乎非常重视自强自立，却始终不忘进退有时，如果说古代士

大夫们有着那种“非礼勿视”的安分守己，现代知识分子却是多了一份“远离是非”的圆滑。政治清明时，可以言直行正，一旦天下失道，则不妨在保持行正的前提下言论变得圆润一些。他们总是很容易退却、妥协，也很容易找到退却、妥协的理由与遁词。当他们热衷于名利时，可以扯起“修身齐家治国平天下”的旗帜，拼搏仕途，心安理得地潜身温柔富贵乡，而全然无视社会的黑暗和人民的疾苦；一当官场失意，政坛失宠，便可投入老庄的怀抱觅得闲适，以表面的虚静恬淡、物我两忘安慰自己受伤的心灵，回避激剧的痛苦、灵魂的冲突。就这样他们很容易地便舍弃了自己的使命感，从此不再有“乐以天下，忧以天下”的高尚情怀，当然也难可保持“不以物喜，不以己悲”的恬淡心志，心灵里已经没有一丝足以摇撼和燃烧别人灵魂的力和热，最多作一些心志已灰的悲哀咏叹，却永远不会获得老庄当年所孜孜以求的超越人格。在人生的十字街头，终于不能决然扯断对生命的执着，去追求灵魂的价值，而是不得不压抑自我残杀自我，不得不在滴血的屠刀下佝偻着身体，匆匆交出了一颗惹是生非的灵魂而丧失人格的独立。

中国知识分子何时才能用行动来为自己正名？

……

经过十几个小时的晨昏飞行，这架庞然波音 747 飞机该在北京降落了。

一阵喧闹，我被从沉思中惊醒。

梦犹未觉，梦或醒之间，我的手仍在抚摸着一记记苔痕斑斑的石碑，仿佛触手的是一部僵冷的历史，昔日狷狂之士谱写的辉煌一页早已淡远而被时代遗忘，人代泯灭而清音独远。曾在这块土地上崭露头角的人文精神和民主精神，终因屡遭压迫而日渐枯萎，已成了一个渐行渐远的背影。

谦谦似君子，依依而独立。我只想拨开路上的云雾去寻找远山那片葳蕤的竹林，我不想也不可能认识每一株竹子千形万状的神姿，只有当竹子自行脱却一层层包而又裹的外壳时，方会尽现它丰富的内在，那时，将更有一片新的竹林破土而出。

不知下机后我该否去打听那位心灵深受创伤的母亲——H 先生的住址，贸然闯进她的家里，向她表白我这不速之客——自觉不自觉也曾戴假面具演戏的我的一片愧疚，同时探询那位曾是她同学的北大才女林昭女士，而今埋骨何处，我将寻踪墓前，三叩九拜，祭奠亡灵。

而现在，我该如何收起这份遐思，并那缕感伤？

窗外，依然茫茫云天。

哀兮忠魂

寻访杭州知几回，各处名胜踏遍，而栖霞岭下那座高耸肃穆的岳庙，除了少时走一遭外再未涉足，不过一瞥门前那副“三十功名尘与土，八千里路云和月”的楹联而刹那停步。

联文由一代儒将张爱萍先生书，轻灵隽永，风神洒脱，恰是呼出墓主人生前慷慨激昂、气吞山河的一身英气。

壮士英年，南征北战，只将那功名视与尘土，何等胸怀！最后真的三十六岁殒命，却非血染沙场，而是罹难京城，砍他头的正是自己效忠的国君。说是秦桧以莫须有罪名诬陷，也可是真，而能下令处斩岳飞的只有高宗皇帝，秦桧却不能。

如说秦桧该跪，高宗更该跪，可是岳飞墓前跪着的只有秦桧夫妇，难怪这千古罪人于众人唾星四溅中眼神里总是透出几分怨怒，更是秦桧彼妻，那不是慈禧或江青时代，女人不干政，岳飞之死与妇人何干？跪着的两人中至少有一个完全冤枉。要讨公正，真该浪费几百斤铁，让高宗也跪着，恐不会有人这样做。

为什么高宗没有跪？或是高宗为何不能跪？

理由很简单，高宗是皇帝，历来只有臣之罪而无君之罪，君是天子，天子何以言罪？“普天之下，莫非王土。”君王无论多么昏庸多么无能多么无道，国有所误国有所失，皆臣之过，皆得归罪于臣。无论治国不堪，无论沉湎不治，君无罪。君不可辱，君不可侮，“天子圣明，罪臣当诛”，高宗焉可为一将之冤而受责？高宗不能跪，凡君王都不能跪，祸水只能泼给大臣们。不论明君昏君庸君暴君，死后照样该住高庙，照样该香火供奉。岳飞之冤已是永不可申雪，百姓心里却是通不过，总是

为他抱不平，于是便只好拿秦桧做替罪羊，看来这奸臣只好永生永世跪下去，当然还得让那位诰命夫人陪着。

中国历史上真正可让百姓痛痛快快骂的君主，也许只有一个纣王。纣王太其残暴是其因，更是其时无所谓天子，王并没有那么神圣，更是天高皇帝远，该骂时也骂得。纣王已远，无人再骂。也许自从秦嬴政自封为王之王之后，君主才成了替天立言的天子，才神圣不可侵犯，才不可骂。秦始皇焚书坑儒杀了那么多人，筑长城死了那么多人，依然皇恩浩荡，只能山呼万岁，而不能骂不能批评，乃至数千年后仍有人称颂其如何如何统一中国如何如何伟大，更是令多少帝王效仿不及。近有电影《英雄》上演，刺秦者竟在秦王面前一时顿悟成佛，终于不再向秦王拔剑，秦始皇真是成了顶天立地的英雄，英雄绝代。一个秦始皇，电影里电视剧里炒来炒去不知炒了多少遍，如此这般给他一再打扮，古人说时势造英雄，现在则是凭空造英雄，皇帝们个个感情丰富，明察秋毫，体恤民苦，简直成了歌颂帝王的时代。惜乎愈是颂为圣帝明君者，愈是狠毒、残忍、猜疑、阴鸷。“凡帝王者，皆贼也。”

如说英雄，战国时代的英雄也许轮不上秦始皇，秦始皇只是独夫，而非英雄。倒是齐国隐士颜斶有几分英雄气概。齐王要他做幕僚，允享富贵荣华。颜斶说：兰玉生山上，一经雕琢，璞就碎了。我宁愿清静寡欲，节操纯正来娱乐自己。真个归真返璞，终身不受屈辱，岂非英雄也。

好个无赖朱元璋，因少时做过和尚，当了皇帝以后最是忌讳“光”“秃”“僧”一类文字，见徐一夔贺表上写着“光天之下，天生圣人，为世作则”时，因“生”而想到“僧”，因“光”而想到“秃”，因“则”而想到“贼”，遂怒而杀之。这位只想溜须拍马的徐先生，不意却丢了性命。“小犬隔花空吠影，夜深宫禁有谁来。”高启颇有韵味的诗句实写宫女的寂寞，有点像元稹的“寥落古行宫，空花寂寞红。白头宫女在，闲坐说玄宗。”明太祖疑其讽于己，遂予腰斩。诸如此类，不知多少文人学士，因而丧命。朱元璋生前杀人如麻，死后仍有多少人头落地，凡曾侍寝的宫女一律殉葬，称其家属为“天女户”。荒淫已荒淫到了极点，凶暴已凶暴到了极点，残忍已残忍到了极点，可是依然一代国君，数百年后仍有人称颂其丰功伟业，他所入土的孝陵一如相邻的中山陵照样谒者不绝。凡王都伟大，更是开国皇帝，都该歌颂，都该朝拜。

更何况高宗乎？比高宗坏的皇帝多的是。秦始皇没有跪，明太祖没有跪，宋高宗当然也无须跪。中国历史上骂皇帝的人少骂奸臣的人多，更是秦桧严嵩，千百年骂声不断，更有何人骂高宗乎世宗乎？王权思想既是载入了史家书籍，更是印进了百姓头脑，吠影吠声，如之奈何？

岳飞幼受母训，尽忠报国。忠尽矣，国报矣，却是落个杀头的下场。国者为谁？忠而为谁？忠而何报？这“八千里路云和月”究是为谁奔波？岳飞也许至死也没有弄明白。呜呼岳君，而已于斯，谁或使之？其可哀也已！

眼前未见岳飞墓，却是幻出文天祥的身影，写下“人生自古谁无死，留取丹心照汗青”沉郁悲壮诗句的他此时正走在北去的路上，只是不再朝廷战将，已是一名元人俘虏，壮多少悲多少哀多少。“臣心一片磁针石，不指南方誓不休。”九死一生，生死不渝，可是明明露出一缕私心——“一片磁针石”不过昭彰“臣心”而已，总是效忠君王，难怪曹雪芹说“可知那些死的都是沽名，并不知大义”。而当文天祥守节而亡命漠北时，赵家王朝早已一旦覆没，再无人知他一片忠心，哀兮忠魂！

也许杭州的风光旖旎只适合苏轼柳永等浪漫文人吟诗赋歌，只宜于许仙白娘子性婉情柔，空旷的岳庙终于几分冷落，也许岳飞文天祥等赫赫战将本该到苍凉的黄河边去觅得永久的归宿。

“王者取天下，必有阴谋。”刘邦朱元璋都是做了皇帝便杀戮功臣，杨广诬兄、杀父而称帝，李世民杀太子而逼父让位。朱棣举兵攻破南京，夺了侄儿王位，命方孝孺起草即位诏书，不从。朱棣以“灭九族”相威胁，答曰：“虽灭十族，亦不附乱。”朱棣果然灭其九族，再杀其学生，以凑“十族”之数，受害者共八百七十人之众——哪一个王朝不是这样争得夺得？这里必须作个附注，方孝孺辈貌似壮烈，却非英雄，无非“忠贞不贰”，“不事二主”，可哀可叹！

王权的特性便是权力的不可分割性不可转让性，从而决定了它的专制性独裁性。专制主义决不容许其他的主人；一当专制发言的时候，立即就没有诚实和义务可以作为指南。专制主义的原则就是轻视人蔑视人，使人不成其为人。所谓是非，只是王权的尺度，再无其他的衡量。王权必然专横残暴，王权的本质便是专横残暴。王权的专横残暴必然要求并造成臣宦绝对服从的奴性。为君臣者都必须也必然有一种本能的奴性，极盲目的服从便是奴隶所能拥有的唯一美德。所谓忠，即是奴性的诠释。臣者越近于君，越须奴性越具奴性，宰相丞相等等往往是最忠实的奴隶，地道的相，地道的忠臣，地道的奴才。官宦的此种奴性人格或人格定位既然取决于王权至上的历史环境，不得不如此低首下心，一切受制于王服帖于王，同时也是思想心灵深受数千年儒学熏陶的结果。孔老先生早就说了：“君使

臣,臣事君”,“君臣也,天下之达道也”,“臣事君以忠”,“为人臣,止于敬”。他可是如言如行,你看他,“君在,踧踖如也”,“摄齐升堂,鞠躬如也,屏气似不息者”。这是孔子为一切朝廷官宦设计的理想模式,也是为自己作的绝妙自画像,儒家的历史观说到底便是王权专制主义。诚惶诚恐,战战兢兢,哪个为君臣者不如此?“有声当彻天,有泪当彻泉。”最厌恶最瞧不起的便是这等王前唯唯诺诺而完全萎缩了人格的奴才!说来有些可怜,王者总是惯用权谋,为阴为阳,为云为雨,不由官宦们惶惶自保,越是一片忠心,岂有他哉!需要他做牛马就做牛马,需要他做豺狼就做豺狼,需要他做鹰犬就做鹰犬。

不做奴隶不行吗?不为官为臣不行吗?而谁能完全淡忘了高官厚禄?“天子为皆有于欲,无欲则无为矣。”无奈人是欲望的复合物,无法让自己变得淡泊如水,总是逃不脱物质的诱惑。孔子说“爵禄可辞也”不过是句漂亮话,说说而已。无欲无求,说起来容易,做起来却难。武则天当政时卖官鬻爵风行,有的今天花千银买个官衔,明天便把脑袋赔进去了,依然有那么多人钻营官场,只因官中便可享荣华富贵,便可万世留名,中国仕者心中永远有一个不醒的黄粱梦。

也许,深层地说做官的动机并不一定都是为了物质享受,更可能是为了一种荣誉、名声,以博得人们的尊敬与称许。在另一首诗中,岳飞就曾吐露心迹:“白首为功名”。那些为官者尽管男盗女娼,同时却非常注重自己的形象,注视着自己的名字,患名之不立,求以“是以声名,洋溢乎中国”。他们平时所关心的只是官场中的升降沉浮和个人得失,“苟安其位一日,则一日荣。”越是这般心迹,越是装得道貌岸然,越是像个正人君子,越是戴了假面具在王前人前演戏,也大盗大奸,也大忠大信,都不过是沐猴而冠的把戏。究其实忠臣未必就是清正,未必就是清廉,也许倒比别人多几分谋略与奸诈,却是更多欺骗性,而当帝王无道时忠臣更是未必就比奸臣好多少。

民不过是君之民,所谓的忠也不过相对于君,乃心王室而已,并非一般意义上的忠诚忠信。一切听命于王,王指鹿为马便指鹿为马,王颠倒黑白便颠倒黑白,无论忠臣奸臣皆已失去了忠信的品性,不忠不诚已是一种本有的禀性,作为臣可谓之忠,就做人来说已是失去了忠信。萧何为汉而举韩信,又为汉而除韩信,于汉不可谓不忠,而对于韩信——作为人的一般品质,已是奸,可谓忠信丧尽。萧何式人物,历代都有。典型的忠臣模式便是无声无臭,惟命是听,这样的臣子自然不能为百姓作主为百姓做事,断不可为百姓着想,“忧其君”而已,岂可“忧其民”耶?忠

而何用？又何所谓忠？忠臣无疑是王权最忠实的维护者，忠臣的全部活动和惟一目的便是效忠君王，如果说君王的种种不义或残暴总是由言听计从、俯首贴耳的忠臣所施行，那么更是为忠臣表面的温良恭俭让所粉饰所掩盖，从而不能大白于天下。

骤然想起了伍子胥，乃由少时一曲戏文勾起的回忆。伍奢被诬拘押，授命书与伍尚、伍子胥二子，书信竖着看命其速速赴京，横过来则万万不可。伍尚信守"君欲臣死不得不死"应召，终与父一起遇害，伍子胥则逃亡吴国。此后伍子胥辅佐吴王打败了楚国，继而又征服了越国，吴王却轻信谗言，赐剑伍子胥自刎。楚王吴王皆无道，当年可叛楚王，今天因何不能背吴王？也许伍员已老，也许已是叛过一次君不忍第二次，不愿落个不忠不信的千古骂名，逃生于叛的伍子胥最后仍不免死于从，刀可杀人，儒理也可杀人。也许伍子胥总是反对吴王与西施风流也是赐死原因之一，他总是以为女人是祸水，贪色必误国，伍员也太迂腐了，太政治化了。

中国数千年政治无非帝王之道帝王之术，封建的阴魂却是绵久不散。海瑞乃几百年前人物，却令二十世纪共和国元首神经过敏，再次演出了现代海瑞的悲剧，古代海瑞不过还乡而已，现代海瑞则受尽折磨而丧命，同时送命的当然还有那位当代的海瑞崇拜者。如果不是一人专权，比如由议会等民主表决，决然出不了这荒唐事。这样一类的事儿还不少，当在"伟大光荣正确"的会议上公然践踏宪法而对一位共和国主席横加诬陷时，惟有一佼佼女子没有举起不该举起的手，说是她假装睡着了——数百名中央委员只有她的理性、良知清醒着。

中国这块古老的土地上有足够的理由产生孔子孟子朱子程子，产生仁学论君王论忠奸论，却总是不能诞生柏拉图的理想国，不能生长民主、自由的花朵。

中国需要的是人的文化。

任何的解放都是把人的世界和人的关系还给人自己。

向人依旧

漫漫一生，几多前尘旧影，几许人际交往，几何爱恨缠绵，其中多少却是那般彻骨而永恒心底，让你感念感恩感伤感恨，无可释怀。

1

小时家贫，常受亲友邻居接济，却总无涌泉之报，由是时时追怀。

年世渺邈，早早离世的姑婆已是墓穴不存，然而她之戴一副包头眼遮去半头白发的模样，因为一双小脚走路时颤颤巍巍的样子，一直深印在稚嫩的心灵里。姑婆甫婚而鳏寡，由于难舍那份家业，终不再嫁。却知多少年后她之年轻的弟弟弟媳相继去世，两个年幼的侄子随成孤儿，她不得不返回故里以支撑起这个她生活了数十年的老家，同时把自己每年收得的几担租谷捎回家来，终使这个本来难以为继的家庭得以维系而可勉强度日。晚年，姑婆无奈重还旧居，孤身一人，静待天年。姑婆终于渐衰渐老，母亲常常打发姐姐与我或我和弟弟探访姑婆，每每带上母亲自己做的包子或烤饼一类的点心，此时姑婆的脸上总是绽一丝笑容，也许母亲的一片孝心并我们的成长便是此生惟一可告慰于她的欢欣了。其实母亲初嫁时姑婆并没有善待母亲，相反地有些刻薄乃至不近情理，然而深明大义的母亲完全明白，姑婆这般心性德行皆因长期贫穷形成的节俭本性使然，母亲更是懂得无可指责的姑婆所关爱的首先总是自己的侄儿，母亲终于原谅了姑婆，而不记恨于她。母亲心里更是清楚不过，只是由于姑婆的自我牺牲才有了今天这个家。母亲传递给我们的对于姑婆的这份情感，一直怆然于怀，未因岁月而淡忘。姑婆的一幕幕，忆来恍如昨日，在那里正是折射出一个时代的生活场景，一份铭心的温馨，一片刻骨的辛酸。梦中常常独行踽踽，走在探访姑婆的那条崎岖小路，荒山秃岭，乱坟败草，凄然心惊，苍凉如诉。岁月无声，孤魂何处？

父亲因贫故与亲戚疏，小时我们惟与舅母往来。依然记得舅母的那片热忱，声声亲切叫唤犹萦回耳畔，她那颗至亲至爱、如冬日阳光般温暖的心，多么地慰藉了我之童年凄苦而有一片人间温馨。若干年后当已然浓浓黑须的我出差来到舅母家乡时，舅母是何等的欣喜，写在脸上的笑容分明在说："长这么高，这样有出息。"不仅温暖了那颗总几分茫然的心，更是激起一份终于荡漾胸中的自信，也许正是舅母的称许与鼓励让我更有理由直挺挺走在人生的大道上。舅母贫寒，惟以一颗心待我。舅母一生凄凉，对她的片片祈愿终然成空，中心怊怅，载怀载愧。

从小居住的"长弄堂"院落里，数那位堂婶与我们亲近。见我家穷，她有时送我们一两件旧衣，过年时更是常常分我们一把饴糖，心里每每感激。那年却是奉命回乡动员乡亲"卖余粮"，至村方知他们早已无粮作炊，堂婶一脸阴郁，问我"这日子怎么过?"我随以"之后会好起来"相慰，堂婶将信将疑之际竟也露出了一丝笑容，而我不过是徒托空言，终于成了一句无可兑现的谎话。多少年后家乡更是民不聊生，农人无不忍饥挨饿，而此时之我早已自顾不暇。堂婶得以苟活，堂叔终于毙命饥馑。每见堂婶，夫复何言。某年春日，已然迁居杭州的母亲邀堂婶来聚，不期堂婶因为意外未寻得我家住址，在城站火车站苦坐一宿又不得不返回东阳，随成终生憾事。对堂婶之一片愧疚，未尝须臾去怀。梦里依稀，犹闻堂婶呼我乳名，而我，终无可告慰于她。婶婶，原谅我。

一生一世三代人，我家数与隔壁尚贵阿公有一份情缘，也最受其恩惠。阿公除了种地，外开一爿南货铺，还算宽裕。阿公平时不言不语，也不愠不躁，默默于种种营生。他该是我们家的第一个大恩人，大哥读书从中学到大学都得其资助。阿公自己一字不识，却如此崇尚文化注重人才，且这般大度，何等风范！正是阿公，培植了何氏第一个大学生，也从此开启了这个小山村的文化之门，终于学子代代。曾几何时，风云变幻，民生凋敝，值此阿公已老，无奈成一肩挑小贩，形单影只，风雨来去，凄苦度日。正如他生之默默，最后悄然离去，并没有多少人关注他的人生，更谈不上有谁可为他树碑立传，也许我那篇几千字的散文便是他之可见诸文字的惟一记载了。后来我们对阿公也有所答报，总难比阿公深恩。那年回乡，弄堂口恰遇阿公儿辈惟一健在的三媳，见了我她立即拉住我的手，许久也不松开，想来半个世纪始于阿公的两家情缘已然尽在这一握之中了。匆匆离去，回望绵绵山岭，总是叠印出阿公的身影。不由我频频行礼，以我一生的深情。

弄堂南端住着一位堂姐，姿致娟娟，贞淑娴秀，村人皆称许。她乃某财主养女，定亲于养父侄儿，不料彼男战死沙场，堂姐也便贞静自守。堂姐常常端满满一碗米饭来我家，说要和我们换玉米羹吃，倒出来时碗底竟是数块长条火腿肉，这般行藏只是为了躲开吝啬的养母。我家的玉米羹惟搀以咸菜煮以清水，无荤无腥无色无味，连我们自己都难以下咽，堂姐如何爱吃，显然是找个借口飨我们以美食；分明馈赠，却托名交换，而不至有伤我们的自尊，一颗何等善良而聪慧之心！堂姐后来却与大哥萌生恋情，大哥丰骨秀貌才调无伦，与堂姐正好男才女貌。父亲却是木人石心，以为堂姐既已定亲，于此便是二婚，终未首肯，孝顺的大哥只好作罢，堂姐不得不远嫁。那位姐夫虽有差使，貌却不扬，堂姐上轿时终未有一丝笑容。若干年后大哥告病来家，终于病势危殆形销骨立，堂姐闻讯赶来，榻旁凄然，相对默默。直至年老，堂姐才从楚地返居故里，此时大哥早已离世。闻说堂姐回村来依然住当年那间闺房，仍睡那张花床，与大哥当年病榻仅一窗之隔。是忆是念？是笑是泪？无人知晓。对堂姐，永是一汪亲情，一片牵挂，更一份祝福。

2

也许爱红颜，也许惜才子，抑或重疏狂，竟有那么多人走进我的视线而在心里惦念着怀想着。

少时随二哥去庙会看戏，剧中一幕尽管不甚了了，却牵我情怀。那位青年女子蒙冤被处以火刑，其状不堪惨烈，台下却一时人头攒动，以能一窥女伶半掩半露的胴体为快。我竟由剧而人，对那位玉肌花貌的妙龄少女萌生一份爱怜——“依稀记得芙蓉面”。不意若干年后四处飘零的彼女伶随团来东阳演出，某日罢妆后却来我处叙话，其时我正充任政府文化帮办。她粉黛不施，铅华洗尽，见之落落大方。说话时，温声细语；闲坐时，羞晕满颊；悲伤时，眉黛低垂。似曾嫣然而笑，那笑容却像月光一样是凄清的衰弱的，又像是梦里的影子，轻轻一掠就过去了。悲多怨极，一段悲惋惨恻的人生经历纵令她不可自已，竟是珠泪盈睫。也许太多凄苦太多屈辱，需要向人倾诉，更希望有人同情怜悯，乃尔能对她有所眷顾与庇佑。而我却终因过于年轻并不能完全体谅她之苦衷，终也未能如她所企望的那样给她以更多的安慰。她话中隐隐似有所求，又羞于直言，我也只妄言妄听而没有当真。她匆匆而来依依而去，望着她渐行渐远的背影，心中忽然一阵惆怅。彼女子从此离去，再未相见。“艳色天下重”，她却因貌美而屡遭苦难，一如她当年饰演的剧中冤女,终于委弃芳尘。其实当时我完全可以为她做点什么,却终于没有伸出我的手去,不为也非不能也。而如果我当时真的能有所帮助于她,难道她便可……多少次地自问,多少次都被自己否定,而多少次都成深深的自责。美人已逝,芳魂犹存!

县医院杨女士者,与其说技之高超为人称颂,毋宁说貌之美也受人青睐,可谓丽绝一世。也许只因她之种种遭际恰是附会了“红颜薄命”这个历史的灰色意象,我竟不由自主地一直在探寻着她的生命轨迹,最后却终于变成一声无言的喟叹。

只因为墙上那张青春飞扬的照片,引得某军官魂梦以之,随嫁作他人妇。一日战败,彼国民军官亡命家乡,杨女士千里寻夫来到东阳。不久彼军官被判罪发配边疆,杨女士只得携幼男稚女勉强度日。越数年遇某科长,竟也一表非凡,两两相悦,随成连理。新婚燕尔,不料彼科长以“汉奸”罪入狱,一样流放边陲。当彼科长套上镣铐被带离会场时,暗忖带走的岂止彼科长一人,更是葬送了两个人的幸福,忘情之际像是带走了自己的亲人,天妒红颜!此悲此痛杨女士自然有所流露,却被视为反党定罪“右派”,一时跌入无底深渊。岂料三十年后彼军官获赦归来,央杨女士重归旧好,彼军官本来相貌平平,现时更不见了一丝英气,只因政府说合,杨女士也便答应,名为夫妻却从不同床共枕,也许杨女士早已心随彼科长。谁知彼军官不久遭遇车祸,一命呜呼。彼科长原是冤案,终于昭雪,却音讯全无,毕竟日子久远,那份情感已然淡去。后来多有求婚者,杨女士早已无意于此,爱情已经陌生,幸福早已离她而去,毕竟已是美人迟暮。时耶?运耶?命耶?一段段婚姻纠葛一次次感情跌宕并人生的诸般苦难,杨女士再未诉于人,只是独自冷清,也许多舛的命运已令她感情麻木,已经萎缩了自己的人生。杨女士年轻时多少人为其姿容超绝的美丽所引而频频投眸,而今终于老去,爬在脸上细细密密的皱纹恰是映出了岁月的沧桑,却从那里透现出深锁于心的片片幽怨。

韦某乃多年同事,我终不因他曾在民国做事而与之疏,那年却也为其妻子免除了一场行将降临的政治灾难,随引我为知己。韦父为黄埔学子,伯父乃蜚声文坛的武汉大学教授,诗礼传家也多少文人风采。平时流连诗酒,懒散无拘,凡事皆不放在心里。闲时便去垂钓,收得几尾小鱼就烫一壶黄酒,约我同饮,苦寒中却也添一份温馨。某日,韦君夫妇与我三人闲坐叙话,彼妻忽然说起该村某奇人,诟其行为怪僻,也许多少也是为了揶揄夫君——“懒懒散散一副懒秀才样子”。所说奇人往上海求学,读完美专读音专,才华横溢,豪情激越,经济拮据时便上街卖画为

生，而一当凑足了是日资费，便携夹归去，无论人们如何求画任是不卖。土改时恰回乡里，家父已老，也便替代父亲上台接受批斗。不知何时立下规矩，散会后被斗之人必须四肢伸直滚出会场直至某地，惨不忍睹。民兵见其可怜，中途赦免他，他却不然："不需怜悯。既滚，便滚到底。"从此却成"另类"而务农在家。这般潦倒却有兴致写戏，集编导、作曲于一身，竟让村文工团演出了一场又一场文明戏，沉浸金石丝竹的种种悲喜之中而一时忘了现实处境。日之久矣终于度日艰难，缺米少柴时便将粮食、麦麸、萝卜、野菜一锅煮之，与猪同食——"任人笑生涯"。田间劳作，不论晴雨一顶斗笠掩去了半张脸孔，目不视人也不理人，有人喊他只当没听见，逼急时便一句"认勿着侬"。甚矣君狂矣，为之莞尔，为之捧腹，为之绝倒！眼前韦君无此奇人之遭际，也无此奇人之兀傲之疏狂，可是一副闲云野鹤、燕处超然的样子却几分相似，恍惚间好像彼妻说的正是韦君。此种处世态度只有懂得人生真谛的人方可做到，已是几分庄子风范。韦君之高明处，恰我不具也，韦君恰于不经意中给了我一份人生的启迪。韦君已矣，思君忆君。有谁可为我再吟咏，重见潇洒魂魄？

从"五七"干校遣散正漂泊无定，领一份苦差而来某中学主政，对时局的一腔愤懑终于不可抑压，随命撤去"大批判"专栏，停止对"牛鬼蛇神"的一切批斗，凡言只字不提"文革"，对几个张牙舞爪的造反头目更是冷眼相向，乃于会上公然放言："本来是正义对于邪恶的批判，现在却成了邪恶对于正义的批判，有必要对批判之批判进行批判——批判之批判的批判。"同时又以"派别本来自阴暗心理"一语掩去了造反者头上那圈虚妄的光环。一日终于黑云压城，以前在诸种场合的狂言此时都被一一抖出，罪之大也不被处死便是入狱。语文教师周先生者，洒脱有名士风，然酒狂，不持仪节，当年曾倾力编导某现代剧，剧中那位女演员之天姿国色曾令多少人倾倒，少年之我也一时惊艳，从此深记周先生大名。其时，凡会必诛我讨我，尽管上台表演的不过几个闹剧小丑，会场却是一派肃穆气氛。几回也，会前当于众人坐定时，周先生忽然间哼一句"我们的好书记！"愕者有之喜者有之怒者有之，谁都知道其中意味，而此一句不过"样板戏"唱词，"英雄"们终也奈何不得。说来周先生民国时也曾与政治瓜葛，而可授人以柄，终也不顾。今夕何年，今世何世，竟有人歌我赞我，而此一唱该是何等胆量！当时没有出卖灵魂而降，也因周先生鼓励也。公之逝兮，一去寂寥。

3

风云际会，此生竟是经历了那么多风霜雨雪。感谢岁月，遇见了那么多好人。抱怨时代，遭遇如此多的苦难。痛悔自己，竟有多少言行不得不自怨自恨。相信并非只是自我的尺度，理性、正义、良心恰是它真正的天平。

无由也不想去赞美那段历史，今日我之如此怀一份留恋，或许仅仅为了寻找自己倜傥少年或梦的青春期——早已迷失的自我，从而延拓消逝的岁月。

风雨潇潇春寒料峭，"下放劳动"而来到偏远山区，落户胡某家中。办食堂粮食充公时难为胡兄偷偷藏下一箩糯米，饥肠辘辘便烧一小锅火腿糯米饭，再去供销社打一壶黄酒，两人欢然对酌，一时忘了苦忧。某日深山砍柴，挑下山来顿觉腹中奇馁，腿软而不能举步，胡兄帮我放下担子让我坐下歇息，自己则挑了柴担飞快下山，再而返回接我。山间田畴，如此这般，不知几回也。春夏秋冬，阴晴雨雪，他分担了我多少苦难，更是慰我心灵几许。回城后他偶来作客，我也有时访他，依然对饮对酌。他从来沉默寡言，至多莞尔一笑。梦中幻中，总是走在那条盘曲蜿蜒、险峻骇人的山道上，前方大树蓊郁，房舍错落，胡兄正伫立村口，候我迎我。

落叶西风时，被派往诸暨"四清"。某日劳作田野，忽大雨来袭，寒冷而狼狈，收工回到住处于百般无奈之际，却见一女子款款走来，腼腆含羞中向我举来一只大碗，竟是满满一碗滚烫姜茶。显然，女子此举乃承母命。独在异乡为异客，寒中无人雨中无人，这碗姜茶已是永远地温暖了我。从此再未返旧地，乘车路过时每每骋目远眺，想望能再见到那位女子，同时默默祝福。多少年后往访诸暨某中学，坐定时却见对面那位面容倩丽的姑娘活脱脱便是当年女子，莫非是她的女儿，贸然探询。莫莫莫错错错，可见我何等的情意绵绵。

有周女士者少时侨居美国，归国后随夫君辗转南北在多所学校任教，一日丈夫移情别恋，便只身回东阳独居。与周女士交往中，初时感其和蔼慈祥，那里所流露的是基于博爱的善良；继而知其心清志雅、孤芳高洁，她那颗纤尘不染的心灵像是一汪明净的湖水，它拒绝任何利禄的引诱，也决不屈服于权势，任何力量都不能改变它原来素朴的本质；最后却是惊叹于她之娴静、优雅、委婉、羞涩、温柔——中国女性少有的内在的温婉内敛，此女性之天性也即美丽之所在其中所蕴含的恰是最纯朴最自然的温情柔情。是年，周女士旅美儿子返乡归来，至此母子暌离三十年矣，心中喜悦自不待言，拜会时却知她突然将我拉去一旁，柔声曰："当我第一眼

看见你，就在心里把你当作我的儿子。”“深心未忍轻分付”，原来她思儿心切，无奈如此相慰，今日得与儿团聚才有勇气将一直深埋心中的情愫尽兴倾诉，竟是经历了何等的思子之苦！年近八旬，周女士得以回到她曾经生活了数十年的第二故乡美国。行前话别，她从抽屉取出一本黑皮旧约《圣经》，一时声颤音哑：“今生我全靠这本《圣经》支撑，是它在一直安慰我。”她欲语凝噎，突然话锋一转：“你被‘游街’的那些日子，我天天都在为你祈祷。”一言肠断矣！一位苦苦于命中挣扎的茕独老人竟时时为我牵挂，能在我落难时祝我佑我，这是何等的深情！这是一颗何等圣洁而善良的心灵！大爱至悲，终于热泪难禁。“送君南浦，伤如之何！”盈盈望断，周女士终然不归，惟眺望大海，遥寄一片思念。

彼中学血雨腥风时，惟恐一帮无赖暗中害我，周君者闻知即时搬来与我同住，从此形影相随，无一日或离。怅平生交游零落，惟与周君仍可“回首对床夜话，目尽青山怀今古。”周君，已是永可慰我。

多少多少人终无可记，也许他之默默，也许他之平淡，也许早已疏远复无可忆，更何况终归不能一一，无疑他们依然是我生命中的片片投影，也总闪耀过自己的光芒。

一直鄙夷那些没有灵魂或是灵魂卑鄙的无耻文人，他们总是为种种的残暴与黑暗唱赞歌，竟是愚弄了多少善良的人们。从来冷眼那些专事钻营的政治投机者，正是他们，让专制的轮子得以顺利地一再转动，而使我们的民族屡遭苦难。而此类小人总是应运而生，且往往走运，焉能不怨不忿？

奈我根本就生活在一个悲剧的时代，而我更不过是惟一权力之下的服役者。许多时候我总是不得不违背本我听凭驱遣而随言随行，甚至不得不戴着假面具演戏，而成为专制机器中的一枚螺钉。我曾默许农民对地主施以残暴。我曾闯去教堂宣传所谓之“唯物论”。我曾强入寺院“规劝”比丘比丘尼还俗。我曾领命主持“反右”大会。我仍然记得我曾向善良的人喊去那声毛骨悚然的吼叫。我的心在对抗“左祸”，却在人生的路上留下一个又一个“左”的印记而让自己蒙羞，同时玷污了历史。我该向多少人说声对不起，乃至下跪请求他们的原谅。我无由因为陷身政治而为自己开脱，我不得不沉思每一个属于自己的脚步。我深为惭愧。我深感卑微。为那些不光彩的岁月，我一直深深地自责，一再地在忏悔自己。历史不可倒转，也不能涂抹，这永远背负的心灵十字架，已是上苍对我的应有惩罚。

而我，却终于无法否定自我——我曾有的理性曾经的良心，还有对于正义的追求；我之灵魂一如清晨雨后澄澈的天空，依然清白。我不曾投降世界。

已矣哉，年少的风流与青春挥掷已是春梦一场。

惟有长江水，无语东流。

铭心都几许

浮生蹉跎,多少岁月都如浮光掠影般被模糊了淡忘了遗落了,只留下少许记忆镌刻在心灵深处。却知惟有此些许而零散的光阴,才能连接起年华转动的整个链条,映照一幅斑驳破残的生命画面,同时带给你人生的深刻感悟。

1

故乡多少日子,最后都浓缩为瞬间的某种印象,故乡只是红砂岩满目的贫瘠,只是挂满了蛛网的破旧房舍的片片幽暗,只是堆放在弄堂里一垛垛黍秸瑟缩于朔风的声声凄厉,只是浮现在村人脸上的缕缕愁郁,只是出殡时和鸣着啼哭的鼓声锣声的阵阵哀号。故乡所能在心头泛起的,惟是苍凉。故乡恰似三月杜鹃,声声啼苦。

故乡,终于成了一曲永无终了的哀歌。

或许心中的故乡仅是那个特定年代的故乡,然而除它而外我无可设想另一个故乡。总觉得没有多少理由,可以让我去爱那个不曾赐我以福祉却是带来无尽苦难的故乡。诚然有时也会想起它,不过是在怀念自己的岁月,乃是留恋自己。

故乡者之所以可爱,至少得让你能领略它的美丽,同时可为你提供理想的或起码的生存环境而感到幸福,不然便不足以唤起你的一片情感。命运并没有赐予我这等美妙而理想的故乡,自然我没有理由可以责怪于它,因为它与我一样同属无奈,一切全凭自然的造化,而必须承担自然所赋予的一切,可是我还是自然而然地把童年的苦难归咎于如此令我失望的故乡。

当我这样地诉说着时,我的心里不由浮上一丝罪感——我竟在奚落生我育我的大地母亲,然而,我却不能不说出我心中真实的幽怨,“苦啊苦啊”——我那时的心总是哀伤不已。

终于以为,故乡或是祖国,很可能这是一个被历代诗人抑或统治者一再渲染并且终于被无限美化神化了的词语,或许本身它便是一种原始崇拜。所谓之“可爱的故乡”“可爱的祖国”未必也不可能是所有时代所有的人都会感同身受而可一致认同。

多少年多少代,人们不正是深陷故乡或祖国的种种苦难?

不由寻思:故乡是何?祖国是何?我何以非要爱它?所爱,究是什么?

故乡或是祖国对于许多人来说无非是生于斯长于斯而已,如果可能他们也许会作出另外的选择;人之本性总是要躲避丑陋与贫穷,向往美丽、富庶而更为符合人的自由发展的处所。故乡与祖国对于某些人来说其实不过是一种无可奈何、身不由己的勉强认可,他们心里未必会对它心怀感激。“心泰身宁是归处”,令他真有一种归属感的未必是自己的出生地,事实难道不正是这样吗?

无疑地,只有当故乡或是祖国让人觉得可爱、同时给他带来幸福时人们才会去赞美它讴歌它,那才是一种真正的从心里喊出的爱,而非虚妄的文学式夸张或如我们所经常看到的那种盲目因袭而莫衷一是的虚假的爱。试想当一个人只是由于故乡或者祖国的原因而令他陷入绝境或无以为生时,难道他还会或者应该去歌颂他的故乡或者祖国吗?最令我茫然者,恰是故乡,或是祖国。

当歌则歌,当责则责,切不可一意地虚伪奉承。人然,故乡然,祖国亦然。

故乡——祖国,毕竟是现实存在,而非想象中的神祇。凡现实存在的,都不可能完美。

“故乡”——“祖国”的概念恰是容易让人局促于狭隘而自囿自闭。极具讽刺意味的是,当陷入绝境时的唯一出路便是背井离乡。不论出于何种原因,大迁徙却总是无可辩驳地给人类带来难于想象的历史性进步。

何不投目远方!

2

十年寒窗,苦读苦学,大哥终于大学毕业而可走进那艘远洋轮的驾驶室,一直于贫寒中苦苦挣扎的这个家终有了出头的一天。却知父母亲还来不及舒展愁眉,

厄运便已降临,随轮船滞留香港的大哥却是患病而住进了医院。十痨九死,死神已在向他招手。

这天罢耕回家,一如往常走去泥屋,想必母亲此时正灶下作炊。连唤几声,都不见母亲回答。我快步向前,母亲这时才缓缓抬起头来,映于一片火光的脸上竟是珠泪莹然,泪水无声地从她的双颊悄悄滑落到柴堆上,却无一丝抽泣的声音。静默中她忽然一阵咳嗽,随而咯出一口鲜血。继而又一阵咳嗽,又一口鲜血。一时神魂俱碎,却无可言说,惟是木立如痴,偷洒珠泪。我愿意为母亲分担一切,哪怕用我的生命赎偿她的苦难,然而终于无可改变眼前的一幕。

母亲此一刻哀绝悲绝的样子,便这样永远印进心里,宛若一记永不凋蚀的碑石从不退去。

这便是我的母亲,我印象中的母亲,我的永远悲苦的母亲。

心中的母亲,便这样被永远定格在这悲惋怆恻的一瞬。

母亲幼时失去双亲,17 岁时来到这个家。除了苦寒的日子,并没有一个真正关心她的人,藐藐孤女,曷依曷恃?无奈的她一次又一次爬去前山坡上,怅望远方那座孤峰独峙的八面山——那个永远离开而无可告慰于她的家乡。这是何等凄然的一望啊,一看一回肠断。

岁岁年年,日日夜夜,纺纱织布,碾米磨粉,做鞋补衣,做饭喂猪,腌咸菜腌萝卜,晒谷晒豆晒麦晒玉米,愁米愁柴愁衣愁被,愁旱愁雨愁霜愁雪,愁借愁还,终无一天舒坦的日子,终没有可松一口气的时候,始终看不见一缕可以照亮黑夜的光亮,始终没有一线希望可以融化心的哀伤——“心之忧矣,曷维其已!”漫漫岁月,母亲竟是承受了多少苦难!经受多少心灵的重压!

母亲纤弱的心海里,如何盛下这多的苦哀!

母亲一生何以如此悲苦?为什么就不能也分一份微笑于她?

每想起母亲,心中便一阵战栗。

从未为母亲祈祷,心里却无时不为母亲哭泣。

母亲终含泪而去。

“谁失去了母亲就失去了让他依偎的怀抱、向他祝福的手和顾眷的眼睛。”祈盼慈母魂魄来入梦,儿重依膝下。

梦影迢迢,梦中的母亲依然苦绝愁绝悲绝哀绝。

多少回梦中哭醒,梦醒犹哭,“梦回清泪一潸然”。

3

“文革”一场灾难，大哥不得不迁来瑞石亭那处阴暗的房子。父母已老，自己久病，更感于时局，大哥终于日渐颓丧。日子已变得暗淡。

大哥却照样看书写字画画下棋弹琴，忧借以消，怒借以释，牢骚之气借以除；才有所聆听，有所抒发，有所倾诉，人生方可有寄。

这天，大哥再次为我弹奏我特钟爱的《二泉映月》。不知是由于阿炳富于传奇色彩的凄凉身世让他情之所起，还是由于《二泉映月》韵味悠长的优美旋律令他兴之所至，大哥竟如醉如痴把这支他早已烂熟于心的曲子拉得如泣如诉，一时让他不可自已，竟是潸然泪下。琴声如春水，在我的心灵里泛起层层涟漪，一声声悠然意远。渗入我心头的，仿佛不是琴音，也非乐谱所要表达的旋律，婉婉诉说的乃是他的洒泪泣血的种种人生经历，他的无限忧伤却无从倾诉的深沉情感。大哥敏感，自尊，孤傲，悲观，忧郁，他多么想抗争命运，却终为命运所折——视一世事无可当意者。震颤琴弦的，惟是愤怒，绝望，沮丧——字字句句都从心弦弹拨而出。

顷刻间，眼前飘过了大哥昔日留在我脑海里的一个个倩影，或年少清秀，或青春英俊，或西装革履，或长衫围巾，儒雅风流的大哥正与我迎面而立。最后却终于回到现实，坐在我面前的大哥已是形体消瘦脊背微驼，更是气喘吁吁——他的身形心影都已落满了秋霜的苍凉。大哥究能撑到几时？不由悲从中来。大哥犹沉湎琴声，未能从旋律的宏大轰鸣中回过神来，似在回忆似在叹息似在沉吟，也许此时，种种社会体验、人生经历、理性思考一时间都向他涌流而来，纵令他浑然忘我。不由将我之全部目光都倾注在他那张异常平静却又表情丰富的脸上，这充满诗情而又悲郁的一幕，便这样永远烙进我心底，同时溅起一阵撕心裂肺的疼痛。

“人之善瑟者，有悲心则声凄然”。琴声犹萦耳畔，如梦似幻，惟恍惟惚，仿佛是在永恒空间里一个浑身战栗的孩子的一声叹息，更像是来自心灵地狱的哀号——这是一个在骤然而来的凄风苦雨中反被洗涤一新的落魄文人对于世事有着全新的领悟后喷薄而出的风骚绝唱！这是心灵的飞越与澎湃，这是神魂的飞扬和陶醉，让我感受生命熔岩的灼热与滚烫，我的每根神经都在微微颤抖。

似乎一时间我终于读懂了大哥的一生，他的风骨他的聪慧他的灵气他的情志——生命之全部蕴含。原来，他本身便是一曲超凡脱俗的琴音，一阕无限博大的天籁。

不得志于时,抱愤而卒。未几,大哥便已离世——读书人一声长叹!

瑞石亭的房子降下更浓更深的幽暗,再无散时。岁月于我,便仿佛是一种静止。泣血的悲伤,永驻心间。

大哥命苦,大哥命短,却已倾尽生命的全部华彩写下了应有的斑斓,终在天地间充分地展现过自我的色彩。

大哥的琴声依然如泣如诉,萦回在我心灵深处。让我缅怀,让我悲痛,让我落泪。

4

阴风怒号,乌云翻卷。车窗外忽地闪来那片熟悉的黄土地——依然那般荒芜,那等苍凉。

正是那个农场——"五七"干校旧址!当年曾落魄于此。

场长乃当年养猪姑娘,全国劳模。她一字不识,更是从未涉足城市,往昔省人大会议期间,作为代表团随员的我每每关照于她,怕她坐错了车或是不知方位而走失。某日,迁居杭州的母亲忽然想起要见见这位养猪姑娘,曾作客我家。"罪过老实人。以后你要多帮衬她。"门口临别,母悄语耳边,且三复斯言。

红色飓风肆虐中国大地时,养猪姑娘意外地为红都女皇钦定为省红色政权次长。

这天田间歇息,对面那人摘下斗笠,原来乃养猪姑娘,一样地裤腿高卷,同样地汗流浃背。惊愕之际她忽地凄然而笑:你也来了。她从来寡言少语,此一时仍不过寥寥四个字。音容笑貌依然几分亲切,且一如往昔同样地十分平和。身前身后皆"黑类",夫复何言,一阵无语。

那场旨在倒"周公"的运动来势迅猛,于某中学主政之我被指"现行"。几个居心叵测的造反头目意欲对我采取强制措施,却为县当局拒绝。造反英雄改而走"内线"——妄图获得这位红色次长授意而逼迫县当局就范。养猪姑娘除了数言葆我,再无一语。所葆,也仅人品而已,与政治无涉。自然,此一节待数年后我方知晓。

一日女皇倒台,养猪姑娘也被审查。其实,红都女皇之所以点将养猪姑娘,并非真的青睐其人,不过为了充作实现其野心的政治筹码。养猪姑娘依然养猪人,依然忠厚依然纯朴依然腼腆,她决然不会也无可攀上权力的台阶。随传话:她不属于政治。千万别为难她。却知解脱不久,她便亡故。或许因为过度劳辛,或许太之清贫,抑是蓦然间觉得自己的人格被撕裂了,再也难可获得心理平衡并感情慰藉,终郁郁而殁。

骋目而望,当年那记忠字碑嵬然犹立,却终于没有了当年色彩,已是斑驳破残,同样地透着苍凉。或许她的坟墓就在离它不远的地方,我本可或本该下车来彷徨一会,我却终于没有这样做,我怕这满目苍凉满心凄哀纵令我不可自持,乃至失声恸哭,为她,为自己,为那个年代。

这苍凉凄哀,直是渗透到骨子里去。

5

某日奉命赶去会场,坐定时却知周围空无一人,见我早已挪向他处。斯时方明白我终已沦为一名戴罪的异教徒。

“我虽然‘游街’出丑,仍然是个体面的人。”彼时心中多少还可坦然,现在却分外感到孤独与落寞,着实体味那番世态炎凉,领受一份冷漠与轻蔑。人情淡薄,一至于斯,人性之弱点,于此昭然。

多少时间里无一人与我来往,我也不想与人交际——“欲话怀抱无人同。”滔滔天下,知音谁是?自觉自愿孤立于人群之外,只是彷徨斗室,独自静默独自寻思独自伤心——处此时会,焉能学太上忘情,悉置一切于度外耶?惟以忧患终其身而已。太多人生苦难,那颗卷曲的心从来就不曾舒展开来过,只是寸心自矢,战战地守着那份本分与顺从,从不敢张扬,更不会张狂,不知今日却这般固执,是艰苦环境终使我变得坚强?抑是信念不再朦胧?

我无可选择——我无法拒绝精神的挑战,只有袒露我的灵魂迎接血与火的人生洗礼,哪怕被厄运击倒。虽然悲哀,却并不消沉、颓唐,而是慷慨悲歌、饱含着悲天悯人的深沉情感,倾泻出满腔抑郁不平之气。究竟谁是冷眼人?横眉该向谁?我正是不愿沦为俗流。

此时心境,正适于冥思和颖悟——“热闹处着一冷眼”。

尝大苦痛,品大悲哀。于孤立中自信,于孤独中清醒。

这颗赤裸的心,自由而高傲。

需要时,我会再次领受孤立,享受孤独。我愿意我永远是一出悲剧的主人。

我有了向自己祝贺的理由。

6

一生中竟有那么多奇妙而美丽的时刻，让你体味多彩的人生，感悟生命的意义。

山岭悠悠，树影憧憧，野花隐隐，夏日傍晚行于山间小路，一条小溪潺潺相随。不知是溪流的节拍与我的心音相唱和，还是我心的律动和鸣着流溪的旋律，一颗心也如溪水般欢快。生命便是这般如溪水，一路歌唱流向大海，毫不留恋它之多姿的堤岸，只是无罣无碍地坦荡决绝地奔向永久的归宿，奔流便是它永不枯竭的生命。如此，生命才通达才顺畅，才盈满才美丽。

千难万险攀来高山之巅，飘然而至云端，目无所见。眼前已是四大皆空，不由喜也放下忧也放下，放下即解脱，终一时超度。或许人有时应当目空千古，视色无色，入色现空，只留一丝真情，一缕真意，全然禅子的冷然心境。

从盐湖城去波卡特洛市，一路山峰连绵，莽原无际，愈行车愈稀山愈低，终无一处房子，更不见个人影儿，惟是一片鸿蒙未辟的原始。来到宾馆门前，夜幕将落未落，远远近近惟一痕山影朦胧月色，不闻天籁，不听人语，几不知身在人间也。人，我，自然，浑然如一。眼前只有永恒的自然，永恒自然的永远的自由。一如此处自由生长自由开花的草草木木，我是自己的我，真正自由的我。群星合唱的天宇下，静静站立着一个聆听的赤子。在大自然的构成中，最富神性和美学启示的部分，乃是荒野；本初，纯粹，自在，正是荒野之境，也是人性眺望的境界。

立于尼亚加拉瀑布一侧，看一派磅礴气势，听一片震天巨响，早已魂惊魄悚，不知今夕何处，一颗心不由随瀑流而汹涌激荡，奔去那个不知的前方，从此再也收不回那颗飞驰而去的心而更为无所畏惧，瀑布终于成为一种力量的象征而激励着我之悲郁人生。生命如瀑布，当不局促一处，不迟疑停滞，而是一往无前地向那个无可选择却惟一正确的方向滔滔而奔，哪怕路途艰险，哪怕粉身碎骨。此谓生命之气度，生命之本色，堪为生命的称号。

当从斯坦福大学那条洒满广玉兰之片片绿荫的小巷穿过时，当于康乃尔大学玲珑秀美的比比湖畔漫步时，当下榻湖光波影、花木参差、小楼隐约的巴布森学院时，当栖身风景如画的新泽西森林路时，以为这般清雅秀丽之所在不仅是理想的处所，更是心灵之皈依，不忍遽而离去，真希望生命的脚步从此打住，何须再飘零。请让我长眠，这忍不住屏息的景色已让我的心灵沉醉。既为生命当向往美丽追逐美丽，于美丽中陶醉，于美丽中忘情，于美丽中奋昂。是为真性情，是为真人生。

晚间来到湖畔,冰冰雪雪的湖面月色浮泛,一片寂静中恰是映出了人生的岁月,照见了自己赤裸的灵魂,正好忏悔自己,最虔诚的忏悔自己。忏悔未必说与上帝,只需向朦胧的月色倾诉,诉向月色便是与自己的灵魂对话。宁静,空灵,灵魂才会升华,方可自由。

当飞机翻越北极,恰于这无所南无所北、亦昼亦夜而无所时空概念之际,一轮红日冉冉而浮,大也圆也盛也炽也美也,却咫尺之近,一颗心灵被完全震撼而忘其身之所在。再投眸苍穹,外与天际,四望如一,不着一物,不染一色,视之无端,察之无涯。茫茫宇宙,说之有,却空无所见无可言状;谓之无,却分明可感到那个无所不在无所不包的空蒙。眼前只有这虚旷玄远、苍茫迷蒙却令你心悸的宇宙;海洋,山峦,河流,湖泊,旷野,国家,政府,领袖,英雄,情愫,理想……有形的无形的,一一都隐去了,不由怀疑并且卑夷从前曾经那般在意那般热心那般崇仰的一切,它们竟是那么渺小那等微不足道而又那般滑稽可笑。“大其心以体天下”,卑微的我忽然变得高傲,从此我只需瞩望博大、壮丽而永恒的宇宙,用不了再去斜睨滚滚红尘,睥视芸芸众生。

望太空兮心浩荡。

初　魂

银辉泻地。

仰望,仍是儿时明月。

揽镜,鬓已成霜。

曾怨岁月匆忙。曾叹人生苦短。今日忽成归人。

不禁自问:缘何我会踏这样一条人生之路?因甚终使我成为“此”我而非“彼”我?

思忖良久,终无可答。

难道只是由于那颗初始的灵魂,那片本我的童真之心?

却知这稚气的心魂竟是延伸出童年疆域,贯穿我的整个人生从而决定了我一生的命运。

这玄妙、神秘而诡谲的初魂!

可曾料想,它却仅仅来自那份贫穷那片无奈。

重峦逶迤,乱山嶙峋。土薄,田瘦,溪曲,塘浅。无一丝秀色,无一线生机。这便是我的故乡,或曰家园。老小一村人,朝斯夕斯,所可赖以为生所能体味的只有这满目的荒凉与贫瘠。

屋破,灯暗,衣褴,食粗。日出而作日落而息,终点与起点重叠;岁月,生活,只是一成不变的简单重复,了无生趣。与其说是生活,毋宁说是劳役。只有生活的重压,而无人生的欢愉。只是为了活着,为了活着而活着。迷失于生活,又沉溺于生活。生活早已失去了意义,又何从诠释生命?没有欢笑,只有眼泪,泪却只在心里汇积，无由流出——泪太沉重。

恰是穷乡僻壤，兵匪不至，祸端不起，没有纷争，没有喧嚣，倒也宁静而安谧，“原始”的宁静“清贫”的安谧。世界在黑暗中沉寂，一再的困顿中这些可怜的村民终于变得胆怯、委琐、冷漠，不再抗争，不再企盼，甚至也不再祈祷——天何佑我神何恩我命何顾我？不信神灵而又不得不委顺命运，终无可抚慰、排遣现实的痛苦。却也不愤不怨，不愠不怒，不狂不野，一如村前那口水波不兴的池塘，无澜无漪，无声无息。生也默默，死也默默。无勇迈果决，无远思遐想，无血性焦灼，也无所名利得失恩仇荣辱，只是忙于生计应付生活，只有身的劳苦、心的凄茫。

终于没有了宣泄郁闷的机会，没有了倾诉哀怨的地方，没有了稀释痛苦的时机，再没有呼号的理由和力量。倘若他们能有一颗流浪的心魂，也可慰心灵几许，减去许多心的痛苦，却是不能；善良而本分的他们恰是经受不起任何惨烈，不敢正视淋漓的鲜血，只会循规蹈矩墨守过去，而不会冒险去闯荡另一条生路，寻求另一种人生归宿。有时也说梦说鬼说强盗说风流说传奇，却很少有自己的故事，至多一些灰色的乐趣，多半是为了自嘲，以打发那片寂寞无聊。有横笛有锣鼓有唢呐有社戏有庙会，却总无自己的歌声舞影，没有心的欢乐。荣华富贵美满姻缘等等只在千篇一律反复无已的戏曲中演绎，欲见除非梦中。毫无生气中一切都归于平淡，无大作大为无大起大落也无大悲大喜——除了生老病死。我从未看见过他们开怀大笑的样子，我从他们身上只读懂了一种笑容，那便是苦笑；所谓的奸笑冷笑狂笑谲笑阴笑狞笑之类本非人之本性，更不属于他们。写在他们脸上的，从来只有那片无奈的阴郁。年复一年，只能望一秋又一秋雁声把高天啼冷，看山岭空茫，见岁月沉寂，品命运凄苦，尝人生悲凉。生是无奈，死是无奈。

然而，他们靠了自己矻矻终日、不舍昼夜的勤勉终于摆渡了岁月之舟，凭着自己永不自馁的坚忍不拔之志终在人生的海洋中撑过自己的船去。

他们单纯，却理智。他们寡语，却温存。他们拘执，却本分。他们静默，却热忱。他们胆怯，却矜持。他们小气，却勤俭。他们贫贱，却自尊。他们恰是拥有人天性中之隐忍、内敛、坚韧、谦恭、平和、宽厚、凝重，本色自然，至真至纯。

生命的意义决非由无力的叹息或哀号所表达，必须用无言的艰苦卓绝的行动来实现它的神圣宗旨——心中所有的痛苦终于化作默默的劳作，把岁月交给苦难。

以山川悟永恒，从日月悟光明，由天地悟正大，假生之乐悟慈，借死之苦悟悲，

忍辱负重，默默耕耘，在困境中挣扎，于绝望中求生，终在天昏地暗中觅得一条生路。不戚戚于贫贱，不汲汲于富贵，抱朴守拙，安身立命，以一颗从容淡定的心，更以一种超乎寻常的韧性与顽强支撑起艰难的人生。一如山岙那株枝干遒劲的苍苍古松，尽管缺少华冠却从来傲然挺立，历经风雨而不倒。也似横亘四周之绵绵红岩，哪怕岁月沧桑，风雨剥蚀，却风姿依旧。宛若溪畔之一蓬蓬常春藤，时序更迭，四季轮回，始终绽放一片绿色，生生不息。这是生命的光辉，人生的洗礼，灵魂的交响曲！

他们何时不在搏击风浪拼搏人生，不在挑战命运拓展生命！他们恰是在极端恶劣极度艰难的环境中默默地奉献自己的人生，淋漓尽致地展现生命的色彩，昭示了平凡生命的伟大。只因为他们敦厚寡言，羞于表现拙于表达，终然无由从那神态冷漠、表情木然中窥见其丰富的内心，岂知看似平静的心里却是燃着一团永不熄灭的熊熊之火，涌荡着一首铿锵激昂的生命浩歌——从胸膛里震颤着飞扬而出的人生之歌！

故乡始终是一个主题，一个忧伤而甜蜜的情结，一个命定的归宿，一个渴望中或现实中的最后表演舞台。故乡于我，只是永远失落的乡愁。多少多少岁月里，我都因为故乡的贫瘠而频频叹息，为了乡亲无可挣脱的清贫而悲天悯人，由于自己的青春终于没有摇曳出风花雪月的快乐时光而深深痛惜。我像一个失路的落魄者，一直在漠漠夜空中追求那轮圆月的明光。今天，走过冷风斜雨的旷野，行过霜雪载途的荒芜古道的我，蓦然回首，不复存在的心灵伊甸园却在眼前重现。猛然间仿佛听见了生命时钟在心灵深处行走的声音，父母亲的呼唤在天地间亘古回荡。岁月人生之一页页，又从幕后安静的无极之中走了出来，鲜活如初。被尘土覆盖的心像是受了暴风雨的洗涤，顿时清澈明亮。一时间我的生命被无限地放大了扩大了，清晰而明丽，更为绚烂多姿。我终于看见了我之生命的源头——灵魂，那颗永在的初魂。

海天茫茫，风尘碌碌，人在江湖漂泊，那颗初魂却一直停泊在原处不曾跟我远行，纯朴如初天真如初，于冥冥中鼓动我引导我去说那一切做那一切，或爱或憎或执或弃或迎或拒，我竟一一遵循而无丝毫的违背或超越——这初魂几乎就是一个游离体外、天马行空而可任意向我发号施令的超自然存在！抑或我之一片纯朴天真终于飞离现实而成了无形无体的一团凝立空无的灵魂？而灵魂不正是人的精神的“自我”的栖息地？无论怎么说，这初魂总是一直默默地在血脉间流淌着。无疑地,我属于初魂。与我相牵相连而维系我一生的,正是这初魂。

纯朴天真正是率性自然,天性要求自由,毫无约束地发展自我的自由个性,不愿受任何外力的干预与限制,尤其不能容忍政治的冷漠与专横。

终于明白了,我之所以总是本能地与当下政治保持一种恒定的距离,总是不能随俗流而上下浮沉,唯是我无可违背那颗纯朴天真的初魂,忘我之天性而任凭左右、降心相从——与生俱来的禀性让我无可选择地拒绝一切非人性——非正义非良知。无奈我之志操我之人生观早已定格在那片童真的初魂里。幸乎不幸乎,此纯朴天真与眼前政治如此地格格不入,却总是顽固地要执着于自我,自觉而自愿地、战战兢兢地迎接种种的挑战而放逐自己,置灵魂于久久的压迫之中,屡战屡败,屡败犹战,终也不愿退缩不肯妥协无由放弃——“付与时人冷眼看”。灵魂之为灵魂正是无法改变自己,无可背叛自己。身躯可以屈膝下跪,昂扬的灵魂却永远不会低下它之高贵的头颅。世上并没有生活的教科书,不是我选择命运,而是命运选择了我;是历史、环境成就了我之为我。我只属于时代,荣不我有,辱不我有。我只是我。

也难怪不论依然守望在村的农人,还是出走另一方天地的谋生者,无论穷达无论顺逆无论成败,他们都始终葆有原先那个本真之我:不求闻达,不谋显赫,不喜张扬,不事浮华,始终一片天理良心——“大人者,不失其赤子之心者也。”只是由于那颗纯朴的初魂不能使他们成为另一个“我”,走进另一种人生。

而所有这些,此前我因何竟浑然不觉?懵然不晓?仅仅用“贫苦”二字概括而了事?因何我之思维总是“形而下”而不能“形而上”——由物而人、从外观现象到内在本质?因何我之目光总是停留于表象而不能深入本原去探究人的内心——灵魂?

我竟这等的无知、浅薄!可见我多么误解了自己的人生,多么委屈了我本该尊敬本可爱怜的乡亲,多么亏待了我之生命得以发轫并且有着传奇色彩的这片土地。今日,终于恍然醒悟!热血在周身奔涌,那颗本不敏感的心在微微颤抖,既愧且慨,慨而又奋,奋而终喜,喜极而泣,终潸然泪下。不由我弯下腰去,向远方的故乡久违的乡亲深深作揖,请求他们的原谅,宽恕我这懵懂、不恭而负心的游子。游子悲故乡,故乡是恍如隔世的梦境!

“失却童心,便失却真心;失却真心,便失却真人。”尽管迂腐,却未失此真心。真该感谢那份“贫穷”那片“原始”。不是赞美贫穷与原始,而是礼赞由它孕育的这片纯情。风雨岁月，跌宕人生，皆是这片纯情，都因了这片纯情。即便我并不留恋或者并不珍惜那段岁月，也总难可割舍这片纯情。唯是由于这片纯情，终使我的一颗灵魂没有颓丧没有沉沦没有堕落。这真是一首痴情的恋曲，一支凄哀的挽歌。感谢初魂。讴歌初魂。

日出日落，月沉月升，人生的一页终于翻过。

童心何在？初魂何处？浩渺苍穹，是否有“永恒”——不死的灵魂长驻？心灵深处，可有个纯真的你？初始的我？

时间是一条永不休止的河，我将守住最后一个童话——回复我纯朴的、美丽的童心。

飘然而去

谁都有生时，谁都有死时。

来自于尘土，也必归于尘土。

人生总有落幕的一天。

倘若一个人没有因为饥饿因为病疾因为战争或别的什么原因而夭不终命，不论多么艰难终于一步步走向生命的终点，他的人生便可算圆满。

然而——真正地说，仅此尚不够，还得视其整个生命历程是否体现了某种人生价值或人生意义，是否曾享有人生真正的欢乐，体味多彩的人生。

也许当一个人走来生命的终点时，所有这些对他都已经并不重要，此时最关要紧的是值此弥留之际，他究能处于何种生存境况，将怀有怎样的心情。

只有当他入于暮年而来至最后岁月时，得以处于一种闲逸而非局促的生存境况，得以怀抱一种欣慰而非哀伤的心情，他是以微笑而不是泪水向他所生活的世界告别，即是说他是自然而然地、安静而安详地合下自己的双眼——用自己的手拉下生命的帷幔，流星般优雅划落，这才是人生完美的谢幕。直至生命终结，他都葆有一个坦荡而真实的自我，始终拥有人的尊严。

也许，此便可称之为人生之大圆满者，也才是人生之大气派大境界。

我多么希望，我的人生里能有这样的一幕。

且不论我之人生价值或人生意义，然而我却可以无愧地说，我曾备尝艰辛，我曾饱经风霜，我曾经历血与火的人生洗礼。我曾无限迷惘，我曾几度彷徨。我曾怀抱理想，我曾贮满忧伤。我爱过，恨过，我曾认真地生活过。没奈何所有的日子

都一一零落在苦难里，却又对人生必有的缺憾不能报之以坦然，做不到"知其无可奈何而安之若命"；灵魂依然激荡并且燃着火焰，它不愿在自己狭隘的躯壳里居停，总喜欢作非分的幻想和憧憬。我的人生瑰丽而凄怆。

我曾经不止一次地陷入痛苦的回忆，而每一次都清晰地看见了洒落在身后的一摊摊苦涩的汗水与那一片片依然散发着腥味的血迹，遗留在岁月里的一鳞一羽——时光的暗影，纵令我欷歔不已。无限的回忆，无限的低回，又何能改变历史的一页？分明怨恨不得，也惆怅不得，当任其自然，任凭自身，我却总是想反抗命运，欲叛逆传统，仿佛一种傲骨嶙峋的气度——"临大节而不可夺"，可是最后还是被碰得焦头烂额，不得不低下头来听任命运的摆布。本来身处乱世，或痛苦不安，或隐逸逃避，或游戏人生，那时我何以非要选择那至苦至悲而又最不幸者——断送一生憔悴？一生劳瘁竟何为？有时我多么羡慕那些麻木不仁的人。祈愿水一般流过的时光，淹没那些不堪的记忆，让残梦化为飞烟。

我曾经一次又一次地忏悔，为那些不光彩的岁月，为自己那些无可言说的过失以及所曾愧对的人。在那片冷冷的月色里，多少回我仰望苍穹，让自己的脸上浮起阵阵愧赧，任泪水涔涔。当我这样无情地甚而有些残酷地拷问自己的灵魂时，惟一可以告慰自己的是我从不曾说谎而始终信守诚实，我的感情从来真挚而没有留下任何的虚伪。可怜的渺小的心，毕竟有过这样一次天地之鉴、万物之镜的体验与经历。

我更是千百遍地思索过——以前我曾如此地热衷于思索，我总是在无限沉思中情不自禁地翻开一面面人生的册页，刨根问底直至白骨毕露灵魂洞见，全显历史的真容。仿佛一时置身于哲理之砖砌就的围墙之中，所有的思维都变得清晰而更为理性，痛苦的心竟是发出一个又一个泣血的诘问。然而茫茫宇宙，我今当向谁问之耶？曾几何时我终于停止了思索的脚步，从此不再侧目那个幽暗的思辨王国，却是学会了妥协与放弃，而一再萎缩自己的灵魂。最后，空留一声喟叹。

直至一天，所有这一切——曾经的喜和忧、愁和苦、怨和恨，终已久了远了，最后只剩下曾经沧桑的淡然。久远的创口，已经愈合；曾经的伤痛，已然抚平。岁月的河流已经洗尽了所有的忧伤。我终于告别了昨天，进入生命的新的一个轮回。

从那时起，我与我自己，我与所有的人，已经了结。我已经与这个世界讲和。所有亏欠的，不论道义的感情的物质的，都已偿还，只留下深深的感谢。

我已无愧于这个世界。我已无憾于自己的人生。

此时，我看到寂寞而自由的自己。这寂寞，洗却了尘世的全部的喧哗与骚动。寂寞如花，一朵美丽而忧伤的花，正开放在我心灵的旷野。

我的生命却远未终止，我却还有久长的未来。我终于可以一种崭新的姿态奔赴明天了。那里的岁月，是我所憧憬的田园诗酒，湖泊山川；那里的生活，是我所追求的闲适自得，自歌自放。我将在那里寻回失落的自我，找回我曾经丢失的一切。

从此，行无拘，思无羁，一任自己巡游于大自然的一片明丽与茫茫思绪之间，浪漫而自在。

我将无忧无虑地走进另一种生活，开启人生新的篇章。

"从来佳茗似佳人"，白天的许多时间里且与茶相伴，看杯内纤芽片片，上下沉浮，俄而轻雾袅袅，芳香缕缕，未曾启唇，人已自醉。及饮，清凉浸心，馨香沁脾，顿觉心清而神爽，意兴而人宁，心灵如被洗过一般。尘世都忘，苦乐皆不生，仿佛不食人间烟火。悠然怡然，眼前皆清风明月，听风而如歌，观雨而若诗，睹花恰似美人。此刻看书，可一目十行，情理都入心，通篇皆融会；斯时为文，种种奇思异想破空而来，洋洋乎可万言。"泡苦茗一瓯，移椅案前，灭烛坐月光中，亦自有其情趣也。"茶让人逸，茶教人雅，茶使人淡，茶令人奋。闲来无事，清茶一杯，慢啜慢饮，细品细尝，一番雅趣只自知，妙处难与人说。茶如人生，人生如茶。

兴之所来，且举杯独酌。不喜浓度白酒，淡淡米酿便可。自然不再追求热烈张扬，无所"一醉尽亡之"，也不会是那种"酒入愁肠"，更不存在"一醉为红颜"，不过浅醉微醺而已。让色泽清亮而泛香的酒液重燃一线生命的热情，觅一份亦醉亦醒浑然忘我的人生快意。"千般易淡，未淡者美酒三杯。"愿这淡淡酒香，舒张我生命，奋昂我情兴，永远弥漫心底。

夜间当万籁俱寂，孤灯一盏，捧书自读，直至星镶南窗，月移东篱。"读书怀独行君子之德，义不苟合当世。"让书房构建天地之大造化，隔绝尘世之喧嚣，五蕴皆空，但留书香，书而无语，只有空灵。寂寞书房，伶仃孤影，思接千古，神游八极，让自己完全沉浸书中意境，随意地放飞所有的梦想，尽情地展示自己的灵魂。不受教条束缚，不听权威摆布，不理陈腐谬见，也无所名家大家，惟阅己之所爱——"读书则不可不刻"，最惬意不过便是"深夜闭门读禁书"。或细读，或粗览，或跳跃式时眼光停驻时匆匆一掠。不重章节，只寻意境——"不求甚解，每有会意，便欣然忘食。"身无重负，心无沉思，凌空取势，一眼见底，纷繁不再复杂，深奥不再艰涩，随书宛转与心徘徊间终恍然悟其精髓，更或可觅得桃源梦境，发现“宛在水中央”的伊人。读而再读，终然体会“读书最乐，究之怒处亦乐处也。”读书从来是一条寂寞的路，但路边那怒放的一簇簇小花，却能抚慰漫步者的心灵。有道是书香醉人，读书不休哉。

灵感来时，不妨展开笺纸，写一首小令或是散文。“诵明月之诗，歌窈窕之章”，在忤逆不群与落拓不羁之间歌诗自娱，淡泊名利而固守诗性追求。所文皆随意，不拘格式，难入规范，亦涩亦晦，亦曲亦直，亦平亦淡，却从胸臆流出，乃是“情动而辞发”。不想追求高绝，只期独抒性灵，自写胸襟。不为文坛留名，只想记下自己，我的思与感、伤和痛。深知“古今至文，皆血泪所致。”自然写不出像样文章，却愿意为此倾注心血——文学的精血何时已经溶进了我的生命。想望在情不能已的伤痛中催生出火般的文字，也能惊天地而泣鬼神，让穿越了黄昏、将要走进黑暗的我，仍能用我的灵魂和那满是皱纹的手，辉耀一个灿烂的黎明。

除外，尚存一愿：继续永不停步地旅行，游名山大川以奇其文。无论如何也要千里跋涉，去仰望约塞米蒂，攀登华山险道，更怀一片崇敬朝觐阿尔卑斯。观奇峰倚天之势，听飞瀑奔涌之声，赏湖山共色之幽，品霞霓联翩之幻，思绪驰骋于旖旎风光之中，竟是忘了日已西斜——“沉醉不知归路”。山川湖泊既是超凡脱俗的去所，也是使人回归自然，映现本真状态的明镜。让我再次同大自然交往，在大自然的壮丽怀抱作孤独的纯洁冥想，把心托于林间鸟语，云中天籁。

我愿意我在向晚的光阴里活得从容而淡定，在盈盈转身时，满是风华绝代的身影，连老也是一种华美的老。

我多么热爱人生！我多么留恋生命！

然而一天，我的人生的光亮总会渐渐地暗了下来，“人其尽死，而我独存乎？”以忧生不若以乐死，那时我便可向生命的终点启航，到那个千古哲人揣摩不透、各种宗教企图描绘、每个人都会去而不能回来的地方去了。不信真有所天国，真有所来生，心里恰是明白不过：去了便永远去了，从此再无踪影。

这时，我会对上苍说：“凡是我所有的，我都盛满在盘子里献给你了。”“让我在你的无数繁星之间摆上我自己的小灯吧。”

从此青烟一缕，飘而无痕，再无留迹，免得向世界说那句致歉的话：原谅我在死后仍占有你的一席之地。

至今我仍是个无产者，“无恒产者无恒心”，同时我对这个世界也少了一份牵挂。自然也没有债务，身后断无任何纠葛。

当我的生命结束时，希望我是非常安详地合下自己的双眼，有如朦胧睡去，此前不曾在痛苦中挣扎。当我合眼时，已经没有一丝遗憾一缕忧伤，因而心情异常地平静，抑或还会浮上一丝欣慰——“待我成尘时，你将见我的微笑。”

愿那时，书房里的书都已用心读过，希望它们能为另一个爱书的人所珍惜——也许是我的儿孙，那是我唯一的赠礼。笔记信札，皆已整理妥当，都有了归宿。愿写下的文字记下我对世界对人生最真诚的思与感，带给他人一缕温馨。

企望亲人们此时不要为我而欷歔落泪，从此不再以我为念，生前你们已经给予我最深挚的爱，已可慰我。更是那些年轻人，但愿他们稚嫩的脸上不要有一丝失恃的哀伤，恬安中恰是浅露出一缕蕴藉的笑意，那是在向我的人生致敬。他们该知道我已寿终正寝，即便不为我一生，也应为我之无限夕阳灿烂黄昏——人生最后的完美落幕，而庆而幸。

相信我的最后一道目光，依然是那种睥睨一切又略含几分超然的神情。

最终，我将走进夜里，如鸟翼下的风，飘然而去。

魂兮归来

世上多常人少奇人。

奇中有狂者。

佼佼是狂人。

狂是狷介，狂是傲岸，狂是放浪。

却非疯癫、癫狂，并非疯人。

狂人不羁，却非骄横。狂人恣肆，却非轻狂。更无一点诡诈，刁钻，奸邪。

狂之所狂，并非失去理智，正是清醒于理性与良知。

狂人者，志极高而行不掩者也。

尧帝欲将天下让许由，许不受，且到江边大洗其耳，谓此言已染污了他的耳朵。齐王叫颜斶走过来，颜斶也叫齐王走过来，齐王说“王者贵”，颜斶说“士者贵，王者不贵”。

亚历山大大帝问第欧根尼：“有什么事，我能为你做吗？”第欧根尼说：“有，就是让开点，别挡住我的阳光。”

清静无为的老子做不了狂人，“矜而不争”的孔子更无一点豪情，屈原“虽九死其犹未悔”，无非不为楚王器重的一腔幽怨，永远一片“国无人莫知我兮，我何怀乎故都”的哀叹，心里并无多少抗义精神。

倒是释迦有几分狂气，为了寻求真理，舍弃王族生活出家修道，历尽苦难而矢志不渝，不过狂中却有所愚，最后只能以虚妄的极乐世界安抚自己的灵魂，未必悟得人生真谛。项羽更像个凶人，只有当他困于垓下“泣数行下”时有几分狂气。船夫劝项羽急渡乌江，项王曰："籍与江东子弟八千人渡过江西，今无一还，纵江东父兄怜而王我，我何面目见之！纵彼不言，籍独不愧于心乎！"乃自刎而死。苏格拉底那样地强调"认识自己"，却也未能成为狂人，当他被以"不信神"罪判死刑时，却因为不能不忠于法律而甘愿就范。

石勒灭了西晋，晋宰相王衍对石勒说，他平日只谈玄论道，不问政事，与国家败亡没有关系。石勒一听大怒，指他名盖四海，身居重任，少壮登朝，至于白首，岂有不负责之理，就把他杀了。曹操与刘备煮酒论英雄，当曹操说到"今天下之英雄，唯使君与操耳"时，刘备吓得手中的筷子霎时掉落在地。此王刘辈实是懦夫小人，而此种懦夫小人也可为王为相，可见为王为相并不难，有权谋阴谋便得。而要成为一个狂人却没那么容易，狂人乃全凭气质——一种卓尔不群、出类拔萃的气质。

想出要造金字塔的人不是狂人而是疯人。亚历山大、恺撒、秦始皇、沙皇、希特勒之类都非狂人，而是疯人。杀人越货的强盗，挥舞刀斧的刽子手，更是跟狂人不沾边，乃地道歹人。武松李逵当杀红了眼一刀刀砍向一个个无辜时，便只有暴戾凶悍，远非路见不平的尚义任侠，早已成了凶人。

只有自由，才能造就巨人或是英雄。狂人从来是自由的战士，狂人永远拥有人的自由的本质。但凡帝王者往往做不了狂人，因其所为都不得不首先顾及他的社稷、地位，永远跳不出礼法权势的藩篱；贪婪的权欲早已让帝王们只有无限膨胀的野心，不再有其他的理智或者抱负，断不可有那种豪侠狂狷。为君臣者也很难做狂人，他总是不得不受制于王，不得不在王权的淫威面前低下头来而丧失人格的独立，而如果没有独立不迁的品性又何所狂乎狷乎？张翰为齐王属官，秋风起时想吃家乡的菰菜、莼菜、鲈鱼脍，对人说："人生贵得适意，何能羁官数千里，以要名爵乎？"遂乘车回乡。陶渊明终不愿"为五斗米折腰"，而寻向"舟摇摇以轻飏，风飘飘而吹衣"的自由，只身走进桃花源，唱出"采菊东篱下，悠然见南山"的生命放歌。

因之，中国历史上倒是文人、隐士乃至寺僧中能出几个狂人。"三杯后，一真自得，唯知素琴横月，短笛吹风。"说这话时，便已几分狂气。阮籍蔑视礼法，终日酣醉佯狂，一生风流俊逸，终为逸士高人。嵇康临刑东市神气不变，索琴而弹《广陵散》。"贵妃亲擎砚，力士与脱靴，御调羹就餐不谢。"——只有疏狂傲岸的李白，才能吼出"我本楚狂人，凤歌笑孔丘"的狂歌，一生浪迹天下。唐诗僧画僧贯休，作

诗为受封的钱镠道贺，内有“一剑霜寒十四州”句，钱要贯将“十四州”改为“四十州”，贯曰：“州亦难添，诗也难改。余孤云野鹤，何天不可飞！”当天就收拾衣钵，拂袖而去。唐另一诗人张志和，辞官隐居，自号烟波钓徒，钓鱼却从不投饵，垂钓只为了求性之所适，其意不在钓鱼。柳永因落第而寻得自我，成为浪漫诗人，“忍把浮名，换了浅斟低唱”，“拟把疏狂图一醉”——临酒使人意深。只因为心里有一团火，“常恨世人新意少”，刘克庄才高歌“疏又何妨，狂又何妨”。明文人徐渭，性情耿介，一生潦倒，胸中有着蓬勃激荡不能磨灭的豪迈气概，英雄穷途末路无处落脚的悲慨愤懑，因此他写诗，像嗔怒，像嬉笑，像溪水在涧谷中鸣响，像种子在沃土里萌芽，像寡妇在暗夜里发出幽咽的哭声，像游子在秋寒中起身徘徊。晚年贫病交加终不肯屈膝求荣，其人其心一如书屋题字“一尘不到”——安能以皓皓之白，而蒙世俗之尘埃乎？徐霞客一生“问奇于名山大川”，几次险些丧命，终不移其志——登高使人意远。蒲松龄感于“仕途黑暗，公道不彰”，心中郁闷不平，于是假借狐鬼，纂成一书，以抒孤愤。曹雪芹丧妻亡女，赊酒借粟，呕心沥血十年而著《红楼梦》。洪泽湖畔有安澜寺，主持断指僧某日救抗日战士于寺内，然事必泄露，届时日寇将前来剿灭，战士难保，寺不复存，而我这普度众生之人又如何苟活？三叩九拜抄完《金刚经》，乃撞于树下。昆明龙门某方丈，为寺镌刻碑记，每日悬绳于绝壁，数十年凿字不已，及完工那天忽觉所刻竟不能差强人意，而此时自己已老，再刻不复有时，遂跳崖而去。风流才子苏曼殊，两次出家为僧，一次是失落之恨的叛离，一次却是爱之迷惘之逃却。然而，他既不能为了爱而放弃自己的信仰，又不能囿于正统的佛教戒条，去割断那一缕美妙的情丝；他的内心鼓荡着一种汹涌不息的生命热流，他不愿在这寂寞的破庙里凝固，在这香火和祝祷中流失，终于又一次脱下袈裟，踏上漂流四方、探觅生命向往的万里旅程。他终于找到了一座横跨佛教信仰与世间情爱之间的桥梁——文学创作。他的诗，虽多写儿女之情，却不落一点胭脂香粉的尘灰，诗句中饱含着无限的感叹与忧思，间或闪烁出一缕憧憬的希冀，飘浮起一抹迷离的惆怅，用灵魂的直觉淡淡地、婉婉地畅谈着。他与风流女子同榻共眠，却全然没有性爱的欲念——爱情是灵魂的空气，男女之间应该相互恋爱而不及乱，“我不想用肉体的快乐去损伤精神的爱”。他使男女间的情爱升华到一种超越尘世迂见和肉欲的高尚境界。视色无色，入色现空，色与空中只留得一丝真情、一缕真意、一钵相思泪。

近代名流梁漱溟，于江山一统、定于一尊之时，非要与天子争，只因为“生命流畅则乐，反之，停滞一处则苦。”无独有偶，马寅初也非要与最高者争是争非，“我就是要言人之欲言，言人之不能言。”北大才女者林昭，身陷囹圄，于“早请罪”时躲进厕所，申言“此处比行礼如仪处干净”，临刑前赋诗“我将这一滴血向挚爱的自由献祭。”在那可怕的一次又一次政治运动中，在那天昏地暗、狂风暴雨挟排山倒海之势以来的岁月里，举神州十亿之众，能葆有清高、淡定的风骨与智慧而始终挺直自己的脊梁，能不盲从追随而孤明独照者，屈指有几人？

痞中自有至卑至贱之人，至丑至劣之人，却也有奇人，有卓人。有董福祥者，固原人氏，喜爱秦腔，因谋反遭构陷，入左宗棠手，五花大绑，押至中军帐，仍昂首挺胸，凛凛然不可犯。左知董桀骜不驯，杀意已决。刀斧手裸其衣衫，散其发辫，董虬髯倒竖，怒目裂眦，精气不败，睥睨清军万千将士如草芥。临刑，以为《锁五龙》差强舒胸中块垒，遂歌戏文。操刀者面有惧色，莫敢仰视。待至“雄信本奇男子”句，左亦为之震，急离座降阶，亲为松绑。晚年归籍，自养戏班，以秦腔自娱，终老未易其好。

在西方，更是多拜伦式英雄——热情的、意志坚强的、高傲的、英勇不屈的、然而又是孤独的、阴郁的、个人主义的、与社会对立的反抗者和叛逆者。他们敏感，他们自尊，他们好强，他们孤傲，他们暴烈，他们反抗，他们悲观，他们忧郁，只因为了真理，为了自由，为了科学与艺术。

哥白尼将目光投向邈邈太空，苦心孤诣，创立了日中心说，只是由于怀抱“我不会在任何人的责难面前退缩下来”的一腔豪情。布鲁诺继承哥氏学说被拘押，罗马教廷允他只要收回他的日中心说论便可免罪，布鲁诺公然宣称：“我不能够。我不愿放弃，我没有可放弃的事物。”遂被宗教裁判所处以火刑，临刑前高呼：“火并不能把我征服，未来的世界会了解我、知道我的价值的……。高加索的所有积冰也不能冷却我胸中的火焰。”优秀的科学家必定是某种程度的狂人。

狂人的行为在他人看来似乎不合常态，无可理解，而对于狂人自己来说却是天经地义，自然而然。所狂，无非基于一种理性，一种信念，一种情感。裴多菲之“生命诚可贵，爱情价更高。若为自由故，两者皆可抛”即是对于狂人生命最好的诠释，最后真地为正义献身。割断爱情易乎？舍弃生命何难？而为了自由皆可抛去，何其壮也何其狂也！这壮这狂，并非刻意为之，更不是在人前装装样子，乃是一种出自伟大心灵的必然举动，舍此无可其他。当一个人感到有一种力量推动他去翱翔时，他是决不应该去爬行的。狂人之为狂人时，已是身不由己，已是忘我

无我。

“上帝死了”，“重新评价一切价值”，“人以神圣的方式占有自己的本质”，这是哲学家的誓言和心声。“必要的时候，作家可以为作品的生存牺牲他个人的生存。”这是有良心的著作家的狂语。自由不仅在于实现自己的意志，而尤其在于不屈服于别人的意志，狂人之所为正是不愿随波逐流，不肯苟合求媚于世，而诚心叛逆传统，这不仅意味着要经受压迫以及失去社会承认，而且意味着终生处于精神不安之中，当他走在作为狂人的漫漫人生之路时，他是孤独的，也是艰难的，甚而是痛苦的。他却满足于自己的孤独，骄傲于拒绝人间的庸俗，恰是有着一种“自我放逐”的勇气。再也不须礼节，不须权威，不须偶像，也不须圣贤。他只需清醒，只需良知。他苦恼，只因清醒，只因还有良知。尽管他处在极端屈辱的境遇中，他仍能保持着人类的高尚灵魂，人类的落拓不羁的人性的美。狂人是一只夜莺，他栖息在黑暗中，用美妙的声音歌唱自己的寂寞。“夫童心者，绝假纯真，最初一念之本心也。若失却童心，便失却真心。失却真心，便失却真人。人而非真，全不复有初矣。”他是纯洁的，他是天真的。他只能本着自己的理性的指示办事，他只能向劝告他的人摆摆手，他只能向鄙夷并责难他的人背过身去，“走自己的路，让人家去说吧。”有人退伍，有人落荒，有人颓唐，有人背叛，而他只能前行，只会前行。正是理性的光，给他以热力和信心。他永远是精神的创造力量的化身，生活的新的报知者。他是一团火，他是不哭的。他是一颗向无垠太空飞射而去的彗星。“而贝多芬只有一个”——超越全体而成为独一。

他同时也是快乐的。他终于没有抛弃自己的信念，没有贬低自己的存在，没有放弃自己的人生，没有背离人生的目标——他终于没有失去自我。他只是燃烧自己，这是不朽的燃烧。这是信念的、心灵的快乐，真实的快乐。他永远是独行独啸、快乐而悲壮的歌者。

狂人无欲无求，汪洋淡泊，却非无情。狂人者正是柔情侠骨，正是浓于情痴于情累于情而不能脱于情，狂人心中所怀抱的正是至性真情。旷达者自然浩荡，雄迈者自然壮烈，沉郁者自然悲酸，古怪者自然奇绝，古未有不深于情而能大其英雄之气者。多情者恰是不以生死易心，狂人正是有着一颗多情而倔强的灵魂。魂兮飞扬，翱翔在世界的大地上；魂兮栖止，翻开每一部文明史，他都端坐和呼吸在属于他自己的书页里。

狂人心里有忧愁，有痛苦，有孤独，更有遭人曲解的悲哀，受人指责的愤慨。

然而,不解也罢,曲解也罢,指责也罢,狂人依旧是狂人,他没有因此而消沉颓唐,也不会因此而改弦更张。狂人之所以为狂人,正是敢于直面惨淡人生,敢于正视淋漓的鲜血。知其不可而为之,终为狂人。

狂人总有一天会倒下,或殉之义,或殇于情,总是伟大的死者,他始终挺直自己的脊梁——胸怀洒落,如光风霁月,不降其志,不辱其身——"猛士当壮别"。

"世上不是稀稀落落有几颗石子,人类的元气真要丧尽了。"狂人,总是让人欷歔感怀。

于今有几人,眷念着那些孜孜于真理的民主先驱怀一份由衷的敬意并在心中竖起纪念的丰碑?面对一个美好的灵魂,轻慢和放肆都是罪过。凡是对真理没有虔诚的热烈的敬意的人,绝对谈不到良心,谈不到高尚。对于他们,我惟是一种高山仰止的崇敬和一捧黄土的自惭,靦颜不知所对。我拜倒天下才华。

古人已远,狂人已去。英魂何在?

魂兮归来,归来伴我!

沉落的梦

绵亘大盘山，其间一支北延东阳境域，伸入腹地后逶迤西去，及县界复又南回，走完一个U字形渐次跌落，遂成一座座或低或高的红砂岩丘陵。

它们回回环环盘盘绕绕，时南时北忽东忽西，分不清哪是哪支，甚而也没有了山峰和谷地的明显分界，哪儿也不峻峭哪儿也不平坦，正是背阴已是向阳，看似首却是尾，全然杂乱无章地东倒西歪着。

方圆几十里，从哪儿也走不出这红砂岩，从哪儿望去都是无尽的红砂岩，俨然红砂岩世界。

赤紫的红砂岩经岁月洗礼剥蚀了一层又一层，完全裸露着。平缓处长着些多少年都长高不了多少的树木，陡坡上则寸草不长，不时滚沙簌簌。稍开阔些的山岙里便住着十几户或几十户人家。

那个荒僻的叫做官清岭的地方，屹立着一座马鞍形山冈，表面已风化成沙砾，到处突兀着一个个坚硬的石豆子，多少年后这些石豆子被剥蚀，另一些石豆子又傀然而立，其状总若螺蛳，由名螺蛳冈。

岗南淌下一条山涧，迂回地过了几个小村来到一片谷地，同与它成Y形的另一条山涧汇合而成小溪。它宽不盈丈，长不过十里，夏日雷雨时却咆哮得吓人，汹涌着一溪如血的洪流浩荡东去。而几日不雨，便如一条冻僵的巨蟒似地偃卧着，在拐弯处汪着一个个深深浅浅的水潭，两岸瘦瘠得可怜的土地总是嗷嗷待哺，干渴得一个个稻穗儿来不及灌浆便已蔫垂在那里。

谷地中央自北而南穿过一条笔直公路，迤西数幢房舍错落，这便是澄塘村——穷乡僻壤却有一口盈然澄澈的池塘可为由名。

从那几株耸立村边的参天大树，从老人追忆往昔浓荫掩映的喟叹里，不难想象澄塘村的这块红土地也曾有过草茂水丰的时日，然而今天终于成了这穷山恶水的样子。过去了多少个世纪，这块孤寂的红土地总是被人冷落，没有一个统治者或者所谓政府为它修建过任何一项农业设施，相反地总是在管辖者的手中变得日益贫瘠，终于留下这副丑陋面孔。朔风掠空是它的啼号，雨点洒落是它的呻吟，云雾飘浮是它的愁绪，白雪深埋便是它心灵的岑寂。

也许绵延的红砂岩丘陵遮住了他们投向外界的视线，也许正是红土地之不可稀释的黏性使他们有着一种非凡的黏着力，尽管山秃土瘠，这些红砂岩人却安土重迁而不轻去其乡，总是依依地守望着这片瘦土，耕耘不辍。也许经过一代又一代的遗传积淀，红砂岩之性灵早已沁进他们躯体的每一根经脉，他们有如红砂岩之粗犷而暴躁，宛若红砂岩之浑厚而纯朴，更有着像红砂岩之殷红而狂热，在这块古老的土地上演绎着一段又一段历史，不论它们多么可歌可泣，其意味总是苍凉凄哀。

而此时中国，连年军阀混战的硝烟还没有散去，南方的崇山峻岭里战火又起，代代生息在这块红土地上的庶民终于陷入深深的绝望竟至顾不上叹息，只有死一般的沉寂。

我被降生于斯时斯地，在呱呱坠地时的那声啼哭里便已浸漫着浓浓的悲凉，生命之杯早已注满了苦涩，我之懂得了审视的眼睛第一眼所能看到的，我之生命所必须首先面对的，只有这莽莽而绵绵的毫无生气的红砂岩丘陵。

幸而有一个聪慧而善良的母亲，从而有一个尽管清寒却不失温馨的家。母爱的温暖犹如冬日的一道道阳光射进我那暗黑的童年岁月，竟也谱写出一首低回的生命诗章，从而濡染出对于故乡山水的种种美感和无限爱恋，最后都织进了那个灿烂的梦幻。

最初留在我脑海里的是一个祥和而安乐的家，尽管它于我不过昙花一现很快消失，却依然记得它曾有过的温暖，依然瞥见那对朱红纱灯和那盏印着“瑾瑜堂”三个艳红大字的荧亮行灯所映照的衣食丰盈的光辉，依然还感受到端午时母亲悬挂我胸前那串香包所飘散的那阵欢乐。它之一幕幕，从来都以一种无奈和惆怅在怀想着回味着。

记得上学不久的某个夏天，学校里在卖一种彩色条纹汗衫，要好几个钱，只因

我一个劲儿地要,家里还是给我买了一件,长大后才知道原来那是用洋纱线纺的,一直为再没有见到这么时髦好看的汗衫而无限惋惜。某年元宵,二哥竹扎纸糊给我做了个兔子拖车灯,我拉着它在那条长弄堂里来回地跑,用揉皱了的纸条儿做的"毛毛"一甩一甩地,煞像兔儿跑跳的样子,后来不解"青梅竹马"句权将这竹兔当作竹马。家里不仅有一堂红红亮亮的家具,且仓里有谷,圈中有猪,缸内酿着米酒,桁上挂着火腿,一日三餐大都是干饭稀饭一类像样的食物,当然也没有人穿破烂衣裳。叔父娶亲时,那场面与财主人家并无两样。好几次我曾看见母亲在修饰眉毛,那时母亲清秀的脸上并不如以后所看到的那样总是愁眉紧蹙而是常常绽着笑容的。

可是,一场变故终于降临,叔父在他娶亲不久便提出和父亲分家。叔父享有薪俸,且无家室之累,而父亲则膝下多有子女五人,惟以农为业,如果不是靠理义而由别的什么杠杆来支撑,这个家当然便不存在可维持的支点了。这对于一直为这个家而含辛茹苦的父亲来说简直是个无可接受的事实,以至使他感到有些突然,可是分家乃是天经地义,父亲终不得不挑起那副本该一半肩负在叔父身上的千斤重担。

一个底子薄的家却是不堪分割!一处"匚"字形楼房一分为二后显得那般褊狭,在紧挨叔父家那块四五平方的空地上筑一堵泥墙盖上几片薄瓦,就算作是我家的厨房了。从此墙隔两家,两样炊烟两样饭菜,叔父家的酒肉香味总是飘来我家清淡的锅顶,感触至深的便是度日艰难的贫穷,又何为至亲情义。朝夕相处相依为命、为这个家而操劳一生的白发皤然的姑婆不得不怀一腔幽怨回到自己的家,继续过着年轻守寡时孑然一身的孤独生活,颐养天年。

父亲分得三亩佃田并几分旱地,自然它们都十分贫瘠,没有牛没有羊,甚而也养不起猪,田瘦收歉,收进的稻谷总是正够交租,晒干后便堆在一旁,楼上的谷仓总是常年空着,所可作为口粮的惟秋作而已。七口之家,如何度日?父母亲的心从此黯然了,只有把一副身骨交给苦难的岁月而变成一架劳作的机器。时值日寇南侵,兵荒马乱,真把一家人逼到穷途末路。

迫于生计,忠厚、斯文甚而有些腼腆的父亲不得不在农忙之余去做点小本生意,或者不如说当了一名挑夫。栉风沐雨,翻山越岭,肩负一副百斤重担从这里挑到那里又从那里挑到这里,百里迢迢千里迢迢,每走一步那肩上的担子便重了一分。父亲总是从家里带了够路上吃几天的炒粉粽子之类的干粮,不知冬日里他是怎么咽下这些冰凉的食物的。听父亲说晚上住店包一宿两餐，不知都是吃些什么，晚上怎么在那龌龊的被席上睡去，夏日里又如何打发那成团成团的蚊子。为了逃避官税，父亲他们总是要绕道走更远的路爬更高的山，且常常不得不在夜间进行，而那些拦路抢劫者此时正好在那里等你——其间要经受多少的担惊受怕魂飞魄散！多少不堪的屈辱！这样的日子不是一天两天一月两月，而是十数年如一日，父亲一生付出的辛劳何能计算，又何能以数相计！西西弗斯是被宙斯罚来推那块推上去又滚下来、永远推不上的巨石，父亲则是为命运罚来挑那副卸下来又挑上去、永远卸不下来的重担。西西弗斯没有倒下。父亲没有倒下。叹吾辈由于时代可能有着比父亲更多的理智或者柔情，但决无父亲那样忍辱负重的铁骨铮铮，可惜父亲在世时我们悉心体会父亲劳苦的辰光真是太少了。

母亲和姐姐更是整日劳作没点闲工夫，除了无尽无了地做饭洗衣晒谷喂猪做鞋缝袜腌咸菜腌萝卜，便是没日没夜地纺纱织布，织布需要一些本钱，常常只好纺纱。在那两辆黑黑的古老纺车上母亲和姐姐不知坐了多少日月星辰，那不停地转动着的轴子如蚕儿吐丝般地一厘一毫一丝一忽地纺来不知纺出了多少纱线，其中纺进了她们的多少汗水多少苦辛！冷了，生个火笼，饿了，嚼几个胡萝卜，如是者已是晓鸡啼鸣，那僵硬的腿却是站立不起来了。如此夙兴夜寐，矻矻终日，也难以为生，这岁月何时已？母亲才把泪珠暗洒闲抛，又躲到一边一口一口咯血去了——从小生肺结核的她，怎奈是一身病骨已难支。可惜流年，忧愁风雨，正因此劳苦母亲才未享有更多的年华，姐姐今日过于苍老的脸上分明写着昔日的苦辛。

父亲的挑担，母亲和姐姐的纺织织布，这辛苦这血汗，能挣几个钱？依然日愁米夜愁被，依然粗茶淡饭无着，荒时暴月便是薄粥稀汤也不可得，那本是用来喂猪的芋叶、萝卜英甚至连猪也不吃的荷叶也权且吞入人的腹中。年复年总是穿那几件破旧衣裳，冬天里总是没有可御寒的棉衣，那两床变黑了的棉胎不如说是连缀在一起的一个个硬邦邦的棉团，夏时母亲姐姐和弟弟还有顶打了多少补丁的蚊帐，睡在楼上的父亲二哥和我便只有在嗡嗡蚊声中睡去。如果哪位邻居送给一两件半旧不新的衣服，母亲会感激得不知如何感谢才好，终生都会感念不忘。谁家做完红白喜事照例送来或两只粽子或几个馒头或几块饧梅或一碗麻糍甚至一小碟干干的炊饭，或者元宵一过坛子里本来少得可怜的麦芽糖粟米糖已是露了底儿，这时哪位好心的婶婶分来一把这样的饴糖，我们的眼睛霎时便亮了许多。有时多么想饱餐一顿，大口大口地啜食干干的米饭和那长条大块的咸肉！枉为孩童

十数年，不知纸包糖为何物，西瓜是何样滋味，有时父亲难得买回一个碗大的甜瓜，各人仅分得一瓣而已，如此已是十分甜美。一次某回乡房亲分我几片饼干，嚼之不由惊叹，世上竟有如此美食！一年中邻近总有许多庙会，那该是孩童最可欢快的日子，可是父亲总是只分我们一角钱，那小摊里喷香的烤肉饼，那货郎担上白花花的麦芽糖红光光的柿子，多么让人口馋！摸摸口袋里的钱只好转回身来，那是只够吃五只豆腐包子的呀。懵懂少年，识尽穷滋味。

最快乐的日子莫过于过年了，总也穿上其实并不新的新衣，总也吃上了粽子饧梅糯米肠猪头肉麦芽糖粟米糖。门上贴着红红的春联，楣间挂着亮亮的行灯，何氏大厅里更是摆出了铜锣铜鼓挂出了大红灯笼，并且过不了几天人们就已经在扎龙头准备元宵迎灯了，到处一片喜庆景象。平时总是板着脸孔的父亲此时也多了几分温情，母亲也终于敛去了愁容而不时绽　丝莞尔，尽管在那里还滞留着丝丝苦涩。然而，我却总是不能有太多的快活，个中第一件便是没有雨鞋而出不了门，而此时总是雨雪纷纷。这时我会瞅去挂在墙上的那双钉靴，可是那是父亲专有的，即便他自己也很少穿它，简直是件不可染指的圣物。过年时孩童的乐趣之一，便是从地上拣起一个个没有引爆的小鞭炮，装进衣袋，手执半支香，高兴时“放”一个——砰——砰，一时间融进了多少欢乐。人家的小鞭炮是“仟子”“伍佰子”，而我们家总是短短一串“佰子”，砰砰几下就放完了，隐去了那阵零落的响声，望一天漆黑夜空，心头会浮上丝丝冷寂缕缕凄凉，幼小的心灵里浮现过多少遗憾的涟漪。

劳动的担子总是早早地压在农家孩子的身上，或者农家孩子的天职便是劳动。由二哥而我，年纪轻轻就替力父亲做种种农活。

由于地处荒僻，这儿的劳动要比别处花费更多的力气，而由于穷，没有耕牛没有必需的农具和可投入的资金，更是要比别人付出更多的心血，其结果总是土地更为瘦瘠，收获更为荒歉，与其说是艰难的谋生毋宁说是摧残身心的劳役。炎炎烈日下在密不通风的稻田里割谷时的闷热，在晒得冒烟的粟地里翻土时的灼烤，抢在雷雨前慌忙挑回两捆硕大如屏的稻草打转在风中进不得退不得停不得的焦急无奈，背偌大一部水车在瘦小的肩膀上左不是右不是前不是后不是的窘迫和懊恼，红肿了的肩头日复一日挑进挑出挑着一担担或粮食或肥料或泥巴的憋闷和泄气，打赤脚走在滚烫的路上忽然踢上一块石头或扎进一根长刺疼得快要落泪的忿怨和委屈，雨中戴笠穿蓑或耘田或除草整日弓身水田终于挺不起腰来连仰天长叹一声都不得的凄哀和沮丧，对于童年的我不啻是一种苦役。而我最不情愿干的一样活儿却是在岁暮天寒的雨雪天气里母亲非要打发我去老远的地里拔胡萝卜，路泥泞地泥泞，从冰冷的土里拔起一个个满是污泥的胡萝卜，挑到刺骨的水塘里一个个洗涤干净，待洗完时十个手指和胡萝卜一样地红，不知哪是手指哪是胡萝卜，而母亲来叫我时我正在祠堂里或摸盲或跳房子或打乒乓正玩得痛快呢——我毕竟还是个孩子呀。

劳动不仅占去童年我的大半光阴，更使我在备受苦辛中失去了童稚的天真和活泼，给心灵的一角投去了阴影。那池间残荷，树下落叶，雪中衰草，那冷雨敲窗，寒风拂水，轻霜漫阶，都会引起我心灵的无限落寞。并不知人所赋予鸿雁的深沉情感，可是望长空雁阵，那嘎嘎叫声总是凄凉。多少憧憬，多少幻想，多少失望，终然不能托起那颗沉重的心。

有一样活儿却是我始终都是自觉自愿甚而可以说是愉快地在做着，那便是打柴。大约六七岁时，一天我把在那棵大樟下捡得的一小篮红红黄黄的落叶拎回家里，母亲见了竟是满心喜悦，从此我就常常去那里捡拾些枯枝败叶回来，而母亲脸上每每都露出欣慰的笑。两岁时母亲带我去小后山看邻村米塘做谱庆典的最早记忆已经只留下那团灯笼的朦胧火红，而同一年母亲背了正打摆子的我在溪堤走来走去的情景却永远印在稚嫩的心灵里——微茫月色渐渐地阴暗下来，溪对岸有位妇人在拍打着团圈或是米筛，口里念念有词，不远处却是传来阵阵哭号。长大后问询母亲才知道那是月蚀的当儿，那位妇人是在为月亮祈祷，那阵哭号是因为隔壁一个太婆去世了。不可思议地幼小的我却能感受其间的悲凉，刹那间这悲凉随之流溢在母亲的脸上，同时沁进她那沉吟的儿歌里。也许从这时起，母亲之于我便有着某种莫名的悲凉意味——格外体谅的亲昵情愫，长大后才明白原来那是来自两颗善良心灵的映照，是一种格外深挚也格外敏感的柔情——母亲的笑容足可鼓励我去做她所喜欢我做的一切。

如果说不知事中之捡拾枯枝落叶仅仅是一桩近乎嬉戏的轻松活儿，那么后来的打柴则完全是一种为母亲分忧为家庭生计着想而自觉承担的繁重劳动了。打饥荒少不了借，借钱借米，可是作为一个农户断没有借柴的，愁柴便是母亲诸多愁中之一大愁。惶惶不安于母亲的忧愁，终然变成对母亲的深深爱怜而毅然投身到为母亲分忧的行动中去。才十岁的我，便筚路蓝缕到十里之远的荒山阔坞割了四十斤茅草回来，一路上脚板走得好累肩膀挑得好疼，却是满心地欢，只因为可以换

来母亲的笑容。真是年幼不知，此时母亲笑容里该是融进了多少苦涩——小小年纪让他受这样的罪！母亲心里必是油儿酱儿醋儿糖儿倒在了一块儿，喜也悲也甜也酸也。我常常到了农闲的冬天便去打柴，或扒树叶或捡枯枝或刨树根或割茅草，而割茅草就得去那个老远的阔坞。童山濯濯，哪有什么树木什么柴禾，惟沟旁岩间几簇茅草而已，日出进山日落下山，跑上跑下忙碌一天仅割得几十斤茅草，远路无轻担，就这份量挑在肩上已是很沉很沉，可我多么希望它再沉一些——母亲多么巴望它再多一些啊。无论路上有霜，寒风拥谷，山头积雪，也无论是歇息山巅望一片荒漠心中自是寂寥，只因楼之一角堆起高高一垛茅草，只因母亲脸上少了一丝愁容，心中便多了一份安坦。

父亲和母亲都是天生的唯物主义者，父亲仅在节日时例行公事地拜拜祖宗，除了对坟地风水有些似信非信的瓜葛外，思想中并无神灵之扰。母亲只在我九岁时去了一趟方岩，与其说它是一次求佑神灵的朝拜，毋宁说是一桩了却出趟门之心愿的旅行。母亲只在那柄雪亮的刀刃对着她为之饲了一年的年猪的颈脖时才烧几张纸，那是因为她那颗善良的心不忍那猪子这等地惨死——祈祷它来世勿再为猪。父亲母亲的这种唯物主义思绪更使他们清醒地面对现实的痛苦，这痛苦也就变得更为沉重更可畏惧。父亲母亲从不开怀大笑也不嚎啕大哭，只是轻颦浅笑或浓愁淡笑，完全是一种注重体验内心感情的内向型性格。所不同的是父亲富于一种浪漫情怀，多于天真的不切实际的空想，而母亲则是目光专注地关心着眼前的现实而为生计操心，心的池塘里总是淤积着为现实痛苦所填满的悲观，所以父亲总是坦荡荡而母亲总是常戚戚，父亲的坦荡只能反映为一种麻木，母亲的戚戚才是醒者的心灵透视。晚上是父亲劳累一天后最为轻松舒然的时刻，他总是静静地躺在床上睁着双眼冥思默想地编织着美好未来的迷梦，尽管饔飧不继仍然可以遐想着有朝一日时来运转，一夜间便吹去头上那顶贫穷的帽子而为乡间一富，届时他将买下哪几块地在哪里盖一幢“十三间”或“廿四间”的房子，在何处修一穴荫庇子孙的坟茔——就这样地以一种十分自得的态度看待悲苦的现实生活，将自己的全部心思织进无涯无尽的幻想，身处贫穷而思想却在甜美的梦境之中。尽管在那样度日艰难的日子里他还是会带着母亲给他做的一小袋炒粉粽子到十几里甚至几十里远的地方去看他的社戏，一时间沉湎在洪锣大鼓愁笛哀箫喧闹下古代人物的悲悲喜喜之中，决然不去想来年该干点什么营生而让这个家翻过身来。

父亲总是不如母亲那样凡事能审时度势而有所主见，一家人的柴米油盐之愁并那借贷的苦差自然地就落在母亲身上。和父亲一样，母亲在村人眼里不乏体面，所以凡能够他们总是不忍让母亲空手而还，可是总不能今天借明天借更不能前债未还后债又借，母亲来到人家门口常常是欲言还羞欲羞还言，这份苦衷非亲自体验的人不可知。如果说借贷是母亲一生中最最不堪的苦差，那么无可改变的贫穷便是她永久的愁结，就像一口有着许多来源而没有任何出口的湖泊，那源源不竭的忧愁便久久地沉沉地积汇在她的心湖里，无可排遣。这不单是因为贫穷的现实处境，更是由于母亲的多愁善感性格或凡事先从悲处想的忧患意识使她加倍地处在忧愁之中而不可释然；换作另外一个人未必就愁成母亲这个样子，未必如母亲这般忧郁无边。母亲的忧郁是无所不在、渗透一切、浓得化不开的忧郁，双眉紧蹙中她那筛米的沙沙声里纺纱的嗡嗡声里甚至连那檐口滴水瓦上炊烟都弥漫着浓浓的忧、郁郁的愁，宛若田埂之淙淙漏水绕你心头，又如溪涧之轰然涛声拍打你心的堤岸，令人心灵震颤！父亲虽然明白于母亲的贤淑，可是母亲断不能从父亲那感情冷漠中取回一份恩爱；母亲一次又一次地分娩时除了面对姑婆的节俭，便是无可指望父亲会有丝毫的关照。我们所见到所深深体会的，母亲一生都是一颗凄然似秋的心，而她的多少痛苦又湮没在我们所不知的岁月烟尘里。其实母亲对于苦难乃至对于病痛有着惊人的忍耐力，她总是默默地忍受着常人所无法忍受的种种难以想象的痛苦，可是她的阴郁的心海毕竟盛不了太多的愁苦，终要在无形中将愁眉将苦衷溢出她的心底，在不经意中让家人分享她的痛苦。

自小便从姑婆进而从父亲乃至叔父身上领受他们那种在那样环境里形成的节俭本性，这节俭反映在别人身上便成了一种吝啬，一种不近人情的冷淡，甚而是抑压人感情的冷漠。一件事最能说明这种冷淡和冷漠——出嫁的姑妈因不堪虐待而与某男子私奔，若干年后姑妈偕已然成婚的彼男子回来探视姑婆并父亲，姑婆竟拒不相认，父亲也随姑婆而然。直至多少年后，读书路归的大哥绕道寻访，姑妈姑夫当知道站在门口的这位瘦高俊秀的文弱书生竟是自己的侄儿时，其狂喜之状难可形容，连忙叫人撒网捕鱼，大声高呼“我侄儿来了！我侄儿来了！”声震邻里。似乎一时间他们的身世、人格才有所承认，才使他们的人生或作为一个生而平等的人在感情上有所依恃。铁心肠铁心肠，见此情也会泪千行，可是父亲真也心如铁石，终终未有跨进姑妈家的门槛，这已远非是由节俭而导致的感情冷淡，而是泯灭了人性的心灵冷漠了。

这种冷淡冷漠就其性格、心态的深层说，便是缺乏生命的悸动，不能燃烧起对

于生活的炽热情感，只会无可奈何地负着生活的重压，而不会意气慷慨地挑起人生的担子，只会让命运的绳索牵着亦步亦趋地去适应环境迁就环境永远囿于环境的牢笼之中，而不能不顾一切地去向命运挑战以把握生命的意义获取人生的春天。父亲一生所希求的惟平和与安宁，凡事退避三舍，不为天下先，因之当他这个菱角塘里不洗手的谦谦君子被人无理欺负时也木讷讷的无言以对更谈不上反唇相讥，这种忍辱退让的处世态度与他一贫如洗的现实身份极不相谐，这可能与少年丧父有关，在无所依傍中在步履维艰中终于渐渐地磨去了棱角。父亲虽一农夫，凝重寡合中自有一种文人雅士风度，与人会必毕恭毕敬，与人谈必文质彬彬，作客必饭不复碗夜不寄宿，尽管嗜酒却从不开怀痛饮而酩酊失态，那件穿了数十年的应丹士林长衫入席多少红白喜事酒宴，终然滴污不沾，整洁如新。尽管家境困厄度日艰难，父亲却从不怨天尤人更不迁怒于人，只是在默默之中保持自己心灵的宁静，在心里静护着一片远离尘世的虚幻净土，这在德行、修养乃至人生观的意义上都是非常难能可贵的。父亲禀性忠厚，虽穷却颇受村人尊重，在同辈中享有长者声望，然而他从来不去关心自己以外的事，即便村里发生事关宏旨的争执他也不会仗义执言而作壁上观，即便村人遭受多大的灾难与不幸他也不会动恻隐之心而安之若素，洁身自好。

如果说母亲的思维远不如父亲的纷繁而旷远，则父亲的感情大不如母亲的丰富而淳厚；对子女的感情父亲和母亲可以说是迥然不同的冷暖两极。在父亲那里我们好像是不存在似的，他只是自顾自地独往独来而从不带我们去什么地方，平时对我们不予关心也不加训斥，甚而也不正眼多看我们。我们与父亲间从未有过真正的交谈和感情交流心灵倾诉。也许大哥是例外，只有在这个一直是校之骄子的长子面前他才有所父亲的爱心，才能真正以一个父亲的情怀去注目他，当然大哥也总是让他欢心。就读浙江大学的大哥那年从龙泉放学回家，舍不得母亲做的那双白底布鞋光脚丫走在崎岖山道，整整三天走了整整三百里路，脚板儿打起一个又一个血泡，到家已是困乏难支，得知父亲正劳作田野，连忙扛了锄头奔去田间。我却不然，那劳动只是由于父亲所要我做的，完全是不得已而为之——如何讨得父亲的喜欢？况且，对于父亲来说孩子真是太多了，他已无力抚养他们，他终于有些儿不耐烦了。母亲则是无时无刻都在无微不至地关心我们呵护我们，我们的冷暖饥饱一颦一粲都在她的悉心关注之中，在我们面前她是完全忘我的。谁家分来一份点心或者糖果，母亲总是全部留给我们而舍不得自己尝一口，这在父亲当然也能做到，可绝无母亲那样地站在一旁看我们津津有味地吃着分享我们快乐的那种情怀那种神情。母亲共生育过九个孩子，竟至连农村风俗中必须吃的惟一可以滋补身子的蛋酒也很少吃过，既是穷而不可得，也是由于她那种宁愿从自己口中节省下来以哺育怀中的膝下的孩子的舐犊情深所使然。母亲数次吐露她非常羡慕清洁静心的庵堂，是的，她多么需要躲避无尽无了的现实痛苦，多么需要心灵的休息和宁静呀，她真是会走进那个古佛青灯的地方而了却一切尘缘的，可是为了自己的孩子，只好继续苦乐人间。

我们是那样地敬爱着母亲，我们兄妹从未有违拗过母亲，对我们来说那是不可思议的。我们和母亲间是那样地谐和亲近，这不只由于母亲对我们的一怀深情，更是母亲是那般地通于情达于理敏于事勤于作，那般地凡语必贴情必在理，凡事必周详必妥帖，无法想象世上还有比母亲更可称之为母亲的母亲，在我们眼里她便是完美。

如果说我从母亲那里遗传了多愁善感的柔弱气质，那么更是受父亲的影响向往闲云野鹤式的恬淡萧散，追求一种宁静、淡泊的心境，即使外物也惟要求它纯朴的纯净。少年的我便以一种超然的纯客观态度进行自己的审美，我总是不能接受那些违背真善美的东西，而同某些传统文化格格不入。过年时何氏大厅并家家户户悬挂的一幅幅千人一面、神情木然的祖宗肖像从未引起我丝毫的兴趣，陈列祠堂后厅的那片布满了灰尘的列祖牌位只能让我感到阴森可怖，从不曾发思古之幽情。佛殿开光时的那阵热闹总是让我高兴，可是当我走近那些流光溢彩或慈眉善目或金刚怒目的佛像时，无论人们赋予它们以何种典故何种活灵活现的意义，在我眼中始终是泥塑木雕一堆，暗笑庸人自扰。同样，我非常鄙视花鼓、道情等俚俗文艺，以为它之庸俗内容和那哭丧腔调除了愚昧决无美感可言。可是过年时那一个个红帽绿须、乖张暴戾的捉鬼神我总信以为真，躲起来怕得要死，尽管大人一再告诉我那是乞丐假扮的用不了怕，我却终终也无法还原为乞丐其人。对于算命先生手里那把三弦却喜爱有加，一片阒寂中那不成调儿却似叹似歌的曼曼琴音，若一股清泉从悠远的山涧流来，穿过树林花丛，淌进我那冷清的心湖。最令人情兴奋昂的还是元宵迎灯，灿灿然一条长灯挂上幽寂的山冈，与明月繁星相辉映，鞭炮声划破灰暗的夜空，唢呐声响彻空旷的田野，咚咚鼓声喤喤锣声更是将人带进远古的梦幻之中，人们的所有祈愿都凝进了一节节奋举的桥灯，在长灯的回旋、奔突、飞舞间一个个祈愿随都化作了明天的片片光明，极天际地飘荡着盈盈欢乐，一个多么空幻而又光灿的世界！相比之下清明祭祖则要逊色得多，尽管人人衣冠楚楚，可是鞭炮声声唢呐声之也欢笑声声，似乎人们是为了分那几个铜板才去的，全无那种庄严肃穆的神情，不免有些滑稽。多么想再次见到幼时朦胧记忆中中秋祭祖时“尚飨”之声不绝于耳的庄重场面，终然无觅。我常常满怀情兴去看结婚喜庆，不单是那热闹场面，更是那衣饰华丽、眉目端然的新娘子煞是好看，在我眼里她便是仙子。可是几天后当我看见在塘畔洗衣、换了装的新娘子时，觉得她其实并不美——也许我们村里的新娘子都少有姿色，而且她也终于和常人一样在一边干活了，原来也是平而又俗者。直至十几岁作客外婆处，才见到了真正的仙子，那闲坐楼中的新娘子多少天都穿着簇新的红衣绿衫，始终未见她动手做一点活儿，那音容笑貌举止神情仿佛一位翩若惊鸿的古典美人，我竟情不自禁地一眼一眼去看她，相信这是从审美意义上我对于异性也即人的第一次真正的观察，原来那便是一种朦胧的爱意，可见爱美乃人之天性，美和真和善一样不能不是人精神中之最高追求。

我似乎十分顽皮，总是要去爬最高的树去最深的池塘游泳，即使比楼房还高的长桥我也爱从危栏上走过，可是在人前却非常害羞而见不得场面。小学读书时我竟怯于上台领奖，当校长要我说几句话时脸上早已飞起一片绯红。村内董何两姓历有睚眦之怨，愈演愈烈，终于爆发为一场真刀真枪的械斗，两姓老小无不上阵。我却足不出户，也全然无观战念头，既是胆小怕事，不忍见白刀进红刀出的惨状，也是以为两姓之无端冤仇盖由宗族成见所致，盲目而无谓。思我平日，去西坞岭那块地里劳动一年数次路经董姓村内，从无有人投来仇者的目光而与何姓人并无两样，倒是何姓人仗自己族大丁旺而有以势压人之态，不是吗，此时的战场便摆在董姓门口！这与我天性中的仁爱、和平等等观念截然相悖，我无法人云亦云——天性柔弱而又不肯随波逐流，这多少反映我性格中矛盾的一面。

也许是感官本能，当生活平淡乏味时人的兴趣会转向自然；生活的清贫终使我的一腔兴致移情于山水树木花草。

三岁时母亲带我来到那所堂皇亮丽的“十三间”院落，一阵兴奋中我居然纵身一跳越过那条一尺宽的阴沟落在天井里，只因为那一枚枚漂亮的卵石和一株株嫩绿的小草在吸引着我。

五岁那年，一个阳光灿烂的早晨大人带我去野坞那块地里撒栏肥——当然仅仅让我玩耍而已，回来的路上忽然看见了起伏的山峦蜿蜒的小溪和阡陌纵横的田野，过去了许多日子那撒栏肥的臭味儿并当时那欢快劲儿早已忘得一干二净，而路上所看见的山峦溪流田野却深深地印进了脑海。一天来到溪畔小桥头，在寻觅了一番记忆中的山水之后那收回的目光却落在了脚下的小溪，欢快的流水引领我爬下堤岸来到溪床里，出神的眼睛跟着欢快的流水流去流去，一直到了见不到的地方才发了一阵呆，然后蹲下身来摸捏那些细细的红红的沙并那一枚枚清凌凌的小石子，让自己一时走进梦幻的自由天地。

一次再次地来到小溪，那些沙子石子并那堤岸的草儿花儿竟使我引起许多神秘遐想——它们也会哭吗？我几乎已经把它们当作自己的同类和伙伴了。一日来到溪沿牧羊，看着小羊一口一口啃着常春藤的藤叶儿，脑海里忽然一闪：藤叶儿会疼吗？连忙牵着羊儿走开了。

六岁时一个阳光熙和的日子里随母亲去梅塘村看望小姑婆，这头一回见小姑婆的情景并她的模样早已模糊，可是驻足山顶远眺那片广袤的红砂岩丘陵和脚下那口映照着浓浓绿荫的池塘却永远印进了脑海，不时浮现眼前。

不知是田间停锄伫望那一刻分外感到山容水态之瑰丽，抑或那颗腻透了的心下意识地要向自然中寻求精神的某种宽慰，情不自禁总会把目光投去大自然，我竟整天意兴浓浓地在山边在溪沿在塘畔奔跑着嬉戏着，似乎只有这样才能释放我身上不竭的能量，才能有所欢快，才能消去劳动的疲惫和乏味，才能有所属于自己的世界。

“十三间”庭院里那排清雅的缀满了碗口大花朵的木槿，村边那棵曲干虬枝可以站下好几个人荡秋千的刺梅，端头草甸上那丛坠满了串串橙黄果实的棠梨，小后山那两根秋色苍凉中染红了一角天空的大枫，油麻山麓那杆隆冬时撑一树银白在轻风摇动中飘落一个个雪团的挺拔长松，初霜中大后山那株枝繁叶茂不时啪啪掉下一枚枚坚果的古栎，坑塍里清明时万绿丛中垂挂枝头的一对对玲珑剔透的野葡萄，春日梯田里层层铺叠的灿若晚霞的紫云英，稻秧青青间田埂上一枚枚红如朱唇的野草莓，梅雨季松林中一朵朵艳若花蕾的野蘑菇，晴空下钻入池塘水中一望才露尖尖角的新荷的清爽，三伏天在野坞蓊郁的长堤上边蹬水车边浏览风景的悠闲，夕阳里从红砂岩山坡滚落的惬意，落照中扬臂无言自碧的马伏塘的畅快，夜归后洗脚溪涧看一天红霞倒影霎时又被晚风吹皱了的奇幻，甚而元宵节点坟灯独行踽踽走在荒山野岭的满目萧索，深山打柴精疲力竭中憩息岩头瞧一片洪荒的落寞，对于童年的我都是一道绚丽无比的风景，都会激起我的无限情思无限遐想，让我一时忘了苦和愁而处在忘我的快乐之中。直至今日我仍怀着那般的虔敬感谢家乡山水对我的慷慨馈赠，某种意义上是家乡的山水造就了我的恬淡性格并那审美情趣。只因幼时便爱好大自然，才终生都以投足大自然为快乐而未有须臾离开——“一生爱好是天然。”

相比之下我的读书生涯却要黯淡得多，学校于我简直是个抑郁困厄的所在，终然不能让一颗心舒展开来。依然记得初小时的一幕：北风萧萧，细雨淅沥，衣单衫薄的我耳朵在听老师上课，眼睛却巴巴地瞅去了那位同学在火笼里煨着的火腿。身上长着经年不愈的疥疮，时不时要发一场将人折磨得死去活来的疟疾，农忙时家里总是常常要拉我去干些辅助农活而把课程落下，一直未有感到哪位老师向我投来一丝亲切的目光，只想赖学。

可是，我毕竟出生在一个书香犹存的家庭，毕竟还有一位崇文尚礼的父亲，毕竟还生活在有着某种文化氛围的环境里，祖父夭亡时遗存的那帖隽永清瘦的行书多少映照出他那一介书生的儒雅气度，从父亲在自己不得从蒙馆走向田间以后仍不惜倾其家业让叔父读完普通师范而使这个家有个读书人之一片情怀，以及从他宁愿忍受人畜同室的尴尬也不愿撤去那半间四壁萧然、桌椅井然、字画琳琅的体面客堂之一腔情志，可见诗礼传家的遗风依然被传承着而至今天，它们无形中成为一种潜意识鼓励我踏向仕途前程。幼时常常听父亲叔父后来还有二哥谈论历史故事和历史人物，他们的这些清谈玄侃或来自书本或来自传说或来自戏曲，尽管谈不上玄远虚无，会有多少理性或思辨的问诘，也总是一种可以催人省悟的追昔抚今之论。心情好时叔父大哥二哥会弹琴吹箫，父亲也随引吭高歌，婺剧中“三五七”等的激昂旋律顿时飞扬门庭长廊。我终也渐渐读懂“小桥流水人家”“春眠不觉晓”等等的韵味，当然无缘走进“月浮花影动”“悠然见南山”之类的意境中去。

如果说我在二哥的挈带下学会种种农活并较早地领略世俗人事，那么则是大哥向我启开人生之门，正是大哥穿云裂石的知识人格所昭示于我的榜样力量才使我的人生小舟得以扬帆出海而与文化结缘。大哥在先后以第一名考取浙江第七中学、杭州第一中学以后又不可思议地夺魁浙江大学工学院，当一帮人敲锣打鼓把那张朱红报单贴在墙壁时，乡间的那阵轰动如震天涛声般地轰鸣着我的心，只想着要如大哥那样地奔向光辉的明天，尽管此时的我不知什么叫惜时进取什么叫异乡求索，也不晓追求困顿是何样滋味，更不自量我可有如大哥那样的天资。

我们终于渐渐长大成人，姐姐也终于出落成妙龄少女，那纺纱织布绣花的灵巧样儿都是村里少女中的佼佼者。年青少艾的二哥居然挑起了一个壮汉子才能挑动的谷担，在那个令邻里瞩目的罗汉班里赫然成了数一数二的出众人物，那年清明身穿长衫头戴礼帽的他在唢呐声声中居然倒背顺流地一口气读完了那篇奥古难懂的祭文，一时间向他投来多少叹赞的目光。大哥更是快读完十年寒窗，不久便可振翅高飞了。当大哥二哥有时还有叔父这都是一米七几八几的瘦高个儿走在村口的路上时，村人刮目相看的目光里似乎在说：这个家到底是出山了。

我终于越过那条半个时辰才驶过一辆汽车的丽长公路来到维风小学而成为一名住校生，南马区毕业会考我竟得了语文第一，而且全校只有我和考数学第一的某堂兄考取东阳中学，这使得曾经十分地以大哥为得意门生的老校长欣慰不已。可是由于穷，我不得不又回到原来的学校当了一名“补习生”，这时我才明白老校长在向我颁发毕业证书时何以会在他脸上掠过一丝苦涩，无非叹我诚有读书天资，奈何无钱上学。

一年以后我终于跨进了东阳中学的校门，并且颇得卓有名望的卢老先生赏识。春暖花开，卢先生率同学往华店村观赏盛开中的桃花，桃花分明嫣红，回校后卢先生却并不用《红》而是以《绿》给作文命题，无奈当时的我已被完全沉浸到桃花的艳丽中去了，默思良久也无从落笔，只得擅自改题为《红》，不意此文颇得卢先生赏识，用朱红毛笔写了好几页远比我之作文还长的评语。直至一天我们这些旧日同窗、今朝同事相聚一起时，仍在探询卢先生当年所意为何，后经智者指点方大悟，原来这位早期的红色追求者其时迫于时势不得不反其意而用之——以绿衬红，故意顾左右而言他，一生都在追求光明的卢先生何尝有一天停止过对红的企盼？不期有痴学生敢斗胆毫不掩饰地作颂“红”文章，如何不引起他的诸多感慨！其实，我之“红”仅是自然，远非另有所寓，当时我压根儿不知“红”是何“白”是何。

我总是无法摆脱贫穷的阴影——父亲挑了行李送我到学校转身回去了，却没有给我留下一分钱，我没有一丝读书人的闲情逸致，常常伫立空阶，独对夕阳，晚来凝眸冷月，辗转难眠，也许从这时起我便已经形成了那种妄自菲薄的自卑心理并那灰色的人生观。我的身体瘦弱不堪，我的心灵更是茫然无着，我无法让歌声去宣泄忧伤，用丹青去映现迷惘，以我弱不禁风的身躯去操场进行力的较量——我哪有兴致去唱歌去打球去画画儿？加之没有那种天赋和灵性，音乐劳作图画体育等课程一概不及格，学校也许念我其他文化课之特优，在成绩单上终又印上了

"及格"。

原来是因为谋事上海招商局远洋轮的大哥有丰厚的薪水我才上了中学,不期风云变幻,大哥随轮船滞留香港,全然隔绝,终使我不得不辍学归家。

一整个夏秋的炎热、忙碌并人心的烦躁都过去了,更迭的时序送来了云淡天青风凉气爽的十月,一个个场院里收去了散发着清香的一捆捆柴禾,铺上一张张宽大的地笠晾晒着黄灿灿的玉米粟谷和青青黑黑的大豆,随后又摊上了一身艳红满头乌黑的荞麦,山峦上雾岚的凉爽、池塘里水雾的清冷都随徐徐轻风吹拂到村人的脸上,此时他们的心里才有了几分宁静、恬安和轻松,才有了笑声和雏鸡啼叫的和鸣,也在此时才来了敲着竹筒的馄饨挑子、摇着拨浪鼓的货郎担儿、甩着铁片的铜匠和那弹着三弦的算命先生,这个沉寂的小山村才变得热闹起来而有了些许生气,才让我以一个农者的心情感受一丝田园诗气息。我不想自己的生活里有诗有歌,只因为不愿意人生中有风有雨,只想以我的恬淡去委顺命运,以一颗沉郁的心去应付劳苦,可是,家乡的一切终然不能满足一个心中跳荡着种种理想的年轻者所希求的,我的一颗心正在变得落寞。

这天我在桃树坞收割完最后一块地的粟秸立于田埂怅望,蓝天无际,夕阳隐曜,盘亘的红砂岩丘陵无言地静穆着,褐黄的田野斑驳杂陈地袒露着收割后的狼藉,我忽然感到家乡的贫瘠和丑陋,它已经没有了任何生计可让我依恋,一时茫然惘然袭来,似乎觉得我该向它告别了。对于年轻的我,这也许便是对于苦难人生的最初感悟。

就在父母把我哺育成人,该在田间为家庭尽力的时候,我离开家乡走了,尽管去意彷徨,终于还是走了。郎当穿了那件人字花土布长衫,挑着父亲给我挑过的那个铺盖卷儿,来到县城一角的韦氏宗祠而成为干部学校的一名学员,不久便加入剿匪行列,尽管戎马倥偬,夜阑人静时依然独自写着风花雪月的日记。不过,我终于渐渐长高,脸上终于长出了密密黑黑的胡须,红色的洪炉终于将我再而锻铸,从此走上另一种风雨人生的漫漫旅途。

在我投笔从戎的当刻,大哥正经历着一场碎心裂肺的大悲恸:十年寒窗,苦读苦学,当日夜悬悬报效父母的一天终于来到时,却身染痼疾——十痨九死的肺结核,何其忧愤自怨!

大哥在大学快毕业时,有名门小姐 A 女士仰慕大哥之才之貌之气宇而热恋大哥,感于 A 女士情深意厚,大哥报以倾心之爱,两人鱼雁往来,早已永结同心。不料A女士不久便去了那个孤岛,从此天各一方,一对恋人只有对海峡一片汹涌,望潮起潮落,听涛声远去,万千心思难寄。

去彼孤岛和A女士相抱痛哭一场,还是回来最后见父母一面?孝顺的大哥终于选择了后者。

春寒料峭,大哥辗转千里从义乌坐了一辆独轮车返回故里,当依然白皙依然红润的他出现在门口时,父母亲竟不敢相信自己的眼睛——这难道便是称病的儿子?疑惑间便已飞扬起一脸喜悦。然而,时光很快就黯淡了这美好的一瞬,几个月过去了,从香港带回的药瓶儿已服而一空,身体不仅丝毫不见转机,相反病势危殆,竟至形销骨立——连站立的力气都没有了,谁心里都明白不过的抬大哥出去的人的脚已经站在门口。总是太用功才一至于此,父母亲此时才深深感叹其实用不了如此汲汲于功名,大哥自己则百倍地后悔何必做个读书人,默默地羡慕着门前那位体魄强壮的耕田汉,可是悔悟终于已经太晚。为之一年又一年盼星星盼月亮似地盼着的那线从沉沉黑夜中突现出来的光亮终于又消泯了,并且永久地消泯了,从今不再有任何希望,只有无尽的黑暗,穷人总归是穷人,穷人是无可挣脱那张恢恢的贫穷大网的。父亲没日没夜地陷入无言的悲痛,如果说大哥考取浙大工学院第一名的报单张贴墙上时最是他的心里溢满了狂喜,此时面对这颗希望亮星的陨落最是他的心里郁结着沉痛。母亲更是泪流如注,她那悲郁的心早已被无情的命运之火焚为焦炭,黄泉路近,大哥一旦离世,她便只有一痛而绝,走向黑暗的永恒归宿,此时她已无可顾及生死之外的一切了。这是父母一生中最为哀伤的一段岁月。

那位移居楚地的S女士也忧冲冲急匆匆奔来大哥榻前,她乃村内某财主养女,定亲于某财主之侄,彼侄不久裹尸沙场,颇有眼光的某财主商于父亲愿下嫁养女为媳,合乎情理地为父亲所拒绝——脑子里满是封建伦理的父亲眼里根本不看重S女士的美貌和贤淑,而只知道泥古耻于二婚的习俗。S女士却从此对大哥心怀恋情,常常偷偷跑来在大哥枕头底下塞一沓钞票,以补穷书生零用之需,大哥默默领情。今大哥在劫,自己已嫁,多少泪珠无限恨,那本欲一泻而出的泪又不得不收了回去,泪蓄空眼,苦饮咽喉。她对大哥的爱就是她的整个生命的泛滥,似秋日上涨的河水,无声地纵情地奔流。在她心灵深处的幽暗洞穴中可回荡有大哥的和声?我不敢相信善良的大哥曾在心里回绝过S女士的爱,我怎么也不愿意设想会有那样无情而残酷的一幕。心魂缭乱中意态忽忽中,自以为不久人世的大哥望着

这位始终钟情于自己的昔日恋人，能说什么呢？欲哭无声，欲说还休，欲怨无由，欲骂无辞！此时他已无可向她表述自己的种种心曲隐情，他已唱不出与她应和的歌声，他已无可向她倾诉对她的种种歉疚并向她送去一片慰安赠以一份祝愿。

岁月奄忽，如今终于根根青丝染白发。家乡远去，乡关之思却日日萦怀，悠然难释。人生之旅如刚才在林间踏着落叶散步，转眼间已了无痕迹，只留下“譬如朝露，去日苦多”的感喟。夜间推开窗棂望一天迷茫月色，不经意中便已沉入往昔的回忆，并且总要溯流而上走进童年岁月。它邈如寂寂夜空，渺若朦朦月色，不期在那里听见了自己蹚过百鸟啼啭的春日、漫过草长雨稠的夏天、走过果实累累的秋季而来到隆冬飞雪纷扬的落日黄昏——穿越人生的声音。原来，母亲粗糙的双手仍在轻抚着我那不再光洁的额头，那阵天真的笑声还淌流在淙淙作响的小溪，那份忧思犹缠绕在林间雾霭，那袭岁月的苦难仍沉落在幽谷，那片朦胧的希望依然烙印在天边明月，镌刻于心壁的一幅幅已经褪色已经黯淡了的画图终于掸去尘灰而显现出原先的色泽，不觉间汇进记忆的深井的童年的泪涓涓地流了出来，一时间咀嚼到生活的全部况味，彻悟诠释人生的所有涵义，家乡的贫瘠早已演化为富饶美丽，心中的酸楚苦涩经岁月的蒸馏早已酿成一坛清纯的浓醇，童年的梦幻尽洗其惨然之颜色而留下一片悠长的思念，如红砂岩之清露冷凝，晨光熹微中早已溶进历史的斑斓。

在那座残破寥落、夜寂风寒的土地庙里苦苦地熬过了多少多少时日，大哥竟奇迹般地起死回生。侥天之幸而有今日，父母终随大哥移居杭州过了一段有苦也有乐的岁月，大哥终也未负终生之愿而能侍奉父母而能承欢膝下，共享天伦。

大哥一生，尽管时不与他运不与他幸不与他爱不与他，尽管那期待中的春天终终未有到来，然而他的才调无伦终也化作汩汩清泉丰盈了莘莘学子的知识之海，昔日的幽怨并那片无寄的恋情终也沁进了缕缕琴声如怨如诉飘逸星空。他以他的才学他的情志陶冶了与他朝夕相处的四弟，终也在久病中领受二哥和四弟的深情厚谊，那颗孤寂清寥的心在生命的最后时日终也有了片片慰安。

噫嘻！父母亲早已长眠钱塘江畔，大哥也已随父母于地下，由缕缕青烟而为一记冰冷的石碑。当然，城的一角还埋着另一个我终生都须赎罪的冤魂。

大哥的死无疑是一颗亮星陨落，然而他终已倾尽生命的全部华彩写下了应有的斑斓，最后化作自己天上的一抹轻霞飘然而去，留下一片空蒙的铅华。

大哥离去时非常眷恋着自己的生命自己的亲人自己的世界，从而异常地痛苦，是的，他太年轻了，他的生命太短暂了，他那贮满了遗恨的心灵里还揣怀着多少憧憬多少希冀呀！父亲在不知终了时已咽完了最后一口气，他一生中至少还不辍于酒的嗜好，尽管都是些清淡的米酒，这多少减去我们心中的一份歉疚，遂以寿终正寝相慰。只有母亲在久病以后清醒地意识到自己已是油尽灯枯，顺规律之自然而从容地走向生命的终点——“我的心，把灯灭了吧，你那寂寞长夜的灯。”

人事代谢，父母门下已衍为一族，不负父亲尚文之愿人丁中半是学子。惜乎惟知书识礼，思想观念更趋近时代，很难太多掉头回眸而只会一往无前地奔向自己的明天。也许一日，孤坟败草，冷碑苔痕，终于寂然了拜谒者的脚步，悄无声息中那过去的一页就已翻过。

历史的河流，终然奔流向前。

向故乡诉说

我的红砂岩绵绵的故乡。

我的忧郁浓浓的故乡。

也许母亲的忧郁愁容也烙印在你的山山水水,你竟这般地贮满忧伤。

我,离去半个世纪却归的游子,此刻正站在你的可以瞭望所有岁月的红砂岩坡顶,向你深深凝眸。你对我有多么悠远,却又这般亲切。你如此地让我思绪起伏,心潮澎湃——“近乡情更怯!”

当年我离去时确是怀了对你的深深怨尤,正是你的贫瘠和丑陋,使我不得不拂袖而去。那时,我还来不及体味“母亲”这个词的广泛含义,如果我真的懂了,那么我也会因为你的干瘪乳房没有可供我吮吸的乳汁而怅然怨叹——我终不得不怀着深深的无奈和哀伤离去。

是我那颗跳荡着种种希望的开始感悟人生的年轻的心,在沉沉的冷寂中叫醒了自己:你该走了,你该到另一方天地去寻觅自己的生路了。是我走的时候了,故乡;我走了。

你似乎没有抱怨我的离去,也没有挽留我的意思,也许你以为你已经没有理由可以挽留我,已经没有了挽留我的力量和勇气。我带了空空的手和忐忑的心,走了。你就这样不作任何打发地打发了我。我走得那么凄清,那么无声无息,如一枚飘去的落叶。在远行的道上,除了深深的忧虑,我不敢再希冀什么,我的翅翼只能举向无路的天空——我踏上的是一条不知前程的路径,我的心就如村前那条冬日干涸的小溪,不再诉说什么。

说是青春年少,我怕我的瘦削的肩膀我的没有一丝光泽的脸庞无人会收留我。我从踌躇之心的琴弦上走去,一路上都是忧郁的乐声。我心里凝望着何等的空虚!

从此,我挣脱了你的贫穷的绳索,也挣断了与你相系的生命纽带。离开你,既是身躯的出走,也是灵魂的逃离,好长时间里我都没有回过头来瞩望你,我以为我如果要寻觅前程也应该去那离你更远的地方。

哦,故乡,我这样叨叨地叙说着离去时的片刻,也许已经使你厌烦,而且,你一定会问:那么眼下呢,这归来的你呢?

我知道你一定会这样向我发问,这正是我最怕面对的回答。

无论如何,你终给过我人生的担子,这是你给予我的与生俱来的赠礼。我却最终没有挑起它,不是不想,不是不愿,而是无奈。至今,我仍是个营营以苟活的无所作为者,是个走在漫漫无尽道路上的旅人,一个久久跋涉长夜的旅人,并且,我已经完全疲惫而心力交瘁。作为归来者,我本该有所敬献与你的,我却空无所有,仍和离去时那样地依然一双空空的手和一颗忐忑的心。请接受我的敬礼,并乞求你的原谅,希望你不要为我的失望而失望。

也许你的多少像我这样离你而去的游子,回来时都没有多少可献到你的脚下,正如他们离去时也只是穿了那件土布衣衫,此外便没有带走什么。也许他们今天回来时一身西装革履,从那更为宽阔更为平坦的公路向你走来时,便已经捎回了一个漫长时代进步的成果,足以使他们有理由自认为是个光荣的成功者,而慰藉自己;并且我相信,你也会同样地感受它所给予你的慰藉,我想是的,一定是的,从你的盈盈眼波我这样确信它。今天,这些远归的游子,如同茂茂密密缀满你山沿水边一排排房壁的常春藤的藤芽——他们终于走出了一个自己的新天地,难道不足可让你感到欣慰?你所希望看到的难道不正是这样的一幕?他们,当然也包括我,今天能这样地归来,便是胜利者。当我这样地想着时,我心灵的皱褶便已抚平了许多。

我的生命便是你爱的雕塑,艰难的岁月销蚀了你脸庞的轮廓,也雕琢了我生命的原型,好像你的瘦骨嶙嶙的坑坑洼洼注定了我命运的坎坎坷坷,我终于没有过平坦的路途。在许多日子里,我也曾怀抱许多祈望许多,然而我的生命之舟已经永远停泊在你之干涸的渡口,原来我的未来之路和走过的路一样地都是由时代设下的,全凭命运纠缠着,你的命运之索早已越过你的头顶套在了我的颈脖,使我不得不在荆棘中绽开我的生命。在漫漫人生长途上，我走得那么平淡，那么平庸，那么无声无色，却是从艰难中走出，如一只木筏，于风雨喧嚣中在生活的波涛上漂浮。也许你不曾寄望于我，也许你曾企冀我成长为栋梁大材，而我始终仍是一根空无果实而举向旷野的枯木。也许我走岔了道，也许我不够尽力，我却始终以为没有另一条路径可供我攀登，我没有被赋予驾驭自我的风帆，我所能做的只能被困囿在一个狭小天地里而永远拳曲其间。犹如一张空收的网，我把一生的热情都投给了虚无的天空，而无有半点收获，并且，青春，年华，一一都丢失在路上，惟一存留的是一颗泣血的变僵了的疲惫的心。我的名字，便是黑夜海波上发出的光，痕迹也不留地便消泯了。因之直至今天回来见你时，历史老人也只让我仍如当年离去时的那样，依然无形无色，而且永远、永远无有言说。

我痛惜着虚度了的光阴，可是我终于没有停止过我的脚步，犹如那行者尽管他托举陶钵奔波一生而到最后也未能找到他所寻找的庙门，清影背后终于留下一路虔诚——我的足迹终也没有给这片大地的新绿染上血污。风雨人生并没有因此而使我的一颗心变得圆滑世故或者阴暗，依然一片童稚一片纯真。今天我回来，就是把我的这颗心献在你的面前。请允许我献上我的心吧。今天我才知道，自己的这颗心原来是永远和你相系的，我的灵魂并没有背叛你。你的红砂岩上破碎的砂砾似乎在说："我记得！我知道！"你的枝叶摇曳的舞姿，你的纤纤草尖上珠露晶莹的微笑，你的小溪间渐渐流淌的欢歌，你的映照池塘的月白风清的畅快，你的如臂膀般强劲伸展的山脊的热忱，犹似在说：游子，我的孩子，欢迎你的归来！

在你温馨的襁褓里，我的生命之弦仍在弹唱！

故乡，直至今天，我才看见了你的丰腴和美丽。正是你的丰腴给了我遒劲的生命，使我在久久的贫穷中在无尽的历史灾难中终于没有倒下，而一直走至今天；正是你的美丽才赋予我以恬淡的心志，才使我的一颗灵魂没有堕落。原以为没有从你那里带走什么，谁知你已给了我一切。是你，为我留出空间，容我将生命之杯注满。在过去的日子里，你洒向我以光明，我却只看见你的阴影。你播种了我，我却从未想着要回报。我在人生尘土飞扬的道路上失落了我的心，你却将它捡起。只有你，仍在疼爱着并且安抚着我的这颗破碎的心。今天，当我觉得应该回报与你而又无可回报时，我不得不加倍地愧疚加倍地悔恨加倍地恓惶同时也加倍地挚爱着你。此时，我正感到了你的炯炯目光，有如一粒粒喷溅的火花撒落在我的心上，让我感到灼痛。

一切都可离去,负去,而心不能,心是永远属于“永恒母亲”的。让我全部的生命,启程回到永久的故乡。让我的一切存在,一切所有,一切希望和一切的爱,让我所有的生命向着故乡奔流。

除了你,谁能听到如今回响在我的血管里那时光的低唱?……谁能听到我的体内那不平静的生命鼓翼的呼啸?

你的浓郁芳香里弥漫着如今已经成梦境的岁月的声声叹息——那已消亡的世界的眷恋情深的哀思。

让我消失在你里面,包缠在你爱抚的折痕之中。

倾听自己的心音

心音属于自己。

只有心音永远属于自己。

真该倾听自己的心音。

这自己的心音，你可曾聆听？

此时，我正在回想、体味聆听心音的片片刻刻。如果说我的人生里没有多少值得回味，那么至少有许多聆听心音的时刻可以慰藉自己，这便已丰富了我的人生，尽管我的生命岁月并不都是愉快的。

那是在北极上空。

这一次并非东飞而去，而是一路西归。过了白令海峡已是许久许久，来到西伯利亚已是许久许久，多少个时辰过去，沉入地平线的太阳却始终不曾完全落下去，就这样一直半悬在那里，犹抱琵琶半遮面，分明瞧见它那烁烁闪动的样子。夕阳的余晖在天边照射出一条煌煌光带，自下而上由红而橙而黄，无限延伸直至地轴两极，它所勾勒的巨大弧线正好映衬出地球的半圆形状。恍然明白，现时我正在天上追赶着太阳，正从地球北纬65°的某个弧面冥冥翻过。回望东方，霜月洗空，天宇澄澈，万籁无声。这茫茫博大，这寂寂悠远，便是我心灵的期待。

那是在科罗拉多高原。

日远天高，眼前景色被匀称切割，半是天空半是大地，中间一条平直地平线。天蓝得刺目，大地却被太阳灼烤成一团橙红，铄石流金，热焰四射。哪儿都无法凝眸，而只能稍稍一瞥，略投斜睨。这广袤而平坦的沙砾世界，无沿无边，无尽无已，亿万斯年都这么无言地肃穆着，不曾歌唱，也不曾叹息，只是于莽荒中默默展示一派昂立天地的雄浑。我想从这原始的莽荒里追寻生命的起源，探询生命的意义，雄浑却容不得你思索，只能让你目不转睁地静对一片磅礴的雄浑。这高原雄浑所向我展现的不仅是一种至极的美，更是一种至极的力，天下者惟雄浑才是大气魄大庄严，或者才可称之为大无畏者。干燥的气候已让一双眼睛酸涩生痛，却仍在定定地张望着，那颗被牵动的心总是无法从雄浑中收回。渐渐地，我也终于凝立成一团无形无体的雄浑，眼前只有雄浑再无其他，雄浑已是消融了我，我已消融于雄浑。雄浑正是不区分一切，不分辨一切，却包容一切。雄浑的心，无归无向，无羁无连，却体悟一切。然而，究其实我却无一点雄浑心魄，以至我在承接原本不属于我的雄浑时大大地诚惶诚恐。却又不能不崇仰雄浑，惟愿在这雄浑中驻足，注雄浑于我一二。高原，心的高原，精神与梦想的高原，永恒的高原。礼赞高原！呼唤雄浑！

那是在科罗拉多大峡谷。

瞩望着这色彩斑斓、峥嵘突兀、绵延无已的耸天岩壁，不由悚然以惊、怅然以疑，以为这是世界之外的世界，一时间已是忘了外面的天地，历史的宁穆与深邃都已淡去。它是亘古，它是无限，它属于不知的岁月。人类征服和拥有它的热望为大峡谷的历史开始了新的一页，然而对大峡谷来说人类的活动实在微不足道，谁也无法探寻它的每一处神奇、无穷的深奥。大峡谷在向人类挑战，拒绝我们捕捉的热情，因为没有任何生花妙笔、镜头或颜色可以适切的描绘大峡谷的奇妙。今天人类能像鸟儿一样飞翔空中俯瞰那壮丽的景色，也不过是时间轨迹上的最末端的点滴而已，人类的过往好像耳语一般，只是永恒边缘上的一瞬。人类执着地追求永恒，地球的奥秘已使我们自惭无知。然而正是这一瞬，让我感受永恒。当我努力体会这种感受时，却发现原来那便是一种自我不朽的意识，一种忽隐忽现的羽化登仙的感觉。叹吾生之须臾，羡峡谷之无穷。

科罗拉多河在阳光下慵懒地流淌着，不向我汹涌，不向我喧嚣，却在左冲右突，前迂后回，不知它流向何方，仿佛要努力转回去。是眷恋不舍？是一条河流出海前对那个千泉万壑的源头的回顾、告别、叮咛和踟蹰？但是，终归是要走的。委婉、缠绵、美丽的爱，一旦割弃了，也可以这样决绝。我的心像是受到了鼓舞，不再向自己茫然，且带着落基山皑皑白雪的千年梦幻，揣着科罗拉多大峡谷的万古神奇，也怀一份人生的留恋和憧憬，随科罗拉多河一同奔走高原，穿行峡谷，驰骋万

里行程，汇入太平洋的一片浩瀚里。生命与非生命在一瞬间突破了相隔的屏障，进入本原的超验境界，溟濛的自然却也有了生命的意义，而无常之生命则有了永恒的依傍。心灵情感不再萦绕那些有形的物体盘桓，而是一步步向无所不在的永恒的灵魂靠近。冥冥中似有声音传来：飞翔，飞翔自然——生命应该在自然中启航。

那是在尼亚加拉瀑布。

从河岸观得一条宽瀑飞流直下，裹一身漉漉湿衣，怀一颗惶惶惊心，来到船上。瀑帘或一片片泻进潭中，急流回旋，或一股股坠向巨石，浪花四奔。变化倏忽，动心骇目，不可久视。经过一阵激烈翻卷颠簸，来到瀑底，但见瀑流若银河倒悬，汪洋恣肆，苍茫浩荡，船身人影霎时淹没其中，弥空水雾已是目不能视，震天巨响已是耳不能闻，仿佛置身　口沸腾巨锅，生命在这一刻已经永远停止。瀑落千丈，伊谁之力？天之曰不然，归之造物；造物不自以为功，归之太空；太空冥冥，不可得而名。

正魂颤魄动，转眼间船已回还江中，一泓碧流滔滔而去，泛满一江白浪。万籁都归于一片寂静，不闻水声，不听人语，一颗心只由着船儿低回。蓦地，头顶升起一道彩虹，顿时雾空灿烂，恍惚天光水影，轻舟和人，全融入绚烂的霓虹之中。这时，心也发来了绚烂的消息，悄语耳边：生命本该绚烂，本该书写绚烂。

南方孤旅时。

攀山涉水，披风掠雾，经过数小时苦苦跋涉，终来高山之顶。四周山峦绵延，描锦画秀，眼前却巉岩嵬立，下临无底，仿佛孤悬空中。心如黄鹤，一颗心真地随浮云飞去，不知飞向此岸新生还是飞向彼岸寂灭，什么都不顾了，只管翩翩而飘。灵魂已然超升，心神已然飘飞，身影已消，人生已忘，已是生也生得，死也死得，舍也舍得，弃也弃得。

山上夜宿，看片片岚霭从山坳浮起，于沟沟壑壑间铺起缥缈云海，而峰峰峦峦犹隐约天际，时淡时浓，似隐似现，宛若一弦琴音。咫尺之外，数根长松正婆娑向我，送一阵涛声。似有鸟儿啁啾。似有花儿隐枝。不知月是否升上来了，地上一片微白，整个空气里都是绝然无尘的清洁、寂然无声的清雅。入夜，树香沁被，窗寒袭肘，枕着润碧湿翠苍苍交叠的山影和万籁都歇的岑寂，仙人一样睡去。不知梦残不知梦醒，不闻心音不问心音，人醉也心醉也。醉时当醉——心说。醉是无念，无念便脱俗——山说。

不知是冬天的那阵萧瑟不曾从心中隐退，还是于这万物复苏万类竞荣的时候心存一份凄然，抑或生活的那份酸楚总难可逐去，孑然一身走在稻秧青青的漠漠田野，天光云影，烟树寒山，惟一片蛙鸣噪耳，不觉间已是浮起一丝孤独惆怅。一片春愁，渐吹渐起，恰似春云。此时，才是发现了一直跟随着我的那汪春溪，清水盈盈，湍湍而流。溪水似从头顶流过，在心里泛起片片涟漪，一阵阵一层层悠然意远。这溪，乃是大地的律动，乃是岁月的迁流，它所涌荡的都是生命的歌声。空漠而凄茫的心忽然变得湿润丰盈了，早已收起一份颓丧，打叠百样精神，跟随溪的脚步，应和溪的韵律，奔流远方。一往无前，莫踌躇，莫彷徨——这是溪的叮咛。永不停息——自己这样说与自己。

观花时。

月下观花，花儿收去了白天灼眼的娇艳，惟一缕暗香浮动夜色。月也溶溶，花也茫茫，花儿只是含羞默立，绰约空花，迷离幻影，暗藏几分禅机。而自己这观花人，恰如叶上滴露，扑簌簌滚落花中，无声无息，无忧无愁。花开无言，人淡如菊。恰于此时，听得花开的声音，也听见了自己和鸣于花的心音，心如花儿般鲜活。蜂蝶嗡鸣，便是花的低语，心的咏哦。不必担心春暮，不必伤悼一天花落水流，春会再来，花会再开。只要春心常驻，花便不败。心如花儿般明艳，心空永远晴朗。——这是花的鼓励，也是心的祝祷。

读书时。

夜读而至月落山寒，窗纸映黄金色，竹露滴落有声，吟哦未已。此时，情思随书翻卷，心神随书激荡，一片情感尽融书中，激情难再，悠思难再。不心存高远，不求其闻达，甚至也不为书海问知，当然也不是消磨时光，只想在深深的渴望和焦虑中，随着蜿蜒溪流寻找桃园梦境、发现“宛在水中央”的“伊人”的豁然开朗的意韵，终究酿就读书人一份无拘无束的读书快意。这令你销魂夺魄、如醉如痴的，究是书境，还是心境？你所听得的是书声，还是心音？诵中读中，念中意中，与古人与今人冥合为一，万书之理存乎于心，万书之情存乎于心，一颗心早已普度给书、普度给理、普度给情。而其理其情，你可完全悟得解得？理也情也，意也趣也，浩然沛然，解得便解得悟得便悟得，不解得便不解得不悟得便不悟得，而一腔心音却总是读破万卷的心灵回响，毋宁说是心灵的清歌。

听琴时。

正恹恹懒懒，忽地一曲《二泉映月》响起，声声如诉，声声入怀。苦雨般的凄哀直透心底，并且很快转化成一种孤魂野鬼的感觉，仿佛从哪个古老荒塚飘荡而出。“其歌也有思，其哭也有怀。”似在探询你内心的寂寞，似在叩问你惨愁入怀的苦闷，又好像在引导你追忆逝去的亲人，直至琴声已住，灵魂仍在战栗。从琴声里，看见了一种荒凉，人生的荒凉，内心的荒凉——多少无可弥补的遗恨便全深植在这一片寥落不已的追忆中。可是，当所有的语言都无力承担那样的荒凉时，这琴声便成了慰藉心灵的惟一知音，惟这一曲琴声永远铭我肌骨。它不再是一种物理意义上的声调，不再是一种仅仅传扬空中的声籁，而是鸣我心底的心音。琴声清越，有如秋风，心音湿润，有如眼泪。该如何梳理这段揪心的情愫？心音高难问，而琴声依然悠扬。它让你痛苦，那是真实的痛苦，它所倾诉的都是真实的情怀。人或许该有所痛苦的时候，为着一片真情，一抔相思意，当回忆过去——值得珍惜的过去。这是琴声，也是心音。

参佛时。

并不茹素，更不礼佛。可是当走进寺庙，林木蓊郁，清溪绕流，黄墙红殿，看一缕香火悠悠飘出，听钟声撼动风中，已是清气徐来，玄想浮起。观音她那安然、聪慧的目光，生动、秀丽的脸庞，无不令人感受母性的光辉。而眼前那位宽袍白须的老僧呢，那半睁半闭、似视非视的目光，仿佛已是一生一世的守望，过去和未来都已幻化成空门烟霭，尘埋了一片寂寞的心灵，生生望着记忆里的一缕青烟、一片虚空，而我的心就在这一刻变得澄明如洗。却是无法超度，“净土”里无尘无土，只充满水与云的皎洁和轻盈。无须问佛于生命，生命本没有答案。若有，便是生生不已。我无法选择红尘，因为我已归于红尘；我也无法超越生命，因为我已拥有生命。梵界路远，俗胎不灭，尘念难除，便只好依旧做凡人，依旧“迷执”人间。也无法高雅，无法洒脱，不是一说高雅便高雅，一说洒脱便洒脱。修不得佛心，炼不了正果，爱也爱得，恨也恨得，始终饮食男女。不过有时也可得之泰然失之安然，不必计较太多，多一点平常心平等心也是一份佛心。佛门清静，悟佛之所悟，也悟佛之所勿悟——转了一大圈还是回到原来的地方，依然是凡间心迹。不要说没有爱，不要说没有恨，不要欺骗自己，不要虚妄自己——这是佛前心语。

心音是悠远的蝶鸣。心音是明月映湖的颤声。心音是微风拂柳的絮语。心音是地心深处的沉吟。心音是灵魂的默念。只在静中才听得心音，才有所心音。闹中乱中，怨中怒中，惊中恐中，便不传递心音，也不复闻心音。

心音是直观的意象，而非诠释的思想；心音是袒露的灵魂，而非装饰的表白；心音是天真少女，而非世故老人。心音永远自然无饰，永远是心灵的忠实信使。只有诚实者才听得心音，才会倾听心音。

心音是独居的自我者。心音是腼腆含羞、守洁如玉的闺秀。心音是一抹无迹可寻的波浪的微光。心音是站在黑暗思绪中的一席无声的语言。

心音是一弦若隐若现的琴音。心音是流水击石的一朵浪花。心音是澎湃潮声的轰鸣。心音是雨打芭蕉雨滴梧桐的一缕诗韵。心音是河流拐弯时的喧哗、出海前的咆哮。

心音是昙花一现瞬间的留影。心音是孤光自照时的一丝微笑。心音是成熟秋叶飘落时的一声轻叹。心音是深沉智者的箴语。心音是自我淹没、浑然忘我的誓言。心音是灵魂消沉时的低吟、奋昂时的高歌。

心音是灵魂震颤的余响。心音是灵魂的独白。心音只说与心音自己。心音只与灵魂晤会。

心音永远晶莹如玉、澄明如洗。

一段生活交与岁月，一片心音留给自己。忙碌的人不妨停下来倾听一回心音，自己的心音。廓清心海，升华灵魂，寻得自我。

听得心音，便悟得自己。人所能拯救于自己的，惟是灵魂。

而我，却愿意孤旅在秀绝的山水间，倾听自己的心音。那种时光里，灵魂对生命就有了太多的询问。

心可以如止水，纤微不动，亦可以如江河之奔竞，波澜自阔，浩乎沛然。

灵魂永远只有独行。

心音永远只有独听。